미키7

반물질의 블루스

KB012817

ANTIMATTER BLUES

by Edward Ashton

Copyright © Edward Ashton 2023

All rights reserved .

Korean translation edition is published by arrangement with Edward Ashton c/o Janklow & Nesbit Associates through Imprima Korea Agency.

Korean Translation Copyright ⓒ Minumin 2023

이 책의 한국어 판 저작권은 임프리마 코리아 에이전시를 통해 Janklow & Nesbit Associates와 독점 계약한 ㈜민음인에 있습니다.

저작권법에 의해 한국 내에서 보호를 받는 저작물이므로 무단 전재와 무단 복제를 금합니다.

미키7

반물질의 블루스

에드워드 애슈턴 SF 장편소설

진서희 옮김

황금가지

내게 작가가 된다는 것이 무엇인지 가르쳐 준

잭에게.

그 결과를 흡족해하길 진심으로 바라며.

1장

"방금 복도에서 날 봤어."

나샤가 태블릿에서 눈을 떼고 고개를 들었다. 속옷과 군화 차림의 그녀는 책상 의자에 앉은 채 우리 침대에 두 발을 걸치고 있었다. 그런 모습을 소화할 수 있는 사람이 흔치 않건만 나샤는 자신만만하게 해낸다. 그녀는 얼굴에 드리운 땋은 머리칼을 걷어 올리며 두 발을 바닥에 내려놓았다.

"나도 네 얼굴 보니까 좋네. 문 닫아." 나샤가 말했다.

나는 문에 빗장이 걸리도록 내버려 두고 방에 들어섰다. 방은 나샤가 이사 오기 전보다 훨씬 좁아 보였다. 같이 살게 되자 나샤는 제일 먼저 자기 침대를 내 침대 옆에 밀어 넣어 거의 더블 사이즈의 침대를 만들었다. 두 번째로 한 일은 침대 발치에 남은 공간을 길이 1미터짜리 사물함으로 거의 다 메워 버린 것이었다. 나는 손도 못 대게 하고.

게다가 어째서인지 나샤라는 사람 자체가 실제 체구보다 훨씬 많은 공간을 차지하는 것 같다.

이 말은 분명히 해 둬야겠다. 이건 전혀 불평이 아니다.

나는 침대에 앉아 그녀가 들고 있던 태블릿을 낚아챘다. 짜증 난 표정을 얼핏 지으면서도 나샤는 반격이 없었다.

"내 말 들은 거야? *또 다른 나를 봤다고.* 맨 아래층 사이클러 근처에 있었어. 마샬이 내 복제본들을 새로 탱크에서 뽑아내기 시작한 모양이야."

나샤가 한숨을 내쉬었다. "그건 불가능해, 미키. 마샬은 네가 사임했을 때 네 패턴을 지워 버렸어. 맞지?"

"그랬지. 내 말은, 그랬을 거야. 그렇게 하겠다고 말했으니까."

"그리고 그동안 마샬이 탱크에서 누굴 꺼낸 적이 없잖아, 있어?"

"그건 아닌 것 같아. 베르토한테 들었는데 내 버블 폭탄의 연료를 다시 원자로로 밀어 넣다가 드론을 두 대나 태워 먹었대. 여분으로 굴러다니는 미키들이 좀 있었으면 그만한 자원을 낭비하지 않아도 되었을 거야."

나샤는 등을 뒤로 기대며 내 옆 침대에 두 발을 걸쳐 올렸다. "맞아. 지난 2년간 크리퍼들과 어울려 지내던 에잇이 문득 우리 쪽에 다시 합류하기로 마음먹지 않고서야, 네가 복도를 돌아다니는 너 자신을 볼 리는 없어. 해리슨이 아닌 건 확실하고?"

"해리슨? 제이미 해리슨 말이야?"

나샤가 빙긋 미소를 지었다. "응, 꼭 네 도플갱어 같잖아, 그렇지? 아무래도 걜 보고 너로 착각한 게 분명해."

제이미 해리슨은 농업부에서 근무한다. 대개 토끼를 돌보는 일을 맡는다. 작은 키에 깡마른 체구이며, 칙칙한 갈색 머리칼이 비죽 삐친 채로 다닌다. 항상 초조한 눈을 가늘게 뜨고 돌출된 부정교합이 도드라져 보이는, 나와 닮은 구석이 *전혀* 없는 녀석이다.

어쨌든 내가 볼 때는 나와 닮은 데가 아예 없다.

"들어 봐. 내가 본 게 뭔진 내가 알아. 그건 확실히 나였어. 매기 링이 허브로 향하는 스포크3쪽으로 서둘러 데려가고 있더라고. 둘이서 의료국을 지나 내 앞쪽을 가로질러 갔다니까. 한 20미터 되는 거리에서 잠깐 보긴 했지만 내 모습은 내가 알지. 그건 분명히 나였다고."

나샤의 얼굴에서 미소가 걷혔다. "허브로? 그래? 게다가 매기와 같이?"

매기 링은 시스템 엔지니어링 부장이다. 지난번에 그녀가 두어 번 나를 어디론가 데려갔을 때는 한 시간도 안 돼서 방사능 중독으로 죽고 말았다.

"이제 내 말 믿겠어?"

나샤가 고개를 가로저었다. "그렇다고는 안 했어. 그래도 네 말이 맞는다고 가정을 해 보자. 2년이 지났고 마샬은 어떻게든 무슨 이유에선지 미키 나인을 탱크에서 꺼내기로 결정한 거야. 매기 링과 같이 뭘 하는 걸까? 바닥층에서 허브 쪽으로 가고 있었다고?"

어느덧 내 표정이 잔뜩 일그러졌다. "원자로야."

"그래, 그럴 가능성이 제일 높아 보이지, 안 그래?" 나샤가 말했다.

반물질 원자로 내부에서 빈둥대는 일은 익스펜더블의 주요 업무다. 우리는 중성자 선속을 견뎌 낼 수 있기 때문에 그 안에서 드론보다 오래 버틴다. 죽고 나서 교체할 때 훨씬 용이한 것도 우리다. 그냥 사이클러에 낡은 시체를 넣고 바이오 프린터를 켜서 몇 시간만 기다리면 된다. 물론 나는 더 이상 익스펜더블이 아니다. 은퇴했으니까. 그런데 그게 아닌 모양이다.

나샤가 말을 이었다. "어쨌거나, 무슨 일이 벌어지고 있든 딱히 네가 상관할 문제는 아니잖아, 그렇지?"

그렇게 물으면 할 말이 아주 많다. 실체화된 또 다른 내게 일어나는 일에 대해 내가 신경 쓸 의무란 뭘까? 방사선을 쬐게 되는 존재는 *나*일까 아니면 나처럼 생긴 어떤 남자에 불과할까? 테세우스의 배는 어딘가의 섬에 남아 잊힐 지경에 처한 파손된 선체를 두고 뭐라고 말할까? 하지만 입을 벌린 채로 5초가 지났다. 마음을 고쳐먹은 나는 도로 입을 다물었다. 가까스로 내뱉은 말은 한마디뿐이었다.

"뭐라고?"

"생각해 봐. 지금 예상되는 최악의 상황이 뭐야?" 나샤가 대답했다.

"음…… 매기 링이 방금 나를 하나 복제해서 원자로 코어로 보냈다는 거?"

"맞아. 그러니까 뭔가 처리할 일이 생겨서 매기가 그렇게 했단 말이지. 만약에 *새* 미키를 탱크에서 뽑아내 일을 시키지 않았다면 매기는 어떤 대안을 선택했을까?"

나는 그 답을 알고 있다. 나샤가 자리에서 일어나 나를 일으켜 세우더니 키스에 돌입했다.

이윽고 그녀가 입을 열었다. "최악의 상황은, 방금 누군가를 코어로 보내야 했다는 거야. *그런데 그 누군가가 자기는 아니었단 말이지.* 넌 어떨지 모르겠지만, 자기 그거 알아? 난 받아들일래."

여기서 한 가지 확실한 사실을 말하고자 한다. 따뜻한 니플하임이 추운 니플하임보다 훨씬 더 좋은 곳이다. 따뜻한 니플하임은 푸르고 축축하고 기어다니는 온갖 벌레들에 뒤덮여 있다. 심지어는 여섯 겹의 보온재를 몸에 두르지 않고도 외출을 할 수 있다. 산소 호흡기는 필요하지만 우리가 상륙했을 때에 비하면 지금은 산소 분압이 거의 20퍼센트나 상승했다. 그래서 이제는 거의 익사할 것 같은 기분을 느끼지 않고 걸어 다닐 수 있게 되었다. 날이 좋을 때면 *드라카*에 승선할 당시 그들이 약속했던 것과 비슷한 곳을 우리가 발견했구나 하고 얼추 상상의 나래를 펼 수 있을 정도다.

확실한 사실을 또 하나 알려주겠다. 따뜻한 니플하임이 영원히 지속되지는 않을 것이다. 겨울이 오고 있다.

물리부의 마이코 베리건과 그의 조수들은 *드라카*가 출발하기 전 니플하임의 태양을 관측한 기록을 면밀히 조사하며 대부분의 여름을 보냈다. 그사이에 세 차례의 온난기를 겪었고 가장 긴 온난기는 7년까지도 지속되었다. 가장 짧았던 기간은 11개월이었다. 온난기 사이마다 2년에서 9년에 이르는 겨울이 왔다. 환절기는 급작스럽지도 않았고 완만하지도 않았다. 환절기에는 더위와 추위의 전환이 오랜 기간 이어지다 결국은 어느 한쪽으로 안정을 찾게 되는 식이었다. 지금 맞고 있는 계절도 완전히 안정적으로 자리 잡기까지 여섯 번의 불발을 거쳤다.

과거 미드가르드 물리학자들은 눈에 보이는 것들이 모두 성간 먼지의 간섭 때문이라고 생각했다. 귀엽게도 말이다, 그렇지?

우리는 여름을 허송하지 않고 있었다. 예로니모 마샬은 나쁜 놈이지만 멍청이는 아니다. 그는 이 개척지가 살아남길 바란다.

우리는 식량을 비축하고 지역 동물상 연구를 통해 겨울을 견디는 법을 알아내는가 하면, 최초로 디캔팅 한 배아를 수용할 돔을 짓는 한편, 기술적으로 조작한 해조류를 방류해서 우리가 숨 쉴 수 있는 공기를 만드는 작업을 시작하게끔 유도하는 등등의 일을 해 왔다.

문제는 만사에 시간이 드는데, 시간이란 우리에게 무한히 주어지지 않는 자원이다. 우리가 생명을 유지하게 만드는 모든 것들에 엄청난 양의 에너지가 필요하건만 현재 우리의 유일한 동력원은 *드라카*의 반물질 원자로뿐이다. 이 원자로는 지금도 허브 아래에서 빙글빙글 돌며 우리를 이곳까지 데려다준 연료 공급량을 서서히 바닥내는 중이다.

그러고 보니 매기 링, 또 다른 나를 재촉해 스포크3을 따라 허브로 향하던 그 여자가 또 생각난다. 원자로가 없으면 어떻게든 간신히 살아갈 수는 있을 것이다. 날씨가 이 상태로 유지된다면 말이다.

그런데 바로 그게 문제다. 이 날씨가 계속 이어지지는 않을 테니까.

나는 은퇴 후 거의 항상 농업부에서 교대 근무를 했다. 내가 식물을 잘 기른다거나 해서가 아니라 어쩌다 보니 그렇게 되었다. 나는 물리학이나 생명공학, 또는 공학에 쓸 만한 어떤 자격도 갖추지 못했기 때문이다. 경비대의 아문센은 마샬과 친한 데다가 2년 전 내가 캣과 함께 보안 경계선에서 크리퍼들과 교전을 벌이다 기절한 일을 두고 여전히 나를 못마땅해한다. 그래서 요즘은 나와 엮이고 싶어 하지 않는다. 일단 아기들을 저온 창고에서 꺼내기 시작한다면 나는 아마 탁아소에서 기저귀를 갈아 주며 시간을 보내게 될 것이다. 하지만 지금으로서는 디캔팅 된 아기들을 살릴 수 있다는 확신이 좀 더 생길 때까지 그 일도 보류 중이다.

그래서 남은 곳이 농업부였다. 사실 이날도 나는 제이미 해리슨과 함께 일하며 토끼를 돌보고 있었다. 우리가 어째서 토끼들을 폐쇄형 생태계에 두고 키우는지 의문이 들지도 모르겠다. 토끼들이 사람들은 먹으려 들지도 않고 먹을 수도 없는 풀이나 잡초 같은 것을 먹으며 어느 정도 스스로 살아가는 환경이라면 고기를 얻기 위해 동물을 길러 안정적인 칼로리 공급원으로 삼는 것이 가능할 것이다. 하지만 니플하임에서는 그런 일이 아직 순전한 염원에 불과하다. 이제 이끼와 양치류가 돔을 둘러싸고 있지만 토끼들은 먹지 못한다. 이곳의 토착 단백질은 유니언의 생명체와는 맞지 않는다. 그 대신 우리는 토끼에게 토마토 덩굴과 감자 채소와 단백질 혼탁액을 먹이는데 그중 일부만 식용 토끼의 몸이 될 뿐, 대부분은 멍청한 포유류의 신진대사로 연소되거나 똥으로 변한다. 결국은 식용 토끼 고기 1킬로칼로리마다 우리가 직접 먹을 수 있는 3킬로칼로리의 다른 재료는 물론, 우리가 먹을 수는 없지만 사이클러에 넣을 수도 있을 어마어마한 양의 재료가 들어가는 것이다. 그 어떤 사치품도 다 눈에 띄게 부족한 곳에서 토끼는 굉장한 사치품인 셈이다. 그렇다면 우리는 왜 토끼를 키울까?

그야, 일단 토끼가 귀엽기 때문이다. 지난 1000년간의 디아스포라에 대한 수많은 심리학적 연구가 보여 주듯이 인간은 살면서 어느 정도 껴안을 필요가 있고 니플하임에서 그걸 제공할 수 있는 존재는 토끼가 유일하다.

물론 맛도 있다. 토끼들은 완전히 성장하자마자 주방으로 직행하게 된다. 하지만 그 전까지는 토끼들과 지내는 것이 개척지의 대부분의 사람들과 어울리는 것보다 훨씬 재미있다.

제이미는 토끼와 달리 귀엽지도 않고 함께 지내기에 재미있지도 않다.

니플하임의 토끼들은 기본적으로 미드가르드의 최고 보안 죄수들이 받았던 것과 똑같은 대우를 받는 것 같다. 대부분의 시간은 수경재배 탱크 옆 벽에 붙여 지은 세 개의 작은 토끼장 안을 꽉 채우고 들어앉아서 보낸다. 하루에 한 번, 한 번에 한 개의 토끼장을 열어 밖의 약간 더 큰 공간으로 내보내는데 두 면은 칸막이로, 다른 면은 하얀 철조망으로 둘러싸인 공간이다. 약간 뛰어다니기도 하고 뭐든 운동이 될 만한 걸 할 수 있는 그곳에서 토끼들은 (a) 귀여움 치료가 필요한 사람, (b) 제이미가 만족할 수준의 소독을 마친 사람과 논다. 그러고는 다시 토끼장으로 들어가 먹고 싸고 더 많은 토끼를 만들면서 다음 날을 기다리는 것이다.

끔찍하지 않은 삶이다.

솔직히 말해 아주 많은 점에서 나보다 나은 삶을 산다.

내게 근무 주기에 대한 선택권이 있다면 아마 대부분의 시간을 여기에서 보내려고 하겠지. 그런데 그럴 권리가 없다. 나는 제이미가 내 근무를 요청할 때만 토끼들과 함께 업무 시간을 보낼 수 있는데 그런 일은 딱 두 가지 경우뿐이다. 하나는 도태의 날로, 내가 토끼장을 훑으며 먹음직하게 충분히 큰 수컷과 번식이 느려지기 시작한 늙은 암컷을 골라내는 일을 한다. 또 다른 경우는 오늘처럼 토끼장 청소를 하는 날이다.

토끼장 청소 날이 좋은 이유는 제이미가 나를 못 미더워해서 일을 제대로 못 하리라 여기기 때문이다. 즉, 실제 청소는 거의 다 제이미가 하는 동안 나는 토끼와 씨름하며 보낼 수 있다는 뜻이다. 1번 토끼장 토끼들을 마지막으로 운동용 뜰에 내보내는데, 복도로 통하는 문이 미끄러지듯 열리며 베르토가 들어왔다.

잘됐군.

“어이, 내 저녁거리들은 잘 지내?” 그가 말했다.

나는 한숨을 내쉬고 허리를 편 다음 베르토를 향해 고개를 돌렸다. 베르토가 울타리를 넘어 들어와 쭈그려 앉았다. 그러더니 손가락 하나를 내밀어 토끼 한 마리의 귀를 쓰다듬으려고 했다.

“손 떼, 고메즈. 너 살균 안 했잖아.” 제이미는 토끼장 일에서 눈도 떼지 않고 외쳤다.

베르토가 웃음을 터뜨렸다. "살균? 얘들은 비싼 외투 입은 생쥐들이라고, 제이미. 너야말로 지금 얘들 집에서 똥 무더기를 퍼내고 있잖아. 감염될까 걱정해야 할 사람은 나야."

제이미가 받아쳤다. "이건 논쟁할 사안이 아니야. 손 치울 거 아니면 내 일터에서 나가. 여기로 경비대원 부르면 1분도 안 걸려."

웃음기가 사라진 베르토의 표정을 보아하니 곧 말싸움을 벌일 기세였다. 하지만 그는 이내 고개를 절레절레 흔들며 몸을 일으켜 세웠다.

내가 말했다. "제이미 말이 맞아. 너도 알잖아, 안 그래? 이 불쌍한 녀석들은 평생 10분의 9에 해당하는 시간을 서로 밟고 다니며 토끼장 속에서 보낸다고. 한 마리가 병들면 일주일 안에 전부 다 죽는 거야. 여기에선 어디 예비 물자를 받아 올 곳도 없잖아."

"그렇든가 말든가. 난 토끼들이랑 놀겠다고 여기 온 게 아니야."

나는 베르토의 다음 말을 기다렸다. 길고 긴 5초가 지나서야 나는 한쪽 눈썹을 치켜뜨고 재촉했다.

"그러면……."

베르토의 표정이 짜증에서 어리둥절로 바뀌었다.

"그러면, 뭐?"

나는 눈을 굴렸다. "*애초에* 뭣 때문에 여기까지 내려온 거야, 베르토?"

그가 입가에 미소를 지었다. "어, 주된 이유는, 내가 심심해서야. 나샤가 말 안 했어?"

이번에는 내 표정이 어리둥절하게 변했다. "말하긴 뭘?"

"우리가 지상에 발이 묶인 거, 이후 따로 통보할 때까지 어떠한 항공 정찰도 없을 거래." 베르토가 대답했다.

허.

"말도 안 돼. 나샤는 그런 말 없었는데. 언제 생긴 일이야?"

"오늘 아침에 교대 근무 하러 갔다가 알게 됐어. 어쩌면 나샤한테 아직 전달이 안 됐나 보지?"

"그래. 그럴지도. 이유는 들었어?"

베르토가 고개를 가로저었다. "딱히. 근무 중이던 기술자가 하는 말이 중력 그리드를 충전할 수 없는 문제인가 뭔가 때문이라는데 그건 말이 안 돼. 우리한테는 반물질 원자로가 있잖아, 그렇지? 우리가 전력을 배급받는 것도 아닌데."

"그러게, 그건 이해가 안 되는 얘기네."

"그게 중요한 일도 아니고 말이야. 이쯤에서 내가 제법 확신을 갖고 말할 수 있는데, 저 밖에는 크리퍼들 외엔 우리에게 위협이 될 만한 건 아무것도 없거든. 게다가 계절이 바뀐 뒤부턴 돔 사방 5킬로미터 이내에서 크리퍼를 한 마리도 본 적이 없어. 내 말 오해는 하지 마. 나는 그 무엇보다 비행하는 쪽을 택할 사람이거든. 하지만 이건 내가 진지하게 말하는 거야. 항공 정찰은 지금 시점에선 시간과 자원을 낭비하는 짓이라고."

토끼 한 마리가 내 장화 한쪽에 코를 들이댔다. 나는 쭈그려 앉아 녀석의 귀를 긁어 주었다. "그럼 만약에, 그냥 가정을 해 보자면, 우리한테 전력 생산에 차질이 생겼을 경우 전력 소비를 줄이려면 너랑 나샤의 비행을 금지시키는 게 좋은 방법이겠네, 그렇지?"

베르토가 어깨를 들었다가 놓았다. "아마도 그렇겠지. 중력 그리드는 엄청난 양의 전기가 드니까. 리프터들이 쓰는 전력량이 무시무시하지."

잠시 멈칫하던 베르토의 입가에 미소가 걸혔다. "너 뭐 아는 것 있어, 미키?"

토끼는 이제 내 손가락을 오물거리고 있다. 결국 녀석이 원한 건 애정이 아니었던가 보다. 나는 한 손으로 녀석을 멀찍이 밀어내고 일어서서 또 한 번 제이미 쪽을 힐긋 쳐다보았다. 그는 머리와 어깨를 토끼장 안에 깊숙이 넣고 소독용 스펀지로 무언가를 문지르는 중이었다.

"있지, 최근에 나 본 적 있어?" 내가 말했다.

베르토가 입을 딱 벌렸다가 다물었다. 그리고 고개를 저었다.

"뭐라고?"

"날 본 적 있냐고? 어쩌면 엔지니어링 쪽 사람이랑 같이 있었을걸? 좀 혼란스러워 보일 수도 있었겠지?"

베르토가 눈을 가늘게 떴다. "무슨 소리를 하는 거야, 미키?"

나는 한숨을 내뱉었다. "내 말은, 오늘 아침에 또 다른 나를 본 것 같단 뜻이야. 아무래도 마샬이 탱크에서 다시 미키들을 뽑아내고 있나 봐."

베르토는 고개를 한쪽으로 갸웃하더니 두 팔로 가슴에 팔짱을 꼈다.

"그러니까 네 생각엔 예로니모 마샬, 니플하임 나탈리스트들의 대사제가 의도적으로 복제 인간을 만들고 있는 것 같다고?"

나는 망설이다가 고개를 가로저었다. "네가 그렇게 말하니까 정말 얼토당토않은 소리처럼 들리네."

"그렇지, 왜냐하면 *정말로* 멍청한 소리니까. 실제로 다른 미키를 어디서 보긴 했어? 얘기는 나눠 봤어?"

"대화는 못 했지만 보긴 했지. 잠깐 사이에. 거의 20미터 떨어진 거리에서."

베르토가 눈을 굴렸다. "지금 너랑 비슷하게 생긴 것 같은 사람을 20미터 멀리에서 얼핏 봤다고 이러는 거네. 그것 때문에 본능적이고 종교적인 이유로 복제 인간들을, 특히 너를 유독 증오하는 우리 사령관이 비밀리에 너를 더 만들어 내고 있단 결론을 내린 거잖아 고작……."

"들어 봐, 내가 똑똑히 봤다고." 내가 말했다.

베르토가 토끼장 쪽을 가리키며 말했다. "아니야, 아마 제이미를 봤겠지. 너희 둘이 쌍둥이처럼 닮았잖아."

베르토, 너마저?

나는 반박을 하려고, 하다못해 베르토에게 엿이나 먹으라고 말하려고 입을 열었지만 뭐라고 할지 결정을 내리기도 전에 베르토가 내 어깨를 정통으로 때렸다.

"어쨌든 무슨 상관이야, 안 그래? 마샬이 네 복제본들을 탱크에서 뽑아낸다 해도 신경 쓸 거 없잖아. 게다가…… 알 게 뭐야…… 죽을 때까지 서로 싸우게 만들어 놓고 아문센이랑 같이 누가 이기나 내기를 걸고 있는지 어쩌는지. 넌 은퇴했잖아. 기억나지? 뭐 하러 신경을 쓰고 그래?"

사실 그것참 좋은 질문이다. 똑같은 근본적인 질문을 나샤에게 받고 나서 생각을 좀 해 봤다. 2년 전 에잇에게 그런 일이 있은 후로 한 가지는 확신할 수 있었다. 나인이든 텐이든 지금쯤 그들이 몇 번까지 뽑아냈든 앞으로 무슨 일이 있어도 나는 오직 나뿐이라는 것이다. 그 논리대로라면 마샬이 탱크에서 복제본들을 꺼내 원자로 안에 던져 넣든 검투사 놀이를 하든 뭘 하든, 나와는 아무 상관이 없는 셈이다. 상관이 없지만…….

그래도 여전히…….

상관이 있다고 봐야겠지.

내가 말했다. "들어 봐, 윤리 같은 건 아예 제쳐 둬. 내가 나라고 생각했던 그 사람이 매기 링과 같이 있었어. 그리고 함께 원자로로 향했단 말이야."

뭐라고 대꾸를 하려던 베르토의 입가에 돌연 미소가 걸히는 걸 보니 이제 머리가 좀 돌아가는 모양이었다.

"그렇구나." 마침내 베르토가 외쳤다.

"그렇지. 게다가 너도 방금 지상에 발이 묶였고."

"그렇네, 그럼 문제가 있는 걸 텐데." 베르토가 동의했다.

"그럴 것 같지? 전기 없이 우리가 얼마나 버틸 수 있을까?"

"상황에 따라 다르지, 원자로라는 게 그렇잖아. 지금 우리 경우는 폐로가 되어서 우아하게 생을 마감하는 바람에 전기를 못 쓰는 거야, 아니면 원자로에 과부하가 걸려 반경 50킬로미터 이내의 온갖 것들을 증발시켜서 전기가 나간 거야?"

"첫 번째 경우라고 치자."

베르토는 뒤통수를 긁적였다. "그러면 아마 당장은 괜찮을 거야. 아직은 사이클러로 적당량의 칼로리를 얻고 있으니까, 내 생각은 그래. 하지만 농업부에 사체들을 던지기 시작할 때가 되면 더 나은 해결책을 강구해야 할 거야. 여기서 엄청난 전력이 필요한 일은 그것뿐이고 우리의 생존에도 절대적으로 필수적이니까."

"지금이야 그렇지. 추위가 다시 시작되면 어쩌고?"

"이런, 그렇게 되면 우린 완전히 끝장나지."

"그렇겠지, 나도 그렇게 될 거라고 생각했어."

베르토가 얼굴을 찌푸렸다. "그래. 그럼 우린 어쩌지?"

"우리가 어떻게 할 수 있을지 모르겠어. 지금이야 아직 전기가 들어오고 우리도 증발하지 않았으니까, 분명 아직은 원자로가 작동한다는 뜻이야. 다만 매기가 상황을 제대로 파악하고 있기를, 무슨 일이 벌어지든 단지 일시적인 결함이기만을 바라야지."

베르토의 표정이 또 일그러졌다. "매기는 얼마든지 믿을 만한데, 문제는 매기가 아니라 누군가 원자로 내부를 건드리고 있으면 어쩌냐 이거지, 아니겠지?"

"잠깐, 이것 봐라, 지금 *내* 능력을 의심하는 건 아니길 바라. 내가 여기에서 유일하게 뛰어난 게 하나 있다면 치사량의 방사선을 맞으면서 고철 수리하는 능력이라고, 이미 증명했잖아."

"그렇지, 타당한 지적이야. 하지만 아무래도…… 원자로에 뭔가 결함이 생겼다는 생각 자체만으로도 오싹해진단 말이지. 대체 무슨 일이 생긴 건지 알아낼 방법이 없을까?" 베르토가 말했다.

등 뒤에서 제이미의 목소리가 들렸다. "방해하고 싶지는 않은데, 여기는 작업이 끝났으니까 암탉들끼리 수다 다 떨었으면 토끼들을 다시 1번에 넣어 주겠어? 그래야 2번도 시작을 하지."

나는 뒤돌아 제이미를 쳐다보았다. 그가 나를 쏘아보곤 토끼장을 가리켰다.

"미안, 근무 시간이야." 내가 베르토에게 말했다.

"그래야지. 너는 토끼들이랑 할 일 해. 난 여기저기 좀 물어봐야겠어. 근무 끝나면 메시지 보내. 응?"

"오늘 중 언젠간 끝나겠지." 제이미가 쏘아붙였다.

베르토는 제이미를 뚫어지게 노려보고 나서 왔던 길로 되돌아가 울타리를 넘어 사라졌다.

이제 마지막 토끼들을 3번 토끼장에 넣고 있던 참에 제이미가 입을 열었다. "저기, 아까 네가 고메즈랑 했던 이야기 나도 들었어."

나는 고개를 돌려 제이미를 쳐다보았다. "그래? 그럼 넌 어떻게 생각해?"

제이미가 어깨를 들었다 놓았다. "난 고메즈가 꺼지면 되겠다고 생각하지. 넌 전혀 나하고 안 닮았거든."

뭐라고 대답을 하려던 나는 벌렸던 입을 다물고 제이미가 방금 한 말을 머리로 이해하려고 했다.

제이미가 말을 이었다. "내가 너보다 *더* 잘생겼단 뜻이 아니라, 우린 그냥 다르게 생겼단 말이야."

마침내 내가 물었다. "그러니까, 베르토랑 내가 했던 이야기 중에서 *고작* 그게 마음에 걸렸다고?"

"응, 상당히. 왜? 그것 말고 내가 신경 써야 할 얘기가 또 있던가?"

나는 이 임무에 참여하려면 미드가르드에서 어떤 선별 작업을 통과해야 하는지, 얼마나 철저한 검증을 거쳐야 하는지 안다. 그들이 최고의 자질을 가진 똑똑한 이들만을 뽑았다는 것도 알고 있다. 하지만 제이미는…….

누군가의 조카라서 뽑힌 걸까?

그래, 나도 우리가 닮은 구석이 없다고 생각해. 내가 이 대사와 함께 무슨 말이든 덧붙이려던 찰나, 오큘러에 메시지가 떴다.

[Command1]: 즉시 사령관 집무실로 보고 바랍니다.

[Command1]: 17시 30분까지 이행하지 않을 시 항명으로 간주합니다.

잘됐군. 그럼, 이제 시작인가.

2장

이쯤에서 예로니모 마샬과 나의 관계가 현재 어떤지 설명하는 편이 가장 좋을 것 같다.

요약해서 말하면, 아주 좋은 건 아니다.

긍정적으로 보자면 미션 익스펜더블로서 내 임무를 사직한 후 그는 실제로 나를 죽이려 시도한 적이 없다. 그 점은 신선했지만 그렇다고 특별히 내게 친절하게 굴지도 않았다. 더는 그를 위해 죽지 않겠다는 내 말을 듣고 그가 제일 먼저 한 일은 내 배급을 최소 기본량으로 줄인 것이었다. 내가 자신의 집무실을 나가고 문이 채 닫히기도 전에 벌어진 일이었다. 당시 최소 기본량은 하루 1200킬로칼로리였다. 그는 내가 실질적으로 임무가 없기 때문에 어떠한 복무 보너스도 지급받을 수 없다는 이유를 들어 자신의 처분을 합리화했다. 나는 장기적으로 볼 때 하루 1200킬로칼로리만 섭취하다가는 죽게 될 거라고 반론을 폈다. 그러자 그는 자기 알 바 아니라고 반론의 반론을 폈다. 그 반론의 반론에 대한 반론으로 나는 아직도 크리퍼들과 긴밀히 접촉하고 있음을 언급한 뒤, 만약 내가 죽어 그들이 아주 분노하게 되면 반물질 폭탄을 이용해 불만을 분출할 수도 있다고 으름장을 놓았다.

이에 그는 내게 300킬로칼로리를 추가로 할당했지만 흔쾌히 내준 건 분명 아니었다. 그래도 나는 여전히 매우 굶주릴 지경이었다. 하지만 그쯤에서 논쟁을 그만두기로 했다. 거기에는 몇 가지 아주 그럴싸한 이유가 있었다.

1. 내겐 친구가 아주 많진 않지만 내 친구라고 여기는 사람들은 정말로 나를 좋아하는 것 같다. 그래서 내가 유독 수척해 보일 때면 사이클러 페이스트가 든 머그잔을 여기저기서 곧잘 건네준다.

2. 사실 크리퍼들은 반물질 폭탄을 갖고 있지 않다.

3. 설사 그들에게 폭탄이 있다 해도 *나와는 연락 없이 지낸 지 오래다.* 마샬에게는 지속되고 있는 훌륭한 외교 관계 덕에 크리퍼들이 돔 가까이 접근하지 않는다고 말했고 그도 믿는 눈치지만 사실은 거의 2년 동안 크리퍼들로부터 어떤 소식도

들은 적이 없다. 내가 알기로 그들은 여름에 동면을 하고 겨울이 되면 돔 바닥을 뚫고 솟아나 우리 모두를 몰살시킬 것이다.

그러니까, 간단히 말하자면, 내가 목숨을 보전할 수 있었던 건 순전히 거짓말로 쌓은 아주 위태로운 탑 위에 놓인 성과였고, 그걸 감안했을 때 고작 몇백 킬로칼로리를 얻자고 그 탑 전체를 위험에 빠뜨릴 수는 없었던 것이다.

마샬이 말했다. "반스, 앉게."

나는 문이 닫히게 내버려 두고 그의 책상 맞은편에 있는 의자 중 하나를 골라 앉았다. 그간 마샬과는, 그의 집무실에 불려온 적도 없거니와, 이렇게 직접 이야기를 나누는 것이 거의 표준력 2년 만의 일이었다. 마지막으로 그를 대면했을 때, 내가 임무를 내놓고 물러나자 그는 나를 죽이겠단 협박을 했다. 나는 이번엔 최소한 아주 약간이라도 그때보단 괜찮은 만남이 되기를 바랐다.

마샬은 양 팔꿈치를 책상 위에 세우며 몸을 앞으로 기대더니 10초간 나를 뚫어질 듯 바라보았다. 그동안 나는 그를 처음 만난 이래로 장장 12년을 되돌아보며 그의 외모가 전혀 변하지 않았다는 점에 놀랐다. 짧게 깎은 콧수염이 당시에 비해 좀 더 희끗해졌을 뿐 그 외에는 달라진 점이 없달까? 예로니모 마샬은 아마 니플하임에서 가장 나이가 많은 사람일 것이다. 심지어 미드가르드에서도 마샬은 중년을 훌쩍 넘길 연배다. 하지만 지금 보면 문득 그가 우리 모두보다 장수할지 모른다는 예감이 든다.

그가 입을 열었다. "그래, 지난번에 안부를 나눈 이후로 오랜만일세. 은퇴 생활은 어떻게 잘 맞나, 반스?"

어라, 내 예상이 빗나갔다.

나는 짧고 어색한 정적 끝에 대답했다.

"네, 뭐, 좋습니다. 물어봐 주셔서 감사합니다. 거의 포그볼만 하면서 보냈습니다. 여행도 좀 다니고요. 손주 녀석들이 좀처럼 전화를 안 해서 섭섭하지만 뭐, 별수 있나요?"

마샬은 상체를 뒤로 젖히고 얼굴을 찌푸렸다.

"그렇군, 농담은 그걸로 됐어. 내가 왜 오늘 자네를 호출했는지 알겠나?"

나는 어깨를 들었다 놓았다. 나름 짚이는 데가 있지만 그걸 입 밖에 내도 될지 확신이 없었다. 마샬의 얼굴이 더 심하게 구겨졌다.

"그 이야기를 하기에 앞서 우선 이 사안부터 논해야겠군. 자넨 지금 본분을 다하지 않고 있어, 반스. 자넨 스스로 이 일을 맡겠다고 서명했어. 애초에 이 일 덕으로 부적격한 신체이면서도 임무에 합류해 놓고, 그게 종신 직책이라는 걸 다 알고 동의할 땐 언제고, 이제 더는 내키지 않는다며 본분을 저버렸지. 지난 2년을 자네는 개척지 주민으로서가 아니라 무임승차자로서 보냈어. 미드가르드에서는 그렇게 보조금이나 빌어먹는 놈으로 허송세월해도 만족스럽기 그지없었겠지만, 자네도 잘 알다시피 상륙거점 개척지에서 무임승차자는 허용되지 않지."

순간 나는 그의 말을 비꼬아 주기 위해, 어쩌다 보조금에 눈이 멀어 서명한 임무를 저버린 걸 자책하는 척 말할 요량으로 입을 벌렸다. 한편 생각해 보면 마샬이야말로 11년 전 우리가 궤도를 벗어나 임무를 시작한 이래로 단 하루도 정직하게 일한 적 없는 사람이었다. 하지만 이 사람은 내가 그를 몰아세울 경우에 나를 죽일 수 있는 실권을 지닌 인물이라는 사실도 가까스로 기억이 났다. 결국 나는 물러서기로 하고 목을 가다듬은 후 다시 말을 시작했다.

"무슨 말씀인지 압니다, 사령관님. 하지만 제가 사실은 무임승차가 아니라는 점을 말씀드려야 할 것 같습니다. 저는 이 니플하임에 있는 모든 사람들과 마찬가지로 매일 교대 근무를 합니다. 이따금 끔찍한 죽음을 맞는다는 것만 빠졌을 뿐 기본적으로 제가 사직하기 전에 그랬듯이 일을 하고 있습니다."

"맞네. 자네의 근무 스케줄에 대한 보고는 받았어. 토마토 가꾸기, 화학 실험실 바닥 청소하기, 토끼들과 놀기. 유휴 인력을 안 만들려고 억지로 꾸며 낸 임무잖나, 반스. 자네가 직접 말했듯이 이따금 맞는 끔찍한 죽음, 그 일을 하라고 자네를 여기까지 데려온 것 아닌가. 나머지 시간에는 그 임무 사이에 시간을 때우는 게 전부였어. 솔직히 말해서 스스로 찬찬히 돌아

보면 내 말에 동의할 수밖에 없을 걸세. 지난 2년간 자네는 그 어떤 일로도 이 개척지에 실제로 가치 있게 기여한 바가 없단 말이지. 상륙거점에서 생존은 백척간두와 같아. 자네가 먹고 싸고, 자원을 끌어다 써 놓고 아무것도 갚지 않으면 우리는 한 층 더 실패하는 쪽으로 기울게 되는 거야."

내가 입을 열었다. "그렇군요. 그러니까 지금 저더러…… 자살을 권유하시는 건가요? 그런 거라면 말입니다, 사령관님, 지금까지 말씀하신 것보다 훨씬 더 설득력 있게 말씀하셔야 할 것 같아요."

마샬은 다시 상체를 앞으로 들이밀고 목소리를 낮추어 으르렁거리듯 말했다.

"아니야, 반스. 나도 그러면 고맙겠지만 자네에게 자살을 권유하지는 않아. *은퇴* 이후 자네의 존재가 동료 개척민들에게 부담이 된다는 점을 감안해서 그걸 덜어 줄 방법에 대해 결단을 내리라고 제안하는 걸세."

고통스러울 정도로 어색한 정적이 흐른 뒤, 마샬은 등을 의자에 기대더니 가슴에 팔짱을 꼈다.

"자넨 이게 지금 원래의 임무로 돌아가라는 지시인 줄 알고 있겠지. 확실히 말해 두겠네. 그렇지 않아. 앞서 말했듯이 자살을 명하는 것도 아니야. 사실은 말일세, 나는 자네에게 자신의 목숨을 부지하는 데에 필요한 뭔가를 해 보라고 명령하는 거야. 그건 이 개척지의 다른 모든 이들의 목숨을 구하는 일이기도 하지."

"아아아, 그렇군요. 그러면 지금 해 보라고 명령하신 일은 제가 엄청나게 고통스러운 방식으로 죽는다든가 하는 건 포함되지 않는단 말씀입니까?"

"그럼, 어떤 경우든, 꼭 그럴 필요는 없네." 그가 대답했다.

나는 눈을 굴리고 의자를 뒤로 밀어 자리에서 일어났다.

"저기요, 대체 무슨 생각을 하고 계신 건지 모르겠습니다만, 사령관님. 제가 지금 당장 신경 쓰는 일만으로도 너무 벅차서요. 토끼들도 챙기고, 토마토도 그렇고, 또 잊으면 안 되는 크리퍼들까지. 그러니 더 하실 말씀이 없으시면……."

"반스, 제발 좀, 앉게." 그가 외쳤다.

*제발*이라는 말이 나를 붙잡았다. 마샬이 전에도 그렇게 말한 적이 있었던가 모르겠다. 나는 한숨을 쉬고 털썩 의자에 도로 주저앉았다.

"알겠습니다. 원하시는 게 뭡니까? 막힌 원자로 코어 내부를 청소해 드릴까요?"

마샬의 눈이 살짝 커졌다. 그의 턱 근육이 단단해진 것이 보였다.

"원자로 코어에 대해서 뭘 알고 있지?"

허. 반응이 흥미롭다.

"글쎄요, 우선 한 가지, 전력을 아끼려고 베르토와 나샤에게 비행 금지 명령 내리신 건 압니다."

그가 눈을 찌푸렸다. "그건 통상적인 조치였네. 항공 정찰은 지금으로선 생산적인 활동이 아니지 않나. 리프터들을 지상에 묶어 둔 건 기본적인 효율 때문이야."

"탱크에서 저를 복제해 뽑아내고 계셨다는 것도 압니다. 그들을 코어로 밀어 넣고 있었겠죠. 그것도 통상적인 일인가요?"

마샬은 아무런 대답도 하지 않았다. 그리고 마침내 입을 연 그는 완전히 단조로워진 어조로 물었다.

"누구한테 들었지?"

나는 입을 꾹 다문 채로 미소를 지었다. "아무도 말해 준 적 없습니다. 어제 복도에서 그들 중 한 명을 봤어요. 매기 링과 같이 있더군요. 분명 서두르고 있었어요. 어디로 갔는지 100퍼센트 확신할 순 없었지만 사령관님의 반응을 보니 확실하네요, 그렇죠?"

마샬은 체감상 아주 오랫동안 나를 바라보았다.

그가 마침내 대답했다. "다시 한번, 확실히 말해 두지만, 나는 어떤 것도 확인해 주지 않았네. 알아들었나?"

나는 망설이다가 고개를 끄덕였다. 솔직히 내가 이해한 것 같지는 않았다.

마샬이 낮고 변화 없는 어조로 말을 이었다. "앞서 말했듯이, 이 개척지는 칼날 위에 서 있네. 모든 상륙거점 개척지들의 실상이 그렇지만 우리의 특수한 정황을 고려할 때 우리에겐 더욱 심각한 상황이야."

그가 말을 멈추었을 때, 나는 우리가 처한 특수한 정황 중 얼마나 많은 것들이 그의 결정에 따른 직접적인 결과인지 언급해볼까 싶었다. 하지만 신중할 줄 아는 것이 진정한 용기라고 했던가. 나는 그가 말을 이어 갈 때까지 침묵을 지켰다.

"결국 우리를 벼랑 끝으로 몰고 갈 만한 요소들은 많다네, 반스. 흉작. 설비 고장. 적대 행위. 그런데 개척지 실패의 가장 흔한 요인이 뭔지 아나?"

그 물음이 수사적 질문이 아니라는 걸 깨닫기까지 잠시 시간이 걸렸다.

"아니요, 사령관님. 부디, 가르침을 주십시오."

내 말투에 마샬의 턱이 굳어졌지만 그 외엔 별다른 반응이 없었다.

그가 말했다. "패닉. 개척지 실패의 가장 흔한 이유는 패닉일세. 모든 상륙거점들이 난관에 직면했지. 대다수가 재앙에 맞닥뜨렸어. 침착한 리더십과 용기로 이런 좌절에 맞선 곳들만이 살아남았네. 흉흉한 소문과 바이러스처럼 퍼지는 공포에 굴복한 곳들은 어떻게 되겠어? 그들은 죽는 거야. 내가 무슨 이야기를 하는 건지 이해가 되나, 반스?"

"음, 원자로에 대해 입을 다물고 있으란 말씀인가요?"

마샬은 의자에 앉은 채 몸을 앞으로 내밀면서 두 손을 활짝 펴 책상을 짚었다. "이 개척지의 반물질 원자로에는 아무 문제가 없다는 말을 하는 거라네. 올해로 표준력 11년간 우리를 지탱해 왔고 우리가 필요로 하는 한 계속해서 작동할 것이야. 한 가지 더 말하자면 우리는 익스펜더블을 탱크에서 뽑아내지 않았어. 그런 말은 선동적일 뿐만 아니라 일반 개척지 주민들 사이에서 바로 그 패닉 반응 같은 걸 유발할 수 있지. 그런 사태는 피해야 해. 다시 묻지, 내 말 이해하겠나?"

나는 천천히 대답했다. "네, 그런 것 같습니다."

"그런 것 *같다*고?"

"아니요, 사령관님. 같은 게 아니라. 그렇습니다. 이해했습니다."

그는 얼굴에 긴장이 풀리면서 내게 미소에 가까운 어떤 표정을 지어 보였다.

"훌륭해. 그럼 자네가 이런 소문을 퍼뜨리지 않을 거라고 믿어도 되겠나?"

나는 이미 나샤와 베르토에게 소문을 퍼뜨렸다. 물론 제이미에게도 얘기했을 것이다, 그가 내 말을 이해할 뇌 용량을 가지고 있었다면. 하지만 지금은 그런 이야기를 하기에 적절한 때가 아닌 것 같았다.

"네, 사령관님. 이 사안에 대한 제 생각은 혼자만 간직하도록 하겠습니다."

"훌륭해, 신중함의 필요성을 이해한다니 다행이야." 그가 치하했다.

나는 고개를 끄덕였다.

그도 고개를 끄덕였다.

나는 어깨 너머를 슬며시 돌아보았다. 내가 들어온 문은 굳게 닫혀 있었다.

내가 입을 열었다. "그럼, 아주 도움이 많이 되었습니다. 말씀 끝나셨으면 가 봐도 될까요?"

"뭐라고? 아닐세. 내가 그런 얼토당토않은 소문 때문에 자넬 여기까지 부른 줄 아나? 내가 말했잖은가, 자네가 할 일이 있다고."

맞아. 그렇지.

"2년 전, 자네가 반물질 폭탄 두 개를 들고 크리퍼들의 미로로 들어갔지. 돌아올 때는 폭탄이 하나뿐이었어."

나는 고개를 저었다. "저는 하나만 가지고 갔습니다. 에잇이 나머지 하나를 가지고 있었고 에잇은 제가 아닙니다. 그 점에 대해서는 서로 확실히 한 걸로 아는데요."

마샬의 입이 역겨움에 비틀어졌다. 미키를 탱크에서 다시 뽑아낸 데에는 분명 굉장한 이유가 있었을 것이다. 그는 복제인간에 대해 말할 때조차 금방이라도 토할 것 같은 표정을 감추지 못하는 사람이었다.

"나는 의미론엔 관심이 없네. 자네 둘이 폭탄 두 개를 가지고 이 돔을 떠났고 자넨 한 개만 들고 복귀했지."

나는 어깨를 으쓱했다. "맞습니다. 그래서요?"

"그러니, 자네가 지금 크리퍼들에게 다시 가야겠어. 가서 그 폭탄을 되찾아 오게."

그 말을 듣고 잠시 망설였다. 크리퍼들이 폭탄을 가지고 있다는 마샬의 믿음 덕분에 나는 지난 2년간 목숨을 부지할 수 있었다. 그의 잘못된 믿음을 바로잡을 생각도 없거니와, 그 폭탄을 돔으로 가져오고 싶은 생각은 더더욱 없었다.

마침내 내가 대답했다. "죄송합니다, 사령관님. 그건 불가능한 일 같습니다."

마샬의 목소리가 돌연 낮고 차가워졌다. "다시 생각해 보게. 2년 전에 바로 그 의자에 앉아서 자네가 할 일을 거부하겠다고 선언했을 때, 자네로선 그럴 권리가 전혀 없는데도 그 임무를 *내던졌*을 때, 우리는 자네 폭탄의 연료를 원자로에 재충전하려고 자네 대신 드론을 코어로 들여보내야 했지. 그 드론이 오작동을 일으켰다네. 링 박사는 코어의 중성자 선속 강도 때문에 그 망할 기계의 중추부가 손상을 입었다고 생각하더군. 그게 반물질 충전 장치를 차례로 심각하게 망가뜨렸어. 그런데 아주 최근에야 눈에 띄는 변화가 나타나더군. 엿새 전에, 10초간 통제되지 않은 연쇄 반응이 일어났지. 하마터면 이 개척지를 100킬로미터 지름의 연기 뿜는 구덩이로 만들 뻔했어."

"저런, 하지만 폐쇄하셨겠죠, 그렇죠?"

마샬이 눈을 굴렸다. "그래, 반스. 자네가 원소들로 흩어져 성층권을 떠돌지 않고 온전한 몸으로 여기 앉아 있다는 사실이 우리가 당시 상황을 통제할 수 있었다는 증거가 아니겠나. 하지만 그 와중에 우리에게 남아 있던 연료 비축분의 90퍼센트를 오염시켜야 했지. 그게 무슨 뜻인지 이해하겠나?"

"음……."

"그건 말일세, 반스, 우리에겐 현재 겨울을 한 차례 더 버티는 데에 필요한 전력 보유고가 없다는 뜻이네."

저런. 그거 좋지 않은 소식인데.

"하지만…… 반물질 소멸 말고도 난방을 할 방법은 많잖습니까, 그렇죠? 지구에서도 인간은 니플하임처럼 추운 기후를 견뎌 냈어요. 그때는 동물 가죽과 불만으로도 모두 체온을 따뜻하게 유지했습니다."

마샬이 한숨을 내뱉었다. "돔 안에 불을 피우는 게 타당한 일인지는 차치하고, 돔 외부에서라도 산소가 10퍼센트 미만인 대기로 불이 붙을 가능성을 생각해 봐. 무엇보다도, 크리퍼의 키틴으로 방한용 겨울 망토를 만드는 실용성을 논하기에 앞서, 옛 지구의 그 강인한 인간들이 자네가 생각하기에는 대체 뭘 먹고 살았을 것 같나?"

사실 나는 선사 시대 인류가 무엇을 먹었는지 전혀 모른다. 아마도 크리퍼는 아니겠지? 하지만 이런 대화를 두 번이나 해 본 적이 있는 나는 그의 말이 어디로 향하려고 하는지 알고 있었다.

"심지어 지금 돔 외부에서 가까스로 먹을 것을 길러 내고 있는데도, 사이클러는 여전히 우리 인구가 소비하는 전체 칼로리의 4분의 1 이상을 책임진다네. 게다가 인구는 영원히 고정

될 수도 없어. 비교적 가까운 시일 내에 언젠가는 아기들 디캔팅을 시작해야 하지. 너무 오래 기다리면 아기를 키울 어른들이 충분하지 않게 될 걸세. 관리인당 최적의 영아 수를 결정하는 대대적인 연구도 거쳤고 그 수는 1000보다 1에 가까워. 머지않아 저장고에서 나오기 시작해야 할 그 아기들을 먹이려면 반드시 사이클러가 필요하게 된단 말이지. 자네는 그 시스템이 얼마나 전력을 많이 소비하는지 알고 있나?"

사실 나는 알고 있다. 임무에 앞서 힘멜 스테이션에서 훈련할 때 젬마 아베라가 자세히 설명해 줬던 것들 중에 그것도 포함되어 있었다.

혹시 궁금할까 봐 답을 말하자면, 엄청나게 많은 양이다.

"이봐, 나는 자네를 특별히 좋아하진 않아, 반스. 자네한텐 놀랄 것도 없는 이야기겠지. 난 원칙적으로 이 임무에 익스펜더블을 합류시키는 걸 반대했어. 하지만 내 의견은 받아들여지지 않았네. 힘멜 스테이션에서 이륙한 뒤에는 자네를 에어로크 밖으로 던지지 않는 것에 반대했지. 그런데 그 또한 기각되었어. 자네가 임무를 마치고 여전히 무기를 등에 짊어진 채 크리퍼들로부터 살아 돌아왔을 땐 어찌나 불쾌했는지 모른다네. 그 후, 자네를 얼굴부터 사이클러에 밀어 넣을 수 없다는 게 분명해지자 더욱 기분이 나빠졌지. 서로 이건 분명히 해 두자는 차원에서 말하는 것 아니겠나?"

또 한 번, 이번에도 수사적 질문은 아닌 모양이었다. 한참 동안 어색한 침묵이 흘렀고, 내가 고개를 끄덕였다. 마샬이 책상 건너편에서 상체를 앞으로 기울였다. 순간 나는 그가 나를 앉은 자리에서 죽일 작정인 줄 알았다.

"좋아, 그러니 내가 이런 말을 하는 게 얼마나 고통스러운지 자네는 이해할 수 있겠지. 그 폭탄을 도로 가져오게. 그러면 모든 *걸* 용서하지. 자네가 이 임무에 합류하면서 서명했던 대로 일을 하라고 명령하지 않겠네, 결단코 다시는 그런 일 없을 거야. 나는 가만히 앉아서 자네가 죽는 날까지 토마토를 돌보고 토끼와 노는 모습을 지켜보겠네. 자네가 하고 싶은 일이 그런 거라면 말이야. 그 반물질이 없으면 우린 길을 잃게 돼. 일단 날씨가 바뀌면 사이클러에 대한 우리의 의존도가 전체 칼로리 요구량의 거의 50퍼센트까지 치솟을 거야. 그렇게 부하가 걸리면 현재 남아 있는 연료 저장량으로 1년을 버티겠지. 배급을 최소 기본량으로 줄이고, 돔 내부의 기본 온도를 내리고, 폐기물 재활용을 최소화하는 경우엔 어쩌면 2년까지 버틸 걸세. 물리부의 베리건이 그러더군. 이 별의 다음 하강기는 아마도 7년, 혹은 그 이상 지속될 수도 있다고. 그게 사실이라면, 그리고 우리에게 필요한 반물질을 자네가 되찾아 오지 못하겠다면, 마침내 다시 날이 따뜻해질 무렵에는 이 돔 안에 아사하고 동사한 시체들만 남게 될 걸세."

마샬은 몸을 뒤로 젖히고 자신의 두 손을 내려다보았다.

"뭐, 솔직히 그걸 전적으로 사실이라 생각하지 않지. 일단 최후의 자연 개척민이 사망하면 중앙 프로세서는 자네의 복제본들을 탱크에서 복제하기 시작할 테고, 아마 여건이 허락하는 한 계속해서 그런 과정이 지속되겠지."

그가 다시 고개를 들어 음울하게 옅은 미소를 지어 보였다.

"그러니, 자네는 그런 사태를 기대해야 할 거야, 반스. 죽은 개척지의 어둡고 얼어붙은, 텅 빈 복도를 배회하는 짧고도 고통스러운 삶이 계속 이어질 테니 말일세. 들어 보니 어떤가? 이제는 의욕이라는 게 약간 생기지 않나?"

3장

베르토가 말했다. "네 말이 맞았어. 우린 완전히 끝장이야."

그가 우리 방으로 들어오자 등 뒤로 문이 닫혔다. 나샤와 나는 침대에 있었다. 방 안에 있으려면 언제나 침대에 머물 수밖에 없는 구조였다. 나샤는 벽에 기대어 양 무릎을 가슴께까지 세운 채로 앉아 있었다. 나는 그 옆에 다리를 뻗고 누워 두 손을 베개처럼 머리에 받치고 있었다. 베르토는 책상 의자에 털썩 앉더니 두 팔꿈치를 무릎에 대고 상체를 앞으로 내밀었다.

"엔지니어링에 있는 내 친구 대니하고 이야길 해 봤는데 원자로에 무슨 사달이 난 게 확실해. 정확히 어떤 문제인지는 말을 안 하려고 했지만 그게 뭐든지 간에 그걸 고칠 때까지는 전력 사용량을 최소한으로 제한하는 중이라잖아. 그런데 중요한 건 필수 원자로 부품 중에 우리한테 여분이 없는 부품들이 아주 많대. 연료 공급이 문제라면 다른 걸로 대체할 수 있겠지만 연소실이나 발전 시스템에 문제가 생기면……."

내가 말했다. "그런 문제가 아니야, 더 심각한 사태야. 연료가 바닥나고 있거든."

베르토는 입을 벌렸다가 머뭇거리더니 그대로 다물고 말았다.

나샤가 말했다. "그래, 내 반응도 너랑 똑같았어."

"아니야, 그건 불가능하잖아. 네가 크리퍼들에게 넘겨준 것까지 쳐도 우리한텐 앞으로 10년은 더 쓸 수 있을 만큼 반물질이 충분히 있어야 말이 되지." 베르토가 말했다.

나는 어깨를 들었다 놓았다. "아무래도 사고가 있었던 모양이야. 2년 전에 내 폭탄에 든 연료를 시스템에 재충전하는 과정에서 뭔가 잘못된 거래. 그게 곪아 있다가 지난주에 터졌나 봐. 마샬한테 들었는데 10초간 완전히 통제되지 않은 반응이 벌어졌대. 상황을 수습했을 땐 이미 보유고의 대부분이 오염된 후였지."

베르토가 미간을 찌푸렸다. "오염됐다고? 말이 안 돼. 반물질이 어떻게 오염될 수가 있어?"

나는 한숨을 쉬고 몸을 일으켜 나샤 옆에 밀착해 앉았다.

"난들 알겠어, 이 친구야. 햇볕을 너무 오래 쬐게 내버려 뒀나? 난 마샬한테 들은 대로 말하는 거야."

베르토는 몸을 뒤로 기대다가 의자와 함께 뒤로 넘어질 뻔했으나 가까스로 책상을 붙잡고 의자를 바로 세워 앉았다. 그리고 아무 일도 없었다는 듯이 가슴에 팔짱을 꼈다.

"그럼 마샬은 왜 너한테 그런 얘기를 하는 거야? 그것도 그렇고, 어째서 마샬이 너한테 말을 붙이지? 너 아직 마샬이 싫어하는 사람 명단에 올라 있는 거 아니었어?"

나샤가 말했다. "그래, 맞아. 얘 아직 확실히 그 명단에 올라 있어. 내가 추측한 대로라면 마샬은 이 문제를 일석이조라고 생각하는 것 같아. 크리퍼들이 가지고 있는 두 번째 폭탄을 미키를 시켜 가져오게 하면 날씨가 바뀌어도 우리 모두 굶어 죽지 않거든. 그러고 나서 그 뒤에 미키를 죽일 기회가 생기면 딱 좋지."

베르토가 나를 쳐다보며 물었다. "이런, 그럼 너는 시키는 대로 하려는 거네, 그렇지?"

나는 나샤와 살짝 눈빛을 주고받았다. 베르토에게는 폭탄을 어떻게 했는지 사실대로 말한 적이 없고 지금은 그걸 알려 주기에 좋은 때가 아니라는 생각이 들었다.

나샤가 말했다. "단순한 문제가 아니야, 알잖아, 그 폭탄 덕분에 미키가 지난 2년간 시체 구덩이로 떨어지지 않고 살아남았다는 거. 그걸 도로 찾아오면 마샬이 미키를 끝장내는 건 시간문제야."

베르토가 말했다. "잘되어 가는군. 하지만 그 연료만이 앞으로 2년간 우리 모두를 시체 구덩이로부터 지켜 줄 텐데."

내가 말했다. "사실, 시체 구덩이야말로 돔에 있는 어떤 단일 시스템보다 전력을 많이 소비하고 있어. 비상 상황이 닥치면 아마 옛날 방식으로 돌아가서 서로를 묻어 주게 될 거야."

나샤가 말했다. "퍽이나. 그때쯤엔 이미 굶주릴 텐데 서로 뜯어 먹고 있는 편이 더 그럴싸하지."

베르토가 상체를 똑바로 세우더니 문 쪽을 향해 50센티미터 정도 기울였다. "아무렇지 않게 그런 말 하는 거, 난 별로야."

나샤가 이를 드러내며 미소를 지었다. "걱정 마, 베르토. 너는 마지막까지 아껴 둘게."

내가 끼어들었다. "어쨌든 식인 이야기는 접어 두고, 이 모든 일이 전적으로 하나의 질문에 달렸어. *우리는 마샬이 하는 말을 믿을 것인가?* 내가 마이코 베리건이 아닌 건 인정해. 하지만 반물질 오염을 둘러싼 이 모든 일이 나한테는 지어낸 이야기 같아. 그리고 요즘 사령관한테 딱히 신뢰감이 안 가기도 하고."

베르토가 물었다. "뭐? 그가 거짓말을 하는 것 같아?"

나샤가 어깨를 들었다 놓았다. "우리 생각이 그렇다는 거야."

베르토가 고개를 저었다. "전력 제한은 실제로 벌어지고 있어. 우리 비행을 금지한 것도 거짓이 아니었잖아."

내가 말했다. "들어 봐. 네가 그랬잖아. 출격해 봐야 완전히 시간 낭비에 에너지 낭비라고. 마샬이 뭔가 일을 꾸민다면 비행 중단만으로도 그다지 힘들이지 않고 문제가 생긴 것처럼 보이게 할 수 있잖아. 안 그래?"

베르토가 대답했다. "아마도. 그럼 대니가 한 말은 어쩌고?"

나샤가 고개를 절레절레 흔들었다. "네 얘길 들어 보면 대니한텐 딱히 들은 말이 없는 것 같은데. 뭘 고칠 때까지 전기를 제한한다며, 맞지? 마샬이 미키한테 한 얘기랑 다르잖아."

"허," 베르토는 다시 상체를 바로 세웠다. 이번에는 슬며시 뒤로 젖히더니 손을 뻗어 뒤통수를 긁적였다. "그러니까 네 생각에는 마샬이 가짜 비상사태를 꾸미고 있단 말이지? 뭐 하러 그런 짓을 벌이겠어?"

나샤는 답답하다는 듯 눈을 굴렸다. "그거야 뻔하잖아, 베르토. 폭탄을 되찾아 오고 싶으니까. 겸사겸사 미키도 죽었으면 좋겠으니까. 아까 말했잖아, 일석이조라고."

베르토는 나를 쳐다보았다. 그런 다음 나샤를 쳐다보더니 다시 내게로 시선이 돌아왔다. "그럼 마샬이 고작 미키를 한 번 더 죽이겠다고 개척지의 전체 전력 공급을 망가뜨리고, 공황을 유발할 만한 소문을 퍼뜨리고 있다는 뜻이야?"

나샤가 말했다. "인정할 건 인정해야지. 미키를 살해하는 건 마샬이 가장 즐겨 하는 일 중 하나잖아."

내가 끼어들었다. "있지, 우리도 그런 일이 벌어지고 있다고 확신하지는 않아. 그냥 그럴 가능성이 있다는 말이지. 내가 원자로에 뭔가 문제가 생겼다는 걸 안다고 말했더니 마샬이 반응을 보였어. 세계적인 배우가 아니고서야 그건 꾸며 낼 수 없지. 나는 분명히 무슨 일이 벌어지고 있다고 믿어. 마샬이 말해 준 내막을 곧이 믿어야 할지 말아야 할지 확신이 서지 않는 것뿐이야. 내가 그 폭탄을 되찾아 오면 내 목숨을 자진해서 내놓는 것과 마찬가지야. 꼭 필요한 일이라는 확신이 100퍼센트 들지 않으면 그런 짓은 안 할 거라고."

베르토가 어깨를 으쓱했다. "어쨌든 그런 논쟁이 무슨 소용이야, 안 그래? 내 말은, 크리퍼들이 정말 그걸 너한테 돌려줄 가능성이 얼마나 되겠어? 나 같으면 절대 그럴 일은 없어."

"내…… 생각엔 폭탄을 포기하게 설득할 수 있을 것 같아."

나샤가 거들었다. "그렇지, 미키는 아주 설득을 잘하니까."

베르토가 눈을 가늘게 떴다. "내가 모르는 뭔가 있는 것 같은데."

내가 말했다. "이러기야? 너한테 뭐라도 숨겼을까 봐? 내가…… 뭐…… 나쁜 놈처럼 보일까 봐 네 생존과 직결된 중요한 정보를 숨기기라도 했겠어?"

베르토가 한숨을 뿜었다. "또 그 얘기야?"

내가 말했다. "나야 모르지, 우리 지금 그 얘기를 하는 건가?"

"2년이나 지났잖아, 미키. 내가 미안하다고 사과하고 내 얼굴도 한 대 치게 해 줬잖아."

"어, 아닌데, 네 얼굴을 때리게 해 준 적은 없는데."

베르토는 상체를 앞으로 들이밀며 한쪽 입꼬리를 비틀었다.

"맞거든, 해 줬거든."

그렇게 대치하는 우리들 사이로 결국 나샤가 한숨을 쉬며 끼어들었다.

"두 사람 이제 끝났어? 아직 안 끝났으면 주먹을 날리기 시작하든 서로 달려들어 몸싸움을 하든 빨리 해치워."

베르토의 눈이 나샤를 쳐다보다가 다시 나에게 돌아왔다.

내가 말했다. "네가 결정해. 난 어느 쪽이든 좋아."

베르토가 일어섰다. "됐어. 너희들 치사하기는. 난 간다. 대니한테 점심 먹을 건지 물어볼 거야. 혹시 더 자세한 이야기를 할지 모르니까. 그동안 너희들은 마샬이랑 크리퍼들 중에서 누구랑 주사위를 던지는 편이 나을지 궁리해 봐."

베르토가 나가자 나샤가 팔꿈치로 내 옆구리를 쿡 찔렀다. "세상에, 자기. 방금 정말 일급 회피 기술이었어."

나는 그녀에게 몸을 기댔다. "고마워. 어떤 버튼을 누르면 되는지 아니까 베르토는 솔직히 주의를 돌리기가 쉽지."

나샤가 내 턱을 한 손으로 감싸고 키스를 했다. 하지만 내게서 멀어지는 그녀의 얼굴에서 이내 미소가 사라졌다.

"네가 어떻게 할지 정해야 한다는 건 변함이 없어."

"그러게. 베르토가 대니한테서 확실한 뭔가를 알아낼 수 있으면 해결이 될 텐데, 내가……."

"뭐? 방금 그걸 아이디어라고 말한 거야, 아니면 뇌졸중이 온 거야?" 나샤가 말했다.

"뇌졸중은 아니야. 좋은 아이디어인지는 모르겠지만. 그래도…… 내가 어떻게 해야 할지 알 것 같아."

익스펜더블이 된다는 건 다방면으로 더러운 점들이 아주 많다. 사람들이 당신을 대하는 태도부터 따져 보자. 나탈리스트만 해도 충분히 악질이다. 그들은 메모리 업로드와 바이오프린트된 신체 등을 포함한 과정 자체를 혐오하다 보니 탱크에서 누구를 뽑아내든 단순히 영혼 없는 괴물로 취급한다. 하지만 어떤 면에서는 나머지 일반 대중들보다 다루기가 쉽다. 나탈리스트와 있을 때는 내가 어디에 서 있어야 할지 알게 된다. 마샬을 예로 들어 보자. 그는 나를 죽이고 싶어 하는 사람이다. 나도 알고 있다. 내가 알고 있다는 걸 그도 알고 있다. 그래서 우리는 어느 정도 개운하고도 솔직한 관계를 유지하게 된다.

그런데, 다른 사람들은 어떨까?

익스펜더블이 하는 일이 뭔지는 모두가 안다. 우리는 죽는다. 계속해서 죽는다. 덕분에 당신들이 죽을 필요가 없다. 아마 여러분은 사람들이 그 점을 고맙게 여기리라 생각하겠지. 하지만 인간의 두뇌는 그런 식으로 돌아가지 않는다. 본인은 안전하고 건강하게 건물 밖 인도에 서 있으면서 누군가 불길 속으로 뛰어드는 모습을 지켜보는 입장이 되면 감사한 마음이 생기지 않는다. 그럴 때 생기는 건 죄책감이다. 죄책감을 느껴서 좋아할 사람은 없다. 그렇다 보니 어느 시점에서 사람들은 익스펜더블이 그런 일을 당해도 *싸다*고 여기게 된다.

미드가르드에 있을 때는 더 수월했다. 지표면에서는 익스펜더블을 쓸 일이 많지 않았고 궤도 정거장마다 있는 익스펜더블은 거의 다 징발된 범죄자들이었다. 여기 니플하임에서도 내가 그런 식으로 이 일을 하게 되었다고 생각하는 사람들이 여전히 많다. 그래서 그들은 나를 범죄자 대하듯 한다. 심지어 자원해서 이곳에 왔다는 내 말을 믿는 사람들조차도 나와 거리를 두는 편이다. 그도 그럴 것이, 정말이지, 이런 일을 자원하는 미친놈이 대체 어디 있겠는가? 미드가르드에서는 나도 친구들이 있었다. 여기 니플하임에는 나샤, 베르토, 그리고 캣첸 외에는 친구라 할 수 있는지 나는 정말 모르겠다.

여러분이 무슨 생각을 하는지 나도 안다. 어이구 슬퍼라, 그렇지? 제이미 해리슨도 친구가 많지 않다. 여러분이 생각하는 이유 탓이다. 당연하다. 익스펜더블이라서 가장 최악인 점은 사회적 고립이 아니다. 바로 온갖 죽음을 겪는단 점이다.

그거야말로 진실에 가깝다. 하지만 아주 약간 부족하다. 누구나 죽게 마련이다. 우리는 과학적으로 굉장한 것을 많이 알아냈지만 여전히 그 문제는 해결하지 못했다. 익스펜더블로서 가장 최악인 점은, 나를 나 이외의 모든 이들과 갈라놓는 그것은, 바로 내가 계속해서 죽어야 한다는 거다. 게다가 나는 그 온갖 죽음을 모두 *기억*해야 한다는 점이 중요하다. 익스펜더블이 죽으면 담당자는 가능한 수단을 총동원해 그의 경험을 업로드 한다. 그런 연유로 나는 고에너지 아원자 입자들로 인해 세포 단위로 찢겨 분해되는 느낌이 어떤지 알고 있다. 뇌 기생충, 폐 기생충, 그리고 장 기생충 감염 말기를 겪는 기분도 안다. 나는 그런 것들을 악몽으로도 꾸지만 악몽 따위는 실제 기억에 비하면 새발의 피다.

그렇기 때문에 지금 내가 해야 할 일은 정말이지 끔찍하지 않을 수 없다. 내가 생각하는 일이 실제로 벌어지고 있는 거라면 원자로 코어에서 정확히 무슨 일이 생긴 건지 제대로 알 만한 사람은 오직 한 명뿐이다.

바로 나.

마샬이 정말로 미키들을 코어에 집어넣고 있었다면 아마 그들이 죽기 전에 업로드를 하게 만들었을 것이다. 그들이 본 걸 내가 직접 봐야겠다. 그들이 느꼈던 감정까지 함께 느끼지 않고도 가능한 방법이 있으면 좋겠는데, 안타깝게도…….

뭐, 그런 방법은 없다.

빌어먹을. 이거 역겨워지겠는데.

"퀸?"

2급 의료 기술자, 가공 스테이크를 먹던 퀸 브록이 고개를 들고 힐긋 올려다보았다. 성가시다는 듯한 표정은 내가 누군지 알아보고 나자 점차 혼돈으로 바뀌었다.

"반스? 넌……?"

그는 할 말을 잃고 재빠르게 주위를 둘러보았다. 저녁 식사를 하기에는 아직 이른 시간이라 카페테리아는 거의 텅 비어 있었다. 나는 벤치로 다가가 그의 맞은편에 앉았다. 복도에서 스쳐 가는 모습을 보기만 했지 직접 마주하기는 오랜만이다. 퀸은 그새 머리카락이 더 자랐다. 금발로 염색해서 한가운데에 가르마를 타니 한 쌍의 윤기 나는 괄호가 그의 좁은 얼굴 양옆에 매달린 것처럼 보였다. 퀸에게 어울리는 머리가 아니었다. 하지만 그걸 지적하기에는 때가 적절하지 않았다.

"그래, 오랜만이네, 그렇지?" 내가 말했다.

"어, 그러게, 오랜만이지?" 퀸이 대답했다.

복도로 이어진 미닫이문이 그의 뒤에서 열리고 경비대원 두 명이 들어왔다. 우리 쪽을 슬쩍 보고 뒤돌아서기 전에 둘 중 하나가 확실히 나를 노려본 것 같았다. 나는 순간 왜 저러는 걸까 싶었지만 별다른 일은 일어나지 않았다.

내가 입을 열었다. "너 혼란스러워 보여. 2년이나 됐구나, 그렇지? 마지막으로 업로드 했을 때가 말이야. 아마 우리가 얘기를 나눈 것도 그때가 마지막이었어."

퀸의 눈이 좌우를 살피더니 다시 나를 쳐다보았다.

"그렇지, 그런 것 같네."

"2년이라니. 엄청난데, 안 그래? 넌 뭐 하면서 지냈어? 업로드 하는 사람이 없으니 업로드 기술자는 제법 한가했겠네?"

그의 얼굴이 굳어졌다. "난 의료 기술자야, 미키. 너한테 업로드와 다운로드를 해 줬다고 해서 그게 내가 한 일의 전부는 아니야. 네가 무단이탈하고 나서 할 일이 많아졌지. 듣자 하니, 너는 나완 달랐다며."

퀸은 스테이크를 한 입 베어 물고, 씹고, 삼켰다.

나는 녀석에게 한 대 얻어맞은 시늉을 하며 고개를 뒤로 젖혔다. "아야! 선생님, 저한테 상처를 입히셨어요."

재차 주변을 살피던 퀸의 얼굴이 험상궂게 일그러졌다. "이봐, 반스. 난 지금 별로 농담할 기분이 아니야. 원하는 게 뭐야?"

그제야 그에게 부탁이 있어 찾아왔다는 게 기억났다. 처음부터 좀 친절하게 할걸. 작전상 후퇴다.

"그렇지, 퀸. 친구야. 혹시 내 부탁……."

"안 돼."

"안 돼? 뭔지 아직 말도 안 했잖아."

퀸은 배식판에서 멀찍이 상체를 일으키고 가슴에 팔짱을 꼈다. "뭘 원하는지 나한테 말할 필요도 없어. 난 벌써 그걸 해 주지 않기로 했으니까. 너 눈에 띄게 긴장했어, 반스. 그리고 괜히 변죽이나 울리고 말이야. 보아하니 뭔가 큰일을 부탁할 게 분명해. 게다가, 우린 친구가 아니야. 넌 마지막으로 업로드 하러 왔을 때 이후로 나와 얘기 나눈 적도 없잖아. 네가 뭘 부탁하러 왔든 개인적인 일이 아니란 뜻이지. 고로, 넌 내가 하는 일과 관련된 뭔가를 부탁할 거야. 그리고 그 부탁은 날 분명히 심각한 곤경에 빠뜨리겠지."

"아니야, 난……. 잠깐, 어째서 우리가 친구가 아니지?"

퀸은 머리를 한쪽으로 비스듬히 기울이고 불편하리만치 오랫동안 나를 바라보았다.

마침내 그가 말했다. "마지막으로 업로드 할 때 있었던 일 기억해?"

나는 생각을 좀 더듬어 보았다.

"대강은? 정말 오래전이잖아."

"그렇지, 크리퍼들이 시작한 온갖 말도 안 되는 일이 일어나기 직전이었지. 넌 고메즈와 같이 정찰인지 뭔지를 하러 가려던 참이었어. 다시 돌아오지 못했을 때 현재의 기억을 유지하고 싶었으니까."

"돌아오지 못하긴 했어."

퀸이 얼굴을 찌푸렸다. "어쨌든, 요점은, 난 장비를 설치하는 동안 너한테 말을 걸어 보려고 했지, 알잖아, 친구처럼 말이야. 그런데 네가 나한테 뭐라고 했는지 기억해?"

그래, 이제 기억이 난다.

"있지, 퀸……."

"네가 그러더라, 닥치고 그냥 망할 놈의 할 일이나 하라고. 친구가 할 소리는 아니지, 안 그래?"

한숨이 나왔다. "그건 오래전 일이야. 게다가 그건 내가 아니었어. 식스였지. 걘 벌써 2년 전에 죽었잖아."

"너랑 생김새도 닮았고, 목소리도 닮았고, 행동도 닮았잖아.

그럼 너지 뭐야."

"내가 너한테 테세우스의 배에 대해 말해 준 적 있었나?"

퀸은 그 말을 듣고 멈칫했다. "테…… 뭐? 아니. 아냐, 난 듣고 싶지 않아. 네가 지금 나한테서 빼내려는 게 뭔지도 듣고 싶지 않아. 그래도, 어디 맞혀 볼까. 넌 지루한 거야. 이 행성에서 너 말고는 모두 임무가 있으니까, 그러니 나를 통해 약국의 마약을 슬쩍 빼내 소일해 보려는 거지. 내 말이 맞지?"

대꾸를 하려고 입을 벌린 나는 망설이다가 도로 다물었다.

"그렇군, 그럴 줄 알았어. 꺼져, 반스."

"난 마약을 구하는 게 *아니야*."

퀸이 눈을 굴렸다. "그럼 뭔데? 의료 기록을 훔쳐보고 싶은 사람이라도 있어? 너랑 잤던 유령 사냥꾼이 성병이라도 걸렸는지 알아보려고?"

"아니, 둘 다 아니야. 이봐, 퀸. 내 생각엔 우리 시작이 좋지 않았던 것 같은데……."

"내 말 귓등으로 듣는구나, 반스. 네가 뭘 원하든 난 관심 없어. 다시 말하지만, 난, 전혀, 관심, 없어. 마샬의 눈 밖에 나더니 아예 막가기로 작정한 모양이구나. 내가 볼 땐 이런 태도가 금방 바뀔 것 같지도 않고. 네가 마샬 머릿속에 무슨 생각을 심어 놨는지 모르지만 그것 때문에 널 시체 구덩이로 못 밀어 넣는 거겠지. 그래, 너 대단하다. 그런데 난 그렇게 보호받을 건덕지가 없어. 너를 제외한 이 행성의 다른 사람들과 똑같은 신세지. 수상한 짓을 했다가 발각되면, 난 끝장이야. 어디 그뿐이면 다행이게. 널 위해서 무슨 수상한 짓을 했다는 게 밝혀지면 마샬이 널 못 죽인 원한까지 다 끌어모아 날 두 *번* 죽이고도 남지. 간단히 말해서, 내 대답은 '싫어'야. 됐고. 꺼져. 지옥에나 가. 네가 뭘 찾고 있든 다른 데서 찾아봐야 할 거야. 이만하면 알아들었어? 아니면 저기 경비대원들을 여기로 불러 내 식탁에서 널 물리적으로 끌어낼까? 너랑 무슨 문제가 있는지 모르겠지만 들어올 때 보니까 네 치아 정도는 기꺼이 부러뜨려 줄 것 같은 느낌을 받았거든."

"음……."

퀸이 한쪽 눈을 치켜떴다. 어느새 나는 퀸이 정말로 경비대원들을 불러 그들의 손을 빌릴까 하는 의문이 들기 시작했다.

아마 답을 알아보지 않는 것이 최선이겠지.

"알았어, 퀸. 그럼 됐어. 좋은 하루 보내, 응?"

"잠깐, 그래서 그냥 퀸에게 물어봤다고? 그러니까, '*어이, 이봐, 브록 양반. 당신들이 불법으로 탱크에서 뽑아낸 익스펜더블의 저장된 메모리를 내가 불법으로 다운로드 받게 연결 좀 해 주겠어? 그런 메모리가 존재한다는 사실을 누구에게든 발설하면 죽이겠다고 아마 마샬이 말했겠지, 하지만 그래도, 내가 좀 볼 수 있을까?*'하고 말이야?" 나샤가 물었다.

"아니야, 그렇게 말하지 않았어. 내가 말하려던 요점이 그거

긴 하지만 훨씬 설득력 있게 말했을 거야."

우리는 이제 방에 돌아와 침대 위에 옹기종기 모여 있었다. 나샤는 벽에 기대어 놓은 베개에 몸을 붙이고 앉고, 나는 머리를 그녀의 무릎에 대고 옆으로 웅크려 누워 있었다. 3교대 근무자가 아니라면 하루 중 애매한 시간대였다. 뭘 먹기에는 너무 늦고 잠을 자기에는 너무 일렀다. 미드가르드였다면 산책을 하러 가거나, 공연을 보거나, 아니면 클럽에 가거나, 어쩌면 비디오 한 편을 스트리밍 해서 볼 만한 시각이었다. 하지만 여기선 뭘 하겠는가?

"아무튼, 물어보지도 못했어. 그 질문으로 넘어가기도 전에 안 듣겠다고 하잖아."

나샤는 내가 싫어하는 킥킥대는 웃음소리를 냈다. 동시에 손가락으로 내가 좋아하는 머리카락 쓸어 넘기기를 해 주었다. "어허, 두 마디도 못 꺼내게 했어? 어떻게 그게 가능해? 함께 보낸 시간이 꽤 되잖아. 난 둘이 친구인 줄 알았는데."

나는 고개를 돌려 나샤를 올려다봤다. 그녀가 히죽거리며 웃었다.

"알고 봤더니 우린 친구가 아니더라. 내가 제대로 말해 준 적이 있는지 모르겠지만 업로드 시간의 절반은 내가 죽어 가고 있었단 사실을 제쳐 두고도 업로드라는 과정 자체가 정말로 기이해. 결코 좋아할 수 없는 일이지. 업로드를 할 땐 매번 거의 공황 상태를 겪을 정도로 불안했어. 출혈이 심하거나 피에 질식하거나 방사능 중독으로 사망할 지경이 되더라도 업로드를 해야 했기 때문에 아마 수년간 퀸에게 화풀이를 했나 봐. 듣자 하니 내가 식스였을 때 마지막으로 업로드를 하면서 유난스레 불쾌하게 굴었다고 하더라고. 난 그 일을 까맣게 잊고 있었는데 퀸은 잊지 않은 거지."

"이번 일로 배워야 해, 미키. 친절해서 해될 일은 결코 없어."

나는 나샤의 다리를 깨물었다. 그러자 그녀가 내 뒤통수를 어찌나 세게 때렸던지 시야가 잠시 흐려질 정도였다. 어쨌든 그녀는 웃음을 터뜨렸다.

"아무튼, 퀸은 내가 업로드 하러 갔을 때 눈치챈 거야. 내가 개자식이란 걸. 그게 맘에 안 들었겠지."

"괜찮아. 근데 네가 하고 싶은 건 업로드가 아니잖아, 그렇지? 다운로드를 하려는 거잖아."

나는 그녀의 무릎에 다시 머리를 뉘었다. "그렇지, 그게 더 끔찍해. 다운로드 때 의식이 있었던 경험이 한 번도 없거든. 통상적으로 텅 빈 머리를 채울 때만 다운로드를 받으니까. 활성화된 정신 상태로도 다운로드가 가능하다는 건 알아. 미드가르드에서도 옛날에 그런 식으로 강제 학습을 시켰으니까. 하지만 흔한 일은 아니지. 극도로 불쾌하기도 하거니와 이따금 영구적인 정신 질환을 유발했거든."

내 머리에서 나샤의 손길이 멀어졌다. "영구적인 정신 질환?"

"아주 가끔 벌어지는 일이었어. 이미 가지고 있는 기억 위에 완전히 다른 새 기억을 덧씌우는 작업은 심약한 이들에겐 적절하지 못했을 거야."

"그런데도 이걸 하고 싶어?"

나는 등을 대고 바로 누웠다. "아니, 난 *하고 싶지* 않아."

몸을 일으켜 나샤와 어깨를 나란히 하도록 가까이 붙어 앉으며 계속 말했다.

"우린 다 겪어 봤잖아, 그렇지? 개척지가 실패하지 않도록 마샬의 도마 위에 내 머리를 바쳐야 한다면, 난 그렇게 할 거야. 돔 안의 사람들이야 대부분 어떻게 되든 난 콧방귀도 안 뀔 거지만, 너한테 무슨 일이 생기게 내버려 두진 않을 테니까. 그건 캣이나 심지어 베르토도 마찬가지야. 그렇지만 알아야겠어. 확실하게 알아야만 해. 만약 내가 폭탄을 되찾아 왔는데 모든 것이 나를 마샬의 손아귀에 도로 집어넣으려는 헛소리였다는 게 밝혀지면 난 정말이지, 엄청나게 화가 날 것 같거든."

나샤는 내 손을 쥐더니 자신의 머리를 내 어깨에 기댔다.

"무슨 말인지 알아, 자기, 정말이야, 나도 그럴 테니까."

4장

그날 밤, 나는 에잇의 꿈을 꿨다.

좀 더 정확히 말하자면, 에잇이 *된* 꿈을 꿨다.

내가 꾸는 꿈은 대체로 이상하고 단편적인 것들이다. 이번은 달랐다. 꿈이라기보다는 기억에 가까운 사실적인 꿈이었다. 대재앙의 폭탄을 등에 짊어진 내가 크리퍼들의 미로로 들어가 길을 잃고 헤매고 있었다.

터널들은 내가 기억하는 모습 그대로였다. 구멍이 숭숭 뚫린 암반에 갈림길이 나 있고 가시스펙트럼에서는 석탄처럼 검게 보이지만 적외선에서는 희미하게 빛이 나 보였다. 나는 폭탄의 기폭 장치에 한 손을 얹고 더 깊이 들어갔다. 내가 찾고 있는 것이 뭔지 궁금해하면서, 그냥 폭탄을 터뜨려 그걸로 끝내 버려야 할지 고민하면서. 몇 분 간격으로 세븐이 나의 상태를 확인했다. 세븐은 우리가 하려는 일을 포기하게끔 설득하려 애썼다. 하지만 나는 마샬이 한 말을 믿고 있었다. 그리고 나는 이 일이 끝난 뒤 나인이 탱크에서 나오면 좋겠다고 생각했다.

내가 실제로 그를 설득하려고 했던가? 지금으로서는 기억할 수가 없다.

드디어, 나는 휘청거리며 아치형 구멍을 통해 크리퍼 유치원이 내려다보이는 바위로 나왔다. 악몽 같은 구덩이다. 돔의 절반 크기 정도의, 칙칙한 주황색의 불빛으로 밝혀진 공간이다. 빛은 어디에나 있고 어디에도 없는 것처럼 보인다. 크리퍼들이 그 공간에 가득하다. 수천, 수만의 크리퍼들이 서로를 밟고 밟히며 기어다닌다. 벽을 기어오르고 천장을 가로지른다. 나는 정지 화면을 찍어 세븐에게 전송한다. 바로 지금이야, 그렇지? 지금 해야 해. 나는 도화선에 얹은 손을 꽉 쥐었다. 나는…….

일어나.

"미키? 너 괜찮아?" 나샤가 속삭였다. 그녀의 입술이 내 귀를 스쳤다.

"으응, 내가 잠꼬대를 했나?" 나는 어둠 속에서 우리의 이마가 서로 닿을 때까지 몸을 뒤척였다.

"아니, 그냥 숨을 몰아쉬고 경련을 했어. 악몽 꿨어?"

"그런 셈이지." 나는 손을 뻗어 나샤의 뺨을 어루만졌다. 나샤가 자신의 손을 포개어 꼭 눌러 쥐었다.

"내가 에잇인데, 그 미로에 들어가 있었어."

"오." 나샤가 놀라서 말했다. "저런, 세상에. 너 혹시……."

"뭐? 죽었냐고? 아니, 직전에 잠이 깼어."

그녀가 내게 키스했다. "다행이다. 자기가 죽는 꿈도 모자라서 에잇의 죽음까지 걱정할 필요는 없잖아."

나는 몸을 돌려 등을 대고 누운 채 한숨을 쉬었다. "묘한 꿈이었어. 전혀 꿈 같지 않았어. 그게 꼭……."

나샤가 내 배를 가로질러 팔 하나를 걸치더니 자신의 머리를 내 가슴에 얹었다. "꼭 뭐?"

"현실 같았어. 실제였다고. 꼭 내가 실제 일을 기억하는 것처럼. 내가 겪은 일처럼 말이야."

"그게, 따지고 보면 있었던 일이 맞으니까, 그렇지?"

나는 그녀를 가까이 끌어당겼다. "그 얘기는 이미 끝났잖아. 난 에잇이 아니었어. 에잇도 내가 아니었고. 그냥 나처럼 생기고 말투도 나와 닮은, 내 물건을 이것저것 집적인 녀석이잖아."

"그럴지도 모르지. 하지만 네 뇌는 그렇게 생각하지 않는가봐." 나샤의 목소리는 어느덧 다시 잠에 빠져들고 있었다.

다음 날 아침, 베르토에게서 연락이 왔다. 심심하다고 등산하러 갈 생각이 있는지 묻는 메시지였다. 나는 눈을 깜박여 근무 당번표를 띄웠다.

비어 있잖아.

이상하네. 오늘은 토마토 관리를 하는 줄 알았는데.

내일 것도 확인했다.

비었다.

모레는?

비었다.

이젠 겁이 날 지경이었다. 죽지 않고서야 니플하임에서 3일 연속 비번일 수는 없다. 인사과를 관리하는 AI에게 문의 메시지를 보냈다. 1초도 안 되어 답변이 왔다. 마샬 사령관의 명령에 따라 내 스케줄이 무기한 비워졌다는 안내였다.

뭐, 그렇단 말이지. 나는 마샬이 내 배급까지 취소하지는 않았단 걸 곧장 확인하자마자 베르토와의 대화창을 다시 열어 함께 가자는 메시지를 보냈다.

"무기한 휴가라? 그거 환상적인데."

나는 베르토를 슬쩍 쳐다봤다. 호흡기에 가려져 표정은 읽을 수 없었지만 조롱하는 어조는 아니었다.

"근데, 정말 그럴까? 왠지, 내가 듣기에는, 위협하는 것 같단 말이지."

베르토는 양치류로 덮인 비탈에 삐죽 솟아오른 부서진 암석 덩어리 위로 기어올랐다. 그러더니 뒤를 돌아보며 내게 손을 내밀었다. 그는 내가 미로에 갈 때 메고 갔던 것보다 큰 배낭을 짧아지고 있었지만 어쩐 일인지 폐로 충분한 공기를 들이켜지 못하는 사람은 정작 나였다.

베르토는 나를 자기가 서 있는 옆으로 끌어 올리며 말했다. "무슨 말인지 모르겠어. 근본적으로는 나도 무기한 휴가잖아. 난 전혀 위협받는 기분이 안 들어."

우리는 암석 끄트머리에 다리를 늘어뜨린 채 돔을 향해 앉았다. 베르토는 어떤지 모르겠지만 물병 하나만 달랑 들고 올라온 나는 숨을 고를 시간이 몇 분 필요했다. 적어도 내겐, 아무리 얕은 경사를 오르더라도, 산소가 10퍼센트 미만인 대기에서 호흡기를 착용한 채로 등산을 하는 건 운동에 해당한다. 그래도 오늘은 날이 아름답다. 여기가 30개월 전에 착륙했던 바로 그 행성이라니 도저히 믿기지 않는다. 분홍빛이 도는 파란 하늘에는 하얀 뭉게구름이 점점이 박히고 태양이 노란 공처럼 떠 있다. 우리가 있는 곳과 돔 사이는 초록색과 보라색의 초목이 펼쳐진 위에 화강암이 드러난 부분이나 키 작은 나무가 간간이 보인다. 이렇게 멀리서 보니 엎어 놓은 시리얼 그릇에 거미줄처럼 얇은 고리로 된 요정의 탑으로 둘러싼 양, 돔 자체가 장난감 같다. 이런 날에는 이곳이 거의 좋아지려고 한다.

안타깝게도 이런 날은 얼마 못 간다.

"넌 이게 아주 좋아 죽겠구나."

내가 뱉어 놓고도 휴가를 두고 한 말인지 이 등산을 두고 한 말인지, 아니면 얼마나 될지 모를 여생 내내 이 행성을 떠

날 수 없는 우리의 현실을 두고 한 말인지 모르겠다.

"하지만 난 너와 아주 다른 상황이야, 베르토. 네가 무기한 휴가를 받은 데는 사유가 있고, 그 사유가 소멸하면 정상 근무로 복귀하겠지. 난 그렇지 않잖아."

"그렇지, 그 말이 맞는 것 같네. 게다가 내가 알기론, 마샬은 날 적극적으로 죽이길 바라지 않으니까."

한숨이 나왔다. "그것도 사실이야. 심지어 날 죽이고 싶어 하지 않는다 쳐도 상륙거점 개척지에는 영구적인 기초 보조금 같은 게 없어. 누구나 알고 있잖아. 일하지 않는 자, 먹지도 말라는 말."

"그럼 마샬이 배급도 끊었어?"

"아직은 아니야. 당장 내게 주어진 유일한 임무는 폭탄을 되찾아 오는 일이라는 걸 암시하려는 처분 같아."

"그렇군, 일리 있긴 해. 그럼 그건 언제 할 작정이야?"

"이렇게 묻는 편이 낫지, 내가 그 일을 할 작정일까?"

베르토는 몸을 돌려 나를 쳐다보며 고개를 흔들었다. 그러고 나서 다시 시선을 돔으로 향했다. "어젯밤에 대니와 같이 저녁을 먹었어. 대니가 그러는데 원자로 자체에는 문제가 전혀 없대. 어제 총 점검 결과가 전부 초록색으로 나왔고 말이야. 그런데 전체 용량의 8퍼센트만 가동 중이래. 어떻게든 이유를 들으려고 애써 봤지만 솔직히 대니도 아는 것 같지 않아. 현 가동 상태를 유지해야 하니까 연료 사용량을 최소한으로 줄이라는 명령이 있었다고만 들었어."

"그것 가지고는 별로 도움이 안 되는데, 그렇지?"

"안 되지, 안 될 거야. 정말로 연료가 바닥나고 있다는 뜻일 수도 있고, 아니면 마샬이 널 교묘하게 조정하려고 한다는 뜻일 수도 있지, 네가 좀처럼 그 생각을 떨쳐 버리지 못하는 것 같아서 하는 얘기야." 베르토가 대답했다.

"맞아. 난 어느 쪽이 진실인지 알아내기 전에는 폭탄을 찾으러 가지 않을 작정이야."

베르토가 조끼 주머니에서 단백질 바를 하나 꺼내 포장지를 벗기더니 호흡기를 들어 올려 한 번에 절반을 베어 먹었다. 뒤이어 나머지를 내게 권했다. 사이클러 페이스트를 압축시킨 것에 불과한 그것들의 원형을 이미 신물이 나게 먹어 온 나는 고개를 저었다. 베르토는 어깨를 으쓱하더니 먹던 것을 꿀꺽 삼킨 후에 나머지도 마저 입에 밀어 넣었다.

"이거……."

베르토는 입이 가득 찬 채로 웅얼거렸다. 구역질을 하는가 싶더니 잠시 물병을 따서 물과 함께 입 안의 단백질 바를 목구멍으로 씻어 넘겼다.

"우와, 이거 정말…… 진짜 별로다."

나는 눈을 굴렸다. "뻔하잖아."

"어쨌든 내가 하려던 말은, 네가 원자로 얘기를 꺼냈을 때 본 마샬의 반응이 진짜 같았다며. 게다가 전에 복도에서 본 것, 그리고 내가 대니한테 들은 이야기를 종합해 봐. 정말로 뭔가 문제가 생긴 게 분명하지, 안 그래? 마샬도 확실히 그런 의미의 말을 했잖아? 알 게 뭐야? 그것 말고는 또 뭐가 있다고 생각하기 어렵단 말이지, 안 그렇냐고?"

베르토는 잠시 말을 멈추고 돔이 있는 쪽을 쳐다보았다. 호흡기 밑에서 턱의 근육이 수축하고 이완하며 움직이는 게 보였다. 마침내 베르토가 다시 나에게로 고개를 돌렸다.

"이봐, 미키. 네가 이 일을 하길 꺼리는 이유도 알겠고, 정확히 무슨 일이 벌어진 건지 알고 싶은 이유도 알겠어. 하지만 정말이지, 넌 지금 그냥 뭉개고 있는 것뿐이야. 뭐, 한동안은 그러고 있어도 되겠지. 그러니까, 네가 미루겠다면 날씨가 바뀌어서 정말로 만사가 결딴이 나기 시작할 때까지 마냥 기다리면 되잖아. 마샬은 고작 너 하나 끝장내겠다고 사람들을 죽게 만들 작정을 한 게 아니라고. 혹시 원자로가 기적처럼 최대 용량으로 복원되면 그때 너도 원하는 답을 얻게 되겠지."

"으흠. 만약 그렇게 되지 않으면?"

베르토가 어깨를 들었다 놓았다. "그렇게 안 되면 진짜 누구 하나 정말로 죽기 전에 얼른 네가 크리퍼 친구들한테 가서 폭탄을 찾아와야지."

바로 지금 우리는 폭탄을 숨긴 지점에서 겨우 1킬로미터 정도 떨어진 곳에 있다. 50분, 그 정도면 당도할 수 있다. 한 시간 더 들이면, 돔으로 되돌아갈 수 있을 것이다. 빌어먹을 폭탄을 마샬에게 넘기고 그걸로 마무리를 지을 수 있을 것이다. 그러고 나면…… 그가 정말 나를 죽이려고 할까? 지금으로선, 솔직히 모르겠다.

이제 그만 가야 할 것 같다고 말하려는데 베르토가 물었다.
"나샤 생각은 어때?"

나는 베르토를 쳐다봤다. "무슨 생각?"

베르토가 눈을 굴렸다. "나 머리 새로 한 거 말이야, 미키. 아니면, 내가 로맨틱한 시 구절에 대해 물어봤던가, 아니면 카페테리아에서 파는 토마토 가격? 우리가 방금 무슨 얘길 하고 있었더라?"

"맞아, 참. 폭탄."

"그래, 미키. 폭탄 얘기잖아."

나는 어깨를 으쓱했다. "상황이 복잡해. 뭐, 나샤는 마샬이 나를 시체 구덩이로 밀어 넣을 기회가 생길 것 같아서 나보다도 더 질색하지."

"그런데?"

"그런데, 그렇잖아. 어둠 속에서 굶어 죽기도 싫은 건 마찬가지일 테니까."

"거참. 그럼 우리 선택은 그 둘 중 하나인 거네. 나샤는 어느 쪽으로 기우는 것 같아?" 베르토가 물었다.

"아무래도 나랑 같은 모양이야. 정말로 나와 개척지 중 하나를 선택해야 한다면, 나도 내가 해야 할 일을 해야겠지, 하지만……."

"나샤도 확신이 필요하겠지."

"맞아, 확신이 필요한 거야." 내가 말했다.

암석 위에 앉아 산소 포화도가 어느 정도 정상 수치에 가깝게 올라올 때까지 퀴퀴한 공기를 들이마시면서, 나는 나샤가 원하는 것이 무엇일까 하는 질문을 진지하게 곱씹어 볼 시간을 가졌다. 그녀는 나를 사랑한다. 그건 나도 안다. 그녀는 내게 나쁜 일이 생기는 걸 원치 않는다.

하지만…….

나샤는 내가 죽는 걸 이전에도 봤다. 내가 죽을 때까지 손을 잡아 준 것만 세 번이다. 매번 나는 몇 시간 만에 새것처럼 되돌아왔다. 나샤는 그 생각을 떨쳐 버릴 수 없을 것이다, 그렇겠지? 나샤는 내 결정에 맡기겠다며 내 목숨을 지난 2년간 부지해 준 방패를 잃는 걸 원치 않는다고 했지만, 그렇게 말하면서도 마음 한구석에서는 내가 그 일을 그냥 해 줄 수 있고, 폭탄을 가져와 넘겨주면 그만이라는 생각이 들 수밖에 없겠지. 그러고 나서 마샬이 내게 무슨 짓을 하든 바로 다음 날이면 그녀에게 금방 돌아올 가능성이 있으니까. 내가 내 개인의 생존과 개척지 전체의 운명을 저울질하면서 이기적인 행동의 극치를 보여 주고 있다는 생각을, 나샤는 최소한 그런 생각을 할 수밖에 없겠지, 안 그럴까?

마침내 우리가 다시 기어오르기 시작하자 베르토는 언덕 꼭대기를 지나, 봉우리를 넘어, 뒤쪽으로 내려오는 길목까지 이끌고 갔다. 이제는 돔의 시야에서 아예 벗어나 상륙 직후 도보로 크레바스 정찰을 하던 시절보다 훨씬 더 멀리 나온 셈이 되었다. 나는 베르토에게 오늘 등산에 나름의 계획이 있는지 아니면 무작정 걷는 건지 물어보려고 했다. 험난하게 드러나 있는 암석 위를 돌아가는데 저 멀리 대기의 안개 속으로 사라지듯 아득히 멀리까지 펼쳐진 광경이 눈에 들어왔다. 우리 앞으로 10미터 전방은 땅이 꺼지고 없었다. 나는 절벽 가장자리까지 걸었다. 처음 50미터 정도는 깎아지른 절벽이나 마찬가지였다. 그 밑에는 삐죽삐죽한 바위들로 덮인 길고 가파른 경사가 다시 편평한 초원을 만날 때까지 300~400미터쯤 이어져 있었다. 굳이 추측하자면, 이 절벽은 동결 융해 작용으로 제법 규모 있는 암석이 쪼개지며 산비탈에서 떨어져 나와 얼마 전 계곡에 추락하고 남은 부분인 모양이었다.

그 광경을 직접 봤더라면 좋았겠다 싶었다. 분명 세상의 종말을 보는 것 같았으리라.

"우와, 경치 좋은데. 이런 곳이 있는 줄 왜 몰랐을까?" 나는 감탄을 질렀다.

베르토가 내게 함박웃음을 보냈다. "우린 벌레 사냥하러 여기까지 온 적 없잖아. 그런데 상륙한 뒤로 줄곧 이 지역 위를 비행했거든. 멋지잖아, 그렇지?"

나는 절벽 가장자리에 앉아 몸을 앞으로 숙여 발밑을 내려다보았다. 미드가르드에는 더 거대하고 멋진 경치가 많았다. 하지만 이 행성에서 본 것 중에는 이곳이 최고 축에 든다.

"진심이야, 베르토. 아름다운 경치네. 난 네가 좋은 경치 하나 보겠다고 하루 종일 걸을 사람이라고는 생각 못 했는데, 이건 인정해 줘야겠어. 내가 널 잘못 봐서 다행이야."

베르토가 코웃음을 쳤다. 배낭을 땅에 놓는 소리가 쿵 하고 났다. 돌아보니 베르토가 배낭을 열어 뭔가를 꺼내고 있었다.

"너 농담하는 거지, 그렇지? 난 경치 보자고 여기까지 온 게 아니야, 미키."

그의 손에는 어느새 얇은 쇠막대들이 한 다발 들려 있었다. 내가 서서 지켜보는 동안 베르토는 막대들을 꺼내 찰칵 소리를 내며 조립하기 시작했다. 마침내 한쪽 끝에서 다른 쪽 끝까지 7~8미터에 이르는 널따란 프레임이 완성되었다. 아래쪽에 넓은 삼각형 모양의 손잡이가 전체 프레임을 지지하며 붙어 있는 것이 보였다.

"베르토? 뭐 하는 거야?"

나를 올려다보며 입가에 미소를 짓던 베르토는 손잡이 부분을 잡고 그 물건을 들어 올렸다. "생각해 봐, 미키. 이거 뭔지 못 알아보겠어?"

나는 재차 그 물건을 훑어본 다음 고개를 저었다. "솔직히 말해? 모르겠는데."

베르토가 한숨을 내쉬고 그 프레임을 내려놓았다. 그러고 나서 가방에 든 천 뭉치를 끄집어냈다. 베르토가 천을 얼추 프레임에 맞춰 펼치고 나자 나는 그가 만들고 있는 것이 뭔지 깨달았다.

"그거 행글라이더야?"

천을 부착하는 마무리 작업이 끝난 다음에야 베르토가 고개를 들며 말했다. "훌륭한데! 맞혔으니까 먼저 타게 해 줄게."

지금 나한테 장난하는 거지? 이 말을 시작으로 한마디 하려고 입을 벙긋하는 찰나 베르토가 박장대소하며 머리를 절레절레 흔들었다. "그냥 농담해 본 거야, 미키. 너한테 이걸 조종하게 할 수는 없지. 엄밀히 말하면 넌 후손을 위해 이 순간을 기록하려고 여기 온 거니까."

어느새 손잡이 바로 뒤쪽으로 프레임에 해먹이 매달렸다. 베르토는 그 사이로 들어가 안전 멜빵을 자신의 두 다리 사이로 당겨 허리에 단단히 맸다. 그러고 나서 카라비너 한 쌍을 해먹에 걸더니 어깨에 글라이더를 짊어졌다.

"기술적으로 따지면, 이건 사실 행글라이더가 아니야. 초경량 동력 글라이더지."

베르토는 자신의 양옆 프레임에 각각 달린 두 개의 원반을 가리켰다.

"미니어처 카시미르 구동 장치 한 쌍을 겨우 구했어. 한 번 충전에 몇 시간 못 버티지만 비행 중에 뻗어 버리더라도 언제든 옛날 방식으로 날 수 있잖아, 안 그래?"

"어떻게……."

나는 재차 입을 열다 망설였다. 고개를 젓고는 다시 말하기 시작했다.

"행글라이더는 어디서 난 거야, 베르토? 마샬은 화물 제한 때문에 *드라카*에 내 태블릿도 반입 못 하게 했는데. 그걸 정말 미드가르드에서 여기까지 싸 들고 온 거야?"

베르토가 소리 내어 웃었다. "어디서 나긴? 아니야, 미키. 내가 *만들었지*. 날개보와 천은 비상용 야영 키트에서, 구동 장치는 내 리프터의 미니 드론 부품을 썼어. 멋지지, 안 그래?"

"만든 거구나. 언제? 이럴 시간이 어디 있었어?"

베르토는 더 활짝 미소를 지었다. "어제 오후에."

나는 *대체 무슨 수로 그 물건이 실제 날 수 있을 거라고 생각한 거야?*부터 시작해서 *너 미쳤어?*까지 그에게 묻고 싶은 질문이 아주 많았다. 하지만 무엇 하나 미처 물어보기도 전에 '와' 하고 소리치는 목소리가 들렸다. 베르토는 달리기 시작하더니 절벽에서 몸을 던졌다.

수년 전에 미드가르드에서, 나는 얀 라센이라는 사람에 관한 다큐멘터리를 봤다. 내가 학교를 다니던 시절 그는 해가 갈수록 멍청한 짓을 계속 저지르면서 어느 정도 유명인이 되어 가고 있었다. 키루나 시내의 건물 위에서 낙하산을 메고 뛰어내리는 베이스 점프가 시작이었다. 그다음엔 윙슈트를 입고 스턴트를 했다. 좁은 틈 사이로 날아가거나 바닥에 곤두박질치기 직전까지 기다렸다가 구조용 낙하산을 펼치는 등의 행동을 했다. 결국은 아궤도 수송기 밖으로 단독 점프를 시도하다가 여정의 정점에서 사망했다. 북해 180킬로미터 상공이었다. 그가 직접 만든 열 차폐기가 실패하는 바람에 스스로 별똥별이 된 것이다.

어쨌든, 한번은 그 사람에게 여러 가지 종류의 공포 자극을 주면서 뇌 기능 스캔을 했다. 그의 뇌와 일반인의 뇌를 나란히 놓고 비교해 본 것이다. 일반인의 공포 중추는 주황색과 빨간색으로 타오르듯이 미쳐 가고 있었는데 얀의 뇌는 묵묵하게, 꾸준히, 차가운 파란색이었다. 뭔가 제대로 연결되지 않아서 공포를 느끼는 부분이 작동하지 않았던 것이다.

이따금 나는 그와 베르토가 태어날 때 헤어진 형제 아니었을까 싶다.

1~2초나 지났을까, 나는 꼼짝없이 내 절친이 죽는 모습을 보게 되는 줄로만 알았다. 베르토가 기수를 내리고 돌멩이처럼 내던져졌다. 절벽 아래 바위 위에 널브러진 그의 부러진 몸이 눈앞에 그려지는 순간, 글라이더가 바람을 탔다. 베르토는 아직도 떨어지는 중이지만 천천히 수평 비행을 하며 절벽으로부터 멀리 초원 위를 날고 있었다. 결국 글라이더에 매달린 그의 몸을 간신히 분간할 수 있을 만큼 멀어지고 나서야 왼쪽으로 방향을 틀며 솟아오르기 시작했다.

베르토는 30여 분쯤 공중에 머무르면서 차차 위험천만한 일련의 조종 실력을 보여 주었다. 그러고 나서 커다란 원을 그리며 대략 내 머리 위 20미터 지점을 넘더니 내 뒤에 있는 암석을 지나 지상으로 떨어졌다. 몇 초 뒤에 또 한 번 '와' 하는 소리가 들렸다. 베르토가 나를 부르고 있었다.

"미키! 그거 봤어? 내가 풀 인사이드 루프를 돌았다고! 와아아아아! 이걸 하기까지 그렇게 오래 기다렸다니 믿을 수가 없어!"

나는 바닥에 착륙한 베르토를 보려고 암석을 둘러 30~40미터 거리를 더 갔다. 베르토는 안전 멜빵을 풀고 나를 향해 두 주먹을 불끈 쥐고 휘둘렀다. 곧이어 그가 쭈그리고 앉아 몸과 글라이더를 분리하기 시작하는 사이에 나는 그의 옆으로 다가가 섰다.

베르토는 나를 쳐다볼 새도 없이 외쳤다. "굉장했어. 끝내주게 굉장했지. 방금 내가 인간이 가장 새처럼 날 수 있었던 순간을 만든 거야. 요오오란한 수술 같은 거 없이 말이야."

"자칫 죽을 수도 있었어. 알고 있지, 그렇지?"

베르토가 손을 내저었다. "아냐. 난 이게 잘될 거라 믿었어. 기체가 그 루프를 견딜 수 있을지는 확신 못 했지. 그래도……."

"만약 안 그랬으면?"

베르토가 잠시 일을 멈추고 나를 올려다보았다. "뭐가?"

"만약 기체가 그 루프를 버티지 못했으면 어쩔 뻔했어?"

그가 어깨를 으쓱했다. "어, 그랬으면, 뭐, 난 죽었겠지."

베르토는 천을 조심스럽게 접어 옆에 놓고 쇠막대들을 잡아당겨 해체를 시작했다.

"하지만 안 죽었잖아. 너도 그거 봤지, 응? 이게 내 새로운 정찰용 플랫폼이야, 이 친구야. 이 카시미르 구동 장치들은 사실상 전력 소모가 제로라서 마샬이 반대할 방법이 없어. 이게 작동한다는 걸 알았으니 돔 지붕에서 동력으로 발사할 수 있겠어. 정말 *끝내줄* 거야."

나는 반대할 수 있다. 내가 반대해야겠다. 이건 사제라 사실상 검증받지 않은 비행기다. 물론 베르토가 한 차례, 30분간의 시운전을 했지만 정기적으로 타기 시작하면 결코 결과가 좋게 끝나지만은 않을 것이다.

하지만 한편 생각하면, 베르토가 이렇게 기뻐하는 모습을 본 적이…….

그게, 아무래도 처음인 것 같다.

"어서, 이거 넣게 좀 도와줘." 베르토가 말했다.

베르토의 미소는 전염성이 있다. 나는 미소를 짓고 한숨을 내쉬었다. 그리고 배낭을 그에게 가져다주었다.

우리가 막 언덕 꼭대기를 넘어 돔이 거의 시야에 들어왔을 때 크리퍼가 보였다.

그걸 먼저 발견한 사람은 베르토였다. 나보다 앞서 있던 그는 한 걸음 내디딜 때마다 통통 튀듯이 걸으며 나샤가 쓸 글라이더를 하나 더 만들 수 있지 않을까 하는 이야기를 했다. 그래서 내가 그런 생각은 당장 집어치우라고 말하려는데 베르토가 돌연 얼어붙은 듯 서 버렸다. 나는 하마터면 그의 배낭에 부딪힐 뻔했다.

"뭐야?"

내가 묻자 베르토는 한 손을 들어 정지 신호를 보내며 다른 손으로 어딘가를 가리켰다. 약 8미터 떨어진 곳, 그곳에 크리퍼가 있었다. 뒷부분은 아래로 말고, 앞부분은 치켜든 채로 바위 꼭대기에 앉은 모습이었다. 덩치가 크진 않지만 부속물도 아니었다. 몸길이는 3미터 정도에 갈색과 황금색이 얼룩덜룩한 대여섯 개의 마디와 수직으로 뻗은 한 쌍의 아래턱을 갖춘 개체였다. 지금은 우리 쪽이 아니라 돔을 보고 있었다.

"미키, 저거 보이지?" 베르토가 속삭였다.

"그래, 보여." 내가 대답했다.

"대화할 수 있겠어?"

나는 베르토를 쳐다보았다. 뭔가 비꼬는 말을 하려다가 베르토는 내가 지난 2년간 크리퍼들과 정기적으로 접촉했다고 믿는단 걸 떠올렸다. 그는 내가 크리퍼들과 계속해서 협상해 왔다고 생각한다. 유일하게 나샤만 내 말이 순 거짓말이라는 걸 알고 있다.

이런. 이거 실망하게 생겼는걸.

"모르지. 한번 해 볼게."

나는 베르토 앞으로 나섰다. 어느덧 움직이기 시작한 크리퍼는 머리를 천천히 앞뒤로 흔들었다. 정말 내가 이 크리퍼와 대화를 한다면 어떻게 보일까? 나는 이를 앙다물고 눈을 찌푸리며 몸을 약간 앞으로 내밀었다.

"이봐 괜찮아? 너 꼭 설사한 사람처럼 보여." 베르토가 물었다.

나는 그를 살짝 노려본 다음 얼굴에 긴장을 풀고 다시 크리퍼 쪽을 향해 섰다. 눈을 깜박여 대화창을 열었다.

[Mickey7]: 여보세요?

[Mickey7]: 이거 보고 있어?

[Mickey7]: 보고 있다면, 우린 여기 싸우러 온 게 아니야. 그냥 지나가는 길이야, 괜찮지?

크리퍼의 움직임이 멈췄다.

고개가 돌아가더니 몸을 돌려 우리와 마주 보았다.

"너한테 말하는 중이야? 무슨 말을 하는데?" 베르토가 속삭였다.

나는 손을 내저었다. 크리퍼와 나는 서로를 응시했다. 그사이 나는 녀석이 우리를 향해 다가오면 어떻게 할지 고민해 봤다. 달아나야겠지, 아마? 작은 개체였다면 내가 얼마든지 빨리 뛸 수 있을 것 같은데 이 녀석보다 빨리 뛸 수 있을지는 잘 모르겠다.

다행히 그걸 알아볼 필요는 없었다. 길고도 긴 10초가 지난 후, 크리퍼가 바위 뒤로 몸을 숨기더니 사라졌다.

다시 돌아오지 않을 거란 확신이 들 만큼 충분히 기다린 뒤에야 베르토가 가쁜 숨을 내쉬며 한 손으로 내 어깨를 토닥였다. "잘했어, 미키. 녀석에게 뭐라고 말한 거야?"

나는 그를 돌아보며 호흡기 아래로 미소를 지어 보였다.

"사실 말이야, 베르토? 넌 아마 알고 싶지 않을걸."

5장

유니언의 기술에는 좋아할 만한 것들이 많다. 우리가 바람을 타고 퍼지는 씨앗처럼 나선형 팔을 펼치고 탐험할 수 있게 해 준다. 차가운 진공 상태의 성간 우주에서도 따뜻하고 대체로 안전하게 지켜 주며, 우리가 만든 쓰레기를 받고 간신히 먹을 수 있는 음식을 뱉어 낸다. 니플하임처럼 솔직히 도저히 살기 어려운 행성에서도 살아가게 해 주는 것이다. 하지만 무엇보다도 유니언이 만드는 거의 모든 기기와 도구에서 볼 수 있는 가장 중요한 요소가 하나 있다.

바로 멍청이 방지 기술이다.

우리가 니플하임에 가져온 거의 모든 기기에는 어느 누구라도 작동이 가능하도록 AI가 탑재되어 있다. 우리가 여행하는 방식을 생각해 보면 반드시 필요한 기술이다. 개척지 임무를 위해 승무원은 보통 성인 200명 미만으로 선발하며 이들이 수천 개의 냉동 배아를 돌보고 지킨다. 그 구성원에는 온전히 기능하는 기술 사회를 만드는 데에 필요한 모든 유망주들이 포함된다. 행정가들, 의사들, 변호사들, 공학자들, 농부들…….

에스프레소 기계 작동법을 아주 잘 아는 사람이 들어갈 자리는 많지 않다. 에스프레소 기계는 스스로 작동한다.

이런 원칙은 니플하임의 기술력 곳곳마다 적용된다. 농업 전문가들, 엔지니어들, 의료진들 할 것 없이 누구나 각자 쓰는 장비들의 용도를 알고 어떻게 사용할지, 또 언제 사용할지 알고 있지만 결국 기계를 작동시키려면 대개 말로 지시만 하면 끝이다. 다시 말하면 주된 제한 요인은 전문성이 아니라, 기기들을 켤 수 있는 적절한 권한의 여부다.

무슨 말을 하려고 지금껏 이 이야기를 했느냐면, 기술적으로 나는 다운로드 하는 과정에 사실상 퀸의 도움이 필요 없다. 나도 헬멧을 착용하는 방법은 알고 있기 때문이다. 업로드를 할 때 퀸이 실제로 하는 일은 나에게 헬멧을 씌운 다음 자신의 엄지손가락을 인증 패드에 대고 작동을 지시하는 것뿐이었다.

말인즉슨, 퀸의 엄지만 있으면 된다는 거다.

"안 돼. 말도 안 돼, 미키. 너 때문에 사람 엄지손가락을 훔치는 일은 못 해." 나샤가 말했다.

나는 나샤의 어깨에 머리를 기대고 그녀를 올려다보았다. "저기, 제발, 고작 엄지손가락이잖아. 손 전체를 훔쳐 달라는 것도 아닌데."

우리는 어제 오후에 베르토가 뛰어내린 절벽에 다시 찾아왔다. 나는 나샤에게 이곳을 보여 주고 싶었다. 베르토는 이곳을 자살하기 딱 좋은 장소로 여겼지만, 나는 나샤가 그 이상의 무언가를 알아볼 거라고 생각했다. 미드가르드에 있을 때는 배낭여행을 많이 했다. 황야를 돌아다니며 앉아서 사색에 잠길 만한 이런 곳을 찾아다니곤 했다. 나샤에게도 나의 그런 면모를 살짝 보여 주고 싶었다.

물론, 엿듣는 사람이 없는 곳에서 나샤와 얘기를 하려고 데려온 것도 사실이다.

"정말, 어떻게 그게 가능할 것 같아, 미키? 내가 펑킹가위를 들고 그 사람 뒤로 몰래 다가갈까? 잘라 낸 다음에 집어 들고 달아나라고?"

"들어 봐. 세세한 것까지 일일이 생각해 보진 않았어."

나샤가 호흡기를 쓴 채 박장대소하며 고개를 젓더니 양 팔꿈치를 바닥에 대고 뒤로 기댔다. "자기야, 이 행성에 와 있는 것만 봐도 네가 세세한 것까지 생각하는 능력이 어느 정도인지 충분히 알겠어."

그렇다. 옳은 지적이다.

그녀가 말을 이었다. "들어 봐, 다운로드 시스템의 잠금장치에 대해서 알고 있긴 해? 내 말은, 우리가 필요한 게 그 사람의 엄지손가락 전체냐고? 그거 지문 판독기야? DNA를 감지하는 거야? 아니면 둘 다야?"

나는 어깨를 들었다 놓았다. "모르지. 작동시키기 전에 항상 엄지손가락을 패드에 댔다는 것만 알아."

나샤가 눈을 굴렸다. "너 정말 구제 불능이다, 그거 알아?"

그녀는 고개를 뒤로 젖히고 분홍빛이 감도는 쾌청한 파란 하늘을 올려다보았다.

"단순한 지문 판독기라면, 어쩌면 우리…… 글쎄다…… 엄지손가락 지문을 어떻게든 본뜰 수 있지 않을까? 그걸 가지고 소내경 프린터로 복제본을 만들면 되잖아."

"어, 저건……."

우리 아래쪽에서 무언가 절벽을 뛰어내렸다. 그것은 2미터쯤 되어 보이는 거미 다리처럼 가늘고 긴 날개 한 쌍을 펼치고 솟구쳐 멀리 날아갔다.

나샤가 몸을 일으켜 도로 앉더니 나를 쳐다보았다. "저게 뭔데?"

나는 초원 너머로 차차 작아지고 있는 까만 V 자 형태를 손가락으로 가리켰다.

"니플하임에서 날아다니는 건 처음 봤어. 저거 보여?"

"나도 보여. 그건 그렇고, 우리 좀 집중해야지?" 나샤가 다그쳤다.

"집중하고 있어. 이 행성에는 우리가 전혀 모르는 것들이 엄청나게 많다는 사실에도 집중하고 있어서 그렇지. 대체 저게 뭐였지? 타란툴라가 박쥐하고 짝짓기해서 나온 생물 같잖아. 우리가 미처 못 본 게 또 뭐가 있을까, 응? 저런 걸 보게 될 때마다 마이코 베리건의 가설 따위에 근거해서 자살하고 싶다는 생각을 좀 덜하게 되는 것 같아."

나샤가 고개를 한쪽으로 갸웃했다. "가설? 무슨 가설?"

"뭐지, 날씨가 다시 추워지고 계속 추위가 이어질 거라는 가설 같은 것 말이야. 반물질을 도로 찾아와야 한다는 가설도 그렇고."

"그건 가설이 아니지, 미키. 그건 과학적 사실이야. 우리가 여기에 도착했을 때만 해도 이 행성은 온통 얼음덩어리였잖아, 기억나? 대체 다시 그렇게 되지 않을 거라고 생각할 이유가 뭐야?"

"모르지. 그럼 다시 그렇게 *될 거라고* 생각할 이유는 뭔데?"

나샤가 눈살을 찌푸렸다. 그녀의 목소리는 느리고 신중했다. "30년간의 관찰에 따른 결론이야, 미키. 미드가르드에서 30년 동안 이곳을 지켜봤고, 우리가 여기 온 이후로는 베리건 쪽 사람들이 2년 동안 모델링을 했어. 게다가 2년 전에 지옥처럼 추웠다면 분명히 언젠가는 다시 추워질 거라는 기본적인 사실도 있지. 행성들이 바로 그렇게 돌아가니까. 자기는 말이 안 되는 얘길 하고 있어."

"30년간 미드가르드에서 관찰한 결과 다들 이곳이 따뜻하고 습할 거라 생각했잖아, 기억해?"

나샤가 고개를 저었다. "관찰은 정확했어. 단지 해석이 틀렸던 거야. 너도 알고 있잖아, 미키."

"좋아. 그렇다면 지금 그들의 예측이 틀리지 않았다고 장담할 수 있는 사람이 누가 있지?"

나샤는 다리를 몸 아래쪽으로 당겨서 단단히 디디더니 벌떡 일어났다.

"들어 봐. 난 지금 널 도와주려는 거야. 그런데 네가 이 문제를 진지하게 받아들일 생각이 없다면, 난 그만두겠어."

"아니야. 잠깐만."

나는 나샤의 손을 붙잡았다. 그녀는 마지못해 뿌리치는 시늉을 하다가 한숨을 뱉더니 도로 자리에 앉았다.

"내가 미안해. 난 그냥……."

"그냥 뭐, 미키?"

그냥 이 일로 심각해지고 싶지 않았어. 미지의 문제에 대한 해결책은 난 원치 않아. 왜냐하면 우리가 퀸의 엄지손가락을 훔치든 무슨 짓을 하든 마샤이 한 말이 사실이라는 걸 알게 되면 그 폭탄을 꺼내 넘겨줘야 하니까.

하지만 그런 말을 할 수는 없었다.

"그냥 난 가끔 다른 생각에 빠져서 우리가 진짜 무슨 이야기를 하고 있었는지 잊을 때가 있거든. 그런데 지금은 집중하고 있어. 가짜 손가락이랬지, 그렇지? 그럼 진짜 핑킹가위는 필요 없겠네."

나샤가 어깨를 으쓱했다. "아닐 수도 있고. 다운로드 시스템의 보안을 얼마나 신경 써서 만들었는가에 달렸지."

"뭐 하러 그런 데에 보안을 철저히 하겠어? 방사능 중독 말기가 어떤지 알고 싶어 죽겠는 사람들이 있는 것도 아니고."

"그러게. 그건 그렇겠다. 좋아. 넌 퀸의 지문이 묻은 걸 구해와, 내가 엄지손가락을 만들 수 있을지 알아볼게."

그녀가 다시 자리에서 일어나더니 내 손을 잡아끌어 자기 옆에 일으켜 세웠다.

"좋았어. 그래도 안 먹히면 어떻게 하지?"

"뭐, 그렇게 되면 핑킹가위를 꺼낼 일을 의논해야겠지." 그녀의 대답이었다.

돔으로 돌아오는 길에 나는 크리퍼를 다시 보고 싶은 마음이 들 뻔했다. 내 메시지에 반응하지는 않았지만 어제의 만남에서 뭔가 통하는 것이 있다는 느낌을 받았기 때문이다. 크리퍼는 만나지 못했으나 언덕 꼭대기를 넘어 돔을 향해 내려오다가 분명 그 거미-박쥐 같은 것이 날아가는 모습을 봤다. 머리 위로 아주 높이 간신히 보이는 게 밝은 분홍빛 하늘의 검은 반점 같았다.

퀸의 엄지손가락 지문을 구하기란 놀랍게도 쉬운 일이었다. 노숙인처럼 두 시간 동안 카페테리아에 죽치고 있기만 하면 되었는데 마침 나는 이틀 전부터 할 일이 아무것도 없던 차였다. 14시 무렵, 퀸이 점심을 먹으러 들어왔다. 그는 반대편 쪽 벤치에 앉았고, 그 자리는 나에게서 최대한 멀리 떨어진 자리였다. 몇몇 사람들이 카페테리아에 무리 지어 흩어져 있었지만 누구도 우리 둘에게 관심을 기울이지 않는 것 같았다. 퀸은 식사를 하고 일일 권장 비타민/단백질 혼탁액을 마신 후, 자리에서 일어나 컨베이어에 쟁반을 올려놓았다. 그렇게 하면 쟁반이 음식 준비 시스템의 내장 속으로 도로 들어간다. 내가 할 일은 퀸이 돌아선 뒤 컨베이어로 가서 쟁반이 사라지기 전에 조심스레 혼탁액 컵을 집어 의료용 샘플 봉투에 넣고 그곳을 탈출하는 것이었다.

모든 일이 순조롭게 흘러가고 복도까지 두 발짝을 남겨 둔 때였다.

"미키? 여기서 뭐 해?"

나는 우뚝 서서 뒤를 돌아보았다. 다른 경비대원들 무리에 섞여 식탁에 앉아 있는 캣이 보였다. 그녀가 나를 빤히 쳐다보았다.

내가 말했다. "아, 안녕, 캣."

가던 길을 재촉하려는데 캣은 어느덧 자리에서 일어나 카페테리아를 가로질러 나를 향해 걸어오고 있었다. 간신히 복도로 나갔지만 그 전에 캣이 뒤에서 내 소매를 잡아챘다.

“이봐, 대체 왜 그래, 미키? 잠깐만.”

순간 아드레날린이 솟구치면서 팔을 뿌리치고 도망칠까 하는 강한 충동이 고개를 들었다.

“캣. 무례하게 굴려는 게 아니라, 내가 할 일이 좀…….”

캣은 내가 퀸의 머그잔을 숨긴 외투 주머니를 가리켰다. “그렇겠지. 너 지금 다른 사람이 먹고 난 카페테리아 쟁반에서 혼탁액 컵을 훔쳤잖아. 뭐 하는 짓이야?”

나는 입을 벌리고 머뭇거리다 도로 다물었다. 캣이 반 발짝 가까이 다가왔다. “알다시피 난 법적으로 네가 강제로 털어놓게 만들 권한이 있어, 알지?”

그게 사실인지는 모르겠지만, 나는 그간 캣을 오랫동안 알고 지내서 잘 안다. 그녀는 자기가 원하면 얼마든지 그럴 수 있는 사람이다.

“퀸의 지문이 찍힌 물건이 필요했어. 그래서 컵을 가져온 거야. 일이 끝나는 대로 다시 갖다 놓을게.”

캣이 고개를 갸웃했다. “퀸 브록의 지문이 필요했구나. 정확히, 어떤 이유로?”

한숨이 나왔다. “가짜 엄지손가락을 만들려고.”

그녀가 나를 5초간 뚫어지게 쳐다보았다.

마침내 캣이 말했다. “알았어. 뻔하지 뭐. 마샬이 널 시켜서 부두교 인형인지 사랑의 묘약인지 뭘 만드는진 몰라도 내가 증인을 서 줄 거라는 기대는 마."

나는 억지웃음을 크게 웃었다. 캣은 끝까지 나를 한 번 더 쳐다보고는 돌아서서 카페테리아로 향했다. 나는 그녀가 동료들을 데리고 나와서 컵을 훔친 죄로 나를 감옥으로 끌고 갈 줄 알고 가만히 서서 약 30초간 기다렸다. 하지만 그녀는 나오지 않았고 마침내 나도 아무렇지 않게 그곳을 벗어날 수 있었다.

"그럼 된 거지, 응?"

"맞아. 다 됐어." 나샤가 대답했다.

나는 손바닥에 그 엄지손가락을 올려놓고 뒤집어 보았다.

"이거 퀸의 엄지손가락 같지 않아. 네 엄지손가락처럼 보이는데?" 나는 나샤의 손과 내 손바닥의 그것을 번갈아 바라보았다.

나샤가 그걸 확 낚아챘다. "이봐, 미키. 이게 내가 할 수 있는 최선이야, 알았어? 브록의 엄지손가락 모델이 없으니까 내 걸 본뜬 거지. 이걸 만드느라 여기저기 부탁도 하고 협박도 했어. 안 그랬으면 혼자 20분 동안이나 프린터랑 씨름하며 이걸 완성하지 못했을 거야. 결과물이 별로라니, 너도 운이 다했나 보지 뭐."

나는 그녀를, 그녀는 나를 빤히 바라보았다.

마침내 내가 말했다. "내가 미안해. 예쁘게도 만들었네, 나샤. 사실, 이건 내가 그동안 선물 받아 본 엄지손가락 중에 가장 멋져. 고마워."

그녀의 눈빛은 누그러질 줄을 몰랐다. 놀리며 사과하기에서 무릎 꿇고 빌기로 전략을 바꾸어야 할까 2~3초간 생각하고 있는데 나샤가 미소를 지으며 나를 힘껏 밀어 침대로 자빠뜨렸다.

"빌어먹을, 당연하지. 넌 감사할 줄 알아야 해, 이 녀석아."

그녀는 단번에 우리 사이 공간을 가로질러 침대로 올라와 내 위에 기댔다. 나는 나샤를 끌어당겨 두 팔로 껴안았다. 그녀는 나를 안고 옆으로 눕혀 재빨리 키스를 하더니 얼굴을 떼고 나를 바라보았다.

"이렇게 하면, 정말 우리가 궁금해하는 걸 알아낼 수 있는 거야?"

나는 눈을 감았다. 다시 눈을 떴을 때, 나샤의 얼굴엔 미소가 걷혀 있었다.

"모르겠어. 그들이 정말로 내 복제본을 원자로로 들여보내고 있었다면, 가능하지 않을까?"

나샤가 내 이마에 자신의 이마를 갖다 댔다. "만약 못 알아내면?"

나는 한숨을 쉬었다. "그러면 우린 다시 원점으로 돌아가는 거겠지."

나샤는 나를 밀어 눕히더니 머리를 내 어깨와 목 사이에 기댔다. 이 돔에서는 어딜 가나 하루 중 80퍼센트는 체취로 진동하는데 어쩐 일인지 나샤의 머리카락에서는 재스민 향기가 났다.

"그건 그렇고, 어떻게 한 거야?"

그녀는 내 가슴에 팔을 뻗었다. "뭘 말이야?"

"그걸 만들게 해 달라고 누굴 설득한 것 말이야. 무슨 이유로 사람의 엄지손가락을 만든다고 했길래 경비대원을 안 불렀지?"

나샤는 내게 코를 더 바짝 붙였다. "로살레스였어. 우린 늘 친하게 지냈거든. 미드가르드 이후로 그녀는 줄곧 싱글이었고. 걔도 그게 어떤지 알아."

나는 나샤의 등을 한 손으로 쓸어내리다 멈칫했다. "저기, 잠깐, 내가 못 알아들은 게 있는 것 같은데. 뭐가 어떤지 안다는 거야?"

나샤가 고개를 들었다. 이를 드러내며 미소 짓고 있었다.

"그게 섹스용 장난감이라고 했거든."

대학 1학년 때 들었던 고대 철학 개론 수업은 기억에 남는 게 아주 많지 않아도 딱 하나 뇌리에 박힌 것이 있다. 바로 소크라테스의 처형에 관한 내용이었다. 소크라테스는 독미나리에서 추출한 독을 마시라는 명령을 받았다. 고대 그리스인들은 청산가리를 구할 수 없었고 소크라테스도 칼에 찔려 죽기에는 너무 고상했기 때문이겠지. 그에게 주어진 시간은 해가 지기 전까지였다. 그의 친구들은 모두 그가 최후의 순간까지 기다리기를 바랐지만 소크라테스는 어땠을까? 그냥 마셔 버렸다. 어차피 죽는데 뭐 하러 기다리냐는 거겠지, 응?

가짜 엄지손가락을 이용해 내 뇌를 튀길지 모르는 이 일을 해야 하는 기분이 바로 그렇다. 미루는 의미가 없다. 나샤와 나는 잠깐 쪽잠을 자고 자정 직후에 깨어나 의료 실험실로 향했다.

의료국은 사이클러에서 그리 멀지 않은 맨 아래층에 있다. 가는 내내 우리는 말이 없었다. 나샤는 아주 중요한 일에 가야 하는 사람처럼 걸었고 나는 고개를 숙인 채 그 뒤를 따랐다. 눈으로 좌우를 살피며 가는 모습이 흡사 탈출한 죄수처럼 보였을 것이다.

의료국 입구에 당도하자 나샤가 나를 돌아보며 물었다. "이제 엄지손가락을 써야 할까?"

나는 고개를 흔들었다. "아닌 것 같아. 전에는 업로드 때문에 나한테 무제한 접근 권한이 있었어. 누가 굳이 내 권한을 잠그지 않았으면 아직 유효할 거야."

나는 나샤 앞으로 나서서 스캐너에 오큘러를 댔다. 문이 미끄러지며 열렸다. 우리가 문을 통과해 들어가자 뒤에서 닫히는 소리가 났다. 여기서 문 두 개를 더 지나 짧은 복도를 따라가면 재생룸이 나온다. 사람이 들어가도록 만든 벽장보다 약간 큰 공간으로, 기구들이 가득 찬 곳이다. 탱크가 바닥의 절반을 차지하는데, 이 회색의 철제 관은 어떤 종류의 유기체라도 만들어 뽑아낼 수 있다. 다만 내가 알기로는 나를 복제하는데 외에는 쓰인 적이 없다. 나머지 공간은 이마, 손목, 발목을 묶을 수 있는 결박 의자 하나와 제어 콘솔로 채워져 있다. 전선을 바닥까지 늘어뜨린 스퀴드 배열이 의자에 놓여 있는 것이 보였다.

“그럼, 여기구나, 응?”

“그래, 바로 마법이 벌어지는 곳이지.” 내가 대답했다.

나는 헬멧을 집어 들고 손으로 뒤집은 다음 머리에 썼다. 접촉면이 두피를 긁었다. 직접 전선을 다뤄 본 적은 한 번도 없지만 퀸이 하는 걸 많이 봤다. 전선은 두 개로, 둘 다 초미세 합성 섬유를 꼬아 만들었는데 하나는 빨간색이고 다른 하나는 초록색이다. 그걸 콘솔에 꽂아야 한다. 콘솔에도 엄지손가락을 대면 기기를 작동시키는 패드 바로 오른쪽에 꽂는 슬롯이 두 개 있다.

슬롯은 생김새가 똑같다.

어떤 전선을 어느 슬롯에 꽂지?

“미키? 너 지금 자신 없어 보여. 제대로 알고 하는 거지?” 나샤가 물었다.

“그럼. 당연하지.”

나는 전선 끄트머리를 비교했다. 똑같다. 슬롯들도 살펴봤다. 똑같다.

어쩌면 아무 상관 없는 걸까?

나는 대수롭지 않게 생각하며 빨간색 전선을 위쪽 슬롯에, 초록색 전선을 나머지 슬롯에 끼웠다. 최악의 경우 무슨 일이 벌어질까?

뇌가 타 버릴지도 모른다. 최악이라면 그렇겠지.

나는 의자에 앉았다.

"됐어. 날 묶어."

나샤의 표정은 걱정은 염려와 불안으로 바뀌어 있었다.

"정말 이렇게 하는 게 맞아, 자기? 꼭 처형하는 것처럼 끔찍해 보여."

나는 애써 웃었다. "물론이지. 늘 하던 거야, 나샤. 어서 하자."

그래서 그녀는 내 말대로 했다. 맨 처음에 발목, 그다음 손목, 그러고 나서 이마, 마지막으로 헬멧 앞쪽에 달린 버클을 채웠다.

"괜찮아?"

나는 묶인 부분을 잡아당겨 보였다.

"그럼, 난 괜찮아."

나샤가 몸을 숙여 나에게 키스를 했다.

"사랑해." 그녀가 속삭였다.

"응, 알고 있어."

그녀는 허리를 곧게 펴고 서서 주머니에 들어 있던 엄지손가락을 꺼냈다.

"이게 작동하는지 알아볼 준비 됐어?"

나는 두 눈을 감았다.

"됐어."

6장

라이브 메모리 다운로드에 관한 재미있는 이야기를 해 볼까 한다. 11년 전, 7광년 넘게 이동하며 여섯 번의 죽음을 맞기 전의 일이다. 젬마 아베라에게 어째서 설계도와 절차, 기술 지침서를 공부하며 시간을 허비해야 하는지 물어본 적이 있다. 우리에게는 메모리 다운로드 시스템이 있었기 때문이다. 나는 어차피 탱크에서 재생될 때마다 그걸 사용하니까 이 모든 상황을 알고 있는 다른 익스펜더블의 저장된 메모리를 꺼내 내 두개골에 집어넣으면 되지 않을까?

"훌륭한 질문이군요."

젬마가 말했다. 젬마는 그 말을 자주 했지만 그녀의 대답을 들어 보면 내 질문의 90퍼센트 정도는 완전 쓰레기라는 게 자명했다. 우리는 젬마가 나를 위해 교실로 개조해 쓰던 비품 창고에서 자그마한 철제 탁자에 태블릿을 하나 펼쳐 놓고 마주 앉아 있었다.

"메모리 다운로드에 대해서 배웠던 내용을 떠올려 봐요. 그리고 어째서 우리가 그렇게 안 하는 건지 내게 말해 주겠어요?"

나는 눈을 굴렸다. "저기, 그게 멍청한 아이디어라면 그냥 그렇다고 말해요."

"알았어요. 그건 멍청한 아이디어 맞아요."

그녀는 나를 쳐다보더니 입꼬리를 당기며 의기양양한 미소를 지었다.

"그렇게만 말하고 말 거 아니잖아요. 정확히 *어째서* 그게 멍청한 아이디어인지 나한테 설명하고 싶어 죽겠죠?"

젬마의 입가에 미소가 퍼졌다. "날 너무 잘 아는군요, 미키. 그게 멍청한 아이디어인 이유는 메모리 업로드와 다운로드가 선택적이지 않기 때문이에요. 우리는 딱 한 가지만 머릿속에서 뽑아내는 방법을 모릅니다. 예를 들자면, 반물질 연소실의 회로도 같은 것 말이죠. 또한 딱 한 가지만 당신 뇌에 집어넣을 줄도 몰라요. 이 모든 걸 이미 알고 있는 다른 사람의 기록을 다운로드 받게 해 줄 수 있겠지만 그러면 그 사람의 기술적 지식만 받는 게 아니죠. 그 사람이 가장 좋아하는 아이스크림 맛, 첫 키스에 대한 추억, 그의 삶에서 가장 부끄러운 기억까지 다운로드 받게 됩니다. 그의 모든 것, 인격 전체를요, 미키. 게다가 안타깝게도 사실 당신에겐 이미 그런 것들이 있단 말입니다. 그의 메모리와 지식이 당신의 것과 겹쳐지면서 최악의 경우에는 혼란을 느낄 수도 있어요. 다운로드 한 번으로도 메모리 이상의 많은 것들이 딸려 오죠. 세계관이라든가, 의견, 편견…… 만약 세상이 돌아가는 이치와 관련된 근본적인 신념들이 당신의 기존 신념과 충돌하게 된다면 무슨 일이 벌어지겠어요?"

"아, 그렇군요. 아무래도 그건 문제가 될 수 있겠네요, 정말."

그녀가 박장대소했다. "문제가 될 수 있겠다고요? 두개골 안에 한 가지 인격만 가지고 있는데도 이 세상 헤쳐 나가기가 이렇게 힘들잖아요. 뒷좌석에서 이래라저래라 훈수 두는 사람이 생기는 건 아무도 좋아하지 않죠."

나는 미소를 지었다. 그녀도 미소로 답했다. 아까 하던 반물질 로켓 이야기로 화제를 돌려도 될지 물어보려는 찰나 그녀가 말했다.

"있죠, 사실 한 번 시도했어요."

"시도요? 그럼 잘 안 됐다는 뜻 같은데요."

그녀가 이를 드러내며 웃더니 상체를 의자 등받이에 기댔다. "잘되었다는 게 어떤 의미냐에 따라 다르겠죠. 6년 전이었나, 내가 여기서 트레이너로 일하겠다고 서명을 한 지 약 1년 뒤의 일이었으니까. 우리가 미소 운석에 부딪혔죠. 동력 코어 근처에 긴급 패치 작업을 할 사람이 필요했어요. 문제는, 충돌로 방사능 보호막에 구멍이 생겼는데, 그 구멍이 엄청나게 뜨거웠던 겁니다. 물리부에서는 살아남을 수 있는 열기라고 했지만 어느 기술자도 자진해서 그만한 감마선을 감수하며 수리하겠다 나서지 않았어요.

당시 우리 익스펜더블은 도란 가우스라는 사람이었는데, 그건 그렇고 그 사람, 진짜 거물이었어요. 성범죄로 두 번째 유죄 판결을 받고 전환 프로그램 차원에서 우리에게 보내졌는데, 한 번은 훈련 중에도 그 짓을 저지르려다…… 어쨌든, 그냥 그 인간 뇌 피질이 튀겨진대도 난 그다지 걱정하지 않았다고만 해두죠. 우리 수석 기술자의 메모리를 전체 업로드 한 다음 도란에게 다운로드 했는데, 결과가 흥미롭더군요."

"그 *흥미롭다*는 뜻이, 결과가 아주 훌륭해서 모두 크게 기뻐했다는 의미가 아닐 것 같은데요?"

내 말에 젬마가 소리 내어 웃었다. 그녀는 아주 기분 좋게 웃는다. 젬마의 웃음은 힘멜 스테이션에서 지내던 시절이 그리운 몇 안 되는 이유 중 하나다.

"뭐, 패치 작업도 완료했고, 잘 유지됐으니까, 아마 사령관님은 대체로 만족했겠죠. 그런데, 도란…… 내가 아는 한 그자는 사건 이후로 머릿속에 두 사람을 넣고 살게 되었어요. 수석 기술자 야혼토프가 된 그자의 일부는 도란 가우스를 너무너무 안 좋아했어요. 처음에는 그냥 수면 장애만 있더군요. 그런데 조금 지나자 자해가 시작됐죠. 한순간이라도 집중을 하고 있지 않으면 어느새 두 손이 슬금슬금 목으로 향했어요. 다운로드를 한 지 일주일 정도 됐을 때였나, 명령에 따라 자기 방에 있던 그자가 새우 포크로 두 눈을 파내고 말았죠. 그 사달이 나자 우리는 진정제를 투여해 재운 상태로 구속복을 입혀야 했습니다. 그자는 약 한 달 후 속옷만 입은 채 에어 로크 밖으로 걸어 나가 버렸어요."

그녀가 나를 바라보았다. 나도 그녀를 마주 봤다.

내가 말했다. "그러니까, 그 말은 이게 정말로 좋은 아이디어가 아니라는 뜻인가요?"

젬마가 어깨를 으쓱했다. "꼭 그렇지만도 않겠죠. 당신은 도란 가우스가 아니니까. 그자는 괴물이었거든. 야혼토프의 인격이 그자와 두개골을 함께 쓰길 싫어할 만했어요. 거부감의 표현 방식이 아주 놀라운지라 결국 과학 언론에서 크게 다뤘고 다음에 뽑아낼 익스펜더블로 재현 실험을 해 보자는 논의가 한동안 있었죠. 생명 윤리학자들이 그 아이디어를 일축하기 전까지 말이에요. 하지만 기본적인 문제점이 뻔히 보이잖아요. 내 말은 그러니까, 서로 잘 지낼 수 있나 먼저 확인도 안 하고 누군가를 자기 아파트에 들이는 사람은 보통 없는데, 그렇잖아요? 자기 머릿속에 누군가를 들여보내 살게 하려면 적어도 그쯤은 생각해 봐야 맞지요."

나샤가 퀸의 가짜 엄지손가락을 패드에 문지르는 동안 내가 했던 생각도 바로 그런 거였다. 혹시 다른 미키들이 나를 싫어하는 것 아닐까. 꼭 그럴 이유가 없으라는 보장은 없었다. 결국 나는 사임을 했으니까. 그러지 않았으면 링과 마샬이 원하는 일을 완수하기 위해 원자로 속으로 들어가는 사람은 나였을 것이다. 적어도 미키들 중 하나가 나를 대신했겠지. 그들이 보는 나는 최악의 게으름뱅이, 죽고 싶지 않다고 결심한 익스펜더블이다. 나는 토끼를 돌보고 토마토나 따고 나샤를 껴안으며 지난 2년을 보냈다. 다른 미키들의 삶은 아마 탱크에서 나와 방사능에 피폭되고 피를 흘리는 것이 전부일지도 모른다. 그들 입장에서는 어느 날 밤 내가 잠든 사이에 내 손을 이용해 나를 후려치고 싶을 만하다.

결국 이게 그리 좋은 아이디어가 아닐지도 모른다 싶어, 나샤에게 멈추라고 말해야 하지 않을까 생각하던 차였다. 그녀가 내게 물었다.

"이제 무슨 일이 일어나야 하는 거 아니야?"

나는 감았던 눈을 떴다. 결박 때문에 고개를 돌려 그녀를 바라볼 수가 없었다.

"엄지손가락을 패드에 대고 눌렀어?"

"그럼, 지금 그렇게 하고 있어." 그녀가 대답했다.

다운로드 할 때 의식이 있던 적이 없어 모르긴 해도 분명 이건 아니다.

"미안, 결국 지문 판독기가 아니었던 것 같아. 이제 어쩌지?"

나샤가 한숨을 쉬었다. "펑킹가위를 꺼낼 때가 된 거지, 아무래도."

내 뒤쪽에서 문이 미끄러지며 열렸다.

"펑킹가위라고?"

"이런 젠장, 안녕, 퀸." 나샤가 말했다.

나는 다시 고개를 돌리려고 했지만 결박은 단단했고 헬멧도 꿈쩍하지 않았다. 그래도 상관없었다. 퀸이 의자를 돌아 내 앞에 쪼그리고 앉았다.

"미키? 대체 여기서 뭐 하는 짓이야?"

"어, 안녕, 퀸. 무슨, 아…… 무슨 일로 왔어?" 내가 물었다.

퀸이 나를 노려보았다. "*너 때문에* 왔다, 이 멍청아. 설비를 감시하는 AI가 메시지를 보냈거든. 네가 업로드 하러 왔다고 말이지."

나샤를 본 퀸이 물었다. "그거 엄지손가락이야?"

"진짜는 아니야." 나샤는 엄지손가락을 슬며시 주머니에 넣으며 대답했다.

"정말이지, 뭐 하는 짓이야?"

퀸은 일어서더니 내 뒤쪽으로 가며 말했다.

"전선도 잘못 꽂은 거, 알지? *다운로드* 하도록 만들어 놨네. 대체 무슨 짓이야, 너? 네 뇌를 튀겨 보려고?"

찰칵하고 결박 끈 버클이 풀리는 소리와 함께 내 머리가 풀

려났다. 퀸은 헬멧을 벗기고 전선들을 도로 수납한 다음 나의 손목과 발목의 끈을 풀어 주려고 다시 쪼그려 앉았다.

"이봐, 이상해 보인다는 거 나도 알아, 하지만……."

퀸은 벌떡 일어나 나를 내려다보았다. "하지만 뭐, 미키? 2년 만에 업로드를 하고 싶었으면 왜 그냥 나한테 부탁하지 않았지? 너도 알잖아, 그게 내 일인 거. 혹시 정말로 다운로드를 하려던 거라면……. 글쎄다. 난 네가 도움이 좀 필요한 것 같다는 말밖에 달리 할 말이 없어."

퀸은 나샤를 보며 말을 이었다.

"그리고 너, 아자야. 너 이 녀석 좋아하는 줄 알았는데, 그렇지? 얘가 이런…… 이게 뭐 하는 짓인지 모르겠다만 못 하게 말렸어야지. 그러기는커녕, 네가…… 그러고 보니, 넌 여기서 뭐 하는 거야? 그리고 당최, 아까 그 빌어먹을 엄지손가락은 뭐고?"

나샤의 얼굴에 먹구름이 몰려왔다. 내가 여기서 중재하지 않으면 눈앞에서 남자 하나가 맞아 죽게 생겼다. 나는 자리에서 일어나 두 사람 사이에 섰다.

"저기 말이야, 퀸. 네 말이 맞아. 너한테 부탁을 했어야 하는데. 근데 사실, 저번에 카페테리아에서 얘기를 하려고 했거든. 기억나지? 네가 물어볼 기회도 안 줬잖아."

퀸은 잠시 멍한 표정을 지었다.

"카페테리아에서? 넌 업로드 해 달라고 부탁하지 않았어. 마약이 필요했던 거잖아."

나는 눈을 굴렸다. "아니야, 퀸. 난 마약을 원한 게 아니었다고. 내가 말했잖아. 근데, 내가 원한 건 업로드도 아니었어. 다운로드였지."

나를 빤히 쳐다보던 퀸이 나샤를 쳐다보다가 다시 내게로 시선을 돌렸다.

"다운로드라니."

"그렇다니까, 다운로드라고." 내가 말했다.

"난…… 무슨 소리야, 미키? 도대체 그게 무슨 소리야? 활성 피질에 다운로드를 하고 싶다니. 그것도 *네* 메모리를. 대체 무슨 이유로 그런 짓을 하고 싶다는 거야? 초기 치매라도 걸렸어? 2년 전에 놔둔 지갑이 어디 있나 기억이 안 나서 그래? 꽁꽁 얼어붙었던 일을 추억하고 싶기라도 해? 대체 뭐야?"

나는 고개를 저었다. "내 메모리를 원하는 게 아니야, 퀸."

"너……."

퀸은 하려던 말을 멈추고 다시 나샤를 슬쩍 쳐다보다 내게로 고개를 돌렸다.

"설마."

"이제는 몇 번째야? 나인? 텐? 더 있어?"

퀸이 한숨을 쉬었다. "너한테 말해 준 걸 알게 되면 마샬이 날 죽이려들 텐데. 하지만 너도 알 권리가 있으니까. 네가 일을 그만둔 뒤로 우린 네 복제본 둘을 탱크에서 뽑아냈어. 5일 전에 서로 몇 시간 간격을 두고 꺼냈지."

"그렇겠지. 내가 원하는 건 걔들의 메모리 중 하나야. 두 번째 녀석 것으로. 아마 미키10이겠지. 맞나?"

퀸은 미안한 듯 어깨를 으쓱했다. "안됐지만, 미키. 그렇게는 못 해."

나샤가 반박했다. "그 메모리들도 미키 거잖아. 미키 몸을 제멋대로 사용하고 있었던 거라고. 너 미키한테 빚진 거야, 퀸."

퀸이 나샤를 쳐다봤다. "첫째, 미키 몸을 제멋대로 사용한 건 *내가* 아니야. 마샬과 링이 여기로 와서 복제본이 하나 필요하다고 했고 난 그들이 시키는 대로 했을 뿐이야. 그게 내 일이니까. 저 문을 나가서 저지른 일은 내 관할 밖이라고. 둘째, 네 말에 동의하지 않는다는 뜻이 아니야, 알았어? 난 걔들의 메모리를 주지 *않겠다*고 한 적 없어. 못 *한다*고 했지. 사실, 둘 다 여기까지 업로드 하러 올 기회가 없었어. 뭘 하느라 걔들이 필요했는지는 모르겠지만 마샬이 시킨 일 때문에 빨리 죽었을 거라 추측할 뿐이야."

퀸이 다시 내 쪽으로 고개를 돌렸다. "안됐다, 야. 네게 줄 메모리가 없어."

나는 나샤와 눈을 마주쳤다. 그녀가 주머니에서 엄지손가락을 꺼내 퀸에게 내밀었다. "증명해 봐."

퀸이 눈살을 찌푸렸다. "대체 이건 뭐야?"

"퀸은 그게 필요 없어. 자기 엄지손가락이 있잖아, 기억나?"

내가 말했다.

“아. 그렇지.” 나샤가 말했다.

퀸은 나샤 곁을 지나 콘솔로 가 엄지손가락을 판독기에 갖다 댔다. 콘솔 화면에 불이 들어왔다. “넌 이거 읽는 법 알잖아. 그렇지, 미키?”

나는 퀸 옆으로 가서 섰다. 퀸은 유효한 다운로드 목록을 열었다. 가장 최근 기록은 2년도 더 된…… 바로 나의 마지막 메모리로, 베르토가 나를 크리퍼들의 미로에 버려두고 가는 바람에 에잇이 탱크에서 나온 일이 있기 6주 전 업로드였다.

“이해가 안 돼. 나한테는 항상 죽기 전에 업로드를 시켰잖아. 심지어는 0.9c의 속도로 움직이는 이온 빔을 두개골 뒤쪽에 맞아 숨이 깔딱깔딱 넘어가려는 나한테 끝까지 헬멧을 씌운 자들이야.”

퀸이 어깨를 들었다 놓았다. “말했듯이, 걔들은 빨리 죽은 게 분명해.”

“그럴지도 모르지. 아니면, 마샬이 걔들 하던 일을 기록으로 남기고 싶지 않았거나.” 나샤가 말했다.

나는 고개를 절레절레 흔들었다. “상관없어. 메모리가 여기 없잖아. 잠을 깨워서 미안해, 퀸.”

퀸은 나와 나샤를 번갈아 쳐다보았다. 그는 진심으로 안타깝게 여기는 것처럼 보였다. 지난 몇 년간 좀 더 말이라도 붙여볼걸 그랬나 하는 생각마저 들었다.

퀸이 말했다. "괜찮아. 솔직히 말하면 다운로드 할 게 없어서 안됐다고는 못하겠어. 널 미친 정신병자로 만들고 자책하긴 싫거든. 하지만 네게 필요한 걸 줄 수 없어서 안타깝게 생각해. 네 말이 맞아. 그들이 네 몸을 가지고 뭘 하고 있는지 너도 알아야 해."

"고마워." 내가 말했다. "진심이야, 퀸. 고맙게 생각해."

나는 그의 어깨를 두드린 다음 돌아섰다. 나샤와 내가 문을 반쯤 나섰을 때 그가 말했다. "이봐, 그 엄지손가락…… 그거 내 지문이 찍힌 거네, 맞지? 그걸 쓰면 내가 없어도 다운로드를 할 수 있을 줄 알았구나."

나샤가 걸음을 멈추고 반쯤 돌아섰다. "아마도?"

"안 돼. 당연하잖아. 이런 민감한 기계를 엄지손가락 지문 하나로 보호하는 바보가 어디 있어? 그건 그렇다 치고…… 내 걸 돌려받고 싶은데, 그래도 될까?"

나샤가 나를 쳐다봤다. 나는 어깨를 으쓱했다.

"알았어." 나샤는 대답과 함께 주머니에 있던 엄지손가락을 꺼내 퀸에게 던졌다.

"고마워. 이걸로 뭘 했는지는 모르겠지만, 솔직히 이걸 들고 뛰어다니니까 이상해 보이더라." 퀸이 말했다.

맞는 말이다. 나는 나샤 손을 잡고 함께 밖으로 나왔다.

"그럼 이제 어떻게 하지?"

우리는 반쯤 어두워진 방으로 돌아와 벌거벗은 채 땀을 흘리며 함께 웅크리고 있었다.

나샤가 대답했다. “나도 모르겠어, 막다른 골목에 갇힌 꼴이지, 안 그래?”

“베르토는 나더러 그냥 날씨가 바뀔 때까지 버티래. 그때 저들이 다시 전기를 공급하면 다 헛소리였다는 걸 알게 될 거라고. 만약 그게 아니면…….”

“아니면, 사람들이 죽어 나가기 시작하겠지.” 나샤가 말했다.

그렇지. 그렇게 되겠지.

“연료가 어디 있는지 알아. 가져오는데 길어 봐야 두 시간 정도 걸려. 지금 당장 가져와야 하는 건 아니니까. 정말로 날씨가 바뀔 때까지 기다릴 수도 있겠지.”

“만약 연료를 가져와서 해결되지 않는 문제라면?”

나는 어깨를 들었다 놓았다. “그걸로 해결되지 않는 문제라면 우린 끝장났다고 봐야지.”

나샤가 말했다. “그럴지도 모르지. 그래도 지금 그걸 알아내면 차선책을 마련할 시간이 있을 거야. 눈발이 날리기 시작하는 시기, 이 개척지가 운명을 다하는 때를 알아내야 해.”

나샤의 말을 끝으로 10초간 침묵이 흘렀다.

내가 마침내 입을 열었다. “넌 내가 가기를 바라고 있겠지.”

나샤는 몸을 일으켜 한쪽 팔꿈치로 지탱하며 나를 내려다보았다.

"아니야, 자기야. 난 네가 가길 원하지 않아. 네가 마샬의 아량에 기대어 사는 거 싫어. 더는 못 참겠다고. 하지만 미키, 우린 이 개척지를 위해 너무 많이 희생했어. 너도 *이미* 굉장한 희생을 했지. 포가 겪은 일, 파이브가, 식스가, 그리고 에잇이 한 일을 생각해 봐. 이곳이 망하고 모두가 죽는다면 그 희생이 모두 헛수고가 돼. 나는 *그렇게 되길* 바라지 않아. 네가 수없이 죽어 갔던 일들이 아무 의미 없어지는 광경을 보고 싶지 않은 거라고. 게다가 칠흑 같은 어둠 속에서 굶어 죽기도 싫어." 나샤는 몸을 숙여 내게 키스를 했다.

그래, 맞는 말이다.

나샤는 두 손을 머리 뒤에 포개어 베고 등을 대고 누우며 말을 이었다. "있지, 네가 그 폭탄을 되찾아 오면, 내가 반드시 네가 한 일이라는 걸, 네가 이렇게 우리를 구했다는 걸 모두가 확실히 알도록 만들게. 혹시 마샬이 이후에 널 없애려고 하면 내가 반란을 일으킬 거야. 네가 전에 그랬잖아, 자기야. 나쁜 놈이지만 멍청이는 아니라고. 아무리 널 죽이고 싶어도 네가 이 일을 해내면 그런 쪽으로 영향력을 행사할 순 없을걸."

한숨이 났다. "넌 기꺼이 내 목숨을 이 일에 걸겠단 말이구나, 그렇지?"

나샤가 고개를 돌려 나를 쳐다봤다. "난 *우리* 목숨을 이 일에 걸 용의가 있어. 경비대원이 널 잡으러 오면 먼저 나를 상대해야 할 거야."

물론 사람들은 말은 그렇게 한다. 막상 일이 잘못되면 대개는 빈말에 그치고 말지만. 어쨌든 나샤는 다를 것이다. 나샤가 시체 구덩이로 들어가는 나를 기쁘게 지켜볼 거라고, 곧 미키11과 새로 시작할 거라고 생각했던 내가 문득 수치스러웠다. 내 말은, 그녀가 정말로 나를 지켜 줄 거라는 망상에 빠졌다는 뜻이 아니다. 나샤는 외모로 보나 태도로 보나 전쟁의 여신 같은 사람은 아니다.

그녀도 그걸 아는지는 모르겠다. 그녀는 마샬이 사람을 시켜 나를 끌고 가는 것을 막지는 못하겠지. 하지만 분명 그들을 막으려다가 죽기를 마다하지 않을 것이다. 나는 그녀의 어깨 밑에 한쪽 팔을 밀어 넣어 내 쪽으로 바짝 끌어안았다.

"알았어. 할게." 내가 속삭였다.

나샤는 한 손으로 내 뺨을 어루만졌다. "넌 좋은 사람이야, 미키. 그 나쁜 놈은 너한테 손도 못 댈 거야."

나는 두 눈을 감고 숨을 들이켜고 다시 내쉬었다. 이제 곧 알게 되겠지.

우리는 아름다운 아침을 맞았다. 자는 동안 비가 왔던 모양이다. 나샤와 내가 메인 로크로 나갈 무렵에는 태양이 파스텔 색조의 분홍색 하늘에 반쯤 떠 있었다. 나는 나샤를 바라보았다. 호흡기에 가려진 그녀의 표정은 읽기 어려웠지만 마치 내가 그냥 사라지기라도 할까 봐 걱정하는 사람처럼 나를 만지고 있었다.

"넌 꼭 따라오지 않아도 돼."

나샤가 인상을 찌푸렸다. "바보 같은 소리 마."

그렇다면, 뭐.

나샤에게 숨긴 곳을 보여 줬던 2년 전 이후로 폭탄을 보러 가는 건 처음이다. 가 보고 싶었다. 개척지의 누군가 우연히 폭탄을 발견하고 어쩌다 작동시키는 꿈을 꿨던 적이 한두 번이 아니다. 꿈의 끝은 개척지가 사라지면서 터지는 하얀 섬광이었다. 그래도 나는 폭탄을 보러 가지 않았다. 마샬이 혹시 내 움직임을 추적할지 몰라 걱정스러웠기 때문이다.

그러고 보니 의문이 생긴다. 만약 마샬이 지금 나를 추적하고 있다면? 크리퍼들이 폭탄을 가져간 적이 없고, 폭탄이 내내 이 바위 더미 아래에 숨겨져 있었다는 사실을 알게 되면 그가 어떻게 나올까?

그다지 의문을 가질 필요 없겠지. 나를 죽여 버릴 게 제법 확실할 것 같으니 말이다.

물론 그 점에 관해 어찌할 수 있는 여지는 없지만 그래도 나는 노력해 봐야겠지. 우리는 돔의 북쪽 언덕으로 향했다. 폭탄이 있는 쪽이라기보단 베르토가 내게 보여 줬던 절벽이 있는 쪽에 가까웠다. 언덕에는 무릎 높이의 양치류가 무성했다. 크기가 작은, 다리 여덟 개 달린 도마뱀 같은 것들도 사방에 가득했다. 그것들은 우리 발치에서 황급히 도망치더니 솟아 있는 암석 위로 올라가 우리를 지켜보았다. 첫 번째 산봉우리를 넘고 돔의 시야에서 벗어나자, 나는 경사면을 가로질러 폭탄이 숨겨진 곳으로 향하기 시작했다. 나의 첩보 기술을 아주 자랑스럽게 여기고 있던 찰나, 나샤가 말했다. "드론이 있는 거 너도 알잖아, 그렇지?"

나는 돌아서서 그녀를 쳐다보았다. "뭐라고?"

"드론이 있다고. 마샬이 네가 뭐 하려는지 알고 싶다면 쌍안경을 들고 돔의 꼭대기에 올라갈 필요도 없어. 그냥 너한테 드론을 하나 딸려 보내면 돼. 지금도 우리를 추적하고 있을지 몰라. 뭐, 원하면 지금 이 대화도 들을 수 있는걸."

나는 위를 올려다보며 제자리에서 한 바퀴를 돌았다. 머리 위에는 듬성듬성 뜬 하얀 구름 외에 아무것도 없었다. 나샤가 한숨을 쉬었다. "너 지금 드론을 찾는구나."

"그래. 하늘이 투명하게 맑아. 하나 떠 있으면 내 눈에 보이겠는데, 그렇지?"

나샤는 골반에 걸친 권총집에서 버너를 뽑아 들더니 먼 곳을 응시했다. "저기 언덕 보이지?"

나는 눈살을 찌푸리고 그녀가 가리키는 곳을 보았다. 좀 흐릿하지만 그녀가 말하는 곳을 알아볼 수 있었다. "응, 그래서?"

"오큘러의 돋보기를 최대로 확대하고 저 언덕에 있는 바위를 하나 골라 봐. 지름이 1미터 이하인 걸로. 나한테 알려 줘."

이런. 나샤가 뭘 하려는지 알 만했다.

그녀가 말을 이었다. "저 언덕은 내 무기의 거리 측정기에 따르면 약 3킬로미터 정도 거리에 있어."

"그렇네. 미루어 짐작해 보면 마샬이 보냈는지 안 보냈는지 모를 드론이 날고 있을 만한 고도도 대략 그 정도겠지."

나샤는 한 손가락으로 자신의 관자놀이를 두드렸다. "표준 감시용 드론은 지름이 1미터 미만이고 그것들은 바닥 부분이 지상에서 바라본 하늘 형상을 모방하고 있어. 지금 이 순간에도 저 위에 10여 개가 날고 있을지 모르지만 우리는 절대 눈치채지 못하겠지."

우리는 약간 더 멀리 걸어갔다. "이런, 정말로 떠 있다고 생각해?"

나샤가 어깨를 들었다 놓았다. "아닐지도 몰라. 솔직히 마샬은 네가 폭탄을 되찾아 오기만 한다면 어딜 가든 궁금해하진 않을 거라고 봐."

그렇겠지. 나샤 말이 아마 맞겠지. 우리는 계속 걸었다.

내가 폭탄을 숨긴 곳은 별로 변한 게 없었다. 그곳은 솟아 있는 거대한 화강암의 기단부 근처의 얼음이 깎아지른 협곡이었다. 우리는 암석투성이의 경사면을 따라 내려갔다. 내가 표식으로 사용한 바위가 보였다. 거기에서부터 20미터만 위로 올라가면…….

그런데 거기에서 20미터 위로 올라갔지만 돌출된 바위 아래에 빈 공간뿐이었다.

갑자기 심장 박동이 강하게 느껴졌다.

"미키?" 나샤가 나를 불렀다.

나는 대답을 하지 않았다.

그녀가 내 옆구리를 쿡 찔렀다.

"미키? 그건 어디 있어?"

나는 고개를 저었다. "중요하지 않아."

나샤가 나를 돌려세워 정면으로 바라보았다. 내 표정을 본 그녀의 눈이 커졌다.

"숨긴 장소는 중요하지 않아." 내가 말했다. "거기 *없다*는 게 중요한 문제지."

7장

나샤와 나, 우리는 한참을 말없이 걸어 돔으로 돌아왔다. 경계까지 몇백 미터 남겨 둔 지점에 이르자 나샤가 입을 열었다. "바보 같은 아이디어라고 내가 말했잖아."

나는 멈춰 섰다. 나샤는 몇 발자국 더 걸어가더니 나를 향해 고개를 돌렸다.

내가 물었다. "뭐 말이야? 폭탄을 찾으러 가는 거?"

나샤는 두 눈을 감고 호흡기 밑으로 한숨을 쉬었다. "아니, 미키. 폭탄을 찾으러 가는 것 말고. 애초에 그걸 그렇게 숨긴 것 말이야. 2년 전에 나한테 그걸 처음 보여 줬을 때 내가 말했잖아. 젠장, 그건 종말을 초래할 무기라고! 그걸 빌어먹을 해적 보물처럼 돌 밑에 묻다니. 이번 일은 절대 좋게 끝날 리가 없어."

"아니, 아니, 아니야, 아니라고. 난 그날을 기억해, 나샤. 그래. 네가 멍청한 아이디어라고 말했지. 나도 멍청한 아이디어라고 말했어. 난 단지 더 나은 아이디어가 없었고 그건 너도 마찬가지였어."

나샤는 대꾸를 하려다가 멈추고 고개를 저었다. "어떻게 된 건지 이해할 수가 없어. 만약 인간이 그걸 발견했다면 마샬에게 넘겼을 거야. 그게 아니면 실수로 터져 버렸겠지. 마샬이 정말 지금껏 널 가지고 놀았던 걸까?"

그건 잠시 생각을 해 봐야겠다.

"그럴지도? 하지만 뭐 하러 그러겠어? 나 하나 당황하게 만들려고 터무니없이 굉장한 노력을 들인 셈이잖아."

"난 모르겠어. 난 전혀……." 나샤가 말했다.

"내 거짓말을 알아내면 그에게 이로울 게 있나?"

나샤는 정수리를 감싼 호흡기 끈 아래로 손가락을 집어넣어 긁적이더니 다시 끈을 제자리에 놓았다. "그거야, 상황에 따라 다르겠지."

"무슨 상황?"

"지금 너에게 무슨 짓을 하려고 계획하고 있는지 말이야. 널 시체 구덩이로 밀어 넣으려는 생각이라면 여론 몰이 차원에서 네가 지난 2년간 우리를 속였다고 증명하기 좋겠지. 유니언의 반역자니 어쩌니 하면서, 안 그래?"

나는 어깨를 으쓱했다. "그럴 것 같네. 하지만 마샬이 폭탄을 가지고 있다면 이미 그건 알고 있을 텐데?"

"그래. 맞아."

우리 사이의 흙바닥을 뚫고 대여섯 개의 길고 가시 달린 다리가 솟아올랐다. 그것이 미처 몸을 다 드러내기도 전에 나샤는 버너를 뽑아 녀석을 기화시켜 버렸다.

"근데, 들어 봐. 마샬은 지난주에 네 복제본 두 명을 탱크에서 뽑아냈잖아. 맞지? 걔들을 데리고 뭘 했을까?"

나는 나샤가 무기를 도로 꽂아 넣는 모습을 지켜보았다. 내가 지금껏 본 중에 가장 빠른 손놀림이었다. 나샤가 자신의 오른손이 하는 일을 인식하고 있는지조차 의심스러웠다.

"그게, 어…… 다운로드로 알아내려고 한 게 그거잖아, 안 그래?"

"그렇지. 하지만 성과가 없었잖아. 그러니 우린 추측을 하는 수밖에. 네가 사임하기 전에 마샬이 마지막으로 지시한 일이 뭐였어?"

그래. 그거로군.

"내 폭탄 연료를 원자로에 재충전하라고 명령했어."

나샤가 관자놀이를 손가락으로 두드렸다. 그러고 나서 뒤돌아 다시 걷기 시작했다. 잠시 망설이던 나는 그녀를 뒤따랐다.

베르토가 내 책상 의자에 털썩 앉더니 두 손으로 머리카락을 쓸어 넘겼다. "농담이겠지."

나샤가 고개를 가로저었다. "농담 아니야."

"네가 그걸 숨기다니."

"그래, 내가 숨겼어."

내가 왔다 갔다 서성거리며 대답했다. 90퍼센트가 물건으로 꽉 찬 3×4 크기의 공간에서는 그다지 여의찮은 일이었다.

"돌 더미 아래에. 넌 이 행성에서 가장 위험한 물건을 돌무더기 밑에 숨겼다고."

나샤가 한숨을 내쉬며 두 발을 침대로 끌어 올린 다음 벽에 등을 기댔다. "맞아."

"그러고 나서 거기 그냥 둔 거야. 2년…… 빌어먹을…… 2년 동안이나."

"알았어. 알아들었다고. 잘한 짓은 아니야. 하지만 나은 선택지가 많지 않았어." 내가 말했다.

"그런데 이제 그게 사라졌구나."

나샤가 이번에는 더 크게 한숨을 쉬었다. "이만 넘어가, 베르토. 미키가 얼마나 멍청한지 말해 달라고 널 끌어들인 게 아니니까."

베르토는 이제 나샤를 비난했다. "*미키*가 얼마나 멍청한지? 너는 어떻고, 나샤? 이 일은 시작부터 너도 알고 있었잖아, 맞지? 내가 제대로 이해했다면, 미키가 2년 전에 그걸 묻은 장소를 너한테 보여 줬어. 대체 너는 무슨 생각으로 내버려 둔 거야?"

"난 미키가 목숨을 부지하길 바랐어. 너랑 나는 그 점에서 의견이 다르겠지." 나샤가 어느덧 얼음장처럼 차가워진 목소리로 대꾸했다.

베르토가 눈살을 찌푸리며 대답하려고 했지만 그가 끝내지도 못할 말을 시작하기 전에 내가 끼어들었다.

"이봐, 베르토. 이런 사태는 내가 바라던 바가 아니라는 점은 다들 동의할 거야. 실수는 하게 마련이잖아, 알았지? 하지만 나샤 말이 옳아. 2년 전에 어떻게 했어야 할지가 아니라 지금 어떻게 할지를 결정해야 해."

베르토는 그 주제에 대해 더 할 말이 있어 보였지만 잠깐의 머뭇거림 끝에 심호흡을 들이마시고는 참았다가 내뱉었다. "좋아. 알았다고. 네 말이 맞아. 네 바보 같은 짓이 어떻게 우리 모두를 어둠 속에서 추위에 떨다 죽게 만들었는지 곱씹을 때가 아니야. 어떻게든 그 지경이 되지 않을 방법을 찾아보자."

"맞아. 혹시 마샬이 폭탄을 가지고 있다면……." 나샤가 말했다.

"마샬한테는 폭탄이 없어." 베르토가 말했다.

"그건 모르는 일이지."

베르토가 반박했다. "아니, 난 알아. 미키가 아직 살아 있잖아. 마샬이 폭탄을 손에 넣었으면 미키는 지금쯤 70킬로그램의 혼탁액이 됐을 거야."

"그렇지만……."

베르토가 다그쳤다. "아니야. 너희 둘은 너무 생각이 많아. 마샬은 무슨 모험 비디오에 나오는 슈퍼 악당이 아니라고. 네가 그를 괴물이라고 생각하는 건 알아, 미키. 네 입장에서는 아마 괴물이겠지. 하지만 마샬은 이 개척지를 살리는 일에 굉장히 몰두하고 있는 철저한 관리자이기도 해. 그의 수중에 폭탄이 들어갔다면 연료 성분들을 원자로에 도로 집어넣으라고 너한테 명령했을 거야. 네가 거절하면 사이클러에 널 밀어 넣고 탱크에서 새로운 너를 뽑아내겠지. 그러고 나서 그 녀석에게 원자로에 연료 성분을 재충전하란 지시를 내렸을 거라고. 걔는 분명 너처럼 빌어먹을 심리 게임이나 하며 소중한 시간을 허비하지 않았을 게 분명해. 그러니까 네가 아직 살아 있다는 사실이 마샬한테 폭탄이 없다는 걸 분명히 알려 주는 셈이 되는 거야."

"우리도 그건 다 생각해 봤어. 하지만 기억해 봐. 마샬은 이번 주에 탱크에서 미키의 복제본 두 명을 뽑아냈어." 나샤가 말했다.

베르토가 어깨를 들었다 놓았다. "미키가 그렇게 말한 거야. 확실하지 않게 딱 한 번 본 것 가지고. 미확인 동물도 그것보다는 확실한 증거가 있어."

"아니, 적어도 그 부분은 우리가 확인을 받았어. 퀸 브록이 5일 전에 복제본 둘을 몇 시간 간격으로 뽑아냈다고 인정했어." 나샤가 말했다.

베르토가 의자에 앉은 채로 등을 기대고 턱을 긁적였다. "흠, 그거 흥미로운데. 그래도 뭐가 달라져? 내 말은, 마샬이 개들을 데리고 뭘 했는지 퀸이 말해 줬냐고?"

나는 고개를 저었다. "퀸은 아는 바가 없었어. 그래도 매기링이 마샬과 같이 왔단 얘기는 했지. 만약 마샬이 내게 말한 대로 오작동이 사실이라면 개들이 그 난리 통에 원자로가 입은 손상을 처리했겠지. 하지만 지금으로선 마샬이 내게 사실을 알려 줬을 거라는 강한 확신이 없어."

"그럴지도."

베르토가 말을 뱉어 놓고 잠시 침묵을 지키며 앉아 있다가 고개를 절레절레 흔들었다.

"아니. 아니야. 난 그건 아니라고 봐. 마샬에게 폭탄이 있고 이미 미키의 복제본을 써서 연료를 원자로에 재충전했다면 뭐 하러 널 알짱거리게 내버려 두겠어? 난 내 원래 의견을 고수할래. 미키가 살아 있다는 사실 자체가 마샬에게 폭탄이 없다는 증거야."

나샤가 베르토를 쳐다보다 나에게 눈을 돌렸다. 나는 어깨를 들었다 놓았다. 베르토의 지적은 일리가 있었다.

나샤가 말했다. "좋아. 마샬에겐 폭탄이 없다 치자. 그럼 누구한테 있지?"

베르토가 대답했다. "그게, 우리 쪽 사람 중 하나가 그걸 발견해 놓고 마샬에게 넘기지 않았을 가능성도 희박하지만 있지."

"어째서? 왜 그런 짓을 하겠어?" 나샤가 물었다.

베르토가 어깨를 으쓱했다. "그게 뭔지 몰라서? 자기가 가지려고? 마샬을 압박해서 사이클러로 혼탁액 대신 위스키를 만들게 하려고? 나야 모르지, 나샤. 그냥 가능성을 열어 두는 거야."

"아니야. 그건 전혀 아닌 것 같아. 우리 쪽 누가 폭탄을 발견했으면 마샬에게 넘겼거나 지금쯤 실수로 모두를 죽였겠지." 나샤가 말했다.

내가 끼어들었다. "알았어. 마샬에겐 폭탄이 없어. 다른 누구에게도 없는 거야. 그럼 어디에……."

나는 말을 끊었다. 어느새 베르토가 두 손을 포개 뒤통수에 대고서 이를 드러내며 웃고 있었다.

"너 지난 2년간 마샬에게 뭐라고 했지, 미키? 크리퍼들이 폭탄을 가지고 있다고 했지, 그렇지? 축하한다, 친구야. 보아하니 그 빌어먹을 놈들이 결국 널 정직한 사람으로 만들어 준 것 같네."

[Mickey7]: 여보세요?

[Mickey7]: 아직도 듣고 있어?

[Mickey7]: 너무 오랜만인 건 나도 알아, 하지만…….

[Mickey7]: 제발.

[Mickey7]: 우리 얘기 좀 해.

"나도 너랑 같이 갈래."

장비 사물함을 뒤지던 나는 고개를 밖으로 내밀었다. 가슴에 팔짱을 낀 나샤가 와서 서 있었다.

내가 말했다. "난 아무 데도 안 가. 난 그냥……."

나샤가 눈을 굴렸다. "배낭에 짐을 한가득 싸 놓고 호흡기가 두 개나 바닥에 나뒹굴고 있잖아, 미키. 네가 여기서 뭐 하고 있다고 생각해야 마땅하겠어?"

한숨이 나왔다. "아침 식사 끝나고 마샬이 날 호출했어. 크리퍼와의 협상에 관해 후속 보고를 원하더라고."

"알겠어. 근데 네가 원정 떠나는 사람처럼 짐을 싸고 있다는 사실과 그게 무슨 관련이 있지?"

"마샬에게는 상황이 조심스럽다고 했지."

"그랬더니?"

"그랬더니 나더러 이 정도 규모의 협상은 직접 얼굴을 맞대고 이야기하는 게 가장 좋다고 했어."

나샤가 이를 드러내며 활짝 웃었다. "크리퍼들한테 얼굴이 있기는 해?"

나는 다시 사물함을 뒤지기 시작했다. 단백질 바 한 상자를 끄집어내 배낭에 쑤셔 넣었다.

"그건 중요한 게 아니야. 중요한 건, 난 미로로 들어갈 계획이고 넌 초대받지 않은 사람이란 거야."

나샤는 고개를 절레절레 흔들더니 내 사물함 옆에 붙은 다른 사물함을 열고 호흡기를 꺼냈다. 그러고 나서 무기 거치대로 성큼성큼 걸어가 선형 가속기를 꺼냈다.

"정말이야, 넌 같이 못 가, 나샤."

나샤는 가속기를 등에 대각선으로 메고 버너를 집어 들었다. "그래. 알았다고."

"크리퍼들과는 2년 동안 대화가 없었어. 내가 아는 대로라면, 저들은 날 보자마자 갈기갈기 찢어 버릴 거야."

"충분히 그럴 만하네. 온갖 장비들은 다 뭐야?"

나는 그 말에 멈칫했다.

"거기까지는 반나절이 넘게 걸을 거리가 아닐 텐데. 어째서 여행 떠나는 사람처럼 짐을 쌌어?"

"어, 그게. 저들이 나를 즉시 산산조각 내지 않으면 협상하느라 시간이 걸릴 것 같아서. 거기에 내가 먹을 음식이 있을 것 같지도 않고."

"그래, 그렇긴 해." 나샤가 말했다.

그녀는 자기 사물함에서 배낭을 꺼내 뒤지더니 대여섯 개의 혼탁액 튜브를 꺼내 쌓아 놓았다.

"나샤, 그만해. 잘 들어, 이 일은 안 좋게 끝날 가능성이 아주 커, 알았어? 넌 같이 못 가. 넌 익스펜더블이 아니잖아."

그녀가 나를 쳐다봤다. 찌푸린 눈과 굳게 다문 입술은 단단히 힘이 들어가 있었다.

"너도 마찬가지야. 기억 안 나?"

어처구니없게도 나샤가 말하기 전까지 그 사실을 까맣게 잊고 있었다. 나는 2년 넘게 업로드를 안 했다. 내가 죽고 나서 마샬이 다른 미키 반스를 탱크에서 뽑아낸다 해도 그건 내가 아닌 셈이다.

나샤의 표정이 누그러졌다. 내게 반 발자국 다가온 그녀가 한 손으로 내 어깨를 어루만졌다.

"넌 익스펜더블이 아니야, 내 사랑. 넌 이제 그냥 미키 반스라고. 그 말은 이젠 날 위해 죽을 필요가 없다는 뜻이지."

그녀의 손이 내 목덜미를 잡고 끌어당겼다. 우리의 이마가 서로 맞닿았다.

"이젠 나 때문에 죽임*당하지* 않아도 된다고."

나샤는 내게 부드럽게 키스하고 입술을 내 귀에 바짝 갖다 대며 속삭였다.

"난 너랑 같이 갈 거야. 그러니까 말도 안 되는 소리, 한마디만 더 해 봐. 네 두 다리를 부러뜨려서 우리 둘 다 못 가게 만들 테니까."

내가 아는 한 크리퍼들의 미로에는 두 개의 입구가 있다. 2년 전, 베르토가 나를 죽게 내버려 뒀던 날 밤에, 나는 둘 중 더 가까운 입구로 미로를 빠져나왔다. 그 입구는 돔의 남쪽으로 2킬로미터밖에 안 되는 곳에 있고 내가 폭탄을 숨긴 장소에서도 그리 멀지 않다. 다른 입구는 애초에 내가 미로에 빠져 헤

매게 만든 바로 그 구멍이다. 날아갈 비행 수단이 있었으면 나는 아마 그 구멍을 택했을 것이다. 미로가 생긴 형태로 보아 분명히 그 구멍이 중심 허브에 더 가까울 것이기 때문이다. 하지만 우리에겐 비행 수단이 없었다. 리프터들은 추후 공지가 있을 때까지 비행이 금지되었고 나샤가 은밀히 문의해 본 결과 개척지를 구하기 위한 탐험이라고 해서 예외로 허용하지도 않았다.

그래서 우리는 메인 로크를 통해 밖으로 나가 걷기 시작했다.

어제보다 기온이 15도 정도 떨어졌고, 높고 얇게 떠다니는 구름 뒤로 태양이 창백한 노란빛 얼룩처럼 묻어 있었다. 내가 짊어진 배낭에는 20킬로그램의 음식과 물, 기본적인 생존 도구들이 가득 차 있었다. 나샤는 휴대용 버너 두 개, 총신이 긴 선형 가속기 하나, 나는 있는 줄도 몰랐던 각종 탄약 종류를 지고 걸었다. 크리퍼들이 우리를 죽이려고 들면 저게 다 무슨 소용이 있을까 싶다. 하지만 나샤는 지니고 있는 것만으로도 안심이 되는 모양이다.

나샤가 있어서 나도 안심이 되었다.

보안 경계선을 통과해 첫 번째 언덕을 넘어가는데 나샤가 물었다. "이렇게 물어보기엔 좀 늦은 것 같지만, 계획이 정확히 뭐야?"

나는 그녀를 슬쩍 뒤돌아봤다. "미로 속으로 들어가야지. 커다란 크리퍼 하나를 찾은 다음, 폭탄을 돌려달라고 부탁하는

거야."

우리는 말없이 대여섯 발자국을 걸었다.

"그렇구나. 그게 대략적인 윤곽이구나. 좀 더 상세한 계획이 있어야 하지 않을까?"

"아니."

"넌 항상 이런 식이었어?"

나는 걸음을 멈추고 뒤를 돌아 그녀를 마주 봤다. "어떤 식 말이야?"

나샤는 내 쪽으로 팔을 흐느적거리며 대답했다. "이런 식. 그냥 해파리처럼 인생을 부유하듯 사는 거. 만사 잘 풀리길 바라면서 말이지."

나는 어깨를 으쓱했다. "응, 그런 셈이지."

"그랬는데 늘 그냥 잘 풀리고, 응?"

"글쎄, 늘 그렇지는 않아. 인생을 부유하듯 사는 방식 덕분에 여기에 오게 됐지, 기억나? 지금까지 방사능에 두 번이나 피폭되고 폐 기생충, 장 기생충, 뇌 기생충에게 한 번씩 당해서 죽고, 결국에는 천천히 생체 해부도 받았지. 그래도 한편으로는 너를 만나게 되었으니까. 잘된 거라고 생각해." 나는 호흡기를 쓴 채 이를 드러내며 미소 지었다.

우리는 계속 걸었다. 우리 뒤로 더는 돔이 보이지 않게 되자 나샤가 물었다. "크리퍼들하고 대화할 수 있는 건 맞지, 그렇지? 그건 거짓말이 아니었던 거지?"

"그땐 말을 할 수 있었어. 지금도 가능한지는 나도 솔직히 자신이 없어. 간밤에 메시지를 보내 봤는데 응답을 안 했어."

"이런. 그럼 네가 할 수 없다는 결론이 나오면 어쩌지?"

"모르겠어. 수어를 할까? 손 인형을 쓸까? 춤으로 통역하는 건 어때?"

나샤가 있는 힘껏 미는 바람에 나는 배낭 무게에 눌려 바닥에 나동그라지고 말았다.

"너 오늘 날 죽게 만들 작정이구나, 그렇지?"

한숨이 절로 나왔다. "그렇게 되진 말아야지, 나샤. 난 정말, 진짜로 그렇게 안 되길 바라고 있어."

나는 그녀에게 남으라고 한 나름의 이유가 있다는 말은 덧붙이지 않았다. 내 다리를 부러뜨리겠다는 협박이 진심이라고 *생각하진* 않지만 그녀를 시험에 빠뜨리긴 싫었다.

한 시간쯤 걸었을까, 우리는 폭탄을 숨겨 뒀던 장소로 이어지는 협곡 초입에 다다랐다. 잠시 여기서 멈춰 생각을 정리해야 했다. 우리는 군데군데 녹음이 흩어진 가파른 바위투성이 경사면에 있었다. 확실히 내가 찾는 길은 아니지만 좀 걸을 만한 경로가 있을 법한데…….

그래, 저기 있다. 매끄럽게 덮고 있던 2미터 깊이의 눈이 사라지고 없어서 매우 다른 곳처럼 보이지만 분명 우리 위쪽 덤불로 구불거리며 이어진 낡은 벌목 도로 같은 것이 보였다. 앞으로 500미터 정도 그 길을 따라가기만 하면 산비탈에 난 구멍을 만나게 될 것이다.

"거의 다 왔어. 돌아갈 수 있는 마지막 기회야." 내가 말했다.

"아니지, 아니지. 또 그딴 소리 할 생각 마." 나샤가 반박했다.

그래. 그렇다면야.

입구는 내 기억보다 더 가까운 곳에 있어서 하마터면 못 보고 지나칠 뻔했다. 우리가 터덜터덜 걷던 곳보다 20미터 위 비탈길에 있는 구멍을 발견한 사람은 나샤였다. 크기 또한 내 기억보다 작았다. 가장 긴 지름으로 봐도 1미터 정도였다.

"그게 저거야?" 나샤가 물었다.

"응, 아무래도 그런 것 같아." 내가 대답했다.

나샤는 쪼그리고 앉아 안을 들여다보았다. "정말 이게 좋은 아이디어라고 생각해?"

"아니라고 말할 수 있을 만큼 다른 나은 방법이 얼마나 있겠어?"

나샤는 벨트 파우치에서 전등을 꺼내 오른쪽 어깨에 걸고 불을 켰다.

"내가 먼저 가야겠어." 내가 말했다.

나샤가 고개를 저었다. "넌 외교관이잖아, 알지? 경호원이 먼저 가는 거야." 그러고는 버너 하나를 뽑아 구멍 속으로 조준 레이더를 쏘았다.

나는 반 발자국 뒤로 물러서며 어깨를 들었다 놓았다. "알았어. 어차피 쟤들이 둘 중 하나로만 배 채우고 다른 하나는 곱

게 보내 주진 않을 테니까. 먼저 가."

나샤는 나를 돌아보며 윙크를 한 뒤, 장난스럽게 버너를 들어 엉터리 경례를 하고 앞서갔다.

8장

인류가 외계 지성과 상호 작용한 역사는 암울하리만치 빈약하다. 현재 유니언은 48개의 행성을 점령하고 대략 60광년에 걸친 광활한 우주로 널리 뻗어 나가고 있다. 이 행성들 대부분은 우리가 등장하기 전까지만 해도 간신히 거주할 만한 곳들에 불과했다. 아마 여러분은 원주민 중에 진보한 기술을 겸비하고 우리를 맞아 준 곳이 좀 있었으리라 생각할 것이다. 그렇겠지?

사실 그렇지 않았다.

롱샷에는 지적인 원주민들이 있다. 하지만 내가 알기론, 우리는 그들과 어떠한 의미 있는 방식으로도 상호 작용을 한 적이 없다. 기본적으로 나무 위에서 사는 오징어들이고 거주 범위도 매우 제한적이다. 그들은 행성의 유일한 대륙 중심부에 있는 삼림 속, 접근이 어려운 어느 정글 속에서만 산다. 우리는 해안가에 상륙한 이후로, 인간들이 늘 그렇듯, 줄곧 바다 근처에서만 머물렀다. 몇 번 접촉을 시도해 봤지만 원주민들은 그다지 관심이 없는 것처럼 보여 별다른 진전을 얻지 못했다.

로어노크에도 지적인 원주민이 산다. 하지만 그들이 존재한다는 걸 알아챌 무렵에 우리 개척지 주민 모두가 그들에게 살해당했기 때문에 상호 작용을 할 기회가 없었다.

유니언 우주에서 확인된 고등 지성을 가진 존재들은 이게 다다. 한 곳이 더 있긴 한데, 우리는 그와 관련해 말을 아끼는 편이다. 이유를 말하자면, 그래야 밤에 잠을 잘 수 있기 때문이다. 에덴의 자전 방향으로 12광년 떨어진 곳, 그중에 거의 지구의 태양과 똑같은 질량을 가진 주계열성의 노란색 별이 있다. 에덴에서 관찰한 바에 의하면 골디락스 존 정중앙에서 그 별의 궤도를 도는 작은 암석 행성이 수증기가 적당한 산소-질소 위주의 대기를 갖추고 있었다. 어쩌면 1000년의 디아스포라 역사 동안 찾아낸 행성 중 가장 적합한 곳이 될지도 몰랐다. 그래서 에덴의 선량한 사람들은 자신들의 땅에 상륙한 지 약 100년 만에 최초 개척지 탐험의 목표로 그곳을 정했다.

12광년은 먼 거리이지만 정신 나갔다고 여길 정도로 먼 거리는 아니다. 모든 보고에 의하면 여정은 최대한 순탄하게 이어졌다. 예를 들면, 우리와는 달리 그들은 상대론적 속도로 인한 어떠한 운석 충돌도 없었고 치명적인 방사능에 노출되는 선체 바깥으로 누군가를 내보내야 할 필요도 없었다. 사실, 깊은 우주에 존재하는 여러 신들 중 하나에게 누군가를 제물로 바칠 일이 전혀 없었다. 그들은 제때 적하와 재적재를 하고 감속 단계에 잘 접어들면서 새로운 고향의 오르트 구름을 통과하는 중에 그만…….

사라져 버렸다.

우리는 그들에게 벌어진 일이 정확하게 무엇인지 알지 못한다. 다만 계속해서 송신 중이었기 때문에 그들이 죽는 순간까지도 뭐가 잘못되었는지 몰랐다는 점만 알 수 있을 뿐이다. 어떠한 대재앙적 폭력에도 고통받지 않았다는 건 확신할 수 있다. 만약 그런 일이 벌어졌다면 남은 연료가 소실되면서 12광년 떨어진 곳에서도 관측할 수 있는 폭발을 일으켰을 것이기 때문이다.

우리는 400년 후에 에덴의 딸 행성인 아카디아에서 동일한 행성을 목표로 탐험을 떠났다는 사실도 알고 있다.

그들의 우주선은 정확히 똑같은 방식으로, 여정의 똑같은 지점에서 사라지고 말았다.

개척지 건설은 실패하게 마련이다. 하지만 개척지 우주선은 그냥 사라지지 않는다. 어쨌든 저절로 사라지는 경우는 없다. 누군지는 몰라도 그 행성을 집으로 삼은 이들이 있고 방문객

들을 원하지 않는다는 결론을 내릴 수밖에.

여러분이 그걸 납득한다면 그들이 누구든 우리보다 훨씬 뛰어난 능력을 가졌으리라는 결론을 쉽게 도출할 수 있다. 마치 우리의 기술이 여러분의 평균보다 훨씬 뛰어난 것처럼 말이다.

두 번째 우주선이 사라진 후, 그들에게 *총알 작전*을 쓴다느니 하는 정확하지 않은 이야기가 돌았다. 그들은 유니언 우주의 한가운데에 가만히 앉아 우리를 해칠 만한 능력이 충분한 자들이 분명했다. 하지만 다행스럽게도 냉정한 판단이 우세했다. 나는 우리가 그들을 평화롭게 내버려 뒀다고 말하고 싶다. 결국 침입자는 우리였다는 걸 깨달았기 때문이다. 그들의 입장에서는 착륙하는 우주선이 어떤 식으로든 무해하다고 여길 이유가 전혀 없기에 자신들의 고향을 방어할 권리가 얼마든지 있었다고 말이다. 우리는 도덕적인 결정을 했다고 볼 수 있다.

그런데, 그런 것도 아니었다. 우리가 그들을 내버려 둔 건 그 우주선들에 무슨 짓을 했는지 전혀 알 수 없기 때문이었다. 우리는 그들이 두려웠다.

하고 싶은 말은, 지금의 상황에 참고할 만한 역사나 경험이 많지 않다는 뜻이다. 내가 알기론, 바로 내가 외계 지능을 진지하게 사절로서 만나려는 최초의 인류인 것이다.

정말이지 부디 내가 이 일을 망치지 않기를 바란다.

지난번 미로에 들어갔을 때 안이 더웠던 게 기억났다.

"이 정도는 미리 경고해 줄 수 있었잖아. 따뜻하게 입을 걸 챙겨 왔을 텐데." 나샤가 투덜거렸다. 호흡기 주변에 미세한 안개가 맺히고 있었다.

지난번에는 기온이 영하로 떨어졌을 때라 방한복을 갖추어 입고 있었다. 아마 그때나 지금이나 이곳의 기온은 똑같은데 홑겹 스킨 슈트와 점퍼만 입으니 확실히 쌀쌀하게 느껴졌다.

"미안. 나도 딱히 너보다 따뜻하게 입지는 않았어, 알잖아."

우리는 지금껏 거의 한 시간 가까이 지하를 다니며 깨끗하게 뚫린 터널과 자연스러운 암석의 통로가 어우러진 미로 속으로 점점 깊이 들어가고 있었다. 거주지의 흔적은 아직 발견하지 못했다. 교차로에 이르자, 비교적 작고 내부가 거친 터널이 위를 향해 뚫려 있고, 그보다 큰 터널이 오른쪽과 왼쪽으로 갈라져 이어졌다. 나샤는 허리를 뒤로 젖히더니 어깨에 걸어 놓은 전등을 위로 들어 올려 작은 터널을 비추었다.

"저게 지상으로 이어져 있을까?"

나는 어깨를 들었다 놓았다. "아마도? 너무 작아서 덩치 큰 크리퍼들한테 맞지 않아. 작은 크리퍼들이 빠르게 드나드는 출구이거나 통풍을 위한 수직 통로인가 봐."

"허." 나샤는 양쪽으로 이어진 두 개의 큰 터널을 쳐다보았다. "어느 쪽이야?"

나는 터널을 번갈아 가며 전등으로 비추어 보았다. "감도 안 와. 둘 다 아주 불길해 보여."

"아직 너한테 아무 말 없어?"

"아직. 아마 영영 말을 안 하려나. 2년이나 지났잖아. 식스한테서 수거한 기기가 지금쯤이면 고장 났겠지."

나샤가 한숨을 내쉬었다. "통역으로 춤을 추기는커녕, 크리퍼들하고 대화도 못 한다면 정말로 짧은 협상이 되게 생겼어." 나샤가 벽으로 가까이 가더니 손을 뻗었다. 그녀는 암석을 깎아 나선형으로 이어지는 얕은 홈에 손가락 하나를 대고 죽 따라갔다. 홈은 바닥까지 1미터 정도를 남겨 두고 차츰 옅어져 사라졌다. "이 터널을 뚫을 때 기계를 썼을까?"

나는 나샤 옆으로 가서 섰다. "그들이 자신들과 기계의 차이를 인지하는지 잘 모르겠어. 작은 개체들은 확실히 하이브리드야. 덩치 큰 개체들이 마찬가지라고 해도 놀랄 게 없지."

나샤의 팔이 내 허리를 껴안았다. "진지하게 묻는 거야, 미키. 그들이 우리랑 대화를 못 하면 어떻게 되는 거야? 그게 아니라도, 우리와 대화를 원치 않으면?"

"그런 경우라면, 우린 죽는 거겠지. 널 여기까지 데려오고 싶지 않았던 이유가 바로 그거였다고, 알겠어?"

나샤는 내 머리에 자신의 머리를 기댔다. "그렇게 되면 우린 모두 끝난 거네, 그렇지? 설사 지금이 아니라도, 언제든 날씨가 바뀌면 말이야."

나는 한숨을 쉬었다. "응, 그렇게 될 모양이야. 그래도 얼어 죽지는 않겠는걸. 좋게 부탁해서 폭탄을 되찾지 못한다면 마샬이 무력으로 뺏으려 할 테니까. 그자는 절대 돔에 쪼그리고 앉아 죽기를 기다릴 사람이 아니잖아."

"아니지. 무슨 일이 일어나길 기다리는 건 그 사람 스타일이 아니야, 그렇지? 네 생각엔 마샬이 성공할 수 있을 것 같아?" 나샤가 물었다.

"네가 더 잘 알잖아. 우리한테는 리프터가 최고의 강점이거든. 그런데 크리퍼가 터널 안에 있으면 소용이 없지. 트인 공간으로 그들을 끌어내야 해. 무슨 수로 끌어낼지는 모르겠지만. 미로 안에서 싸우는 거라면 우리한테 가속기들이 많아. 더 많은 가속기를 만들 수도 있겠지. 가속기를 쓸 줄 아는 사람을 모으면 얼마나 될까?"

나샤가 나를 쳐다봤다. "자기도 가속기를 쓸 줄 알잖아."

"그렇지, 하지만……."

그녀가 무슨 말을 하려는지 알 것 같았다.

"마샬이 허락하지 않을 거야."

나샤는 고개를 한쪽으로 갸웃했다. "그렇게 생각해?"

"마샬이 종교적으로 복제본을 반대한다는 건 논외로 해. 아마 개척지의 생존이 위태로워지면 그 점은 순식간에 잊어버릴 사람이니까. 마샬이 내 복제본을 탱크에서 뽑아낼 때마다 우리의 에너지 예산에서 7만 킬로칼로리를 쓰게 돼. 칼슘과 인, 그리고 미량의 미네랄은 계산하지 않았는데도 그 정도지. 우리가 피 같은 보유고를 바닥내지 않는 한도 내에서 나를 몇 명이

나 만들 수 있지?"

"마샬은 피 같은 보유고가 말라 가는 것 따위 신경도 안 쓸걸. 폭탄을 되찾게 된다면 다시 전력을 충분히 확보할 수 있는 거잖아, 안 그래? 즉, 마샬이 원한다면 한 달 내내 온종일 사이클러가 돌아갈 수도 있다는 뜻이라고."

나샤의 말인즉슨, 개척지를 구하고 나면, 모든 미키들에게 즉시 영양분과 미량 원소로 되돌아가는 보상이 주어질 거라는 뜻이다.

"음울하네. 정말로 마샬이 그런 짓을 할 거라고 봐?" 내가 물었다.

"성공할 거라고 생각한다면? 당연히 하고도 남지."

"그게 성공할까?"

"모르지. 여긴 크리퍼가 얼마나 있는 거야?"

나는 에잇이 죽기 직전에 나에게 보냈던 사진을 떠올렸다. "아주 많아. 마샬이 크리퍼와 싸울 미키를 얼마나 많이 뽑아내든 의미가 없다는 생각이 들 만큼."

"그렇든 아니든 아마 마샬은 저지르겠지, 너도 알잖아."

"알지. 아마 그러겠지." 내가 말했다.

나샤가 내게 몸을 기댔다. "꼭 그렇게 될 거라면, 난 그냥 오늘 너랑 같이 죽는 편이 낫겠어. 그런 일까지 서슴없이 저지르는 개척지엔 살고 싶지 않을 것 같아."

나는 내 허리춤에 감겨 있는 그녀의 손을 감싸고 꼭 쥐었다.

나샤는 다시 한숨을 내뱉고 자세를 바로 한 다음 벽에서 등을 뗐다.

"이쪽이 좋을 것 같은 느낌이 들어." 그녀가 오른쪽으로 난 터널을 가리키더니 손으로 내 어깨를 두드리고는 돌아서서 걷기 시작했다. 마지막으로 암석에 깎아 놓은 홈을 한 번 더 쳐다본 다음, 나도 나샤를 뒤따랐다.

[Mickey7]: 여보세요?

[Mickey7]: 네가 이걸 읽고 있길 바라. 우린 얘기를 하러 왔어.

[Mickey7]: 우린 지금 터널 안에 와 있어. 접촉을 하려고.

[Mickey7]: 이건 중요한 일이야. 우리 둘 모두에게.

[Mickey7]: 여보세요?

[Mickey7]: 내 말 들려?

우리가 첫 번째 크리퍼와 마주친 건 20분이 흐른 뒤였다. 우리는 차츰 경사를 오르는 터널을 걷고 있었다. 마지막으로 지나온 교차로로 다시 돌아가는 편이 낫지 않을까 생각하던 차에 나샤의 전등 빛 사이로 약 20미터 앞에서 모습을 드러낸 것이었다. 덩치가 작은 개체로 열두 개의 다리가 달린 우윳빛 몸체는 길이가 1미터에 달했다. 앞쪽 마디에는 한 쌍의 사악하리만치 날카로워 보이는 아래턱이 달려 있었다. 나샤가 나직이 욕을 내뱉더니 어깨 너머 선형 가속기로 손을 뻗었다. 나는 손으로 나샤를 저지하며 속삭였다.

"기다려."

크리퍼는 뒤쪽 세 마디로 균형을 잡고 설 때까지 몸을 일으켜 세웠다. 흡사 코브라가 일격을 준비할 때처럼 머리가 느리게 앞뒤로 흔들렸다.

"저들은 이런 것 괘념치 않는다고 했잖아, 맞지?" 나샤는 속삭여 말한 다음 가속기를 천천히 어깨 너머에서 잡아당겨 양손으로 쥐었다.

우리가 여기 있다는 걸 크리퍼가 뻔히 알 텐데 속삭일 필요가 있나?

"난 저들이 독립적인 지능을 갖고 있지 않다고 했지. 그 말은 얘를 산산조각 내 버려도 적대적으로 받아들이지 않는다는 뜻이 아니야. 누가 너희 집에 들어왔다고 생각해 봐. 너한테 다가오더니 네 새끼손가락 끝을 자르면 어떻겠냐고. 그 사람을 살인자라고 부르지는 않겠지만 그래도 정말 열 받잖아."

"알았어. 일리 있네."

나샤는 가속기를 멘 끈이 어깨 뒤로 늘어지도록 다시 밀어 넘기고 두 손을 양 옆구리에 붙였다.

"그럼 이제 어쩌지?"

"잘 모르겠어." 나는 심호흡을 길게 들이쉬고 잠시 참았다가 내쉬었다. 크리퍼의 머리는 아직 그대로였다.

나는 천천히 한 걸음 앞으로 나섰다.

"미키? 뭐 하는 거야?"

"이러려고 여기에 온 거잖아. 난 접촉을 하고 있어."

나는 한 걸음 더 다가갔다. 크리퍼가 얼어붙은 것처럼 우뚝 섰다. 나샤도 내 곁에 붙어 따라왔다.

"만약 우리한테 달려들면, 외교고 뭐고, 내가 끝장내 버릴게."

"그래."

나는 대답하고 나서 천천히 두 걸음 더 다가갔다.

크리퍼는 일으켜 세웠던 몸을 도로 내려놓으며 다리를 딛고 섰다. 놀란 나샤가 숨을 들이마시는 소리가 들렸다. 그녀의 가속기가 덜컥거리는 소리도 이어졌다. 하지만 크리퍼는 우리 쪽으로 오지 않았다. 대신 방향을 돌리더니 터널을 기어가기 시작했다. 몇 미터를 간 크리퍼가 머리를 들어 우리 쪽으로 뒤를 돌아봤다.

"우리더러 따라오라는 것 같아."

나는 나샤의 대답을 기다릴 새 없이 느리고 일정한 보폭으로 크리퍼를 향해 걸었다. 크리퍼와 우리 사이의 거리가 6~7미터로 좁혀지자 크리퍼는 고개를 돌려 다시 앞으로 기어가기 시작했다.

"좋아, 이제 시작되는 거구나." 뒤에서 따라오던 나샤가 말했다.

나는 크리퍼에게서 눈을 떼지 않았지만 나샤가 무기를 집어넣는 소리가 또 한 번 들렸다. 몇 초 후, 그녀는 내 옆에서 나란히 걷고 있었다.

"저들이 혹시라도 우리와 대화하고 싶지 않다고 하면, 총을 쏴서 여길 빠져나가기는 힘들 거야. 너도 알잖아, 그렇지?"

나샤가 내 어깨를 툭 쳤다. "내가 총을 어떻게 쏠 수 있는지 알면 넌 깜짝 놀랄걸. 어쨌든 알아들었어. 널 갈기갈기 찢어 버리려고 하지 않는 한 얌전하게 굴게, 약속해."

나는 그녀의 손을 잡았다. "고마워, 나샤. 징조가 좋은 것 같네, 그렇지?"

"아마도. 어쩌면 쟤들이 부엌으로 자진해서 들어가는 고기를 더 좋아하는 걸지도 모르지." 그녀가 대답했다.

크리퍼가 우리를 어디로 데려가는 건지 몰라도 정말이지 지옥처럼 먼 길을 갔다. 우리는 며칠을 걷는 느낌으로 어둠 속을 묵묵히 걸었다. 하지만 실제로는 두 시간 정도 걸렸다는 걸 오큘러로 알 수 있었다. 우리는 구석구석에서 다른 크리퍼들과 마주쳤다. 그들은 대개 우리가 없는 듯이 행동했다. 어느 지점에 이르러 최소 수백 마리가 무리 지은 행렬이 우리가 가는 터널을 가로지르는 바람에 길이 막히게 되었다. 우리를 이끌고 가던 크리퍼는 터널의 측면과 천장으로 기어올라 행렬 너머 반대편 바닥으로 내려가더니 가던 길을 재촉했다. 나는 나샤를 바라봤다.

"미안해. 난 그렇게 못 해." 나샤가 말했다.

우리의 가이드는 전보다 빠르게 움직이지도 않았지만 그렇다고 우리를 기다려 주지도 않았다.

"이러다 놓치겠어."

"그럴지도. 어떻게 했으면 좋겠어?" 나샤가 말했다.

나는 행렬 가장자리로 발끝을 들이밀었다.

"미키? 뭐 하는 짓이야?"

"가설을 시험해 보는 거지."

나는 무턱대고 기어가는 어느 크리퍼의 바로 앞에 한 걸음을 디뎠다.

녀석은 나를 빙 돌아서 계속 기어갔다.

"어서, 우릴 해치지 않아." 내가 말했다.

나는 두 번째, 세 번째 걸음을 내디뎠다. 이제 그들 모두 이따금 내 군화에 바짝 붙어 스치는 것 외에는 나를 건드리지도 않고 돌아서 갔다. 두 걸음을 더 걷고 나자 나는 무사히 통과했다. 우리의 가이드는 내 어깨에 달린 전등의 희미한 불빛으로 간신히 보이는 거리에 있었다. 50미터쯤 앞서 있는 것 같았다. 나는 뒤를 돌아보았다. 나샤는 꿈쩍도 하지 않고 있었다.

"나샤? 서둘러. 괜찮아."

그녀가 고개를 가로저었다. 내가 손을 내밀었다.

"그냥 지나서 걸어. 널 건드리지 않을 거야."

"절대 못 해. 이것들이 사람 몸에 무슨 짓을 하는지 다 봤다고." 그녀가 말했다.

나는 뒤를 돌아보았다. 우리의 가이드가 어느덧 시야에서 사라지고 없었다.

"나샤, 제발. 우린 가야만 해."

그녀가 다시 고개를 저었다. 목소리는 차분했지만 두 눈을 저녁 식사 때 쓰는 접시만큼 크게 뜨고 있었다.

"넌 가, 미키. 내가 뒤따라갈게."

어쩌나, 사실은 나도 그냥 가 버릴까 하는 생각을 잠깐 하긴 했는데.

하지만 아주 잠깐이었다.

"아니야. 괜찮아. 얘들도 이만하면 다 지나갔겠지." 내가 말했다.

그 생각이 100퍼센트 옳지는 않았다. 2분도 더 지난 후에야 크리퍼들의 행렬이 드문드문해지더니 이내 사라졌다. 마지막 한 마리가 자취를 감추고 나자 나샤가 내 쪽으로 건너왔다.

"미안해, 미키. 난 그냥……."

나샤의 목소리가 갈라졌다. 문득 나샤가 겁먹은 모습을 처음 본다는 걸 깨달았다.

"괜찮아."

나는 그녀의 손을 잡으려고 손을 뻗었다. 나샤는 손을 잡도록 내버려 두더니 나를 끌어안았다.

"난 사실 여기서 죽고 싶지 않아." 그녀가 내 귀에 대고 속삭였다.

"생각 잘했어. 죽는 건 하지 말자고, 우리."

나샤는 더 힘껏 껴안더니 나를 놓아주고 뒤로 물러섰다. "그 친구가 우릴 기다리고 있을까?"

나는 어깨를 들었다 놓았다. "알아볼 방법이 딱 하나 있지."

나샤가 내 손을 만졌다. 그리고 우리는 걸었다.

결국 크리퍼는 우리를 기다려 주지 않았다.

5분간 걸은 끝에 우리는 세 갈래 길을 만났다.

나샤는 세 개의 터널에 차례로 전등을 비춰 보며 말했다. "그 조그만 녀석이 애초에 우릴 안내하고 있었던 게 아니었나? 그 크리퍼는 별 의미 없이 저들이 하는 행동을 한 것 아니었을까? 그걸 우리는 몇 시간 동안 뒤따라온 것일 수도 있잖아?"

"그런 거라면, 우린 망한 거지."

"맞아."

나샤는 그렇게 대꾸하고도 오른쪽 터널을 손으로 가리키며 재촉했다.

"내가 만약 대장 크리퍼라면, 이쪽으로 갔을 것 같아."

그녀의 추측은 옳았다. 그 터널을 따라 100미터쯤 걸었더니 다른 교차로가 나왔다. 크리퍼 하나가 그곳에 앉아 우리를 기다리고 있었다. 우리는 천천히 걸어가서 3미터 정도 거리를 남겨 두고 멈춰 섰다.

"아까 우리 친구야?" 나샤가 물었다.

나는 그녀를 쳐다보고 나서 다시 크리퍼 쪽으로 고개를 돌렸다. "내가 무슨 수로 알겠어?"

나샤는 뭐라고 대꾸하려다가 고개를 저었다. 크리퍼는 옴짝달싹하지 않고 웅크려 있었다.

"죽은 것 같아?"

"모르지."

나는 한 걸음 앞으로 나아갔다. 그러고 나서 두 번째 걸음을 내디뎠다. 내 군화에서 크리퍼의 아래턱까지는 고작 1미터에 불과했다.

"툭 건드려 볼까?"

"제발 그러지 마. 네 몸이 온전히 다 붙어 있는 편이 더 좋으니까." 나샤가 말했다.

나는 크리퍼 앞에 쪼그려 앉았다. 크리퍼는 움직임이 전혀 없었다.

"어. 정말 죽은 모양인데."

천천히 크리퍼 쪽으로 손을 내밀었다. 반응이 없었다.

"미키?" 나샤의 목소리가 커졌다.

나는 한 손가락으로 아래턱을 건드려 보았다. 그러자 크리퍼가 몸을 일으켜 나를 향해 돌진했다. 나는 손을 멀리 빼 들면서 이미 뒤로 넘어지고 있었다. 불현듯 내가 죽겠구나 하는 생각이 든 순간 쌩하는 소리를 내며 귓전을 스치고 지나가는 뭔가를 느꼈다. 크리퍼의 앞쪽 세 부분이 폭발하며 산산이 조각

난 파편이 우박처럼 쏟아져 내렸다. 나는 뒤로 세게 자빠지며 1~2미터 정도 나뒹굴었다. 고개를 돌리니 내 뒤에 가속기를 쥐고 선 나샤의 모습이 눈에 들어왔다.

"잘했어."

나는 말을 더 하려다 말고 역류하는 담즙을 삼키느라 입을 다물었다.

"잘 쐈어. 세상에 맙소사. 나샤, 내가 맞고 죽을 수도 있었어."

"가능성이 있었지. 근데 안 죽었잖아. 죽을 수도 있었지만. 그나저나 내가 방금 쟤들 새끼손가락을 잘라 버렸네, 어? 우리 이제 전쟁 나는 거야?" 나샤가 말했다.

나는 자리에서 일어났다. 오줌을 싸지 않고 잘 버텨 준 나 자신이 대견했다.

"모르겠어. 아니길 바라야지. 우리가 이렇게 아주 깊은 곳까지 들어왔잖아. 아까도 말했지만 총을 쏴서 탈출하는 건 선택 사항이 아니야."

"아닐지도. 하지만 내가 해 보는 거야 뭐 어때." 그녀가 말했다.

내 오큘러에 메시지가 떴다.

[Speaker1]: 접촉 완료

[Speaker1]: 부속물들을 더는 파괴하지 마, 제발.

"미키? 너 괜찮아?"

나는 한 손을 들어 올렸다. "아마도? 그들이 내게 말하고 있는 것 같아."

[Mickey7]: 너는 어디에 있어?

[Speaker1]: 계속 앞으로 와, 20 <번역 불가>.

"이쪽이야. 어쨌든, 그런 것 같아." 내가 말했다.

우리는 죽은 크리퍼를 밟고 지나 계속해서 터널을 내려갔다. 200미터쯤 지나자 터널이 급하게 왼쪽으로 꺾이더니 거의 원형 극장에 가까운 넓은 공간이 나왔다. 그 한가운데에 몸을 말고 있는 중량 화물 셔틀 크기의 크리퍼가 보였다. 나샤가 그쪽으로 전등을 비췄다.

"이런, 젠장. 저건……."

"저게 대장 크리퍼야." 내가 말했다.

[Mickey7]: 우리 왔어. 네가 스피커1이야?

거대 크리퍼가 꿈틀거리자 바닥에서 1미터쯤 떨어진 곳에 공간이 생기면서 약 3미터 길이의 몸집이 작은 크리퍼가 몸을 펴고 기어 나왔다.

"그렇지는 않아."

크리퍼는 큰 소리로 말했다. 이중 아래턱 안으로 보통의 원형 구멍 대신 복잡한 입 부속이 보였다. 그는 베르토의 목소리로 말했다.

"장난하는 거겠지." 나샤가 말했다.

"장난이 아니야."

말을 던진 그는 종종걸음으로 우리 앞에 와서 쪼그리고 앉았다.

"공식적으로는 '최근에 우리 둥지를 침범한 생명체에게 말하는 스피커'지만 '스피커'라고 불러도 돼. 드디어 만났네, 반가워, 미키."

9장

"이해가 돼. 말도 안 되는 방식이긴 해도, 어쨌든." 내가 말했다.

"아니, 아니야. 이해를 못 하겠어. 어째서 이게 고메즈랑 똑같은 목소리를 내지?" 나샤가 의아해했다.

"그동안 내 통신을 도청하고 있었으니까. 그게 우리와의 유일한 접촉이었고 베르토는 내가 통신으로 대화하는 거의 유일한 사람이잖아."

"정확해. 어휘, 어조, 그리고 내 말의 억양은 93퍼센트가 네 통신으로 들어오는 신호들을 변조해서 만들어진 거야. 우리는 이걸 표준말이라고 추측했어." 스피커가 말했다.

"아니, 그게 아니야. 미키한테 더 많은 친구가 필요한 것뿐이야." 나샤가 두 손으로 이마를 짚으며 푸념했다.

나는 떨떠름한 표정으로 그녀를 쏘아본 뒤 다시 크리퍼에게로 얼굴을 돌렸다. "우리가 본 게 너였지, 안 그래? 이틀 전에 돔을 내려다보는 언덕 위에서 말이야."

"그것도 정확해. 우리는 너희 둥지를 관찰하던 중이었어. 우린 너희들이 결국 떠나거나 죽어 버릴 거라고 예상했는데 시간이 흐를수록 둘 다 가능성이 희박해지기 시작했어. 따라서, 우리는 대화할 방법을 고민해 왔지." 스피커가 대답했다.

"그때 나한테 뭐든 말해 주지 그랬어. 그랬으면 내가 골치 아플 일이 많이 줄었을 텐데."

파문이 그의 몸을 타고 길게 퍼져 나갔다. 방금 그거 어깨를 으쓱한 건가?

"너희들이 날 보고 기뻐하는 것 같지 않았거든. 이해해. 우리도 이 구조를 복제하면서 엄청난 수고를 쏟아부었지. 그중에서도 너희들의 음성 장치는 말도 안 될 정도로 복잡해. 오해 때문에 다시 시작해야 하는 위험을 감수할 일이 없길 바라서 그랬어."

"맞는 말이야. 지난겨울에 그런 일을 겪고 나서부터는 돔 근처에 가까이 접근하는 크리퍼들한테 우리가 좀 민감해." 나샤가 말했다.

스피커는 우리와 머리 높이를 맞추려고 뒷다리로 일어섰다.

아래턱이 넓게 벌어졌다. 나샤는 황급히 뒤로 반걸음 물러서 버너 쪽으로 양손을 가져갔다. 내가 얼른 둘 사이를 막아섰다.

"안 돼! 아니야. 전혀 그런 것 아니야. 우린 여기 얘기하러 왔잖아, 그렇지?" 내가 외쳤다.

"사과할게. 난 우리가 우위를 과시하기 적절한 때가 됐다고 생각했어. 내가 오해한 거지?" 스피커는 그렇게 말하고 나서 다시 바닥으로 몸을 내려놓았다.

나는 나샤가 무기에서 손을 뗄 때까지 노려본 다음 스피커를 바라보았다.

"맞아. 네가 확실히 오해했어. 우린 우위를 과시하려고 온 게 아니야. 그렇지, 나샤?"

"그래." 나샤는 그렇게 말하고 가슴에 팔짱을 꼈다.

"아, 이게 '나샤'라는 건가?" 스피커가 물었다.

"이 몸은 *유일한* 나샤야. 미키? 어째서 이게 내가 누군지 알고 있는 거야?"

"'나샤'는 우리가 언어 모델을 만들 때 사용했던 대화에서 자주 나온 토론 주제야. 우리의 예상과 다르다는 말을 꼭 해주고 싶어." 스피커가 말했다.

"정말이야? 정확히, 뭘, 기대했는데?" 나샤가 물었다.

"이건 주제에서 벗어나는 얘기 같거든……."

내가 말을 돌리려는데 스피커가 끼어들었다.

"네 대화를 바탕으로 우리는 '나샤'가 일종의 전투용 부속물 같은 거라고 추측했어. 너도 기억하겠지만 네가 처음 이곳에 도착했을 때 우리 부속물들이 너희들 부속물 몇을 파괴했지. 그들 대부분은 여러 가지 종류의 무기와 금속의 외골격을 가지고 있었어. 우린 '나샤'가 그런 종류일 가능성이 높다고 생각한 거야. 다만 더 크고 더 위험할 가능성이 있었지."

"뭐, 적어도 절반은 맞았네." 나샤가 말했다.

"도움이 안 돼. 정말 도움이 안 되는 얘기라고." 내가 말했다.

"넌 전혀 모르겠지. 우리 이 얘긴 나중에 따로 해." 나샤가 무섭게 쏘아붙였다.

이 대화를 다른 화제로 돌려야 했다.

내가 물었다. "스피커, 내가 전에도 여기 온 적 있는 거 알잖아, 그렇지?"

"확실하지 않아. 너 같은 종류의 부속물들은 전에도 여러 번 왔지. 그중 둘은 우리가 분해했어. 나머지 둘은 보내 줬고. 네가 그 둘 중 하나였단 얘기를 하는 거야?" 스피커가 대답했다.

"우선, 그들은 부속물들이 아니었어. 내가 전에 여기 왔을 때도 이걸 설명해 주려고 했는데, 우리 종족은 부속물이 없어. 우리는 각자가 독립된 지성을 가져. 우리는 모두 다 너희가 프라임이라고 부르는 존재인 거야."

"너 말을 잘못했어. 아니면 내가 잘못 이해했겠지. 우리가 데려간 것들은 부속물들이었어." 스피커가 말했다.

나는 고개를 저었다. "잘못 말한 게 아니야. 우리 종족은 부속물이 없어. 각자가 프라임이지. 이걸 어떤 식으로 다르게 설명할 수 있을지 모르겠다."

"아니, 이건 사실이 아니야. 우리는 이걸 납득할 수 없어." 스피커가 말했다.

"어째서? 뭐가 그렇게 이해하기 어려운 거야?" 나샤가 물었다.

스피커의 몸을 타고 떨림이 길게 파도쳤다. "네가 한 말은 사실일 리가 없어. 그게 사실이라면 우리가 살해를 했다는 뜻이야. 우리가 살해를 했다면 너흰 이야기를 하러 여기까지 오진 않았겠지. 너희 무기들을 봤어. 아마 너희는 그것들을 가지고 와서 보복으로 우리를 살해하려고 했을 거야."

사실, 그게 바로 정확히 우리가 하려던 일이라고 말할까 생각해 봤다.

하지만 혼자만의 생각으로 남겨 두는 것이 좋겠지.

"아무래도, 우리가 워낙 너그러운 종족이다 보니 말이야." 나샤가 말했다.

스피커가 몸을 일으켜 나샤를 마주 보았다. "우리는 네 말을 믿지 않아."

내가 나섰다. "이봐. 그건 중요치 않아. 중요한 건 내가 여기에 왔던 이들 중 하나라는 거지. 사실 네가 순순히 보내 줬던 둘 말이야, 둘 다 나였어."

가슴과 복부 버클을 풀어 어깨에 메고 있던 배낭을 우리 사이에 내려놓으며 말을 이었다.

"지난번에 내가 여기 왔을 때 이것과 비슷한 배낭을 메고 왔잖아. 기억나?"

스피커는 다시 바닥에 앉았다.

"너희 둘이 왔지. 하나는 우리가 분해했어. 다른 하나는 놓아줬고. 우리가 분해한 건 부속물이었어. 네가 그렇게 말했잖아."

나는 그에게 쏘아붙이고 싶은 충동을 참았다. 중요한 주제에 집중해야 했다. "그건 중요한 문제가 아니야. 중요한 건 그 배낭이야. 배낭 기억해?"

"그게 부속물이었다고 말한 일을 부인하는 거야?"

"제발. 집중할 수 없을까? 우리한테 이런 배낭이 정말 중요하거든."

"넌 그게 부속물이었다고 했어. 우리가 첫 번째로 분해했던 것과 모든 면에서 똑같았지. 어떻게 완전히 똑같은 프라임이 여럿 있을 수 있겠어? 말이 안 돼."

"우린 너희와 달라. 너희가 식스를 죽였어. 에잇도 죽였어. 게이브 토리첼리, 브렛 듀건, 톰 갤러허를 죽이고 롭 잭스와 질리언 카든도 죽였어. 우리는 그걸 따지자고 연락한 게 아니지만 그건 사실이야." 나샤가 끼어들었다.

나는 나샤를 바라보았다. 두 손을 다시 버너에 하나씩 얹어 놓고 있었다. 스피커의 아래턱이 리듬을 타며 열렸다 닫히기를 반복했다.

"그 배낭 말이야."

내 말을 스피커가 가로챘다.

"아니, 지금은 얘기 못 해. 우리는 생각할 시간이 필요해."

스피커는 몸을 돌려 종종걸음을 치더니 아직도 방의 한가운데를 차지하고 있는 거대한 크리퍼에게 돌아갔다. 둥글게 말린 공간이 들리자 스피커가 안으로 들어가 자취를 감췄다.

"다시 올 것 같아?"

나는 어깨를 으쓱했다. 이제 우리는 들어왔던 입구 근처의 벽을 등지고 차가운 돌바닥에 앉아 있었다. 나는 배낭에 등을 기댔고 나샤는 내게 등을 기댔다. 그녀는 호흡기를 들어 올려 단백질 바를 한 입 베어 문 다음 자신의 왼쪽 어깨 너머로 내게 나머지를 들이밀었다. 나는 남은 단백질 바의 절반을 베어 물고 씹어 삼켰다. 어느덧 한 시간이 넘도록 커다란 크리퍼는 움직이지 않고 있었다.

"돌아오지 않으면 우린 어쩌지?"

"나도 모르겠어. 메시지를 보내 볼 순 있겠지. 스피커가 나타나기 전에도 그런 식으로 연락을 주고받았던 것 같으니까." 내가 말했다.

"해 봐."

"뭐, 지금?"

"그래, 여기에서 밤을 보내고 싶지 않다고." 나샤가 말했다.

"저들이 우리를 도와주지 않는 한, 버스는 이미 떠난 것 같은데. 우리가 왔던 곳으로 가려고 하면 여기서 육지까지만 해도 엄청나게 먼 거리야. 지름길을 찾는다 쳐도 바깥은 이미 어두워졌고. 어디로 나가느냐에 따라 차이가 있겠지만 적어도 돔까지 두 시간은 걸어야 해."

나샤가 머리를 뒤로 젖혀 자신의 뺨을 내 뺨에 맞댔다.

"메시지 좀 보내 봐. 그래 줄래?"

좋다. 나는 눈을 깜박여 대화창을 열었다.

[Mickey7]: 여보세요?

[Mickey7]: 거기 듣고 있어?

[Mickey7]: 우린 정말로 그 배낭들에 대해서 의논해야 해.

[Mickey7]: 이봐?

보아하니 무선 침묵 상태인 것 같아서 나샤에게 그렇게 말해 주려는데 메시지가 도착했다.

[Speaker1]: 네 말 들려.

[Speaker1]: 우리는 아직 이야기할 준비가 안 됐어.

"미안, 아직 생각하는 중인가 봐." 내가 말했다.

끙 소리를 내며 고개를 숙인 나샤가 두 주먹을 이마에 갖다 댔다.

"이건 형편없는 아이디어였어, 미키. 여기 오지 말았어야 했다고."

나는 두 팔로 그녀의 등을 감싸 내 쪽으로 끌어당겨 안았다. "그럴지도 모르지. 하지만 우린 여기 왔잖아. 지금은 일이 어떻게 될지 기다려 보는 수밖에 없어."

나샤와 나는 놀라우리만치 많은 시간들을 이렇게 함께 보냈다. 엉망진창인 곳을 돌아다니고, 서로 감싸 주면서, 끔찍한 일이 일어나기를 기다렸다. 대개 우리가 기다린 건 모종의 끔찍한 방식으로 찾아오는 나의 죽음이었다. 하지만 몇 번은 나샤가 고대하는 전화를 함께 기다린 적도 있다.

이동 중에 운석이 우리의 전방 보호막을 강타했을 때, 원본 미키 반스가 그 손상 부위를 복구하느라 완전히 튀겨지는 동안, 나샤는 회전목마에 갇혀 있었다. 나샤보다 더 끔찍한 상황에 처한 사람들도 있었다. *드라카* 내부의 4분의 1이 치명적 위험 수준의 방사능에 노출되면서 안타깝게도 전방 오른쪽 구획에 있던 대여섯 명의 사람들이 나와 비슷한 죽음을 맞았다. 나보다 더 느리고 훨씬 고통스러웠다는 점만 달랐다. 회전목마는 선수와 엔진의 중간쯤에서 비행선의 허리가 되는 부분인데, 마찬가지로 대략 4분의 1이 방사능에 노출되었다. 그런데 *바로* 그 오염된 4분의 1이 계속해서 회전목마의 회전에 변동 요인으로 작용했다. 그래서 나샤는 대피하는 데 걸린 45초 사이에 보호막이 없는 구역으로 두 번이나 휩쓸려 갔다. 추측으로는 통틀어 150밀리시버트의 피폭을 당했다. 그 수치는 소화 능력을 망가뜨리고 머리카락을 다소 가늘게 만들기 충분했다. 하지만 사람을 죽게 만들 정도는 아니다.

어쨌든, 당장 죽지는 않지.

대략 4년 후, 나샤는 두통에 시달리기 시작했다.

한 번도 말한 적이 없는 것 같은데, 나샤는 억세다. 그래서 의료국에 보고하기는커녕 눈을 뜨지 못할 정도로 두통이 심해지고 나서야 비스테로이드성 소염제를 먹었다. 결국 내가 그녀를 끌고 누군가에게 보고하러 갈 때쯤에는 균형 감각에 문제가 생기고 보통의 선상 조명도 견딜 수 없는 지경이었다. 당직 의료국 기술자가 나샤에게 몇 가지 질문을 하더니 그녀의 머리를 스캐너에 집어넣었다. 10분 뒤, 그는 태블릿과 스타일러스 펜을 이용해 좌측두엽에 생긴 종괴의 크기를 보여 주었다.

유니언의 의료 과학은 여러모로 정말 놀랍다. 우리는 유전적으로 똑같은 새 장기를 얼마든지 바이오 프린팅 할 수 있다. 과거 디아스포라 이전의 암흑 시대에 인간을 죽음으로 몰고 갔던 간 부전이나 동맥경화, 폐 질환 등의 100여 가지 각종 질병으로 죽는 사람은 아무도 없다. 하지만 이건 마법이 아니라서 우리가 교체할 수 없는 단 한 가지 장기가 있는데, 그건 바로 뇌다.

그들은 나샤를 데려가 이번에는 디지털 생체 검사기라고 부르는 더 큰 스캐너에 집어넣었다. 종양이 양성인지가 관건인 모양이었다. 양성이라면 나노 수술로 치료가 가능하지만 악성이라면 지구에서부터 에덴, 그리고 미드가르드에 이르기까지 수많은 연구 시설에서 장장 수천 년간 불가능에 도전했는데도 여전히 답이 없는 문제였다.

나는 나샤의 생사 여부를 알아보기 위해서 그녀와 함께 두 시간 동안 의료실 보호 벨트에 매달려 있었다. 우리는 말이 없었다. 나는 나샤의 허리를 두 팔로 감싸고 나샤는 내 어깨에 머리를 기댄 상태에서 공중에 부유했다. 의료 기술자가 태블릿을 들고 돌아오자 나샤는 내 귀에 대고 속삭였다. "나쁜 소식이면 넌 내 곁에 남을 필요 없어."

그녀는 의료 기술자의 얼굴을 차마 보지 못했지만 나는 그의 표정을 볼 수 있었다. 웃는 얼굴이었다.

"나쁜 소식이 아니야. 하지만 나쁜 소식이라도 아무 상관 안 했을 거야." 나는 그렇게 말하며 나샤에게 키스했다.

내가 그렇게 말했다. 정말 아무 상관 안 했을까?

나샤는 내가 훨씬 끔찍한 일들을 겪을 때도 함께 있어 줬다.

그 답을 알아볼 기회가 없어서 다행인 것 같다.

나샤가 잠든 사이, 거대 크리퍼가 소리를 내며 움직였다. 나는 어깨에 걸어 놓은 전등을 비추어, 가장 아래쪽 부분이 들어 올려지며 스피커가 기어 나오는 모습을 지켜봤다. 눈을 깜박여 크로노미터를 띄웠다. 02:00. 나샤에게 깔린 몸을 약간 움직이려다 두 다리에 피가 통하자 앓는 소리가 절로 나오는 걸 가까스로 참았다. 허리가 아파 죽을 것 같았다. 배낭의 모양이 견갑골에 영원히 새겨진 느낌이 들었고 엉덩이는 습한 돌바닥의 한기를 그대로 흡수해 축축했다. 나샤가 뒤척이며 알 수 없는 말을 중얼거리더니 내 목과 어깨가 만나는 부드러운 부위로 고개를 더 깊이 들이밀었다. 나는 한숨을 쉬고 그녀를 좀 더 가까이 끌어당겼다.

[Mickey7]: 우리 이렇게 대화할 수 있을까? 부탁해. 나샤가 자고 있어서.

[Speaker1]: 말을 하고 싶지 않다고?

[Mickey7]: 너만 괜찮다면.

[Speaker1]: 하지만…….

[Speaker1]: 내 이름이 스피커잖아.

[Speaker1]: 게다가 너희들 음성 장치가 얼마나 복잡한지 내가 말했지?

[Speaker1]: 그리고 우리가 그걸 복제하느라 굉장한 노력을 쏟았다는 것도?

[Mickey7]: 나도 알아. 이건 그냥…….

나샤가 다시 뒤척이더니 내 쪽으로 몸을 지탱하며 고개를 들었다.

"미키? 몇 시야?" 그녀가 물었다.

"아, 나샤가 이제 잠든 상태가 아닌 것 같네. 우리도 말을 할 수 있겠어, 그렇지?" 스피커가 말했다.

나샤는 일어나 앉더니 스피커를 쳐다봤다.

"어, 또 너구나."

"맞아. 그럼 달리 누가 올 줄 알았어?" 스피커가 말했다.

나샤는 기지개를 켜고 하품을 하더니 내게 등을 기댔다.

"폭탄이 어디 있는지 아직 얘기 못 들었어?"

이런, 젠장.

"폭탄?" 스피커가 물었다.

"배낭 말이야. 우린 배낭을 찾는 중이거든." 내가 둘러댔다.

"아니, 폭탄과 배낭은 똑같지 않아. 우리도 폭탄을 안다고. 그 단어도 네 대화에 자주 나와. 일종의 무기잖아, 그렇지?"

"앗," 나샤가 두 주먹을 이마에 대고 누르며 말했다. "미안해."

스피커는 아래턱을 부득부득 갈면서 앞쪽 세 마디를 바닥에서 일으켜 세웠다. 나는 나샤를 받치고 있던 몸을 빼낸 다음 일어서야겠다는 생각을 했다. 이젠 싸울 수밖에 없다고 마음을 먹고 있는데 스피커가 물었다. "미키? 제발 말해 줘. 우린 동맹이야?"

그건 내가 예상하지 못한 질문이었다.

"우린, 어……." 나는 대답을 하려다 잠시 생각에 잠겼다. "우린 동맹이 될 수 있어. 우린 동맹이 되고 싶은 거야."

"너희 종족은 이곳에 도착했을 때만 해도 취약했어. 너희들의 둥지를 완성하기 전까지는 말이야. 우린 너희가 명백히 위협이라는 걸 알면서도 너희를 공격하지 않았지. 너희가 우리 터널을 침범했을 때도 너희는 취약했어. 우리는 너희를 죽이지 않았어. 너희를 보내 줬지. 우리의 선의는 이미 증명했잖아, 안 그래?"

"그렇지, 증명한 셈이야." 내가 대답했다.

"그러면 우린 동맹이 되어야 할까, 되지 말아야 할까?"

"맞아. 우린 동맹이 될 수 있어."

"동맹은 서로 솔직해야 하는 거야, 맞지?"

"그래야지." 나는 속으로 나직이 한숨을 쉬며 말했다.

"동의하는 바야. 그럼, 제발 우리한테 솔직히 말해."

나샤가 끼어들었다. "폭탄이야. 우린 폭탄을 찾고 있다고. 어마어마하게 강력한 폭탄이야. 지하에서 터뜨린다고 해도 최소 사방 수십 킬로미터 이내의 모든 것을 죽일 정도로 강력해. 너희들이 실수로 그걸 터뜨리기라도 하면 너희들은 물론 우리까지 죽게 될 테니 그걸 찾아야만 해. 이렇게 된 건 전부 다 사과할게. 하지만 사실이야."

스피커의 머리가 앞뒤로 흔들렸고 아래턱이 서로 부딪치며 달가닥달가닥 5초간이나 소리를 냈다.

마침내 스피커가 말했다. "고마워. 솔직하게 말해 줘서 고마워. 여기서 기다려 줘. 우리는 생각을 해 봐야겠어." 그러고는 몸을 바닥에 내려놓고 방향을 틀어 거대 크리퍼를 향해 되돌아갔다.

거대 크리퍼가 마디를 들어 올리자 스피커는 그 속으로 사라졌다.

나샤가 말했다. "세상에, 더 나쁜 상황으로 치달을 뻔했어."

"더 나은 상황을 만들 수도 있었잖아. 대체 무슨 짓이야, 나샤?"

그녀가 어깨를 으쓱했다. "미안하다고 했잖아. 아직 잠이 덜 깨서 정신이 온전히 돌아오지 않았다고, 알잖아? 지금도 잠이 다 깬 건지 모르겠네. 아까는 본론으로 곧장 들어가야만 했어. 저것들은 바보가 아니라고, 미키. 우리가 간식이 가득 든 배낭을 찾으러 여기까지 왔다고 하면 곧이곧대로 안 믿는단 말이야. 이젠 각자 자기 패를 탁자에 펼쳐 놓은 셈이야."

"맞아. 그런 것 같네. 2년 전에 대형 폭탄을 들고 이곳에 찾아왔다는 패를 우리가 보여 준 거지. 아마 지금 그 점을 생각해 보는 모양이야. 어떻게 될 것 같아?"

"모르겠어. 만약 일이 안 좋게 풀리면, 현재 내 계획은 폭발성 탄환 두 발을 그것에게 박아 주고 탄창에 든 걸 전부 저 덩치에게 쏴 버리는 거야. 부디 그렇게 되지 않아야 할 텐데."

나는 칠흑 같은 어둠 속에서 잠이 깼다. 온몸이 아팠다. 눈을 깜박여 크로노미터를 열었다. 07:30. 그렇게 오래 잤다니 믿기지 않는다. 몸이 너무 피곤하면 혈액 순환 같은 일들에 신경 쓰는 것조차 그만두게 되는 것 같다. 나샤가 일어나 앉더니, 잠시 후 그녀의 어깨에 달린 조명이 딸깍하고 켜졌다. 그녀가 자신의 배낭을 뒤적이기 시작했다.

"어떻게 할까? 혼탁액, 단백질 바, 아니면 둘 다?" 나샤가 물었다.

배가 꼬르륵 소리를 내며 경고를 보냈다. 마지막으로 음식 다운 걸 먹은 지 스무 시간이 훌쩍 넘었다.

"혼탁액으로 시작하자. 그게 잘 넘어가면 단백질 바도 먹어볼게."

"좋을 대로 해." 그녀가 혼탁액 튜브를 가볍게 던져 건넸다. 나는 튜브를 낚아채서 뚜껑을 비틀어 열고는 찐득한 덩어리를 입 안으로 짜 넣었다. 최선을 다해 삼킨 다음 배낭에서 물병을 꺼내 입 안 찌꺼기를 헹구고 목구멍을 씻어 내렸다.

한 차례 더 입 안 가득 혼탁액을 짜 넣으며 내가 말했다. "다섯 시간이 넘었어. 지금쯤이면 우리를 죽일지 말지 결정했겠지, 안 그래?"

"그랬을지도. 그것들도 잠을 자나?"

나는 어깨를 으쓱했다. "바 하나 던져 줄래, 응?"

단백질 바도 거의 혼탁액만큼이나 맛이 고약하다. 하지만 몸이 갈기갈기 찢기거나 혹은 돔까지 지옥처럼 먼 길을 걷기 전에 뭐든 속에 든든히 집어넣어야 할 것 같은 기분이 들었다.

물통을 비워 낸 나샤가 빈 통을 자신의 배낭에 쑤셔 넣더니 자리에서 일어섰다.

"금방 돌아올게. 소변 봐야겠어."

나는 나샤의 불빛이 방의 벽을 따라 까딱거리며 멀어지는 걸 지켜보다가 움직임이 멈추자 고개를 돌렸다. 덩치 큰 크리퍼가 꿈틀거릴 때까지도 그녀는 돌아오지 않고 있었다. 곧이어 스피커가 모습을 드러냈다. 그는 몸을 일으켜 세워 나와 나샤를 번갈아 보느라 고개를 왔다 갔다 하더니 나샤가 쪼그려 앉아 벽을 등지고 있는 곳을 향해 걷기 시작했다. 중간쯤 갔을 때, 냐샤가 외쳤다. "어이! 난 지금 바쁘다고, 변태 같으니! 미키한테 가서 말해."

스피커는 주춤하더니 허둥지둥 내 쪽으로 다가왔다.

"안녕, *변태*가 뭐지? 우리한테는 그런 말이 없는데." 내 앞으로 온 스피커가 물었다.

나는 좀 놀랐다. 나와 베르토의 대화를 2년이나 지켜봤을 텐데 말이다. 하지만 괜찮다.

"애정을 표현하는 단어야. 우리 요청을 어떻게 할 건지 결정했어?"

"어려운 질문이네. 우리가 제대로 이해한 거라면 너와 너의 부속물이 극도로 위험한 무기들을 우리의 집에 가지고 왔단 거야."

"에잇은 부속물이 아니었어. 그리고 *변태*는 애정 표현이 아니야." 나샤가 방 건너편에서 말했다.

"어쨌든, 너와 너의……"

"친구." 나샤가 쏘아붙였다.

스피커가 다시 말했다. "그래. 너와 너의 친구가 우리의 집에 죽음을 가져온 거야."

내가 말했다. "그건 사실이야. 하지만 그랬던 건, 너희가 그때 이미 우리 여섯 명을 죽였기 때문이었어. 너희는 내 친구도 죽였지. 그럼에도 불구하고 *나는 폭탄을 터뜨리지 않았어.* 난 너희를 죽일 수 있었지만 그러지 않기로 한 거야. 그건 중요한 사실이야, 그렇지?"

"그 점은 인정해. 하지만 이건 물어봐야겠어. 오랜 시간이 지난 후에 이제야 그 폭탄을 되찾으려는 이유가 뭔지 말이야. 네 마음이 바뀌었어? 이젠 우리를 죽이려는 거야? 내키지 않지만 우리가 피의 빚을 졌다는 건 인정할게. 그런데 당시에는 우리가 무슨 짓을 하는지 몰랐어. 우리는 순순히 죽임을 당하고 있지만은 않을 거라고." 스피커가 말했다.

어느덧 나샤가 내 옆에 와서 섰다.

그녀가 말했다. "우린 너희를 죽이고 싶지 않아. 죽일 생각이었으면 진작 죽였지. 그 폭탄이 우리의 유일한 무기는 아니잖아. 우린 폭탄이 사용되지 *않도록* 하려고 되찾아 가려는 거야."

"아, 그거 좋군. 고마워. 아주 안심이야."

우리는 스피커가 계속 말을 이어 가길 기다렸다. 나샤가 나를 쳐다봤다. 나는 어깨를 들었다 놓았다.

그녀가 다시 스피커를 바라봤다. "그래서?"

스피커가 우리를 번갈아 쳐다봤다. "그래서 뭐?"

"*그래서* 그 폭탄을 우리한테 주겠어?"

목소리만 들어도 나샤가 눈을 굴리며 말했다는 걸 알 수 있었다.

"그렇지, 그럼. 당연히 줬을 거야."

"*줬을 거야? 줄 거야*가 아니고?" 내가 반문했다.

"미안. 내가 용법을 틀리게 말했나 봐. 너희 문법은 놀랍도록 복잡해서 말이야. 나는 가정해서 말한 거야. 우리한테 폭탄이 있다면 너희에게 돌려줄 거란 뜻으로. 그런데 우린 폭탄이 없으니까 못 주는 거지. 이렇게 말하면 더 확실해?"

10장

살다 보면 그런 날이 있지 않은가, 온 우주가 작정하고 당신을 엿 먹이는 게 틀림없다고 뼈저리게 절감하게 되는 날.

나는 자리에서 벌떡 일어섰다. 나샤가 나를 쳐다보았다. 호흡기 때문에 표정을 읽을 수는 없지만 '죽일 것 같은' 표정이라는 데에 일주일 치 배급을 걸겠다.

"너희는 폭탄을 안 가지고 있는 거네." 나샤의 목소리는 낮고 단조로웠다. 양손이 버너 손잡이를 찾아 더듬거렸다.

"우리는 안 가지고 있지. 하지만 가지고 있었다면 너희한테 줬을 거야. 그렇게 결정했어." 스피커가 말했다.

"너희한테 없고, 우리한테도 없잖아. 그럼 말해 봐, 스피커……. 그게 누구한테 *있다*는 거야?" 나샤가 물었다.

"남쪽에 있는 우리 친구들이 가지고 있어."

"너희……." 나샤가 잠시 고개를 흔들더니 말을 이었다. "그걸 어떻게 알아?"

"우리가 그 친구들에게 줬으니까 알지."

버너 두 개를 감싸 쥔 나샤의 양손에 힘이 들어갔다.

"우리 폭탄을 너희 *친구*들한테 줬다고?"

스피커의 머리가 흔들렸다. "*친구*들이라는 표현은 사실 정확하지 않아. 우리가 부르는 이름이 있는데 어떻게 번역해야 할지 모르겠거든."

나샤가 고개를 돌려 나를 쳐다봤다. 나는 한숨을 내뱉은 뒤 주먹 쥔 두 손의 마디로 두 눈을 문질렀다.

"우리 폭탄을 그들에게 줬단 말이지. 너희가…… 왜 그런 짓을 했어?" 내가 물었다.

스피커가 대답했다. "그들이 뭐든 너희 것을 달라고 요구해서. 공물 같은 거라고 보면 돼. 아까도 말했지만 *친구*들이라는 표현은 정확하지 않은 것 같아. 내가 그 단어를 확실히 이해한 게 맞는다면 *재수 없*는 놈들이 더 적절한 표현이겠네. 그들과 우리 관계는 늘 불편했거든. 적대적인 적도 자주 있었고. 너희가 이곳에 온 뒤로 우리가 너희들에게 접근하는 걸 점점 불안해했어. 우리가 자기네에 대항할 어떤 이점을 너희에게 제공받지 않을까 두려워했지. 부속물들을 잡아가고 우릴 협박했어.

너희들의 폭탄을 조사해 보니 우리는 이해할 수 없는 뭔가로 가득 채워져 있더라고. 흥미로울 만큼 신기했지만 내용물이 일반적인 물질과는 상호 작용을 안 하길래 무해한 물건이라는 결론을 내렸던 거야. 쓸 만한 공물이 될 것 같았어."

나샤가 말했다. "쓸 만한 공물? 그래, 그게 정확히 뭔지 몰랐으니까 그럴 만해. 그런데 방금 얘기할 때 너희가 이해할 수 없는 것이 들어 있었다고 했는데, 정말 그게 위험할지도 모른다는 생각을 전혀 안 했다고?"

스피커는 또 다른 마디를 들어 올려 아래턱을 넓게 벌렸다. 위협하는 자세라는 걸 알아볼 수 있었다.

"어째서 우리가 그런 생각까지 했어야 한단 말이야? 우리는 그게 뭔지 알 방도가 전혀 없었어. *너희는* 알았잖아. 너희는 그게 뭔지 정확히 알고 있었다고. 치명적으로 위험한 무기라는 걸 알면서 그 구멍에 놔뒀어. 깊은 구멍도 아니었지. 아무도 해치지 못하게 만든 안전 구멍도 아니었어. 누구든 발견할 수 있는 우리 집 문간에 돌무더기로 덮어 놓다니. 멍청하고도 멍청하기 짝이 없는 사람이 아니고서야 치명적으로 위험한 무기를 가지고 그런 짓을 할 리가 없지, 안 그래? 너희한텐 우리가 이해 못 하는 기술이 있다는 건 알아. 너희는 우리가 할 수 없는 일들을 하니까. 그래서 우리가 어리석게도 너희를 멍청하고도 멍청하기 짝이 없는 생명체는 아닐 거라 짐작했나 보지. 맞아, 그래서 분명 무해하겠구나 생각했어. 그런데 그게 우리 잘못이라고?"

나샤가 말했다. "알아들었어. 근데, 이젠 그게 무해하지 않다는 걸 알게 되었잖아. 그러니까, 다시 받아 오면 되겠네."

"우리한테, 다시 받아 오라니? 왜 우리가 그래야 하지? 우린 그 물건을 원하지 않아. 이젠 그게 뭔지도 아니까, 우린 그걸 없애 버려서 기뻐. 우리한테서 최대한 멀리 보내 버려 다행이라고 생각해. 그런 물건을 왜 되찾아 오겠다는 건지 우리로서는 이해가 안 되지만 그래야겠다면 너희가 직접 해야 할 거야."

나샤가 가슴에 팔짱을 끼고 고개를 한쪽으로 기울였다. "뭐야, 동맹이라면서?"

"그 *동맹*이라는 단어를 우리가 잘못 이해한 것 같아. 마치 너희가 프라임이고 우리는 부속물인 것처럼 말하고 있잖아. *동맹*이란 그런 거야?"

나샤가 그에게 한 발짝 다가갔다. 지난 8년간 나샤와 말싸움을 백번 치르면서 익히 봤던 대로 그녀는 이를 악물고 있었다. "이봐. 우린 그 폭탄을 되찾아야 해. 가능한 무력을 쓰고 싶지 않은데 너희가 협조하지 못하겠다면 무슨 수를 써서라도 협조하게 만들 거야."

스피커는 맨 뒤쪽 두 부분만 바닥에 붙인 채 몸을 일으켜 세웠다. 그의 머리가 우리를 내려다보았다. 즉시 나샤의 눈빛이 날카로워졌다. 스피커를 쏠 작정인 게 분명했다. 그리고 얼마 지나지 않아 우린 둘 다 죽게 되겠지. 하지만 나샤는 공격하지 않았고 스피커 또한 나샤를 공격하지 않았다. 대신 머리를 바닥에서 1미터 정도 띄운 상태가 되도록 몸을 낮추더니 빠르고 날카로운 리듬으로 아래턱을 부딪쳤다.

스피커가 말했다. "잠깐만, 우리가 싸우기 전에, 이걸 좀 생각해 봐. 우리의 친구들은 아주 먼 곳에 있어. 지금 우리가 있는 곳에서 너희 둥지까지의 거리보다도 훨씬 멀리 있지. 실수로 너희 폭탄을 터뜨리더라도 너희나 우리는 다치지 않아. 그러면 우리 친구들은 죽게 되겠지만 우린 그 점을 전혀 개의치 않지. 어쩌면…… 어쩌면 말이야, 지금 그대로 그냥 내버려 두는 게 좋지 않을까?"

나는 나샤를 쳐다보았다. 그녀는 생각을 해 보는 듯하더니 고개를 저었다.

"흥미로운 제안이긴 했어. 하지만 내가 좀 더 확실히 말해 줄게. 우린 그 폭탄이 *필요한* 거야. 너희가 친구들한테서 도로 찾아와야 한다고. 추위가 오기 전에 그렇게 해야만 해."

스피커가 다시 몸을 일으켰다.

"이걸로 두 번째야. 너희는 우리한테 너희 지시를 따르라고 요구하잖아. 이러면 안 되지. 동맹은 요구를 하지 않아. 재수 없는 놈들이 요구를 하지."

나샤가 대답하기 전에 내가 끼어들었다. "저기, 이건 언어 탓일지도 몰라. 나샤는 요구를 하려는 의도가 아니라 이 일이 우리에게 얼마나 중요한지 표현하려는 거야. 우리는 협박을 할 생각도, 요구를 할 생각도 없어, 어떻게든 그 폭탄을 되찾고 싶은 마음뿐이지. 너희와 같이 그렇게 하고 싶은 거라고. 혹시 그게 불가능해도 너희를 비난하지는 않을 거야. 너희를 공격하지도 않을 거야. 다만 그렇게 되면 어쩔 수 없이 너희 친구를 우리 힘으로 찾아가야 할 텐데, 그러다가 너희에게 불똥이 튀지 않을 거라는 장담은 못 하겠다."

"맙소사, 아니, 안 돼. 난 그 방법은 권하지 않겠어. 남쪽에 있는 우리 친구들은 우리처럼 우호적이지 않아. 너희가 맨 처음 이곳에 도착했을 때, 그리고 그 이후로도 오랫동안 그들은 우리에게 너희를 몰살하라고 아주 강력히 조언했지. 이제 그들을 찾아가면 너희를 환영하지 않을 거야. 너희를 분해할 가능성이 아주 높지. 우리가 폭탄을 그들에게 주기 전, 너희 부속물들 중 하나를 제공해 달라는 요청이 있었어. 그들은 너희의 내부가 어떻게 작동하는지 알고 싶어 혈안이었지. 다시 말하지만, 폭탄을 그들 수중에 그대로 내버려 두는 편이 나을 거야. 우리가 보기에는 그들이 실수로 폭탄을 터뜨리는 편이 최선의 결과를 가져올 테니까."

"안 돼." 내가 반박했다. "안됐지만 그건 선택 사항이 아니야. 나샤 말이 맞아. 그 폭탄은 우리 책임이야. 우린 그걸 도로 찾아와야만 해."

스피커는 아래턱을 소리 내어 부딪치며 나샤와 나를 번갈아 쳐다보았다. 나샤의 두 손이 버너를 감쌌다.

마침내 스피커가 말했다. "여기서 기다려. 우린 생각을 해 봐야겠어."

스피커는 또 몸을 바닥에 내려놓더니 방향을 돌려 멀리 종종걸음을 쳤다.

스피커가 가고 나자 나샤가 말했다. "거참, 이젠 정말 신물이 날 지경이네."

나는 호흡기를 들어 올리고 두 손으로 얼굴을 문질렀다. "스피커는 지금 미지의 첨단 기술을 등에 업고 침략한 외계 종족과 협상 중이잖아. 실제 그렇지 않더라도 대량 학살에 호기심을 가진 종족인 걸 이미 확인했는데 신중하게 군다고 탓할 일은 아니지."

나는 벽에 등을 기댔다. 그러고 나서 그대로 아래로 미끄러져 내려가 다시 바닥에 앉았다. 나샤도 내 옆으로 와 등을 벽에 대고 앉더니 내 머리에 자신의 머리를 기댔다. "하긴, 탓할 일이 아닐지도. 하지만 여기 죽치고 있은 지 너무 오래됐어. 폭탄을 손에 넣을 가능성은 돔을 떠날 때와 매한가지로 진전이 없고."

"아마도. 아닐 수도 있고. 그가 어떤 결론을 가지고 돌아올지 기다려 보자." 내가 말했다.

"응. 그런데, 너 지금 저걸 '그'라고 불렀어?"

"그런 것 같네? 어쨌든 목소리에 어울리잖아. 옆길로 새는 얘기지만, 너 정말 '좋은 경찰 나쁜 경찰' 역할을 잘하더라. 끊임없이 버너에 손을 갖다 댄 것도 그렇고."

나샤가 팔꿈치로 내 옆구리를 쿡 찔렀다. 목소리에 미소가 묻어났다. "마음에 들었다니 다행이네. 하지만 난 그러려던 게 아니야. 어느 순간 정말로 궁둥짝에 구멍을 내 줄까 진지하게 생각했다니까."

"버너는 단지 저들 기분만 거슬리게 할 뿐인 거, 알지?"

"글쎄. 군용 버너 두 개로 그의 밑부분을 한곳만 조준해 근거리 직사하면 제법 충격이 클 텐데. 혹시 그래도 안 되면 언제든 가속기가 있잖아."

나샤의 말이 맞을지도 모른다. 하지만 나는 확신이 들지 않았다. 나샤는 2년 전 롭과 질리언이 듀건을 해체하던 크리퍼들에게 버너를 겨누었을 때 벌어진 일을 못 봤으니까. 게다가 덩치로 따지면 스피커 다음으로 작은 크리퍼들이었다. 부디 우리가 직접 답을 알아볼 일은 없길 바란다. 나샤가 가져온 장난감 총 수준의 무기는 말할 것도 없고, 돔을 에워싼 포탑으로도 거대한 크리퍼의 껍데기에는 흠집 하나 못 낼 것이 분명하기 때문이다. 녀석이 우리를 갈기갈기 피투성이로 찢어발기면 스피커를 죽였다고 위안이 되지는 않을 것이다.

나샤가 말했다. "그가 돌아와서, 우릴 돕지 않겠다고 하면 어쩌지? 남쪽 어딘가에 폭탄이 있다는 것 말고는 당장 아는 게 없잖아, 안 그래? 여기서 남쪽이라지만 이 행성의 90퍼센트야. 만약 얘들처럼 구멍에 살면 찾기도 쉽지 않을 텐데."

"그 정도면 다행이겠지. 스피커한테 들은 것보다도 훨씬 더 깊이 교류한 게 아니라면, 우리가 말을 걸어 볼 수 있는 종족이 아닐 거야."

"우우우우, 그렇구나. 그럼 총질을 해야겠네?"

나는 나샤와 맞대고 있던 머리를 들어 그녀를 쳐다보았다. "너한테 첫 번째 해결책으로 '총질을 해야겠네'라는 생각이 안 드는 경우가 있긴 해?"

나샤가 소리 내어 웃었다. "그게 절대적으로 최고의 방법이 아닌 경우는 있고?"

한숨을 쉰 나는 나샤의 어깨를 한 팔로 감싸 내 쪽으로 끌어안았다.

내가 말했다. "이래서 널 사랑한다니까. 만사의 핵심을 짚어 내는 데 정말 재능이 있어."

나샤의 손이 내 복부를 가로질러 허리께에 안착했다.

"넌 내 재능을 너무 잘 알아."

한 시간 뒤, 우리가 혼탁액 튜브 두 개, 단백질 바 하나, 그리고 남아 있던 물을 거의 다 마시고 나서야 스피커가 돌아왔다. 우리는 며칠씩 탐험할 생각으로 배낭을 싼 게 아니었다. 이번에도 얘기가 잘 끝나지 않으면 이곳 상황은 지금까지 겪은 것보다 훨씬 더 불편해지기 시작할 것이다.

"우리는 결정을 내렸어." 그가 우리에게 다가오며 말했다.

나는 그가 말을 이어 갈 때까지 잠시 기다렸다가 나샤를 슬쩍 쳐다보고 나서 물었다. "그래서?"

스피커가 말했다. "그래서, 너희 폭탄이 우리 친구들의 수중에 들어간 일을 우리 책임으로 받아들이지 않을 거야. 그걸 구멍에 갖다 놓은 건 너희니까. 아주 어리석은 행동이었지. 사실 우리가 그걸 발견한 건 순전히 우연에 불과해. 아마 우리 친구들이 직접 발견할 수도 있었을 거야. 누구든지 발견할 수 있었어. 그러니 지금 너희가 처한 상황은 전적으로 너희 잘못이야."

나샤가 눈살을 찌푸렸다. 내 팔로 감싼 그녀의 어깨가 긴장하는 것이 느껴졌다. 나는 그녀의 두 손 위에 내 손을 포갰다. 무기에 손을 뻗지 못하게 하려는 의도가 컸다. 스피커가 계속해서 말을 이었다.

"우리는 너희 폭탄이 없어진 일에 대해 책임지지 않겠어. 하지만 너희들 중 부속물이 아닌 자들을 죽인 피의 빚은 인정해. 우리는 그걸 아주 깊이 고려했지. 너희들이 아주 이상하게 구성되어 있다는 걸 우리가 알고 있었을 리 만무하잖아. 하지만 최종 분석에 이르러 우리가 너희들 몇몇을 살해한 것이 맞는다고 인정했어. 그런 이유로 우리는 너희가 우리 친구들로부터 폭탄을 찾아오는 데 필요한 도움을 제공할 의무가 있다는 결론에 이르렀지. 그게 현명한 방법이 아니라는 우리의 느낌과는 무관하게 말이야."

이미 숨을 고르며 험악한 말을 퍼부을 준비를 하던 나샤가 한숨을 쉬었다. 그녀의 몸에 긴장이 풀리는 게 느껴졌다.

그녀가 말했다. "좋아, 좋아. 고마워. 우리가 듣고 싶었던 말이야. 너희 친구들에게 가서 우리가 그걸 당장 돌려받아야 한다고 알리고 돔으로 가져와. 거기서부터는 우리가 맡을게. 알았지?"

스피커가 고개를 흔들고 아래턱을 달그락거리며 서로 부딪쳤다.

"가져오라고? 아니. 아니야. 우린 그런 뜻이 아니었어. 우리가 제공하려는 도움에 포함되어 있지 않아. 온당한 범위 내에서 가능한 도움을 줄 거야. 우리는 조언을 해 줄 수 있어. 길 안내를 할 수도 있고. 너희를 대신해 전쟁을 벌이지는 않겠어."

나는 나샤를 힐긋 쳐다봤다. 나샤가 다시 눈살을 찌푸렸다.

"그렇군. 조언. 길 안내. 그거 퍽이나 도움이 되겠어."

"그렇지, 아주 도움이 될 거야."

"2년 동안이나 미키와 베르토의 대화를 도청했으면서 비꼬는 말도 못 배웠구나, 응?"

스피커가 머리를 내 쪽으로 돌려 쳐다보더니 다시 나샤를 향했다.

"비꼬는 말?"

내가 끼어들었다. "중요한 건 아니야. 요약하자면, 조언과 길 안내 이상의 도움이 필요하단 뜻이야. 너희가 우리 여섯을 살해한 사실만으로도 우리는 더 큰 도움을 받을 자격이 있다고 생각해."

스피커가 1미터 정도 뒤로 물러서더니 머리를 거의 바닥에 닿을 만큼 깊이 숙였다.

"너희는 협상을 하고 싶은 거네. 그럴 만해. 우리에게 어떤 도움을 받아야 마땅하다고 생각하는 거야?"

내가 말했다. "조언 이상의 도움이지. 물질적인 지원 말이야."

이쯤에서 무슨 일이 벌어질지 예상했어야 하는데. 스피커가 "우린 생각을 해 봐야겠어."라고 말하곤 종종걸음으로 사라지자 끙 하고 앓는 소리가 절로 나오는 건 어쩔 수 없었다.

나샤가 물었다. "그래, 이것들이 얼마나 영리한 종족인가 충분히 생각해 봤어?"

나는 그녀를 바라보았다. 그녀는 내 옆에 앉아 거친 돌벽에 등을 기대고 남아 있는 마지막 물을 마시고 있었다.

"크리퍼들 말이야?"

나샤의 표정은 읽을 수 없었지만 대답하는 목소리만 들어도 눈 굴리는 소리가 났다. "그래, 미키. 크리퍼들 말이야."

나는 어깨를 들었다 놓았다. "뭐라고 말하기 어려워, 그렇지? 물질적 문화는 풍부하지 않은 것 같아, 안 그래? 자동차나 비행기도 없어. 이 미로를 집으로 친다면 모르겠지만, 집 같은 것들도 없고. 지금까지 우리가 봤지만 무기도 없어. 그들 몸속에 있는 것 말고는 공장이나 기술력 같은 것도 전무해."

"그렇지. 한편으로 생각하면 고작 2년 만에 고메즈만큼이나 우리 언어를 말할 수 있는 구조물을 만들어 내다니. 우리는 그동안 무슨 성과가 있었어? 우린 그들에게 언어가 있는지조차 몰랐어. 게다가 식스의 통신 장비 사용법을 알아내서 네 머릿속에 들어가는 데, 얼마였더라, 2주쯤 걸렸잖아? 우리는 해체한 크리퍼를 통해서 알아낸 게 뭐 있어? 뭐 하나라도?"

"엄밀히 말하면 우리가 해체한 크리퍼는 반쯤 폭발한 잔해였어. 반면, 식스는 해체를 당할 때 아무래도 100퍼센트 온전한 몸에 팔팔한 상태였잖아."

나샤가 말했다. "물론이지. 하지만, 정말로 너는 우리가 완전히 온전한 크리퍼를 붙잡았더라면 그들이 우리에 대해 알아낸 것만큼 그들에 대해 알아냈을 거라고 생각해? 전적으로 이질적인 언어 체계를 역설계 하고, 만들어진 신호들을 해독하고, 사용법을 알아내서 그 말을 들은 다른 크리퍼들의 두뇌를 조종하는 데에 쓸 수 있었을까?"

"그렇게 말하니까 아주 가능성이 없을 것 같네, 그렇지?"

나샤가 소리 내어 웃었다. "없을 것 같다고? 완벽하게 멀쩡한 크리퍼 하나에 6주의 시간을 줘 봐. 생명공학부는 그때까지도 어느 쪽으로 먹고 어느 쪽으로 싸는지 알아내느라 전전긍긍할 거라는 데에 얼마든지 걸겠다."

"알았어. 인정해. 그들은 우리보다 전자 공학을 잘 다루니까. 그리고 어쩌면 생물학도 더 잘하겠지. 그래서 하고 싶은 말이 뭐야?"

"전자 공학? 생물학? 언어학은 어떻고? 너도 그게 말하는 거 들었잖아? 그들은 우리보다 더 똑똑해, 미키. *훨씬* 더 똑똑하다고."

나는 고개를 가로저었다. "우리가 못하는 걸 할 줄 아는 동물들은 많아. 벌들도 2킬로미터나 떨어져 있는 식량 자원의 정확한 위치를 5초 만에 춤으로 표현해. 그렇다고 우리보다 똑똑하다는 의미는 아니잖아. 단지 우리와는 다른 능력들을 가졌다는 뜻이지."

나샤가 고개를 돌려 나를 쳐다봤다. "대체 언제부터 그렇게 벌에 관심이 많았어?"

나는 호흡기 밑으로 이를 드러내며 미소를 지었다. "내가 알고 있는 게 뭔지 보면 너도 놀랄걸. 어쨌든 그건 상관없어, 그렇잖아? 우리가 이것들하고 체스 게임을 할 것도 아니고."

"모르겠어. 우린 이 행성에서 수적으로는 엄청나게 열세해. 그들은 분명 우리를 능가할 수 있을 거야. 만약 그들이 사고 또한 우리보다 뛰어나게 할 수 있다면……."

"우린 끝장난 거라고?"

"어쩌면. 그게 아니라면 우리도 친구를 좀 사귈 필요가 있는 건지도 몰라. 나도 스피커가 다시 오면 더 친절하게 굴도록 노력해봐야 할 것 같아." 나샤가 말했다.

거대 크리퍼의 마디가 들어 올려지며 스피커가 다시 모습을 드러내자 나샤가 말했다. "어라, 이번에는 빠르네. 그게 무슨 의미인지 궁금한걸."

나샤의 말이 맞았다. 그가 사라진 지 고작 10분 만이었다. 우리는 자리에서 일어나 다가오는 그를 맞았다.

"그게, 고려해 본 결과 우리는 너희의 요청에 동의하기로 했어. 너희를 위해서 전쟁에 나가지는 않겠지만 물질적인 지원을 제공할 거야."

"우리는 전쟁을 벌여 달라고 부탁하는 게 아니야. 우리는 너희 친구들과 싸우고 싶지 않아. 더 이상의 싸움은 우리도 원치 않는다고. 우린 누가 죽기 전에 우리 물건을 되찾길 바랄 뿐이야." 내가 말했다.

스피커의 머리가 좌우로 흔들렸다. "너희는 우리 친구들에 대해서 모르고 있구나."

"어떤 지원이야? 우리한테 뭘 제공해 줄 수 있어?" 나샤가 물었다.

"외교적, 수송적 지원." 스피커가 말했다. "전투적 지원이 아니야."

"그걸로는 부족해. 말로는 친구들이라면서 사실은 친구들이 아닌 것처럼 들리잖아. 실제로는 그들이 너희 적인 것처럼 말하고 있다고. 만약 이번 일이 전투로 번지면 너희가 우리 편이 되어 줘." 나샤가 말했다.

"안 돼. 부디 이해해 줘. 이게 최종 제안이야. 만약 이 일로 전투가 벌어지면 남쪽의 우리 친구들과 전투를 벌이느니 너희와 전투를 벌이는 편이 나을 거야. 너희가 우리에게 심각한 피해를 입힐 능력을 가졌는지는 아직 확실하지 않아. 하지만 그들은 그런 능력이 있지. 우리는 힘든 경험을 통해 이미 알고 있어."

"확실히 말해 봐." 내가 끼어들었다. "정확하게, 뭘, 제공하겠다고?"

"나." 스피커가 대답했다. "날 제공해. 남쪽 우리 친구들을 만나러 갈 때, 내가 너희와 함께 갈 거야. 이게 우리가 최대한 제공할 수 있는 전부야."

나샤가 나를 쳐다보며 어깨를 으쓱했다. "아무것도 없는 것보다 낫지, 그렇지? 적어도 그들과 대화를 할 수 있을 테니까."

"덩치 큰 친구는 확실히 못 데려가는 거야?" 나샤가 거대 크리퍼 쪽으로 손을 흔들며 물었다.

"확실히 못 데려가. 그럼 우린 합의된 거지?"

나샤가 한숨을 쉬었다. "그래, 그런 것 같네. 합류한 걸 환영해."

11장

[Black Hornet]: 미키?

[Mickey7]: 바로 네 옆에 있잖아, 나샤. 왜 메시지를 보내?

[Black Hornet]: 스피커가 이걸 볼 수 있을까?

나는 뒤를 슬쩍 돌아보았다. 스피커가 6미터 정도 뒤에서 느릿느릿 따라오고 있었다. 그의 다리가 본능적인 불안감을 유발하며 물결처럼 움직였다. 우리는 가파르고 볕이 내리쬐는, 양치류가 번성한 언덕을 가로질러 보안 경계선까지 적어도 한 시간은 더 남은 지점을 걷고 있었다.

[Mickey7]: 그럴 것 같진 않은데 확신은 못 하겠어. 저들이 우리 통신 프로토콜을 얼마나 속속들이 파고들었느냐에 따라 다르겠지.

[Black Hornet]: 혹시 알아낼 방법이 있어?

[Mickey7]: 있을지도. 구식 통신 보안 수법을 써 볼게.

[Mickey7]: 어이, 스피커. 너 이거 보고 있어?

[Speaker1]: 응, 보고 있어.

[Mickey7]: 거봐.

나샤가 내게 어깨를 부딪쳐 왔다. "잘난 척하는 사람은 아무도 안 좋아해, 미키."

나는 호흡기 아래로 한껏 미소를 지었다. "네가 알고 싶은 답을 찾아 줬잖아, 안 그래?"

나샤가 뒤를 돌아보았다. "스피커? 우리 사생활 좀 보장해 줄 수 있을까?"

"사생활? 그 단어는 모르는데." 스피커가 말했다.

"미키한테 하고 싶은 말이 있는데 네가 엿듣지 않았으면 좋겠단 말이야. 이해하겠어?"

"네가 하고 싶다는 말이…… 비밀이라서?"

"물론이지. 사적인 비밀이야."

"미키한테 비밀을 말하고 싶은데, 나한테 말하고 싶지는 않다고?"

"그래, 요약하자면 그렇지." 나샤가 대답했다.

그의 아래턱이 활짝 열리더니 서로 딱 하고 부딪쳤다. "동맹은 서로 비밀을 숨기지 않는 거야, 나샤."

나샤는 걸음을 멈추고 내 얼굴을 쳐다보더니 가슴에 팔짱을 꼈다.

"이봐, 우리가 지금 군사 기밀이라도 얘기하겠다는 게 아니잖아? 돔에 도착하기 전에 미키하고 의논할 일이 좀 있어서 그래. 너하고 상관없는 일. 사적이라는 건 그런 의미야. 우리 두 사람은 관련되어 있지만 너는 관련 없는 일이라고."

스피커도 이내 멈춰 서더니 얼굴을 마주 보는 높이로 몸을 일으켰다. "어떤 사적인 일을 의논한다는 말이야?"

나샤가 천천히 대답했다. "내가 너한테 말을 하면, 그건 더 이상 사적인 일이 아니잖아, 그렇지?"

"그렇지. 그런 것 같네." 스피커가 대답했다.

나샤가 나를 힐긋 쳐다봤다. 나는 어깨를 으쓱했다. 그녀가 한숨을 쉬었다. "그러니까?"

스피커는 혼란스럽기라도 한 것처럼 빠른 속도로 아래턱을 달각거리며 서로 부딪쳤다. "그러니까, 뭐?"

나샤가 말을 이었다. "그러니까, 우리끼리 있도록 자리 좀 비켜 줄 수 있을까?"

스피커가 말했다. "그래, 알았어. 물론이지."

그는 몸을 바닥에 내려놓고는 휘어서 돌아서더니 언덕을 도로 내려갔다.

스피커가 멀어지며 말했다. "정말이지, 이러면 그다지 친근해 보이지 않는데."

50미터쯤 멀어지자 스피커가 멈춰 서서 우리를 돌아보았다.

"저 정도 멀면 충분할까?" 나샤가 속삭일 때보다 약간 큰 목소리로 내게 물었다.

"모르지. 내가 구식 통신 보안 수법을 써서 알아볼까?"

호흡기 위로 나샤의 눈이 가늘어졌다. "너 참 웃긴 녀석이야, 미키. 그렇게 웃기려다 언젠가 죽는 수가 있어."

"이미 그랬는걸, 일곱 번이나."

나샤가 한숨을 내뱉었다. "그렇지. 근데, 지금 우리 뭐 하는 거야? 저걸 돔 안에 데리고 들어갈 계획은 아니겠지, 응?"

"그야……."

"그쯤 들었으면 됐어, 미키. 3미터짜리 크리퍼를 돔에 데리고 갈 수는 없어. 보안 경계선을 통과하기도 전에 분명 경비대원한테 살해당할 거라는 사실은 차치하고, 이런 식으로 우리에 대한 정보를 수집할 기회를 주면 안 된다고."

나는 나샤를 빤히 쳐다보며 가슴에 팔짱을 꼈다. "정보? 진심으로 하는 말이야? 밀폐된 환경에 인간 170명이 꽉 차 있으면 아무리 화학 샤워를 해 봐야 결국 오래된 양말 냄새를 풍긴다는 것 말고 재가 알게 될 정보가 뭐 있겠어?"

"글쎄. 우린 재가 가진 능력에 대해 전혀 모르잖아, 안 그래? 그러니까, 넌 전혀 소름 끼치지 않는다고? 저것들이 그렇게 쉽게 우리 시스템을 조작할 수 있었는데도? 우리 메시지 피드를 훔쳐볼 수 있었던 걸 예로 들어 볼까? 마샬과 아문센 말고는 돔에 있는 누구도 그렇게 못 했을 거야. 재를 돔에 들여보내면 일반 피드에 접속할 수 있지 않겠어? 우리 무기 시스템의 사양을 알아내지 않겠냐고? 생명 유지 시스템은? 원자로는? 제발 좀, 미키. 생각이란 걸 해."

나는 스피커가 있는 쪽을 슬쩍 쳐다봤다. 그는 두 개의 마디를 일으켜 세우더니 앞다리들을 흔들었다.

"알았어. 일리 있는 말이야. 그럼 어떻게 할까?"

나샤의 눈이 오큘러의 헤드업 디스플레이를 보느라 초점을 잃었다. "보아하니 대략 3킬로미터 남은 것 같아. 산등성이가 하나 더 있어서 가시선 통신이 막혔어. 지금 당장은 돔에서 나오는 통신 신호가 아예 안 잡혀. 재를 여기에 두고 가도 안전할 거야. 남쪽으로 갈 준비가 되면 다시 데리러 오면 돼."

"오래 걸릴 텐데. 어쩌면 며칠이 걸릴지도 몰라. 마샬이 이 일로 우리를 얼마나 귀찮게 굴기로 작정하는지에 따라서 달라지겠지. 재를 그냥 여기 저렇게 놔둬도 괜찮은 걸까?"

"여긴 스피커의 행성이잖아. 재한테는 자연스러운 환경이라고, 안 그래? 재는 당연히 괜찮을 거야." 나샤가 대답했다.

[Black Hornet]: 좋아, 스피커. 이제 돌아와도 돼.

[Speaker1]: 비밀은 다 말했어?

[Black Hornet]: 지금으로서는, 그래.

우리는 그가 비탈을 종종걸음으로 올라올 때까지 기다렸다.

다가온 스피커가 물었다. "그럼, 이제 계속 가면 되지?"

"그렇지 않아. 미키와 나는 계속 갈 거야. 넌 여기서 기다려. 필요한 게 준비되면 곧장 데리러 돌아올게." 나샤가 대답했다.

스피커가 아래턱을 달그락거리며 말했다. "하지만…… 난 너희 둥지를 보고 싶은데."

"분명 그렇겠지. 여기서 기다려. 하루나 이틀 뒤에 돌아올 거야." 나샤가 말했다.

"이건 불공평한 것 같아. 너희는 우리 둥지를 봤잖아. 너희는 우리 둥지를 여러 번 봤다고."

"그리고 너희가 우리들 여섯 명을 살해한 반면, 우린 몇몇 부속물을 구워 버린 게 전부지. 인생은 원래 불공평해. 최대 이틀, 어쩌면 사흘 걸릴 거야. 길어야 나흘." 나샤는 돌아서서 걷기 시작했다.

스피커가 나를 쳐다봤다. "너도 동의하는 거야?"

"미안. 최대한 빨리 돌아올 거야. 넌 여기 있어도 괜찮겠지?"

"난 너희 둥지를 보고 싶어."

"보게 될 거야. 결국엔 말이야. 지금 당장은, 상황이 좀 민감해. 살해 건 때문에, 알지? 지금 너를 돔에 데리고 들어갔다가 일이 잘 풀리지 않을 수도 있어. 일단 폭탄을 되찾으면 모두 기분이 좋아질 거야. 그때 네가 방문하면 돼, 알았지?"

그는 나의 머리 높이까지 몸을 일으켜 손을 흔들더니 다시 바닥으로 내려왔다. "알았어. 여기서 기다릴게. 너무 늦지는 말고. 난 바깥을 안 좋아하거든."

나는 작별 인사로 껍데기를 쓰다듬고자 손을 뻗으려 했다. 그러다가 그의 아래턱이 무슨 짓을 할 수 있는지 떠올라 그만뒀다. "그래, 그럼. 곧 보자."

나샤는 이미 언덕 꼭대기에 다다르고 있었다. 나는 마지막으로 스피커를 한번 돌아보고 서둘러 그녀를 따라잡았다.

왠지는 모르겠지만 나는 환영식 같은 걸 기대했다. 하지만 그런 건 없었다. 우리가 언덕을 넘어 메인 로크 쪽으로 걷기 시작하자 버너 포탑에 기대어 있는 캣이 보였다. 표준 검은색 경비복을 입은 그녀는 전투복이나 헬멧도 착용하지 않은 상태였다. 유일하게 등에 대각선으로 멘 가속기를 보고 보초 근무 중이라는 걸 알 수 있었다.

우리가 대화를 주고받을 만큼 가까이 다가가자 그녀가 말했다. "어이, 두 사람 어디 갔다 오는 거야?"

나샤가 대답했다. "그냥 산책하고 왔지. 마샬이 우리 찾아보라고 말 안 했어?"

캣이 큰 소리로 웃었다. "마샬은 나한테 별말 안 해. 내가 너희랑 친한 걸 알거든. 아무래도 나 위험인물로 찍혔나 봐." 캣이 나샤를 훑어봤다. "그 무기는 다 뭐야? 둘이서 비밀 임무 같은 거라도 수행 중인가 봐?"

"뭐, 그런 거지. 우리 들어가도 돼?" 나샤가 물었다.

"어서 가 봐." 캣이 말했다.

지나가려는데 캣이 내 옆구리를 툭 쳤다. "나중에 비밀 임무 이야기 나한테 해 줘, 알았지?"

나샤가 캣을 힐긋 쳐다보았다. 캣은 윙크를 하더니 돌아서서 멀어졌다.

로크가 순환하기를 기다리는 동안 나샤가 말했다. "하늘에 맹세하는데, 너희 둘에 대해서 무슨 얘기라도 듣게 되는 날엔……."

"그런 일 없을 거야. 우린 그런 거 아니라고."

"당연히 그래야지."

안쪽 문 위에 달린 등이 초록색으로 바뀌면서 문이 미끄러지듯이 열리자 나샤가 호흡기를 조였던 끈을 풀었다. 준비실에는 드레이크라는 또 다른 대원이 근무 중이었다. 건너편 벽을 등지고 의자에 구부정하게 앉은 그는 오큘러로 영상을 보는 건지 흐리멍덩한 눈에 멍한 표정을 하고 있었다. 우리가 로크에서 나오자 그가 슬쩍 쳐다봤다.

"반스, 마샬이 널 호출했어." 그가 말했다.

나는 방을 가로질러 반대편에 늘어선 사물함 쪽으로 갔다. 바닥에 배낭을 내려놓고 장비를 사물함에 집어넣기 시작했다.

"내 말 들은 거야? 마샬이 널 보자고 했다니까. 당장." 드레이크가 다그쳤다.

나샤도 자신의 무기를 수납한 뒤 내 쪽으로 와서 배낭 비우는 걸 도왔다. 내가 배낭 양옆 주머니에서 빈 혼탁액 튜브를 마지막 하나까지 꺼내는데 드레이크가 자리에서 일어섰다.

그가 외쳤다. "이봐, 네가 뭐라도 되는 줄 아는가 본……."

나샤가 뒤돌아서 두 발짝 성큼 다가서자 그가 말을 멈췄다. 나샤보다 10센티미터나 크고 모르긴 해도 30킬로그램은 더 나가는 드레이크가 놀라서 뒷걸음질을 쳤다.

나샤가 말했다. "쟤도 네 말 들었어. 그러니까 궁둥짝 붙이고 다시 앉아 일도 안 하고 감상하던 포르노인지 뭔지나 계속 보셔, 드레이크. 우리가 며칠간 아주 힘들었거든. 네 성깔 받아주러 온 거 아니야."

드레이크는 잠시 입을 다물지 못하더니 얼굴을 일그러뜨리며 말했다. "누가 뭐래. 10분 내로 사령관 집무실에 가야 하니까 그렇지. 네 출입 시간 기록됐어."

드레이크는 의자에 도로 털썩 주저앉아 가슴에 팔짱을 꼈다. 그의 눈이 다시 초점을 잃었다. 나는 빈 배낭을 챙기고 잊어버린 것이 없는지 주위를 쓱 둘러본 뒤 문으로 향했다. 복도에 들어서자 우리 뒤에서 문이 미끄러지며 닫혔다. 그 순간 드레이크가 투덜대며 내뱉는 한마디가 새어 나왔다. *나쁜 년.*

"하지 마." 나는 문 쪽으로 돌아서는 나샤의 팔을 붙잡았다.

"아니, *절대* 못 참아." 그녀는 팔을 빼내려고 애쓰면서 말했다.

"이러지 마. 지금은 때가 좋지 않아." 나는 다른 팔로 나샤를 감싸 안아 격투 중의 클린치도 아니고 포옹도 아닌 애매한 자세로 끌어당겼다.

나샤가 내 귀에 대고 낮게 끙 소리를 냈다. 그러고 나서 몸을 틀어 내게서 벗어나 복도를 따라 걸어갔다.

"알았어. 하지만 이 일은 꼭 기억해 두겠어." 나샤는 뒤를 돌아보지도 않고 말했다.

나는 닫힌 문을 슬쩍 돌아보고는 고개를 절레절레 흔든 뒤에 그녀를 따라 허브로 향했다.

"반스, 아자야. 들어와. 앉게. 폭탄은 어디에 있나?"

나는 마샬의 책상에서 의자를 빼내어 앉았다. 뒤에서 문이 닫히는 소리가 들렸다. 나샤는 가슴에 팔짱을 끼고 벽에 등을 기대섰다.

"안녕하세요, 사령관님." 내가 말했다. "서론은 생략하고 바로 본론이군요, 그런가요?"

맞은편의 마샬은 두 손으로 깍지를 끼더니 상체를 앞으로 내밀었다.

"그렇지, 서론은 없네. 다가오는 겨울에 이 개척지가 살아남을 수 있을지 없을지 자네가 대답할 차례일세. 빙빙 돌려 말하는 건 내 관심 밖이야."

"알겠습니다. 그게, 좋은 소식과 나쁜 소식이 있습니다, 사령관님."

"반스, 이건 농담 따먹기가 아니야." 마샬이 이를 갈며 말했다.

"아니죠, 사령관님. 사령관님 말씀이 맞습니다. 죄송합니다."

"우리에겐 폭탄이 없어요." 나샤가 나섰다.

마샬의 시선이 나샤에게 향했다가 다시 내게 돌아왔다. "폭탄을 안 가지고 있단 말이군."

"네, 사령관님. 없습니다. 그게 나쁜 뉴스입니다." 내가 대답했다.

"그리고?"

"네?"

마샬은 두 눈을 감고 길게 심호흡을 했다.

"좋은 뉴스는?" 다시 눈을 뜨면서 그가 말했다. "좋은 뉴스는 뭔지 말해 보게."

"아, 그렇죠. 좋은 뉴스는 폭탄의 위치를 알고 있다는 겁니다."

"그렇단 말이지."

"네, 사령관님. 그렇습니다."

"그러면 어째서 아직도 여기서 이러고 있는 건지 설명 좀 해 주겠나."

"장비가 필요해요. 사람도 필요하고, 리프터도 한 대 있어야 합니다." 나샤가 다시 나섰다.

마샬의 눈은 여전히 나를 응시하고 있었다.

"반스, 자네가 나한테 명확하고 간략하게 설명해 줘야겠어. 정확히 그 폭탄이 어떻게 된 건지 말일세. 안 그랬다가는 내 맹세코 자네들 둘 다 죽여 버리겠네." 그가 말했다.

내가 얼른 나샤에게 *닥쳐* 달라는 눈빛을 보냈다. 그녀는 어깨를 으쓱하더니 정면을 응시했다. 나는 마샬 쪽으로 다시 고개를 돌렸다.

"그러니까, 사령관님, 아시다시피 에잇이 죽은 후 그가 들고 갔던 폭탄은 크리퍼들의 소유물이 되었습니다."

"나도 알고 있다. 기억하는지 모르겠지만, 자네가 해결했어야 하는 게 바로 그런 상황이었지."

"네, 사령관님. 지시대로 나샤와 제가 어제 폭탄을 되찾아오기 위해서 크리퍼의 미로에 갔습니다. 그런데 알고 보니, 그들에겐 이미 그 폭탄이 없었습니다."

"없다고."

"네, 사령관님. 그들이 거래에 사용한 모양입니다."

나샤가 끼어들었다. "거래가 아니었어요. 그냥 줘 버린 거지. 더 강한 무리들이 남쪽 어딘가에 있답니다. 크리퍼들이 조공으로 그 폭탄을 바친 거예요. 사람이 필요한 것도, 장비가 필요한 것도 다 그 때문입니다. 폭탄을 찾으러 남쪽으로 갈 거니까요."

마샬은 등을 의자에 기대며 나샤를 쳐다보았다.

"외교적 임무로 갈 계획인가, 아니면 급습을 하려는 건가?"

나샤가 어깨를 들었다 놓았다. "계획은 하나지만 다른 하나도 준비를 해야죠."

마샬이 활짝 웃었다. "맞아. 그렇지. 바로 그거야. 사고방식이 마음에 든다. 아자야."

"그래서, 장비와 인원, 리프터 한 대입니다."

"음, 무기와 경비대원들은 줄 수 있다. 하지만 리프터는? 안 돼. 이미 리프터들의 중력 생성기를 뽑아내서 주 그리드에 도로 충전시켰네. 로버 한 대는 줄 수 있겠군."

나샤가 눈을 굴렸다. "로버요? 진심이세요?"

"아니면, 걸어서 가도 되겠지?" 마샬이 말했다.

"로버면 됩니다." 나샤가 계속 얘기를 했다가는 발목에 추를 묶고 기어가게 될 것 같아서 내가 얼른 끼어들어 대답했다.

"아주 훌륭해. 그럼, 몇 명이나 필요할 거라고 예상하나?"

내가 미처 대답하기도 전에 나샤가 나섰다. "열 명요, 물론, 전부 경비대원으로, 전투복, 가속기, 그리고 탄약 키트 한 벌을 갖춰야 합니다."

마샬이 큰 소리로 웃었지만 즐거워서 웃는 웃음이 아니었다. "열 명? 전부 경비대에서? 남아 있는 열두 명의 대원 전부 데려가지 그래? 아무래도 개척지를 지킬 사람은 필요 없는 게 분명한 것 같으니 말이야."

"보세요……." 나샤가 무슨 말을 하려고 했든, 마샬이 한 손을 내저으며 단박에 저지했다.

"아니. 절대 안 돼. 우린 지금 침입 작전을 벌일 처지가 아니다, 아자야. 우선 외교적으로 해. 그게 먹히지 않을 시 강제력을 행사하기 충분한 규모의 팀을 주겠지만 그보다 우리는 필수 자원을 좀 더 보전할 필요가 있어."

"알겠습니다. 경비대에서 여섯 명만 주세요. 나머지는 다른 곳에서 모을 수 있습니다. 고메즈가 무기를 다룰 줄 압니다. 대여섯 명은 제가 구할 수 있을 겁니다." 나샤가 말했다.

마샬이 고개를 저었다. "이건 협상이 아니야. 그리고 자네가 이번 임무를 위해 주민들을 차출하든 말든 상관없어. 부디 이걸 기억하게. 우리의 전력 공급 문제는 일반에 공개된 정보가 아니고, 나는 그렇게 되지 않기를 바란다네. 아까 말했듯이 적당한 팀을 하나 지원해 주겠어. 아문센과 세부 사항을 논의할 테니 두 사람은 가서 씻고 먹고 쉬도록 해. 메인 로크에서 내일 8시에 소집이 있을 걸세."

나는 나샤를 쳐다보았다. 확실히 만족스럽지 않은 기색이었다. 언쟁을 벌이려는 그녀를 제지하기 위해 내가 짧게 고개를 저었다. 나샤가 눈살을 찌푸렸다. 하지만 결국 입을 다물고 고개를 끄덕였다.

"고맙습니다, 사령관님." 내가 말했다. "도와주셔서 감사합니다."

"그래, 분명 그렇겠지. 이제 가 봐. 내일 거기에서 배웅하겠네." 마샬이 말했다.

"맙소사. 그 괴물 같은 놈, 꼴도 보기 싫어."

나샤가 고구마 한 덩어리를 포크로 찍어 입에 넣고 씹었다. 보통 때 같으면 나샤의 저녁 식사를 부러워하겠지만 오늘 밤은 다르다. 앞으로 배급 카드가 필요 없겠구나 하는 예감에 이번만은 토끼 넓적다리를 주문하느라 칼로리를 펑펑 썼다.

부디 내가 좋아했던 녀석 중 하나가 아니길 바란다.

"더 안 좋을 수도 있었어. 그래도 로버 한 대는 얻었잖아." 내가 말했다.

이번에는 나샤가 포크로 감자 한 덩이를 찍었다. 너무 세게 찔렀는지 포크 끝에서 떨어지며 산산조각이 났다.

"우린 얼마나 멀리 가는 거야? 넌 아는 거 있어?"

나는 어깨를 으쓱했다. "너도 그 미로에 나하고 같이 있었잖아, 안 그래? 네가 들은 거랑 마찬가지야."

"걔들이 '남쪽의 친구들'이라고 했으니 적도 반대편에 있을 수도 있다고, 우리가 아는 건 그게 전부잖아."

"그렇지. 아니면 다음 언덕 너머에 있을지도 몰라. 크리퍼들은 항공 여행을 하지 않는 모양이니까 남쪽 친구들이 스피커무리한테 우리에 대해서 잔소리를 했다면, 아무래도 가까이 있는 것 같지, 안 그래?"

"아마도. 그래도 무슨 상관이야. 우리가 해야 할 일을 해내기엔 전력이 충분치 않은데." 나샤가 말했다.

한숨이 났다. "그래, 일리 있는 말이야. 하지만 너 정말로 마샬이 경비대 전체를 지원해 줄 거라 생각한 건 아니잖아, 그렇지?"

나샤가 눈을 굴렸다. "못 줄 이유가 뭐야? 내 말은, 대체 경비대원들이 여기에서 하는 일이 뭐가 있어? 하라는 일은 안 하고 메인 로크 밖에서 노닥거리잖아."

"지금은 별로 중요한 줄 모르지만, 만약 우리가 폭탄을 되찾아 오지 못하면 경비대는 꽤 중요해질 거야, 그렇잖아? 굶주린 사람들은 행복하지 않은 법이니까 누군가 그들이 죽을 때까지 통제하고 계속 일하게끔 만들어야지." 내가 말했다.

"으윽, 그거 암울하네."

"그럴지도. 하지만 마샬이 그런 생각을 안 하고 있겠냐고."

나샤는 눈살을 찌푸리고는 남은 음식을 긁어모았다.

내가 말을 이었다. "어쨌든 대원 두 명이나 열두 명이나, 별 차이도 없을 텐데, 안 그래? 그들이 폭탄을 내놓지 않으면 우리가 빼앗을 확률이 얼마나 되겠어?"

"모르지. 그래도 두 명보다는 열두 명이 낫지."

한숨이 났다. 나는 깨끗이 발라 먹은 마지막 토끼 뼈를 내 쟁반에 툭 던지고 옆으로 밀었다. "있지, 내가 어제 너한테 말했잖아. 2년 전에 내가 그 미로에서 뭘 봤는지. 거기엔 수천이 넘는 크리퍼가 있어. 그리고 남쪽에 있는 친구들은 그들보다 세력이 강한 모양이야. 그 말은 수적으로도 훨씬 더 많을 거란 뜻이 분명해. 대원 열두 명이 초당 1회 발사되는 가속기로 무장했을 때, 크리퍼 떼에 휩쓸려 갈기갈기 찢기기 전에 얼마나 많이 쓰러뜨릴 수 있을 거라고 생각해? 심지어 빠져나올 길을 찾을 방법도 없이 지하 500미터 어딘가에 있을 거라는 사실은 아직 고려도 안 된 상황이야."

"그렇지만도 않아. 급습을 할 줄 알았으면 미리 들어가는 길에 추적 장치를 떨어뜨려 놨을 거야. 빠져나오는 데 전혀 문제가 없었을 거라고." 나샤가 반박했다.

"그래? 어제 우리는 전혀 그렇게 안 했잖아."

나샤가 씩 웃었다. "우리가 돔을 떠날 때, 대체 어디로 가는 건지 알고는 있겠지 싶었어. 네가 그 정도로 아는 게 없는 줄 알았으면 뭐라도 챙겨 갔을 거야."

나는 한숨을 내쉬었다. "좋아. 우리가 나오는 길을 찾을 수 있다고 치자. 그게 근본적인 문제를 해결해 주지는 않아. 우리는 엄청나게 열 받은 1만여 크리퍼 무리를 뚫고 빠져나와야 한다고."

"터널들은 폭이 좁잖아. 한꺼번에 우리에게 덤비지는 못할 거야. 운이 좋으면 싸우면서 퇴각할 수 있겠지."

"그러다가 넓은 공간이 나오면 완전히 포위될 텐데."

나샤가 어깨를 으쓱했다. "그때쯤에는 놈들을 충분히 해치웠길 바라야지. 우릴 보내 줘야겠다고 생각해 주면 좋겠네."

"있지, 그런 상황에 처하지 않기를 바라자, 응? 최선의 경우에는 그 폭탄을 다른 무언가와 교환할 수 있을지도 몰라. 그게 뭔지 아직 모르는 상태잖아. 하지만 강철이 뭔지는 알겠지. 스피커의 종족과 비슷한 구석이 있다면 그걸 소중히 여긴다는

거야."

"우리도 그렇잖아. 마샬이 티타늄 더미를 주면서 우리더러 물물교환 하라고는 말 안 한 것 같은데." 나샤가 말했다.

나는 식탁 위로 상체를 숙여 건너편에 있는 나샤의 두 손을 쥐고는 한껏 미소를 지어 보였다.

"안 했지. 하지만 우리에게 로버를 줬잖아."

나샤가 5초간 나를 응시했다. "로버를 줬지."

"그래, 굴러가는 4000킬로그램짜리 교환 상품인 셈이지."

나샤는 손을 빼고 고개를 저었다. "우리 로버를 넘겨줄 수는 없어, 미키."

나는 상체를 바로 세우고 일어서서 내 쟁반을 집어 들었다. "시작부터 그렇게 하자는 게 아니야. 하지만 일이 그렇게 되면, 난 할 거야."

"그랬는데 걷기엔 너무 먼 거리면 어떻게 하고? 돔까지 무슨 수로 돌아올 거야?"

나는 다시금 이가 드러나게 미소를 지으며 그녀의 쟁반도 집어 들었다. 하지만 이번에는 장난기를 빼고 말했다. "이봐, 나샤. 우리한테 시간이 있다면 걷기에 먼 거리란 없어."

일단 방에 돌아오자 우리는 잠을 많이 자지 못했다. 둘 다 말은 안 했지만 오늘이 침대를 함께 쓰는 마지막 밤이 될 수도 있다는 강한 예감이 들었던 것 같다. 심지어 나샤는 잠자리가 끝난 뒤에도 내게서 떨어지지 않았다. 자기 다리로 내 다리를 감싸고 내 가슴에 몸을 기댔다. 잠에 빠져들면서 나샤가 내 몸을 관통하는 상상이 펼쳐졌다. 그녀의 손가락이 내 피부와 근육, 그리고 갈비뼈를 쓸고 지나가 내 심장을 가볍게 쥐었다. 나는 두 눈을 감고 그녀를 숨처럼 들이마셨다. 그리고 아침이 되기를 기다렸다.

"제이미? 대체 여기서 뭐 하고 있는 거야?" 내가 말했다.

호흡기 끈을 조절하던 제이미가 고개를 들었다. 그의 표정은 그를 만난 것이 달갑지 않은 내 표정과 별반 다를 게 없어 보였다.

"네가 나한테 설명해 봐. 이거 네가 꾸민 일이잖아, 그렇지?" 그가 말했다.

나는 준비실을 힐긋 둘러보았다. 건너편에서 가속기 총알 상자들을 사물함 밖으로 끄집어내고 있는 캣이 보였다. 루카스 모로는 앞주머니를 단백질 바로 가득 채우고 있었다. 우리가 두 명의 대원을 지원받는 거라면 내가 저 둘을 원했을 테니 그건 좋은 소식이라고 생각했다.

"내가 뭘 모르고 있는 거야? 토끼도 데려가기로 했어?" 나샤가 물었다.

제이미가 인상을 찌푸렸다. "꺼져, 아자야. 내가 여기서 하는 일이 그게 전부가 아니라고."

"알았어. 어디 말해 봐. 왜냐하면 우리가 여기 착륙한 이후로 네가 토끼 돌보는 것밖엔 못 봤거든. 이번 여정에 네가 참여할 자격이 되는 이유가 뭐야?" 나샤가 따져 물었다.

"그야, 우선, 나는 이동 중에 살아남은 유일한 로버 조종사거든. 하지만 네가 걷는 편이 좋다면야 아주 기쁘게 다시 잠을 청하러 갈 의향이 있어. 말만 해."

"아니야. 절대 아니지. 함께 가게 되어서 기뻐, 제이미. 자원해줘서 고마워." 나는 대답을 한 뒤 재빨리 나샤를 노려보았다.

제이미가 무슨 그런 재미없는 농담을 하냐는 투로 소리 내어 웃었다. "자원이라고? 그렇다고 치자."

"난 자원했어." 방 건너편에서 캣이 말했다.

"난 아니야. 동전 던지기에서 졌어." 루카스였다.

내 뒤에 있던 문이 미끄러지며 열렸다. 베르토가 들어왔다. 이미 가득 채운 배낭을 메고 있었다.

나샤가 말했다. "좋은 아침. 뭘 그렇게 쌌어?"

베르토가 씨익 웃었다. "이게 뭔지 알려 줄까?"

내가 말했다. "초경량 동력 글라이더야. 행글라이더 같은 거지. 그런데 베르토가 프레임에 모터 같은 걸 달았대. 제일 좋아하는 새 장난감인 셈이지."

베르토가 어깨를 들었다 놓더니 벤치에 털썩 앉았다. "너 재미 없어, 미키."

"그건 못 들고 가." 나샤가 말했다.

베르토가 고개를 들어 나샤를 쳐다봤다. 혼란스러운 것도 아니고 성가신 것도 아닌 애매한 표정이었다. “뭐?”

“휴대용 초경량 동력 글라이더는 이번 여정에 가지고 갈 수 없다고. 일을 그르쳤을 경우에 우리한테서 내빼려고 가져가는 거잖아. 그런 건 내가 용납 못 해.”

“첫째로, 작작해, 나샤. 둘째로, 너한테서 내뺄 때 말고도 이걸 요긴하게 쓸 일이 100만 가지나 돼.”

“그렇단 말이지. 어디 말해 봐.” 나샤가 가슴에 팔짱을 꼈다.

베르토는 손가락 하나를 들어 올렸다. “하나, 공중 정찰.”

“그게 왜 필요한지 모르겠지만, 좋아. 둘은?”

베르토가 손가락 하나를 더 들어 올렸다. 말을 하려고 입을 열었지만 머뭇거리다가 도로 다물었다. “뭐,” 마침내 그가 말했다. “실은, 그게 다인 것 같아. 그래도 상관없어. 난 가지고 갈 거야.”

나샤가 이 문제를 계속 따질 것처럼 보였기 때문에 내가 두 사람 사이에 끼어들었다. “저기, 로버에 공간이 있잖아. 유용할지도 모르고. 가지고 가도 될 것 같아. 괜찮지?”

나샤가 *후회하게 될 거라*는 표정으로 나를 슬쩍 쳐다보더니 고개를 저었다. “알았어. 하지만 정말 우리 뒤통수를 치고 내빼면 쟤를 표적으로 사격 연습 할 줄 알라고. 버너로 초경량 동력 글라이더를 쏘면 어떻게 될지 지켜보는 재미가 있겠네.”

베르토는 나샤를 노려봤지만 아무런 대꾸도 하지 않았다.

"이거, 이번 여정은 시작부터 순탄한걸. 마샬이 왜 너한테 총괄을 맡겼는지 알겠어, 미키." 제이미가 말했다.

내가 닥쳐보다 나은 대답을 생각하고 있는데 멀찍이 방 끝에 있는 문이 열리며 예로니모 마샬이 나타났다. 마샬은 딱히 행복한 표정을 짓는 적이라곤 결코 없지만 오늘 아침에는 유독 더 음울해 보였다.

그가 말했다. "그럼, 이제 다들 모인 것 같군."

"네? 그 팀이 이거였어요?" 나샤가 물었다.

"이게 그 팀이다. 무슨 문제 있나?"

"당연히 팀이지. 우린 익스펜더블 팀이야." 제이미가 말했다.

마샬이 고개를 돌려 제이미를 쳐다봤다. "개척지에는 이제 익스펜더블이 없다, 해리슨. 그 점에 대해서는 반스에게 고마워하도록."

"아니요. 반스 같은 익스펜더블을 뜻한 게 아닙니다. 제 말은, 우린 이 망할 쇼가 실패하고 다들 죽어 버려도 누구 하나 그리워할 것 같지 않은 사람들이란 거죠. 전 그냥 토끼 돌보는 녀석이고요, 맞죠? 제가 어떻게 되든 누가 신경이나 쓰나요? 미키는 더 심하죠. 토끼 돌보는 녀석의 조수니까. 아자야와 고메즈는 영원히 비행 금지라서 하는 일이 전혀 없고 말입니다." 제이미가 말했다.

"난 임무가 있어. 캣도 마찬가지야." 루카스가 끼어들었다.

"이봐, 제이미……." 베르토가 말을 하려는데 마샬이 끊었다.

"그만! 이 점은 확실히 해 두겠네, 해리슨. *우리 개척지에는 익스펜더블이 없다.* 이동 중 충돌 사고와 2년 전 사고를 거치면서 개척지의 인구는 걱정스러울 만큼 생존 가능성의 한계에 다다랐지. 어느 한 사람도 허투루 쓸 수 없어. 게다가 이번 임무에 성공해야만 전적으로 우리의 지속적인 생존이 가능하다. 제군들 여섯 명이 뽑힌 건 나와 아문센 둘 다 최선의 성공 가능성이 있다고 판단했기 때문이야. 알아들었나?"

제이미는 하고 싶은 말이 더 있는 표정이었지만 결국 마음을 접고 고개를 끄덕였다.

마샬이 말했다. "좋아. 다들 마찬가지로 확실히 알아들었겠지?"

"네, 사령관님." 우리는 거의 한목소리로 웅얼거리듯 대답했다.

"나도 그러길 바라네. 그럼, 제군들 중에 이게 어떤 상황인지 완전히 이해하고 있는 건 반스와 아자야뿐이다. 하지만 일단 로버에 오르고 5분만 지나도 그건 중요한 문제가 안 될 것이다. 그러니 격려 연설을 하느라 시간을 뺏지 않겠다. 이 한마디로 충분하겠지. 실패는 있을 수 없다."

마샬은 말을 마치고 모두를 둘러보았다.

"질문 있나?"

어째서인지 모두가 나를 쳐다봤다.

"아니요, 사령관님. 질문 없습니다." 내가 대답했다.

"아주 좋아. 행운을 빈다, 반스. 부디 이 일을 망치지 말게."

12장

로버는 메인 로크 밖에서 우리를 기다렸다. 마치 두툼하고 깊게 홈이 파인 여섯 개의 바퀴를 단 거대 크리퍼처럼 보였다. 지붕에는 버너 포탑이 하나 달려 있었다.

“멋지네. 문은 있어?” 나샤가 말했다.

제이미가 차체를 똑똑 두드리자 잠시 후 차량 뒤쪽 조개껍데기 형태의 해치가 활짝 열렸다. 문은 객실로 향하는 계단식 경사면이 되었다. 나샤가 제이미를 쳐다봤다.

“열쇠가 있어?”

“아니. 내 오큘러가 열쇠야.”

“네가 잡아먹히면 어떻게 되는 거지?”

제이미가 어깨를 으쓱했다. "뇌 공간을 비워서 로버의 운영 체제를 다운로드 할 사람이 없다면 걸어서 돌아와야지."

제이미는 세 계단을 올라가더니 몸을 숙여 해치로 들어섰다. "아무래도 그런 일은 일어나지 않도록 해야겠지, 응?"

"그럼, 팀원들한테는 네가 말할래, 아니면 내가 할까?" 나샤가 말했다.

"우리한테 뭘 말해?" 조종석에 앉은 제이미가 물었다.

나는 한숨을 쉬었다. "이 언덕 꼭대기만 지나서 세우면 돼."

"정말이야? 벌써 도착한 거야?" 캣이 호흡기에 손을 뻗으며 물었다.

"아직 아니야. 승객을 하나 태우려고 멈추는 거야."

"크리퍼야. 우린 크리퍼 하나를 태울 거야." 나샤가 말했다.

루카스가 상체를 일으키더니 뒤돌아 나샤를 쳐다봤다. "뭐라고?"

나샤가 다시 말했다. "크리퍼를 태울 거라고. 일종의 연락책이랄까? 우리를 위해서 만들어진 놈이니까 너무 못되게 굴지 않도록 해."

"아하, 그러면 정확히 어디에 그걸 태운다는 거야?" 루카스가 말했다.

"둥글게 말아서 네 무릎에 올리지 뭐. 이미 벌어진 일이야, 루카스. 적당히 넘어가." 나샤가 쏘아붙였다.

이쯤이면 통신이 가능한 거리일 것이다. 나는 눈을 깜박여 대화창을 열었다.

[Mickey7]: 스피커? 아직 거기 있어?

[Mickey7]: 여보세요?

[Mickey7]: 이제 출발 준비가 됐어. 응답해 줘.

[Speaker1]: 안녕, 미키.

[Speaker1]: 어디야? 난 여기서 기다리느라 얼마나 속상했는지 몰라.

[Mickey7]: 이제 네가 있는 곳에 도착할 거야.

[Speaker1]: 커다란 쇳덩어리 하나가 내 쪽으로 접근하고 있어. 경계해야 할까?

[Mickey7]: 아니. 그게 우리야. 내가 금방 나갈게.

"제이미, 여기 세워." 내가 말했다.

로버가 속도를 늦추더니 부드럽게 멈추어 섰다. 나는 호흡기를 쓰고 자리에서 일어났다. 객실 칸은 약 6미터 길이의 튜브 형태로, 양쪽 옆에 길게 벤치가 달려 있고 그 위에 보관용 사물함이 있었다. 그래서 중앙부는 내가 일어설 만큼 충분한 높이의 공간이 되었다. 제대로 된 에어 로크는 아니지만 뒤쪽 해치 바로 앞으로 공기 트랩이 있었다. 나는 뒤쪽으로 걸어가 등 뒤로 트랩이 닫히길 기다렸다. 그러고 나서 출구 버튼을 세게 눌렀다. 해치가 열리자 나는 언덕 꼭대기에 무릎 높이로 자란 양치류 사이로 걸어 나갔다.

[Mickey7]: 어디에 있는 거야?

경사면 아래로 10여 미터 지점에서 땅이 솟아오르더니 스피커가 구멍 밖으로 머리를 내밀었다.

"안녕, 날 데리러 돌아와 줘서 고마워. 저건 무기야?"

나는 뒤를 돌아보았다. 로버 위에 달린 포탑이 움직이고 있었다. 내가 쳐다보는데도 방향을 스피커가 있는 쪽으로 돌리더니 꼭대기에 달린 포커싱 크리스털이 윤기 없는 검은색에서 강렬하고 탁한 붉은색으로 바뀌었다.

"이봐! 물러서!" 나는 두 팔을 머리 위로 흔들며 스피커와 로버 사이에 버티고 섰다.

제이미의 목소리가 포탑 바로 아랫부분에서 흘러나왔다. "비켜, 미키! 크리퍼를 태운다고 하더니, 대체 저건 뭐야?"

그렇다. 그들은 작은 크리퍼들밖에는 본 적이 없었다. 좀 더 확실하게 말을 해 줬어야 하나.

"우린 얘를 데리러 여기까지 온 거야, 제이미. 멈추라고."

"안 돼." 제이미가 말했다. "세상에 빌어먹을, 미키. 저 크기 좀 보……. 아얏! 무슨 짓이야, 나샤?"

나샤의 대답은 들리지 않았지만 잠시 후 포탑이 원래 위치로 돌아갔다.

“잘하는 짓이다. 안 될 거 없지. 그렇게 원하면 태워. 내가 조종석을 밀봉해 버리지 뭐.” 제이미가 으름장을 놓았다.

“어서, 새로운 동맹을 소개해 줄게.” 나는 스피커가 나머지 몸통을 땅 밖으로 빼내는 걸 지켜보며 말했다.

“저것 위에 발 좀 올려도 돼?” 베르토가 물었다.

“아니. *걔* 위에 네 발을 올리면 못써, 이 얼간아.” 내가 대답했다.

하지만 솔직히 말해서 베르토가 그러고 싶은 이유를 알 것도 같다. 스피커가 로버의 객실 칸 중앙부를 거의 꽉 채우고 있기 때문이다. 베르토는 키가 크니 무릎이 완전히 접힌 상태였다.

“첸. 자리 바꿀래?”

캣과 루카스는 뒤쪽 해치 근처에 앉아서 다리를 펼 공간이 충분했다. 캣은 태블릿에서 눈도 떼지 않고 베르토를 향해 손가락을 들어 올렸다. 베르토는 그녀를 독기 어린 눈으로 노려보더니 나를 쳐다봤다. “요전 날 언덕에서 본 그거잖아, 맞지?”

나는 고개를 끄덕였다. “아무래도 스피커가 한동안 돔을 지켜보고 있었던 것 같아.”

“그건 사실이야. 나는 접촉할 기회를 기다리고 있었어.” 스피커가 말했다.

베르토가 무어라고 대답을 하려는데 캣이 깔깔 웃으며 말을 끊었다. 베르토가 그녀를 쳐다봤다. "뭐가 재미있어서 그래?"

"그게, 저게 너랑 똑같은 소리를 내잖아." 캣이 말했다.

베르토가 잔뜩 인상을 찌푸렸다. "아니, 그렇지 않아."

"사실은, 맞아. 내 설계 변수 중에 포함되어 있었거든." 스피커가 말했다.

베르토가 나를 쳐다봤다. 나는 어깨를 으쓱했다.

그가 말했다. "아니야. 내 목소리는 저렇지 않아."

"네 목소리가 저래. 두 눈을 감고 들으면 누가 말하는 건지 헷갈린다니까." 루카스가 말했다.

베르토는 입을 벌렸다가 머뭇거리더니 다시 다물었다.

"그렇게 나쁘지 않은데. 오마주 같은 거라고 생각해 봐." 내가 말했다.

베르토는 뭔가 불쾌한 느낌을 받았는지 할 말이 있는 얼굴이었지만 이내 고개를 저었다. "뭐, 상관없어. 어쨌든 우리가 크리퍼와 같이 여행할 거라고 미리 경고를 해 줬으면 좋았을 거야, 미키. 우리가 알아야 할 다른 깜짝 선물은 또 없어?"

내가 대답했다. "아니, 어쨌든, 내가 아는 한은 없어. 우리가 가는 곳에 대해서 스피커가 얘기해 준 게 별로 없기도 하고."

"남쪽. 우리는 남쪽으로 가는 거야." 스피커가 말했다.

"남쪽은 광대한 공간이잖아. 좀 구체적으로 말할 수 있겠어?" 밀폐한 조종석에 있는 제이미가 기내 방송을 통해 말했다.

"안 돼." 스피커가 말했다.

그 말에 10초간 정적이 흘렀다.

제이미가 마침내 입을 열었다. "미키? *네가* 좀 더 구체적으로 말해 볼래?"

"남쪽으로 가. 아무래도 거기 가 보면 알게 될 것 같아."

사실 우리에게는 이 시점에서 쓸 만한 북반구 전체의 측량도가 있었다. 따지고 보면 우리가 미지의 곳으로 가는 건 아니라는 뜻이다. 돔 남쪽의 지형은 아주 가파르게 솟아올라 날카로운 산등성이들이 장장 100여 킬로미터 가까이 계속 이어지는데 그 사이사이 깊숙이 빙하가 깎아지른 계곡이 있다. 유난히 깊은 계곡들은 아직도 얼음으로 가득 차 있다. 이런 곳은 피하는 것이 좋다. 2년간 따뜻했던 날씨 탓에 녹아 흐른 토대가 침식되어 치명적으로 불안정할 수 있다. 만약 우리가 어디서든 갈라진 표면에 빠져 버리면 집까지 먼 길을 걸어가는 처지가 될 것이다.

계속해서 더 가면 한동안 편평한 지형을 지나 정상까지 거의 1만 5000미터에 이르는 산맥을 만난다. 부디 우리가 산맥 너머까지 갈 일은 없었으면 좋겠다. 이 차량으로는 도저히 그 산맥을 넘어갈 방법이 없기 때문이다. 몇 주 분량의 보급품을 챙겨 오긴 했지만 그건 산기슭까지 갔다가 돌아온다고 했을 때 제법 넉넉한 양이다. 그걸로 충분할 것 같지 않으면 우리는 아마도 생각을 달리해야겠지.

"그래, 스피커. 그냥 궁금해서 물어보는 건데, 2년 전에 데려간 우리 쪽 사람들은 결국 어떻게 했어?" 캣이 태블릿에서 눈을 떼지 않고 물었다.

스피커는 고개를 들고 반쯤 뒤로 돌려 객실 칸 끄트머리로 향했다.

"이 문제에 관해서는 미키와 유일한 나샤가 이미 나와 논의를 끝냈어. 다시 논의하고 싶지는 않아."

베르토가 이를 드러내며 웃었다. "미키와 유일한 나샤? 너희들 밴드라도 결성했어?"

캣은 베르토에게 떫은 표정을 쏘아붙이고 스피커를 보았다. "그렇단 말이지? 겨울에 너희가 데려간 사람들 중 한 명은 내 방 동료였고, 또 다른 한 명은 내 친구였어. 그래서 나는 걔들이 어떻게 됐는지 정말 알고 싶어. 그러니까, 다시 논의를 하는 편이 좋겠는데?"

"얘들이 죽였어. 더 말할 것도 없어, 안 그래?" 나샤였다.

"사실이야. 하지만 명확히 해 두자면, 우리 의도는 그게 아니었어. 우리는 부속물들을 서로 교환하려고 했을 뿐이야." 스피커가 말했다.

캣의 표정이 일그러졌다. "부속물들을 교환한다고? 그게 대체 무슨 말이야?"

"좀 복잡한데. 얘들은 개별 생명이라는 개념이 없어." 나샤가 대답했다.

"사실이 아니야. 그건 오해였어. 이젠 우리도 우리가 뭘 오해했는지 알아." 스피커가 반박했다.

"이해할 만해, 크리퍼들은 집단적 사고를 하니까." 내가 말했다.

스피커가 내 쪽으로 고개를 돌렸다. "그것도 사실이 아니야."

"우리가 이해하기로는 그렇단 말이지. 너희 부속물들은 개별적으로 지성이 있는 건 아니잖아."

스피커의 아래턱이 달각거리며 서로 부딪쳤다. "사실이 아니야. 사실이 아니라고. 내가 지성이 없어?"

"물론, 넌 지능이 있는 것 같지만 너는 부속물이 아니잖아."

파문이 그의 몸을 타고 길게 퍼졌다. "부속물 맞아. 당연하잖아. 우리가 프라임을 멀리 데려가게 내줄 정도로 널 신용한다 생각해?"

"그럼 더 작은 크리퍼들, 우리가 파괴했던 크리퍼들은…… 걔들은 지성이 있어?" 내가 물었다.

"아니, 당연히 없지." 스피커가 대답했다.

"말 돌리지 마. 내 친구들한테 무슨 짓을 했어?" 캣이 끼어들었다.

"나는 말을 돌린 게 아니야. 명료화하는 거지."

나샤가 군홧발로 크리퍼의 옆구리를 쿡 찔렀다. "질문에 대답을 해."

스피커는 나샤 쪽으로 머리를 돌리더니 앞다리 하나를 흔들며 이해할 수 없는 몸짓을 했다. 그러고는 다시 캣을 쳐다봤다.

"우리는 그들을 해체했어. 우리가 흡수할 수 있는 더 유용한 혁신적 기술을 찾길 바랐거든. 첫 번째로 잡았던 미키를 분해했을 때처럼 말이야. 그런데 안타깝게도 모두 회수하는 과정에서 심하게 손상을 입은 상태였지. 그래도 너희들의 생물학적 정보 몇 가지는 알아낼 수 있었어. 특히 두 가지 기본 형태의 표본을 볼 수 있어서 유용했는데, 우리는 신체 기능상 그런 다양성이 없거든. 그래서 우리한테는 흥미로운 발견이었어."

몇 초간 말이 없던 스피커는 계속해서 이야기를 이어 갔다.

"이해가 돼. 우리 입장에서 보면 그런 건 낯선 두 프라임 간에 이루어지는 통상적인 상호 작용이거든. 우호적으로 만난 경우에는 상호 자발적으로 부속물 교환을 해. 아닐 경우에는 강제적이고 때론 일방적이기도 하지. 어쨌든 부속물 교환은 늘 있는 일이야."

"맙소사, 늘?" 나샤가 물었다.

"그래, 어느 정도는." 스피커가 말했다.

나샤가 무릎 위에 양 팔꿈치를 기대고 상체를 내밀었다. "남쪽 네 친구들 말이야…… 그들도 똑같은 생각을 할까?"

또다시, 한 차례 파문이 스피커의 몸을 타고 퍼졌다. "당연하지. 그래서 너희가 이렇게 많이 데려온 것 아니었어?"

그 후로 우리는 한참 동안 침묵 속에 앉아 있었다.

"지겹다." 루카스가 입을 열었다.

캣은 고개를 들지도 않고 절레절레 흔들었다. “물론 지겹겠지. 태블릿을 챙겨 오지 그랬어?”

루카스는 불편한지 자리를 고쳐 앉더니 머리를 뒤로 젖히고 한숨을 쉬었다. “난 이게 신나는 일인 줄 알았지. 벤치에 앉아서 하염없이 벽이나 쳐다보게 될 줄이야. 나한테 이야기 좀 들려줄 사람 없어?”

“이야기? 네가 무슨 네 살짜리 어린애야?” 나샤가 핀잔을 주었다.

“내가 이야기 하나 해 줄게.” 스피커가 말했다.

루카스가 짧고 날카로운 웃음을 터뜨렸다. “너한테 하는 말은 아니었는데, 꿈틀아.”

“내 이름은 꿈틀이가 아니야. 날 스피커라고 불러 줘.”

“어쨌든 내 말은, 너한테 이야기를 듣고 싶진 않다는 거야.”

나샤가 활짝 미소를 지었다. “글쎄다, 루카스. 난 좀 흥미가 생기는데?”

“그래야지. 난 탁월한 이야기꾼이거든.” 스피커가 말했다.

루카스는 나샤와 스피커를 번갈아 쳐다보더니 두 눈을 감고 깊숙이 벤치에 기대앉았다. “좋아. 재미있는 걸로 하나 해 봐.”

“알았어. 이 이야기의 시작은 170일 전으로 거슬러 올라가. 이틀 연속 비가 내린 후 쾌청한 하늘에 뜨거운 태양이 떴지. 양치류가 번성한 평야를 따라 부드러운 미풍이 불었어. 그 평야에는 100만의 자그마한 사냥꾼들이 가득해. 정오를 막 지

날 무렵, 베르토가 점심 식사 하러 같이 갈 의향이 있는지 묻는 질문으로 미키와의 대화를 시작했어. 그런데 대화의 주제가 유일한 나샤와 미키의 관계에 대한 이야기로 아주 빠르게 바뀌었지. 아무래도 그동안 어떤 문제가 있어서 둘 사이에 성적인……."

"이봐!"

나샤가 소리를 지르는 찰나 나는 머리를 숙여 두 손으로 이마를 짚었다. 객실에 있던 모두가 박장대소를 터뜨렸다.

"미안하지만, 내가 말실수를 했어?" 스피커가 말했다.

캣이 낄낄 웃었다. "아니, 전혀 아니야. 나는 이야기를 끝까지 듣고 싶은 마음이 굴뚝같은데, 아무래도 다른 사람들은 네가 *너*에 대한 이야기를 해 주길 바랄 것 같아."

"아니, 어째서? 내 삶은 짧고 따분하기만 했어. 미키와 유일한 나샤의 내밀한 관계가 확실히 훨씬 흥미로울 거야."

"그게……." 캣이 말을 하려다 나샤에게 저지당했다.

"됐어. 그 이야기는 아무도 듣고 싶어 하지 않아."

나샤가 나를 노려봤다. 베르토와 그런 대화를 한 걸 뼈저리게 후회하도록 만들겠다는 아주 단호한 표정이었다.

그녀의 얼굴이 다시 스피커를 향했다. "첸 말이 맞아. 우린 너에 대한 이야기를 듣고 싶어. 꼭 네 이야기가 아니라도, 그러니까, 너희 종족에 대한 거라도. 창조 신화 같은 건 있어? 신들과 정령 같은 것들은? 그런 건 항상 재미있게 마련이잖아."

“창조 신화? 내가 이해를 못 하는 것 같아.” 스피커가 반문했다.

“있잖아, 가령, 너희들은 어디에서 왔어?” 캣이 물었다.

스피커가 몸을 비틀어 머리를 캣 쪽으로 돌렸다. “이런, 그건 뻔한 얘긴 줄 알았는데. 우리는 이곳에서 왔어. 우린 다른 곳에 있었던 적이 없지. 너희야말로 다른 곳에서 여기로 왔잖아. 사실 너희가 어디에서 왔는지 나한테 이야기하는 편이 훨씬 유익할 것 같아. 우리도 약간 추측해 온 바가 있어서.”

“그거 흥미로운 질문인데. 너희는 어떤 추측을 했어?” 나샤가 물었다.

스피커가 망설였다. “말하지 않는 편이 좋을 것 같아.”

루카스는 눈도 뜨지 않고 말했다. “꿈틀이가 정보를 발설하고 싶지 않대. 얘는 우리에 대해서 최대한 많은 정보를 알아내려는 거야. 반면 자기에 대한 정보는 어떻게든 최소한만 주려고 하지. 내가 얘의 처지였어도 똑같이 했겠지만 그렇다고 그게 덜 거슬리지는 않네.”

“다시 말하지만, 내 이름은 꿈틀이가 아니야.”

“별명이잖아. 애정의 표시라고.” 루카스가 말했다.

“서로 교환하는 건 어때? 이야기 하나 대 이야기 하나?” 나샤가 물었다.

“그래, 공정한 것 같아. 네가 시작할래?” 스피커가 물었다.

나샤가 나를 쳐다보며 한쪽 눈썹을 치켜올렸다.

내가 말했다. “아니지, 아이디어를 낸 건 너잖아.”

나샤가 한숨을 쉬었다. “알았어. 내가 이야기할게. 이 사람들 말이지? 다들 미드가르드라는 곳에서 왔어. 나도 마찬가지라고 할 수 있는데, 내 부모님은 또 다른 곳 출신이야. 부모님은 거기를 새로운 희망이라고 불렀지. 멋진 이름이지, 안 그래? 아주 희망적이잖아. 하지만 실제로는 그렇지 않았어. 난 한 번도 새로운 희망을 본 적이 없지만 부모님한테 이야기를 들었어. 여기처럼 끔찍하진 않지만(널 기분 나쁘게 하려는 말이 아니야.) 비슷했대. 이산화탄소 필터가 있어야 숨을 쉴 수 있었고, 한순간도 멈추지 않고 날마다 비가 내렸대. 그리고 거기에도 뭔가 살고 있었는데, 아마 너희처럼 무섭지는 않겠지만 고약했겠지.

어쨌든, 일단 행성에 착륙해서 정착을 했어. 우리가 그랬듯이 다른 선택의 여지가 없었으니까. 작물을 심고 개척지를 건설하고 아기들을 기르기 시작한 거야. 만사가 괜찮게 되어 가던 차에 젊은 개척민들(우리 부모님처럼 병 속에서 태어난 아기들)이 토착 생명체 중에 지성을 가진 것 같은 한 종족을 발견하게 돼. 문제는 새로운 희망에서 인간이 먹을 수 있는 거의 유일한 것이자, 행성에 착륙한 거의 첫날부터 줄곧 포획해 도살해 왔던 종족이 바로 그들이었단 점이야.

우리 아버지는 당시 열아홉 살이었어. 아버지는 해방 그룹에 가입해서 기사를 쓰고 개척지에 뿌리기 시작했지. 나이 든 대원들에게 토착 생명체를 존중해야 한다고 설득하려고 말이야.

우리 어머니는 더 강성이었어. 어머니가 속한 그룹이 토착 생명체들을 가둬 놓은 시설 중 한 곳을 습격했지. 거기에서 일하는 사람들을 죽일 의도는 없었다고 했지만…… 뭐, 무슨 일이든 실수는 있는 법이니까. 그 사건 이후, 사령관이 어머니의 친구 몇 명을 붙잡아 발버둥 치는 그들을 시체 구덩이로 밀어 넣었어. 바로 다음 날, 살해당한 이들 중 한 명의 자매가 버너를 들고 사령관을 쫓아갔지. 암살에는 실패했지만 화가 머리끝까지 난 사령관은 경비대를 시켜 행성에서 태어난 개척지 주민 모두를 잡아들이려고 했어. 명령을 따르던 부조종사들은 매복에 당하고 탈취당한 군용 버너에 맞아 전투복을 입은 채로 통구이가 됐어.

그러고 나자 사태가 심각해졌지. 상황이 종료되었을 때는 나이 든 대원들이 모두 죽고 없었어. 절대 승산 없는 싸움이라는 걸 알았어야 했는데. 어쨌든 그들은 늙었고 2 대 1로 수적으로도 열세였거든. 개척지의 기반 시설 또한 거의 다 사라졌지. 그리고 행성에서 태어난 생존자들은 그걸 재건할 지식 기반이나 자원이 없었어. 게다가 그들 중 많은 이들은 애초에 원주민이 사는 세상에 오지 말았어야 했다는 결론을 내렸고. 그래서 그곳까지 타고 왔던 개척지 우주선을 보강한 다음 다시 궤도에 올려 행성을 버리고 떠났지. 5년이 흐른 뒤, 여든두 명이 미드가르드의 궤도에 당도했고, 지금까지 그곳에서 온갖 험한 일을 겪으며 살고 있어. 끝."

나샤의 이야기가 끝나자 객실에는 침묵이 흘렀다.

마침내 캣이 입을 열었다. "와우, 이건 우리가 학교에서 배운 거랑 좀 다른데."

"그래, 당연하지." 나샤가 말했다.

스피커가 물었다. "난 혼란스러워. 이건 네가 우리에게 선한 의도를 가지고 있다는 걸 확인시켜 주려고 해 주는 이야기야?"

나샤가 어깨를 으쓱했다. "아마도. 정말 그랬어?"

"아니. 전혀." 스피커가 말했다.

"정말이지." 캣이 입을 열었다. "이건 인간성을 가장 보기 좋게 드러내 주는 이야기가 아니었다고. 그랬다고 생각해, 나샤? 대량 학살보다는 덜 폭력적인 이야기로 시작할 수도 있었잖아?"

"그렇지. 골트 이야기를 해 주지 그랬어." 루카스가 맞장구를 쳤다.

"아니면 버블 전쟁이라든가." 베르토가 말했다.

"버블 전쟁?" 스피커가 물었다.

"그것도 적절하지 않아. 좀 더 적절한 이야깃거리 아는 사람?" 내가 물었다.

"이제 꿈틀이가 이야기할 차례인 것 같은데. 이야기 하나당 이야기 하나잖아. 맞지?" 루카스가 말했다.

"아까 말한 다른 곳들 말이야. 새로운 희망과 미드가르드…… 그것들은 다른 세계인 거야?" 스피커가 물었다.

"그럴지도." 나샤가 대답했다. "네가 다른 세계에 대해서 아는 건 뭐야?"

"우린 많은 걸 알고 있어. 예를 들면, 우리가 사는 곳 말고도 우리 태양을 공전하는 여섯 개의 세계가 있다는 걸 알지. 하지만 네가 그런 세계에서 왔다는 건 못 믿겠어. 두 곳은 공기가 없고 아주 뜨거운 데다가 나머지 네 곳은 행성이라기보단 실패한 항성이니까. 너희 같은 존재는 그 어느 곳의 지표면상에도 살 수 없어. 물론 위성들도 있지만 아무리 세계를 이룰 만큼 크다 해도 생명체가 살 만한 곳은 아니야. 항성들을 공전하는 세계가 더 있는지는 우리도 몰라. 하지만 아마도 있을 거라고 봐야 합당하겠지. 그 문제에 관한 진실은 어쩌면 우리보다 너희가 더 잘 알 거야."

나는 크리퍼들이 그런 것들을 알고 있으리라곤 생각지도 않았다. 나중을 위해서 그건 똑같은 주제로 나샤와 나누었던 대화 폴더에 같이 넣어 둬야겠다. 나샤의 말이 맞는다. 크리퍼들은 미개하지 않다. 얘들이 정말로 우리보다 훨씬 더 똑똑한지는 아직 확신할 수 없지만 어쨌든 두드러지게 덜떨어진 종족이 아닌 건 제법 확실한 것 같다. 얘들을 과소평가했다가는 아마 죽음을 자초하기에 십상일 것이다.

"그러면 넌 우리가 거기에서 왔을 거라고 생각해? 다른 항성들?" 나샤가 물었다.

파문이 스피커의 몸을 길게 훑고 지나갔다. "우리는 가능성이 있다고 생각해. 하지만 이건 굉장한 논란의 소지가 있지. 한편으로 보면 너희는 이 세계의 여타 생명체들과는 확실히 달

라. 그리고 사실 너희들은 중요한 보강 장치가 없으면 이곳에서 생존하지 못해. 그러니까 너희가 다른 곳에서 왔고, 내가 앞서 말했듯, 우리의 태양을 공전하는 다른 세계가 너희 고향일리 절대 없다는 주장을 펼 수 있어. 다른 한편으로 본다면, 우리는 가장 가까운 항성들 너머로 이동하는 장거리 여행이란 도저히 불가능하다고 생각해. 그런데 너희는 이곳에 명백히 존재하니까, 그러면……."

스피커가 말끝을 흐리더니 아래턱을 달그락거렸다. "항성들 사이의 거리를 지나는 데 필요한 에너지의 양이……."

침묵에 빠져 아주 오랫동안 잠자코 있었다. 나는 나샤를 슬쩍 쳐다봤다. 그녀가 어깨를 으쓱했다. 내가 무슨 말을 하려는 찰나에 스피커가 다시 입을 열었다.

"생각해 보니, 어쩌면 너희는 우리가 예상한 것보다 훨씬 더 위험한 존재일 수도 있겠는데."

"그럼 꿈틀이도 우리한테 이야기를 하나 하는 거야?"

나는 눈을 떴다. 졸고 있었던 것이다. 비몽사몽간에 또 에잇과 함께 미로에 들어간 꿈을 꿨다. 나샤는 줄곧 내 어깨에 머리를 기대고 있었는데 어느새 똑바로 앉아 건너편에 있는 루카스를 노려보는 중이었다. "또 그 얘기야?"

"내가 말했잖아. *지겹다고.*" 루카스가 말했다.

"너 어린애구나. 내가 빌어먹을 어린애랑 같이 전쟁을 치르게 생겼어." 나샤가 말했다.

"우리는 전쟁을 벌이지 않을 거야. 내가 그 점은 아주 분명히 말했던 것 같은데." 스피커가 말했다.

"맞아, 네가 그랬지. 그러니까 두고 보면 알게 될 거라고, 알겠니?" 나샤가 쏘아붙였다.

그쯤에서 우리는 여섯 시간째 달리고 있었고 두 시간 전부터 높은 산등성이를 따라 길을 골라 가며 오르고 있었다. 걷는 것보다 약간 빠른 속도를 간신히 유지하며 남아 있는 빙하 중에 최악을 피할 방법을 찾느라 대부분의 시간을 소비했다. 루카스의 말이 맞는다. 정말이지 지겹다.

"난 나샤가 해 준 이야기와 교환할 이야기를 말하겠다고 동의했어. 지금이 적당한 때야?" 스피커가 물었다.

"이야기 나름이지. 이번 이야기는 미키의 통신 내용에서 발췌한 게 아니어야 할 거야, 알았지?" 나샤가 대답했다.

"아니야. 그것 대신, 나는 어째서 우리의 세계가 어떤 때는 지금처럼 따뜻하고, 또 어떤 때는 너희가 처음 도착했을 때처럼 추운지를 설명해 주는 이야기를 할게. 그거면 괜찮을까?"

"물론이지. 신나게 떠들어, 꿈틀아. 날 재미있게 해 봐." 루카스가 말했다.

"잘 알겠어. 이 이야기는 우리 태양은 물론 우리 궤도 바로 바깥쪽에서 공전하고 있는 행성과도 관련이 있어. 보통은 남쪽 하늘에 선명하게 보이지. 너희도 알고 있어?"

"우리도 알아. 거대한 가스 거성. 위성이 열두 개인데 몇 개는 거주하기 충분할 만큼 커. 꽁꽁 얼어붙어 행성의 방사선 벨트에 파묻혀 있지 않았더라면 말이야." 나샤가 말했다.

"그래. 이 이야기의 목적에 맞도록 태양을 불, 행성을 얼음이라고 지칭할게. 그래도 될까?"

"이름들이 별로네."

스피커가 몸을 비틀어 루카스를 마주 보았다. "뭐라고?"

"그 이름들 말이야. 형편없다고. 정말로 너희가 그렇게 부르는 거야?" 루카스가 물었다.

"아니. 우리는 공기 압축파로 의사소통하지 않거든. 넌 내가 우리 언어로 이야기를 하는 편이 낫겠다고 생각해?"

"아니. 그냥 좀 괜찮은 이름을 골라 달라고."

"머트와 제프(미국 만화 주인공의 이름 — 옮긴이)." 베르토가 끼어들었다.

스피커가 베르토에게로 고개를 돌렸다. "머트와 제프라고?"

"그래. 좋은 이름이잖아. 그걸로 해." 베르토가 말했다.

스피커가 다시 루카스를 쳐다보았다. "그러면 될까?"

루카스가 이를 드러내며 미소를 지었다. "당연하지. 그러면 되겠네."

"잘 알겠어. 자, 태초에 프라임이 하나 있었어. 그게 머트야. 시간이 흘러서 그녀는 외롭다는 생각이 들었지. 그래서 부속물 일곱을 낳아 동지들로 삼았어. 그게 우리 우주 안에 있는 일곱 세계야."

캣이 말했다. "잠깐. 어째서 *그*와 *그녀*로 지칭하는 거야? 아까 너희들은 성별이 없다고 말하지 않았어?"

스피커가 몸을 비틀어 그녀를 쳐다봤다. "우리에겐 없지. 하지만 너희는 있잖아, 안 그래? 너희에게 들려주는 이야기라는 걸 기억해 줘. 알겠어?"

루카스가 말했다. "그렇네. 알아들었어."

"좋아. 그럼. 수년간 모든 것이 순조로웠어. 하지만 세월이 흘러, 부속물 중에서 가장 훌륭한 제프가 그의 지위에 불만을 갖게 되었지. 그는 자신이 거의 머트만큼이나 훌륭하다고 생각해서 프라임이 되고 싶어 했어."

"그렇게 할 수 있는 거야?" 나샤가 물었다.

"하다니 뭘?"

"부속물 중에서 하나가 프라임이 될 수 있는 거냐고?"

"당연하지. 프라임이 어떻게 만들어진 거라고 생각했어?" 스피커가 대답했다.

나샤가 어깨를 으쓱했다. "솔직히 말하면 그렇게 깊이 생각해 보진 않았어. 이야기 계속해 줘."

"알았어. 방금 말했듯이 제프는 프라임이 되고 싶었어. 하지만 머트가 허락하지 않았지. 그래서 제프는 외곽의 어둠으로부터 자기만의 부속물들을 직접 모아 난데없이 머트와 그녀의 추종자들에게 차례로 집어던졌던 거야. 물론 머트에게는 어떤 영향도 미치지 못했지만 그녀의 부속물들에게 심각한 타격을 입혔어. 그들이 흡사 녹은 돌무더기처럼 될 때까지 계속해서 공격을 했거든. 결국 머트는 그녀의 자식들을 가엾게 여겨서 평화를 제안해. 제프가 외곽의 어둠에서 온 부속물들을 지배하는 대신 머트는 내부에 있는 세 개의 세계에 대한 지배권을 유지하겠다고 말이야.

하지만 제프는 동의하지 않아. 가장 바깥쪽에 있는 머트의 부속물들도 (물론, 우리 세계를 뜻해.) 자신이 지배해야 한다고 주장하지. 내부의 모든 세계가 파괴될 때까지 전쟁을 계속하겠다고 협박을 했어. 머트는 이에 대한 대답으로 거대한 불의 기둥을 쏘아 올려 그에게 경고를 해. 다치지는 않았지만 겁먹은 제프가 타협을 제안하기에 이르지. 우리 세계를 둘이서 공유하는 것으로 말이야. 논쟁 끝에 머트가 동의를 했어. 그래서 우리 세계가 오늘날과 같이 되어 버린 거야. 머트가 다스릴 때는 날씨가 따뜻하고 초록색으로 물들어. 하지만 제프의 차례가 되면 얼음이 모든 걸 덮어 버리니까 생명체는 깊이 땅속으로 들어가 머트의 귀환을 기다려야 하지."

"그렇군. 네가 왜 불과 얼음이라고 부르려고 했는지 이제 알겠어. 어쩌면 소신을 굽히지 않는 편이 나았겠네." 루카스가 말했다.

"그래서, 그게 다야? 너희는 그렇게 믿고 있는 거구나?" 나샤가 물었다.

"뭐라고? 아니야. 물론 아니지. 그건 그냥 이야기에 불과해. 우린 행성이 뭔지, 우리 태양이 어떤 작용을 하는지 이해하고 있어." 스피커가 말했다.

"허," 베르토가 말했다. "그럼 우리보다 한 수 위구나."

"하지만 옛날에는 이 이야기를 믿었을 것 아니야, 그렇지? 그게 신화잖아. 너희가 모든 걸 이해하기 전부터 전해져 내려오는 오래된 이야기 말이야." 나샤가 다시 물었다.

"아니, 이 이야기는 전승된 게 아니야. 내가 오늘 지어냈어. 원래 내가 하려던 이야기를 너희가 안 좋아하는 것 같아서 그것 대신 만든 거야. 마음에 들지 않았어?"

나샤가 막 입을 벌리고 무슨 말을 하려는데 제이미의 기내 방송이 들렸다.

"이야기 시간을 방해하긴 싫지만 여기 무슨 일이 벌어진 건지 누가 설명 좀 해 주겠어?"

객실 칸과 조종석 사이의 격벽에 달린 뷰스크린이 켜졌다. 나는 잠시 혼란스럽긴 했지만 화면으로 보이는 광경이 옆으로 향한 카메라에서 바라본 모습이라는 걸 이내 깨달았다. 제이미가 뭘 보고 그런 말을 했는지 알아내는 데에 또 잠시 시간이 걸렸다. 저 멀리, 산등성이가 끊긴 지점에서 땅 밖으로 나오는 것들이 보였다. 아주 많았다. 처음에는 폭탄이 사라진 걸 발견한 뒤 돔으로 돌아가는 길에 만난 다리 달린 생명체처럼 보였다. 나샤가 태워 버린 놈 말이다. 하지만 몸집은 더 컸다.

아주, 아주 많이 컸다.

"스피커? 저게 혹시 남쪽의 너희 친구들은 아니겠지, 그렇지?" 내가 물었다.

스피커가 몸을 일으켜 세우고 아래턱을 벌려 위협적인 자세를 취했다. "아니야. 남쪽의 우리 친구들은 외모가 어느 정도는 나랑 비슷해. 저건 마치…… 너희들 언어로 정확한 단어는 모르겠어. 하지만…… 남쪽에 있는 우리 친구와 연계된 것 같은데?"

"연계? 동맹처럼?" 내가 물었다.

파문이 스피커의 몸을 훑고 지나갔다. "아니, 동맹이 아니야. 너희랑 우리가 동맹이지. 동맹은 동등해. 저건 그보다 못한 것 같아."

"종복들이야?" 베르토가 물었다.

"그 단어는 무슨 뜻이지?"

"동맹과 노예의 사이에서 혼합된 형태라고 볼 수 있지."

"그래, 동맹이나 연계보다 더 정확한 단어 같네. 저 생명체들은 종복들이야." 스피커가 말했다.

"저들에 대해서 우리한테 경고해 주지 않은 이유가 있어?" 나샤가 물었다.

"나도 몰랐으니까 경고를 안 했지. 남쪽에 있는 우리 친구의 종복들은 보통 우리 둥지까지 가까이 오지 않아. 저렇게 많이는 더더욱 오지 않지. 우리를 도발할까 봐 두려울 테니까. 하지만 그걸 감수할 만한 무언가에 이끌린 모양이야. 어쩌면 너희를 기다리고 있었는지도 모르지."

그 말은 정말 달갑지 않았다. 내가 그렇게 말하려는데 제이미의 목소리가 들렸다. "우리 주위로 몰려들고 있어. 지형 때문에 우리는 지금보다 속도를 더 내지도 못하는데 저것들이 우리랑 속도를 맞추고 있는 것 같아. 여차하면 넘어뜨리거나 태워 버릴 수 있을지 몰라도 따돌리지는 못하겠는데."

나는 스피커를 쳐다보았다. "이미 답이 뻔한 것 같지만 물어볼게, 저들이 위험할까?"

파문이 그의 몸을 훑고 지나갔다. "나한테? 그렇지 않을걸. 우리 둥지를 존중하기 때문에 내게 손상을 입히지는 않으려고 할 거야. 하지만 너희들한테는? 그래. 아주 많이 위험하겠지."

13장

"베르토, 비행해. 당장." 내가 말했다.

그가 나를 빤히 쳐다보았다.

"뭐라고?"

"내 말 들었잖아. 네가 억지 부려 가져온 그 초경량 동력 글라이더 꺼내. 조립해서 날아오르라고."

"못 해. 절벽이나 뭐 뛰어내릴 곳이 있어야지, 기억 안 나?"

나는 뷰스크린을 확인했다. "제이미, 속도를 얼마까지 낼 수 있겠어?"

"이런 지형에서? 초속 20미터 이상은 못 낼걸. 게다가 도중에 저 괴물들하고 부딪히기라도 하면 그 속도도 유지가 힘들

거야."

"베르토, 그 정도면 날아오를 수 있을까?"

베르토가 머리를 긁적였다. "아마도? 뛰어내리자마자 구동 장치로 최대 추진을 하면 가능할 것 같아. 어쨌든 가까스로 되긴 하겠지."

나는 고개를 끄덕였다. "그럼 됐어. 챙겨서 가."

베르토는 호흡기를 쓰고 배낭을 집어 들었다. 그리고 객실 뒤쪽으로 걸어가기 시작했다.

"거봐." 그가 나샤 옆을 스쳐 지나자 나샤가 말했다.

"뭐가?"

"내가 말한 대로라고. 일이 틀어지자마자 우릴 버리고 내뺄 때 쓸 줄 알고 있었어."

베르토는 가던 걸음을 멈추고 돌아섰다. "닥쳐, 나샤. 지상에서 이륙해야 된다는 내 말 듣기는 했어? 아무리 잘해도 확률이 반반이라 만약에 바닥에 처박히면 뷰스크린에 보이는 저것들한테 갈기갈기 찢기게 생겼다고. 그동안 너는 여기서 안전하고 편안하게 앉아 있겠지. 그러니까 닥, 치, 라, 고."

내가 다그쳤다. "그만 싸워. 시간 없어, 베르토. 가."

베르토가 말했다. "도움이 필요해. 아마 두 명 정도, 내가 비행 준비를 할 동안 붙잡고 있어야 되니까."

나는 자리에서 일어나 나샤를 보며 손을 내밀었다. 그녀는 눈을 굴렸지만 순순히 내 손에 이끌려 왔다.

"그러지 뭐. 못 할 게 뭐람?" 그녀가 말했다.
우리는 호흡기를 집어 들고 나섰다.

"상황이 나빠. 정말로 나쁘다고." 베르토는 마지막 날개보를 끼워 맞추면서 중얼거렸다.

"당연하지. 그러니 아직 기회가 있을 때 서둘러 달아나는 게 어때?" 나샤가 말했다.

우리는 암석투성이 산등성이 능선을 따라 달리며 덜컹대는 로버 지붕에 매달려 있었다. 체감상으로는 목이 부러질 것처럼 빠르게 느껴졌지만 실제로는 아마 내가 달리는 것보다 약간 더 빠른 속도일 것이다. 베르토가 준비를 하는 동안 나는 하늘로 날아오르려다 곧장 땅으로 곤두박질해 로버의 바퀴에 깔리는 그의 모습을 상상하지 않을 수 없었다.

베르토가 말했다. "저 괴물들이 문제가 아니야. 내가 실제로 비행을 할 수 있느냐가 문제지. 느껴져? 속도가 느려지고 있어. 제이미가 바람을 향해 달리게 할 수 있을까?"

나샤가 말했다. "지금 당장은 바람이 별로 안 부는 것 같아. 로버를 어느 쪽으로 돌리라고 말하기가 애매하잖아."

"망했다." 베르토가 중얼댔다. "망했군. 망했어. 망했다고." 그는 이제 배낭에서 천을 꺼냈다. 골격 프레임에 맞게 천을 펼치는데 갑자기 옆에서 돌풍이 불어와 천이 솟구치며 하마터면 베르토를 덮칠 뻔했다.

그는 천을 붙잡아 누르면서 프레임 위에 다시 펼치기 시작했다. "도와줘. 이제 천을 당겨서 씌울 거야."

나샤가 한 손으로 날개 끄트머리를 잡고 다른 손으로 버너 포탑의 가장자리를 붙잡았다. 나는 다른 쪽 날개를 잡고 뒤쪽에 열려 있는 해치에 내 몸을 단단히 고정했다.

베르토가 말했다. "이거 안 되겠는데. 빌어먹을 역풍이 전혀 안 불잖아. 이 속도 가지고는 안 돼. 저것들이 날 갈기갈기 찢어 버리겠군."

말은 그렇게 하면서도 베르토는 손을 멈추지 않았다. 30초 정도 지났을까, 마지막으로 남은 부분까지 연결되었다. 이제 글라이더는 심하게 흔들리고 있었다. 바람을 타고 공중에 떠오르며 우리 손을 벗어나려 하고 있었다. 베르토가 안전 멜빵에 몸을 집어넣고 조정 바를 쥐었다.

"진지하게 말해서, 이건 자살행위야. 너도 알지, 안 그래?"

"맞아. 내가 자살에 대해선 좀 알지, 베르토."

나는 대답과 동시에 주위를 둘러보았다. 어느덧 그것들은 최소 100여 마리로 불어나 있었다. 놈들은 다리 여섯 개 달린 거미의 얼굴에 크리퍼의 날카로운 아래턱이 튀어나온 것처럼 생겼다. 덩치로 보면 다리를 가로질러 1미터 되는 것부터 로버의 절반 정도 되는 크기까지 다양했다. 대부분은 로버의 양 측면을 따라서 각각 50미터 정도 거리를 두고 흩어져 함께 달리는 와중에 우리를 앞뒤로 포위하기 위해서 속도를 맞추고 있었다.

베르토가 말했다. "됐어. 상황이 더 나아질 것 같지도 않잖아, 그렇지? 정말 할 생각이면 바로 지금이야."

나샤와 나는 그에게로 가까이 붙어 날개를 따라 손을 맞잡았다. 그리고 로버 앞쪽을 향하도록 프레임을 회전시켰다. 또 한 번 돌풍이 불었는데 우리가 돌리려던 방향에서 불어오는 바람에 하마터면 글라이더를 놓칠 뻔했다.

"젠장, 방금 그게 네가 원하는 역풍이잖아. 출발해야 해, 베르토. 아무래도 더는 못 버티겠어." 나샤가 외쳤다.

"잠깐만."

베르토가 외치더니 손가락 하나를 들어 조정 바를 따라 문질렀다. 날개 밑에 달린 추진기에서 소리가 나기 시작했다.

"좋아. 준비됐지?"

베르토는 숨을 길게 들이마시고 잠시 멈추더니 천천히 내쉬었다.

"놔."

우리가 손을 놓자마자 베르토가 전력을 다해 달렸다. 세 걸음 만에 로버 위로 뛰어오르더니 버너 포탑을 세게 걷어차고 날아올랐다.

뭐, '날아올랐다'는 표현은 너무 과했는지도 모르겠다.

로버를 앞질러 가자마자 그는 천천히 계속해서 하강하기 시작했다. 우리에게서 멀어지고 있는 걸 보면 가속 중인 건 분명

했지만 5초쯤 지나자 고도는 3미터에서 2미터, 그리고 간신히 발끝이 땅에 닿지 않는 수준으로 떨어졌다.

"성공하지 못할 거야." 나샤가 말했다.

"해낼 거야. 해내야만 해." 내가 말했다.

2년 전 나를 죽음의 구렁텅이에 버려둔 대가로 그간 베르토를 어지간히도 괴롭혔다. 결국 내가 그를 죽이면서 우리의 우정이 끝나는 건 정말 원치 않는 바다.

베르토는 우리에게서 점차 멀어질수록 앞에 있는 놈들에게 가까이 접근하고 있었다. 고도는 더 하강하지 않았지만 상승하는 것도 아니었기 때문에 그와 놈들 사이의 거리는 급격하게 좁혀졌다. 30미터, 20미터, 10미터. 그 시점에서 놈들이 눈치를 챘는지 바로 앞에서 달리던 두 놈이 베르토가 스쳐 가는 경로 양옆으로 떨어져 나가듯 몸을 피했다. 베르토를 위협으로 받아들일지 기회로 받아들일지 헷갈리는 것 같았다.

그게 시작이었다. 베르토는 놈들의 전열 사이를 날았다. 양쪽 날개 끝이 거미들을 스쳤다. 잠시 주춤하던 놈들은 추격을 시작했지만 이미 늦은 뒤였다. 베르토가 갑자기 땅에서부터 가파르게 고도를 높이며 솟아올랐다. 이제 속도를 충분히 낼 수 있게 된 모양이다.

"이런 세상에." 통신으로 그의 목소리가 들렸다. "이런 젠장 빌어먹을 세상에. 방금 봤어? 얼마나 아슬아슬했는지 봤지?"

"우리도 봤어. 해내서 다행이야." 내가 대답했다.

"그러게. 고마워. 나도 다행이라 생각해. 그럼 이제 어쩌지?"

"이제? 이제는 상공에 머물면서 우리한테 일어나는 상황을 지켜봐. 여길 벗어나게 되면 안전할 때 너를 다시 태울 거야. 만약 그게 아니라면 네가 돔으로 돌아가서 사태를 보고해. 그러면 다른 팀을 짜야 할 거야. 어쩌면 이번에는 마샬이 리프터를 보내 줄 수도 있겠지, 응?"

"아마도. 하지만 부디 그렇게 되지는 않길 바라. 그럼 이젠 버너를 쏘겠네?" 베르토가 물었다.

"아니. 그건 아닌 것 같아. 싸우기엔 숫자가 너무 많아. 놈들이 이러다 결국은 추격을 포기하면 좋겠어."

"과연 그럴까, 친구. 여기서 볼 땐 아주 작정을 한 모양새인데. 있지, 너희를 포위하고 있다고."

나는 사방을 둘러보았다. 베르토 말이 맞았다. 양쪽에서 따라오던 놈들이 더 가까워졌고 앞에서 달리는 대열도 빈틈없이 들어차고 있었다.

"어떻게 될지 지켜봐야지. 하지만 어떻게 되든 넌 절대 끼어들지 마, 알았지? 넌 돔까지 무사히 도착해야 해."

"그럴게. 행운을 빌어, 미키." 베르토가 대답했다.

"그래, 고마워."

나샤는 벌써 해치로 들어가고 있었다. 나는 한 번 더 사방을 둘러본 뒤 그녀를 따라 내려갔다.

"도와줘, 스피커. 우린 이제 어떻게 해야 하지?"

객실 바닥의 스피커가 아래턱이 내 눈높이에 올 때까지 몸을 일으켰다.

"난 잘 모르겠어. 아까 말했듯이 이런 행동은 우리 친구들의 특징이 아니라서 내 경험만으로는 의도를 짐작하기 어려워. 저들을 파괴할 수 있겠어?"

"아마도. 버너로 공격했을 때 너희들에게 입힌 타격보다 더 효과가 있다는 가정하에선 가능해. 거리만 충분히 유지되면 나샤와 캣, 루카스가 하나씩 선형 가속기로 쓰러뜨려도 좋고. 어떻게 생각해?"

스피커는 고민하는 것 같았다. "나는 너희 버너에 어떤 능력이 있는지, 저 생명체들이 어느 정도로 무장이 되어 있는지 모르잖아. 하지만 저들이 물러서지 않고 너희에게 순순히 당하지만은 않을 거라는 점은 확실해. 네가 적대 행위를 시작하자마자 분명히 공격을 시작할 거야."

"로버의 장갑판이 저들을 막아 줄까?"

"다시 말하지만, 나는 이 기계의 속성을 모르잖아. 하지만 너희 전사들이 입은 전투복과 비슷한 물질이나 너희 둥지를 구성하고 있는 물질이라고 가정한다면, 막지 못할 거라고 생각해."

"루카스? 캣? 너희들은 어때?"

루카스가 자신의 가속기를 점검하는 와중에 캣은 점퍼 주머니마다 탄약을 쑤셔 넣고 있었다.

"여기서 몸 쓰는 건 우리야. 너는 머리를 쓰고 말이야. 기억하지?" 루카스는 고개도 들지 않고 말했다.

"일단 우리가 먼저 쏘고 반응을 살폈으면 좋겠는데. 그런 걸 본 적이 없을 테니까 어쩌면 겁을 먹을지도 몰라." 나샤가 말했다.

스피커가 말했다. "저들은 모두 부속물일 가능성이 커. 너희들이 저들을 전부 죽여 버린다고 해도 두려워하지 않겠지. 이 기계를 흔치 않은 금속을 얻을 기적의 공급원으로 여기는 게 분명해. 그냥 보내 주지는 않을 거야."

조종석의 제이미가 말했다. "놈들이 가까이 다가온다. 버너를 사용할 생각이라면 이제 곧 쏴야 해."

나는 두 눈을 감았다. 선형 가속기의 발사 속도는 초당 한 발 정도 된다. 나샤, 캣, 그리고 루카스가 한 발도 실수하지 않는다고 가정하면 매초 저놈들 셋을 죽일 수 있다는 뜻이다. 버너로 어떻게 할 수 있지? 저것들이 크리퍼와 비슷하다면 하나를 쓰러뜨리기까지 최소 몇 초의 지속 시간이 필요하다. 밖에 있는 놈들을 모두 다 합하면 100여 마리는 될 것이다. 즉, 모두 해치우려면 완벽하게 터무니없이 긍정적으로 최소한의 시간을 계산할 때 대략 30초가 필요하다. 30초간 나샤, 캣, 그리고 루카스를 로버 지붕 위에 노출시켜야 한다니…….

누구든 세 명만 더 있었어도 위험을 감수했을 것 같다. 한 명이 드레이크였다면, 틀림없이 그랬을 것이다. 하지만, 나샤인데, 또 캣은 어떻고?

"우린 싸울 수 없어. 스피커, 다른 방법이 있을까?"

"음, 싸움을 선택할 수 없다면 그냥 항복하는 수밖에 없을 것 같아."

"안 돼. 절대, 안 돼. 당장 다시 지붕 위로 올라가겠어." 나샤가 말했다.

그녀는 호흡기로 얼굴을 덮으며 해치를 향해 몸을 돌렸다. 하지만 내가 그녀의 팔을 붙잡았다.

"스피커, 우리가 협상을 할 수 있을까? 저들이 원하는 게 로버의 금속인 건 알겠어. 하지만 이걸 얻겠다고 부속물들을 절반, 혹은 그 이상 잃는 건 원치 않을 거야, 안 그래?"

"꼭 그렇게 단정 지을 수는 없어. 희귀 금속의 가치가 우리에게 어느 정도인지를 네가 과소평가하는 것 같아. 이 기계를 얻을 수 있다면 부속물 절반을 잃어도 괜찮은 거래지."

루카스가 말했다. "저들은 우리가 얼마나 많이 죽일 수 있는지 모르잖아. 우리가 어떤 능력을 가지고 있는지 전혀 아는 게 없다고. 허풍을 치면 어떨까?"

"허풍?" 스피커가 반문했다.

내가 말했다. "거짓말을 해 보자고. 우리가 실제보다 훨씬 위험하다고 믿게 만드는 거야."

"그건 가능하겠는데. 내가 시도해 볼까?" 스피커가 물었다.

"이봐." 제이미의 목소리였다. "이제 죽기 아니면 살기야, 미키. 한 놈이 방금 우리 측면에 달라붙으려고 했다고."

내가 말했다. "속도를 늦춰. 스피커가 내릴 거야."

"이래도 괜찮은 거 맞아? 놈들이 일단 우리 위로 기어오르면 다시 움직일 수 없을지도 몰라."

"그건 그때 가서 생각할 일이야. 지금은 별다른 방법이 없어."

스피커가 말했다. "확실히 해 두겠는데, 저들이 나와 대화를 할지는 알 수 없어. 대뜸 나를 해체해 버릴 수도 있거든."

나샤가 말했다. "만약 그러면, 나름 대답을 들은 셈이지, 안 그래?"

덜컹거리며, 서서히 우리는 멈춰 섰다.

내가 말했다. "호흡기 착용. 제이미, 해치 열어 줘."

이젠 우리 모두 일어섰다. 스피커는 앞다리로 바닥을 두드리며 뒤쪽 해치에서 기다리고 있었다. 캣과 루카스가 그의 좌우에 섰다. 폭발성 탄약도 장전되고 가속기도 준비가 되었다. 해치의 위쪽 가장자리에 한낮의 햇살 조각이 나타났다. 나는 나샤와 나란히 스피커 뒤에 섰다. 나샤는 가슴에 대각선으로 멘 무기의 안전장치를 손가락으로 초조하게 쓰다듬었다. 나는 정면을 똑바로 응시했다. 턱을 굳게 다물고 나샤의 버너 중 하나를 대기 상태로 쥐었다.

나는 오줌을 싸지 않으려고 필사적으로 버텼다.

해치가 활짝 열렸다.

로버 뒤로 펼쳐진 평원에 거미 떼가 가득했다.

스피커는 마지막으로 뒤돌아 우리를 쳐다보더니 로버에서 내렸다.

캣이 말했다. "그럴 만한 이유가 있지만, 책임감 있는 미키의 모습 정말 마음에 든다. 너의 이런 면을 전에는 본 적 없는 것 같아."

나샤가 호응했다. "늘 그런 면이 있었어. 특별한 경우에만 나오는 것뿐이야."

루카스가 말했다. "그래, 물론 그렇겠지."

나샤가 눈을 굴리며 투덜댔다. "어린애야. 정말이지 빌어먹을 어린애라니까."

나도 함께 이야기를 하고 싶지만 지금 스피커가 우리 목숨을 걸고 협상 중이라는 사실에 집중하는 건 나뿐인 모양이었다.

"베르토. 바깥 상황은 어때?" 내가 통신으로 물었다.

"뭐, 놈들이 아직 개를 먹어 버리진 않았어. 그럼 좋은 신호잖아, 맞지?"

"그렇군, 알았어. 잘되어 가는 것 같네. 근데 정확히 뭘 하는 중인 거야?"

"춤추고 있어."

"춤을 추고 있다고?"

"응, 그런 셈이지. 스피커가 몸을 일으켜 세우더니 주위를 걸어 다니며 앞발을 허공에 흔들고 있어. 거미 중 하나가 스피커

주위를 원을 그리며 도는데, 기본적으로 똑같은 동작으로 움직이고 있지."

"둘이서 싸우는 거야? 일종의 의례적인 전투 같은 건가?"

"아니야. 어쨌든 아닌 것 같아. 서로를 건드리지는 않고 있거든." 그가 대답했다.

"뭐야, 그들이 대화하는 방식인가? 스피커가 그랬잖아. 음파로 의사소통을 하지 않는다고. 시각적인 언어를 쓰는 것 아닐까?"

"그럴지도. 얼마나 더 오래 걸릴 거라고 예상하고 있는지 모르겠지만, 곧 마무리가 되지 않으면 내가 할 일을 결정해 줘야겠어. 너도 알다시피, 이 구동 장치들은 충전이 제한되어 있잖아. 내가 멀쩡하게 돔으로 돌아가길 바란다면 더는 여기서 날고 있을 수 없어."

"무슨 말인지 알겠어. 두고 보다가 가야겠다 싶으면 그냥 출발해. 가능하면 무장한 리프터 한 대 데리고 돌아와. 안 되면 그냥 우리가 죽었다고 생각하고."

"그리고?"

"마샬이 다른 원정팀을 꾸릴 수 있는지 알아봐야지."

"알았어. 정확히 어디로 가야 하지? 스피커가 없으면, 의사소통을 어떻게 할까 하는 문제는 둘째 치고, 그 '남쪽의 친구들'이 어디에 있는지 전혀 모르잖아."

"크리퍼들을 찾아가. 걔들이 다른 스피커를 주지 않을까?"

"있잖아. 그냥 너희들이 여기서 안 죽는 건 어때, 괜찮지? 아무래도 그게 최선인 것 같아."

"잘 알아 모시겠습니다. 어떻게든 해 볼게." 내가 말했다.

해치가 활짝 열렸다. 스피커가 들어왔다.

"그래서? 어떻게 됐어?" 내가 물었다.

"협상은 이루어지지 않았어. 그들이 시연을 요청했어." 스피커가 대답했다.

나는 객실 내를 둘러보았다. 모두의 눈이 나를 향했다. "시연이라니? 무슨 시연?"

파문이 한 차례 스피커의 몸을 타고 퍼졌다. "저들에게 이 로버와 아울러 너희들도 무턱대고 해체를 해선 안 된다고 주장했어. 왜냐하면 너희는 엄청나게 위험하니까. 루카스가 제안한 대로 *허풍*을 친 거야. 그랬더니 내 말을 전적으로 믿지는 않았어. 시연이 필요하대."

"알았어. 그런데 어떤 종류의 시연 말이야? 우리가 뭘 하길 바라는 건데?"

"구체적으로 요청한 건 없어."

스피커는 바닥에 몸을 내려놓으며 말을 이었다.

"어쨌든 당장 시연을 해야 추가적인 논의가 있을 거야. 저들은 만약 그럴 수 없다면 해체를 시작할 의향을 비쳤어."

나샤가 호흡기를 쓰고는 말했다. "제이미, 해치 열어."

"미키?" 제이미가 내게 물었다.

몇 초간 침묵이 흐른 뒤 내가 한숨을 쉬며 말했다. "그렇게 해, 제이미."

"알았어."

해치가 활짝 열렸다.

나샤가 밖으로 나가 경사진 땅에 섰다. 이어서 제일 가까이에 있는 거미에 조준하고 발사했다. 다리를 가로질러 3미터쯤 되는 큰 놈이 과숙한 멜론처럼 터져 버렸다. 나머지 거미들이 미친 듯이 종종걸음을 쳤다. 일부는 로버를 향해 왔고, 일부는 멀리 달아났다. 나샤는 돌아서서 몸을 낮춰 해치로 향했다.

"됐어. 닫아." 그녀가 말했다.

거미 한 마리가 뒤에서 그녀를 향해 돌진해 왔다. 해치가 닫히며 장갑판에 부딪힌 거미 때문에 망치로 때리는 듯한 소리가 났다.

"너희들이 바라던 시연이다." 나샤가 외쳤다. "이제 나가서 우릴 내버려 두라고 말해."

"미키." 베르토였다. "시간이 됐어. 지금 가면 순풍을 탈 수 있어. 더 지체했다가는 돔까지 도착할 수가 없어."

"알았어. 행운을 빌어야겠네. 그리고 걱정하지 마. 나샤한테는 내가 당장 꺼지라고 엄하게 명령했다 말할게."

"그럴 줄 알았다고 전해 줘." 객실 건너편에 있던 나샤가 말했다. "우리가 여기서 죽게 되면 내가 귀신이 되어서라도 100퍼센트 쫓아가서 괴롭힐 거라고."

"나샤 말이……."

"그래, 나도 들었어. 고마워." 베르토가 말했다.

"다음 원정팀을 이번보다 덜 멍청한 팀으로 만드는 건 전부 너한테 달린 것 같네. 경비대원을 더 넣거나 최소한 중화기를 가져올 수 있는지 알아봐. 리프터도 한 대 구할 수 있는지 보고. 그리고 이봐, 혹시 마샬이 탱크에서 날 새로 뽑아내면 그 녀석도 나처럼 크리퍼들과 잘 소통할 수 있을 거야. 가서 크리퍼들을 만나. 그들이 스피커를 또 주려고 할지 알아봐."

"이런, 세상에. 그딴 소리 하지 마. 이미 한 번 널 죽게 내버려 뒀잖아, 기억해? 그게 잘 안 됐지. 이번에 넌 무슨 수를 쓰든 빠져나올 방법을 찾을 거야. 설사 네 엉망진창인 시체를 보더라도 맥박이 뛰는지 확인할게."

"고맙다, 베르토. 이봐, 바깥 상황은 어때?"

"아직 춤을 추고 있어." 베르토가 말했다. "아직 스피커도 안 죽였고."

"지금 상황에선 그것밖에 물어볼 게 없네."

"그런 것 같아. 어쨌든, 난 갈게. 행운을 빌어, 친구야."

"고마워, 베르토. 너도."

"있지, 우리가 꿈틀이를 엄청나게 신뢰하는 것 같아." 나샤가 말했다.

나는 눈을 굴렸다. "제발 꿈틀이라고 부르지 마. 루카스가 그렇게 말하는 것도 싫은데 너까지 그런 형편없는 짓을 할 필요는 없잖아."

"미안. 그런데 정말이지, 벌써 나간 지 한 시간이 넘었잖아. 대체 뭐가 그렇게 오래 걸리는 걸까?"

내가 어깨를 으쓱했다. "미로에서 우리랑 협상할 때 어땠는지 기억하잖아. 아무래도 크리퍼들은 이런 일을 성급히 처리하지 않는가 봐."

"의외로, 걔가 저 밖에서 우리를 요리하는 방법을 알려 주고 있는지도 몰라."

"네 말이 맞아." 내가 말했다. "그럴지도 모르지. 하지만 우리한테는 다른 선택지가 없잖아?"

"우리 셋이 폭발성 탄환을 들고 지붕에 올라가고 제이미가 버너로 놈들에게 고통을 주는 거. 그게 다른 선택지야."

나는 고개를 저었다. "스피커가 처음 협상하러 나가기 전에 이미 생각해 봤어. 계산이 안 서. 놈들이 너무 많잖아."

캣이 반박했다. "그렇지 않아. 가속기가 세 대, 휴대용 버너가 두 대, 게다가 포탑도 있어. 우리와 싸우는 놈들은 석궁도 없다는 걸 생각하면 엄청나게 막강한 화력이야. 너 정말로 여기 앉아서 스피커가 살길을 찾아 주길 기다리는 편이 더 확률상 낫다고 생각해?"

나는 몸을 앞으로 숙이고 두 손바닥에 이마를 괴었다.

"들어 봐. 외교적 방법을 시도한다고 해서 나중에 싹 쓸어 버릴 기회가 없다는 뜻이 아니야. 하지만 우리가 지금 총을 쏘기 시작하면 그걸로 끝이라고. 돌이킬 수 없지. 스피커가 할 수 있는 방법을 쓰게 하자는 거야. 아무 성과 없이 끝나더라도 시간은 벌어 줄 테니까."

루카스가 거칠게 웃음을 터뜨렸다. "시간? 뭐 할 시간 말이야, 미키? 이 냄새나는 깡통 안에 쪼그리고 앉아 꿈틀이가 저것들한테 우릴 산 채로 먹지 말고 그냥 죽이라고 설득할 수 있는지 알아보려고 기다리는 시간? 뭘 하려면 그냥 당장 하는 편이 나아. 우릴 구하러 올 기갑부대도 없고 기다려 봤자 저것들에게 지원군을 더 모을 시간을 벌어 줄 뿐이야."

나는 고개를 들었다. 루카스가 한 손을 가속기에 얹은 채로 나를 쳐다보고 있었다.

나는 천천히 명확한 어조로 말했다. "만약 우리가 총질을 해서 여길 빠져나갈 수 있다고 생각했다면, 그렇게 했을 거야, 루카스. 밖에는 최소 100마리의 거미들이 있어. 그리고 우리는 초당 최대 세 마리씩 죽일 수 있지. 똑같은 말을 몇 번이나 다시 해야 하는 건지 모르겠지만, 계산이 안 서."

나샤가 말했다. "동료들이 폭발에 쓰러지기 시작해도 놈들이 계속 달려들 거라고 믿으니까 계산이 안 서는 거야. 하지만 나는 그렇게 생각 안 해. 파편들이 쌓이기 시작하면 나머지 놈들은 포기하고 달아날 거라고 장담해."

루카스가 말했다. "나도 아자야가 생각하는 방식이 마음에 들어. 우릴 지붕에 올리고 엔진에 시동을 걸어. 놈들이 동료들 시체에 걸려 넘어지면서도 우리를 잡을 수 있는지 보자고."

내가 말했다. "무슨 말인지는 알겠어. 하지만 스피커가 말한 것처럼 놈들이 사상자에 대해 괘념치 않는다면 네 예측은 완전히 틀리게 돼. 너도 들었잖아. 절반을 죽이든 그 이상을 죽이든 기꺼이 내버려 두고 로버를 향해 달려들 거라고, 그렇지? 네가 저것들의 심리를 스피커보다도 잘 이해한다는 데에 우리 모두의 목숨을 걸겠다는 거야?"

"이건 이해의 문제가 아니야. 신뢰의 문제지. 나는 꿈틀이 녀석을 믿지 않아." 루카스가 말했다.

"그렇다고 해도 나는 우리의 생존을 (그리고 기억하는지 모르겠지만 개척지의 생존도) 총질을 해서 여길 빠져나갈 수 있다는 아이디어만으로 위험에 빠뜨리지는 않을 거야. 어쨌든 아직은 그럴 수 없어. 혹시 마샬이 우리가 원했던 화기를 내줬더라면 이야기가 달라졌을지 모르지. 그러나 지금 상황이라면, 난 여전히 스피커가 우리에겐 최선의 선택이라고 생각해."

루카스가 말했다. "그건 두고 봐야겠지. 오해는 하지 마. 나도 네 판단이 옳았으면 좋겠어, 미키. 하지만 느낌이 좋지 않아. 꿈틀이가 우리한테 말하지 않은 뭔가가 있어."

루카스는 벤치에 더 깊숙이 기대앉으며 턱을 가슴에 바싹

붙였다. "그게 결국 우리 모두를 사지로 몰고 가지 않길 바라야지, 안 그래?"

한 시간이 더 지나서야 해치가 열리며 스피커가 종종걸음으로 들어왔다.

해치가 쾅 하고 닫히기도 전에 스피커가 말했다. "좋은 소식이야. 우린 타협안에 합의했어."

나는 객실을 돌아보았다. 모두의 시선이 스피커가 아닌 나를 향했다.

"좋아, 저들이 원하는 게 뭐야?" 내가 물었다.

스피커가 머뭇거렸고 나는 속이 짜르르해졌다.

"그게, 우리가 예상한 대로 우리에게 로버를 양도할 것을 요구했어. 그들 입장에서 이 기계에 들어 있는 금속은 대단히 귀중하거든."

루카스가 말했다. "그러시겠지. 그런데 말이야, 저들이 플라즈마 물리학에 대해서 네 예상보다 훨씬 많이 알고 있지 않으면 전력 시스템을 반 토막 내다가 엄청나게 놀라고 말 거야."

나샤가 물었다. "또 뭘 원하지? 로버를 원한다는 건 이미 알고 있었어. 저들이 원하는 그게 *전부*라면 곧장 그러겠다고 했겠지."

"맞아. 그게." 스피커가 말했다.

나샤가 가슴에 팔짱을 꼈다. "그게 뭐?"

"네가 파괴한 생명체에 대한 보상으로, 부속물 하나를 달라는 요청을 받았어."

14장

"제이미?" 나샤가 외쳤다. "버너를 점화하고 달릴 준비 해."

내가 말했다. "안 돼! 기다려! 잠깐…… 잠깐 기다려 봐. 생각을 해 봐야겠어."

루카스도 어느새 정신이 번쩍 든 얼굴로 일어나 무기에 손을 뻗었다. "생각이라고, 미키? 무슨 생각을 할 건데? 우리 중 누구를 저 괴물들에게 넘길지 생각해 보게? 왜냐하면 내가 지금 바로 답을 말해 주려고. 난 절대 아니라는 거."

캣도 어느새 자리에서 일어섰다. 손에 가속기를 쥐고 호흡기를 쓰며 말했다. "나도 루카스 말에 동의해. 끝까지 해 볼 때가 됐지."

스피커가 말했다. "제발, 제발 생각해 봐, 친구들. 지금은 성급하게 행동할 때가 아니야. 모두를 잃는 것보다 하나를 잃는 편이 낫잖아, 안 그래?"

나샤가 말했다. "우리가 쟤들 심리를 이해 못 하는 게 맞는 것 같네. 당연히 쟤들도 우리 심리를 빌어먹게 이해 못 하고 말이야."

그녀가 권총집에서 버너를 모두 뽑아 나에게 둘 다 건넸다. "자. 이게 도움이 될지는 모르겠지만 가지고 있어서 나쁠 건 없겠지. 제이미, 언제쯤 열 준비가 될 것 같아?"

잠시 침묵이 흘렀다. 이윽고 스피커를 태운 후 처음으로 조종석 문이 우묵하게 파인 곳으로 미끄러져 열리며 제이미가 몸을 숙여 객실로 들어왔다.

"안 돼." 그가 말했다. "스피커 말이 맞아. 미키 말도 맞고. 저것들은 사방에 가득하다고. 만약 너희가 나가서 총질을 시작하면 20미터도 못 가서 놈들이 로버에 올라타 너희를 찢어발길 거야. 내가 버너를 쓸 수 있겠지. 하지만 우리 차체 위를 기어오르는 놈들은 그걸로 맞힐 수가 없어. 우리가 움직이고 놈들이 흩어져 있을 때가 바로 싸울 때야. 이젠 너무 늦었어."

나샤가 제이미를 쳐다보았다. 그녀가 입을 다물지 못한 채 긴 5초가 흘렀다. 마침내 침묵을 깬 사람은 루카스였다.

"알았어, 토끼맨. 그럼 어떻게 하면 좋겠어? 넌 우리 중 한 명을 어떻게 거미 밥으로 고를 계획이야? 왜냐하면 다시 말하지만, 난 빌어먹을 절대로 그거 안 할 거거든."

제이미가 두 눈을 감았다. 다시 눈을 떴을 때 그의 굳은 얼굴에 분노가 어려 있었다.

"아니지, 넌 아니야, 루카스. 넌 우리 팀 근육이잖아. 우리는 몸 쓰는 사람이 필요해. 첸도 마찬가지야, 그렇지? 미키도 될 수 없어, 안 그래? 미키는 크리퍼와 우리 사이에서 말을 전달하니까. 나샤? 나샤도 싸움꾼이야. 어쨌든 미키는 절대로 나샤를 보내지 않을 거야. 그럼 대체 누가 남겠어, 이 바보야?"

제이미가 우리를 차례로 쳐다보고는 고개를 절레절레 흔들었다. "그런 눈으로 날 보지 마, 이 개자식들아. 그리고 어떻게든 돔으로 다시 돌아가게 된다면, 젠장 절대 누구한테도 내가 이 일에 자원했단 소리는 하지 말라고. 난 빌어먹을 자원을 하는 게 아니야, 알아들었어? 단지 현실을 인정하는 거야. 내가 이 참사에 떠밀려 온 이유는 로버를 조종할 자격이 있어서였어. 그게 이곳에서 내 역할이지. 로버를 포기한다면 난 뭐가 되겠어? 꿔다 놓은 보릿자루지." 제이미가 웃음을 터뜨렸다. "꿔다놓은 보릿자루나 죽은 목숨이나, 매한가지야." 이윽고 그가 스피커를 쳐다봤다. "호흡기를 가져가야 할까, 아니면 내가 해치 밖으로 나가자마자 저들이 나를 갈기갈기 찢어 버릴까?"

"그건 나도 조언해 줄 수가 없어. 저들이 요구한 건 부속물 하나야. 그걸로 뭘 할지는 내게 아무런 암시를 주지 않았어." 스피커가 대답했다.

"지금 그거라고 했냐?" 루카스가 말했다. "닥쳐, 꿈틀이."

나샤가 말했다. "제이미. 이렇게 할 필요 없어. 우린 그냥 가면 돼. 그냥 놈들을 밟고 가는 거야. 우리는 저것들이 전투복을 뚫을 능력이 있는지조차 모르잖아."

스피커가 말했다. "저들은 능력이 있어. 그들과 얘기를 나누고 보니 이건 확실히 말할 수 있어."

"그게 무슨 상관이야." 캣이 말했다. "나샤가 옳아. 이럴 수는 없어. 우리는 인신 공양은 하지 않아."

"저들은 희생을 요구하는 게 아니야. 저들이 요구한 건 부속물 하나지. 부디 너희는 이곳에서 이방인이라는 걸 되새겨 줘. 우리에게 이건 관습이야." 스피커가 말했다.

"너희에게 뭐가 관습인지는 우리가 알 바 아니야." 나샤가 말했다.

"너희가 싸운다면, 저들이 너희를 몰살시킬 거야." 스피커가 말했다.

"참고로 말해두지만," 루카스가 말했다. "우리가 죽으면 너도 우리랑 같이 죽는 거야, 꿈틀아. 넌 못 빠져나가. 그렇게 되면 내가 직접 널 쏠 거야."

스피커가 말했다. "아니, 그런 수고는 필요 없을 거야. 내가 너희를 대신해서 협상하는 거라고 말했거든. 너희가 이제 와서 싸운다면 저들은 내가 배신했다고 여길 거야. 당연히 너희와 마찬가지로 나도 분해하겠지. 그리고 어쩌면 내 기만에 대한 책임을 우리 둥지에 덮어씌울지도 몰라. 제발 너희가 여기서 벌이는 일이 더 큰 전쟁을 야기할 수 있다는 점을 고려해 줘."

"그건 너희 문제지." 캣이 말했다.

나는 벤치에 털썩 주저앉아 벽에 등을 기댔다. "우리 문제이기도 해, 캣. 저들이 전쟁을 벌이게 되면 우리에게 불똥이 튀지 말라는 법이 없잖아. 애들의 미로에서 우리와 가장 가까운 지점이 보안 경계선에서 고작 1킬로미터밖에 안 떨어져 있다고."

스피커가 말했다. "미키의 말이 정확해. 우리 둥지와 그들의 둥지 사이에 전투가 벌어지면 승리하는 쪽이 너희를 다음 목표로 삼을 거야. 싸움으로 손실된 재료들을 대체해야 할 테니까. 너희는 순식간에 제압당할 거라고 생각해."

루카스가 말했다. "그럴지도 모르지. 아닐 수도 있고. 우리는 너희가 본 적 없는 무기 체계를 갖췄어. 우리가 궁지에 몰릴 때 어떻게 하는지 보면 너흰 깜짝 놀랄 거야."

"그만해." 내가 외쳤다. "모두 다, 좀…… 좀 그만해, 빌어먹을 잠깐만. 제발. 제이미, 앉아. 루카스, 닥쳐. 스피커, 이 문제는 변경의 여지가 어느 정도야? 너는 물론 누군가를 내줘야 한다는 요청에 우리가 이렇게 반응하는 걸 이해할 수 없겠지. 다시 밖으로 나가서 재협상할 수 있을까? 저들한테 우리는 부속물이라는 게 없다고 말하면 어때? 어쩌면 우리가 뭔가를 대신 줄 수 있을 거야."

스피커가 말했다. "시도해 볼 수는 있지. 하지만 이 점은 말해 둘게. 저들 입장에서 보면 합의는 이루어졌어. 우리는 합의를 매우 중요하게 여기지. 이 시점에서 내가 재협상을 시도한다면 가장 가능성이 높은 결과는 그들이 나를 파괴한 다음 너희도 파괴하는 게 될 거야."

"그거 좋은 것 같은데." 루카스가 비아냥거렸다. "저들이 너를 처리하는 동안 우리가 먼저 달려들면 되겠네."

"루카스. 정말이지 닥치라고. 그런 태도는 도움이 안 돼." 내가 다그쳤다.

그는 말대꾸를 하려고 입을 열었지만 내 표정을 보더니 그냥 넘어가기로 한 모양이었다.

"우리한테 시간이 얼마나 남았어?" 나샤가 물었다.

스피커가 그녀를 쳐다보았다. "시간?"

"그래. 저들이 조바심 내기 전까지 얼마나 시간을 더 지연시킬 수 있을까?"

스피커가 말했다. "난 이해가 안 되는데. 지연시킨다고 해서 대체 뭐가 달라지는 거야? 좋은 점이라고는 피할 수 없는 일을 늦추는 것뿐이잖아. 나쁜 점은 저들이 더 많이 모일 여유를 준다는 거고."

제이미가 말했다. "솔직하게 말해서, 내가 나가야 하는 거라면 그냥 빨리 해치워 버리는 게 나을 것 같아. 한 시간 더 앉아서 고민해 본다고 해서 내가 더 행복해질 일은 없으니까."

나샤가 말했다. "안 돼, 피치 못할 상황이 아니고서는 널 내보낼 수 없어. 이건 왕과 도둑 같은 거야, 알았지?"

나샤가 객실을 둘러보았다. 네 사람의 멍한 시선이 그녀에게 꽂혔다.

"왕과 도둑. 우화잖아. 우리 엄마한테 백번은 들었을 거야. 내가 뭘 말하는 건지 아무도 모른단 말이야?"

"아마 새로운 희망의 우화인가 본데." 캣이 말했다.

나샤가 눈을 굴렸다. "들어 봐. 어떤 도둑이 있어, 알았지? 그가 붙잡힌 거야. 사람들이 그를 처벌하기 위해서 왕 앞에 끌고 갔어. 왕이 그에게 사형을 선고한 걸 보면 아마 뭔가 큰 물건을 훔쳤겠지. 사람들이 그를 끌고 가려는데 도둑이 말했어. '잠깐만요, 폐하! 저를 살려 주시면 폐하의 말에게 말하는 법을 가르치겠습니다!'

자, 왕이 관심을 갖게 되었어. '얼마나 오래 걸리느냐?' 도둑이 대답했지. '1년입니다. 저에게 1년의 시간을 주시면 폐하의 말이 말을 할 것입니다.' 왕은 생각해 보더니 어깨를 으쓱했어. '좋다. 1년을 주겠다. 기한이 다 되었는데도 내 말이 말을 하지 못하면 너를 목매달겠다.' 도둑은 고개를 숙여 인사를 했고 경비병들이 그를 데려갔지.

왕의 방을 나오자 경비병 중에 한 명이 물었어. '그게 무슨 소용이야? 단지 교수형이 미뤄진 것뿐이잖아.' 도둑이 미소를 지었어. '1년은 긴 시간이야. 1년 사이에 저 왕이 죽을지도 모르지. 내가 죽을 수도 있고. 그것도 아니면 또 누가 알아? 그 말이 말하는 법을 배울 수도 있는 거잖아?'"

어색하고 긴 침묵이 흐른 뒤에 스피커가 물었다. "말이라는 게 뭐지?"

나샤가 대답했다. "그건 중요하지 않아. 중요한 건, 우리가 할 수 있는 한 최대한 길게 버티는 거야. 그래서, 얼마나 남았어, 스피커?"

스피커는 아래턱을 꽉 다물고 잠시 생각에 잠겼다.

마침내 그가 입을 열었다. "이건 전적으로 명확하지 않아. 우리는 기간을 지정하지 않았거든."

"알았어, 그럼. 저들이 와서 노크할 때까지 기다리는 거야." 나샤가 말했다.

마치 한 달처럼 느껴지는 거의 두 시간이나 이어진 침묵을 깨며 나샤가 말했다. "내가 이해할 수 없는 게 있는데, 이 행성은 똥구덩이 같은 거잖아, 그렇지? 불쾌하게 만들려는 건 아니야, 스피커. 하지만 이곳은 그다지 생명체에 초(超)친화적인 곳은 아니라고, 그렇잖아?"

"나는 비교할 점이 없어. 내가 보기엔 충분히 친화적인 것 같아." 스피커가 대답했다.

"내 말을 믿어. 그렇지 않아. 어쨌든 그건 내 요점이 아니야. 요점은 유니언이 지난 1000년간 수많은 행성을 탐사했는데 대부분 이곳보다 살 만한 곳이었어. 그리고 그 오랜 시간 동안 우리가 마주친 지능을 가진 종족은 고작 하나뿐이었거든?" 나샤가 말했다.

"둘이야." 내가 정정했다. "로어노크와 롱샷. 에덴의 첫 번째 개척지 우주선을 먹어 버린 행성까지 따지면 셋이고."

루카스가 덧붙였다. "아카디아의 우주선도 먹었지. 대체 어떻게 된 일인지 알아낸 게 있었던가?"

나는 고개를 저었다. "별로. 우주선이 오르트 구름에 닿자마자 흔적 없이 사라지게 만드는 뭔가가 있다는 것만 알지. 그만한 속임수를 부릴 줄 한다면 그게 무엇이든 우리가 건드려서 좋을 건 없을 테니까."

캣이 물었다. "새로운 희망에도 지각 있는 생명체가 있다고 하지 않았어? 그러면 최소 네 종족이잖아, 그렇지?"

나샤가 말했다. "어쨌든, 요점은 거주 가능한 행성에는 대부분 기술 지능을 가진 생명체가 없어. 그런데 여기에는 그런 종족이 둘이나 있다니 정말 희한한 확률이잖아?"

"우주는 희한한 곳이야." 내가 말했다. "그나저나 그거 좋은 질문이네. 우리는 기본적으로 한 지적인 종족이 발생하면 행성이 여타 종의 발생을 억제할 거라고 기대하잖아. 아무튼, 옛 지구에서도 그런 일이 벌어졌지. 도약할 가능성을 가진 유인원만 대여섯 종이 있었는데 우리 종이 루비콘강을 건너자마자 나머지 종들은 신기하게도 사라져 버렸어. 또 누가 알겠어? 이곳이 더 친절하고 호의적인 행성일지?"

"어떻게 생각해, 스피커? 통찰력을 발휘해 볼래?" 나샤가 물었다.

"미안, 나는 이해가 안 되는 것 같아. 너희들은 이 행성에 두 개의 생각하는 종족이 있다고 믿는 거지?"

그렇게 대답하고 스피커는 한참 동안 말이 없었다.

나샤가 결국 입을 열었다. "네가 저들과 협상을 해 왔다고 우리한테 말했잖아. 지금 저들이 지각 있는 생명체가 아니라고 말하는 거야?"

"설명을 해 보려고 애썼지만 이건 복잡한 질문이야. 밖에 있는 생명체들은 주로 부속물들이야. 너희들의 정의에 따르면 저들 중 상당수가 지각이 없을 수도 있지. 하지만 저기에 적어도 프라임 하나는 섞여 있는 것 같아."

"나는 각각의 개체를 의미하는 게 아니야. 종 말이야. 저들은 지각을 가진 종족이야?" 나샤가 재차 말했다.

"다시 말하지만 나는 이해를 못 하겠어. 우리가 지각 있는 존재라고 동의했잖아, 그렇지? 넌 내가 지각이 있다는 걸 인정하지 않는 거야?"

나샤는 대답을 하려고 입을 벌리다 머뭇거리더니 결국 도로 입을 다물었다.

"그러니까," 내가 끼어들었다. "네 말은 밖에 있는 저들도 크리퍼라는 뜻이야?"

"명료화를 해 줘. 나는 크리퍼야?"

"그렇지. 너는 크리퍼야." 루카스가 말했다.

"그럼 맞아. 지금 밖에 있는 생명체들도 마찬가지로 크리퍼들이야. 우리는 똑같아. 내가 말했듯이 저들은 남쪽에 있는 우리 친구의 종복들이니까. 기억하지?"

"하지만……."

루카스가 나샤의 말을 가로챘다. "너는 벌레잖아. 저것들은 거미고. 너희는 똑같지 않아."

스피커가 말했다. "미안하지만, 난 우리가 이 점을 명확히 아는 줄 알았지 뭐야. 이건 생물학적 외피가 아니야. 구조물이지. 그렇지 않고서야 우리가 너희들의 발성 기기를 그렇게 짧은 기간에 복제할 수 있었겠어? 이것 덕분에 우리는 굉장한 유연성을 가지게 되었어. 다양한 형태도 취할 수 있지."

"정말이야? 너희가 기계라고?" 루카스가 물었다.

나는 고개를 저었다. "그렇지도 않아. 정확히 말하면 크리퍼들은 기계가 아니라고. 하이브리드 같은 거지. 적어도 우리가 잡은 표본에 따르면 그래."

"정확해. 우리는 하이브리드야. 일부는 생물이고 일부는 기계지. 금속을 확보하는 걸 상당히 가치 있게 여기는 이유도 바로 그것 때문이고. 다양한 금속 원소의 이용 가능성이 우리의 재생산에 있어 가장 중요한 제한 사항이야."

"맙소사, 듣고 보니 더더욱 로버를 넘겨주고 싶지 않은걸. 로버에서 얻은 금속으로 저들 같은 개체를 얼마나 많이 만들 수 있을까?" 나샤가 물었다.

"수백 개. 정확히 어떤 물질로 만드느냐에 따라 다르지만 수백 개가 될 수도 있어. 이 기계는 엄청난 자원이니까." 스피커가 대답했다.

"그렇군. 갑자기 너무 궁금한데, 협상할 때 구체적으로 무슨 일이 있었던 거야?" 루카스가 물었다.

"나도 마찬가지야." 캣이 말했다.

"무슨 일이 있었을 것 같은데?" 나샤가 물었다.

루카스는 어깨를 으쓱했다. "뻔하지 뭐, 안 그래? 꿈틀이는 방금 자기네들도 밖에 있는 것들만큼이나 금속을 간절히 원한다고 인정한 셈이야, 그렇지? 그러니까 논리적으로 추측해 보면 얘도 이 로버를 뜯어 가려고 저 거미들만큼이나 몹시 탐내고 있다고. 그래서 싸우지 않고도 우리를 항복하게 만들 수 있으니, 자기네 둥지에 전리품의 일부를 달라고 나가서 설득한 거야. 아주 간단한 사기잖아."

바닥에서 몸을 일으킨 스피커가 몸을 비틀어 루카스를 마주 보았다. "사기? 나는 그 단어를 몰라. 나를 배신자로 몰려는 거야?"

루카스는 가속기를 뽑아 들진 않았지만 안전장치에 손가락이 가 있었다. "난 널 뭘로 몰려는 게 아니야, 꿈틀아. 그냥 보이는 대로 말하는 거지."

상황이 좋지 않다. 당장 멈춰야 했다. 나는 자리에서 일어섰다.

"안 돼. 이러는 거 아니야. 루카스, 앉아. 스피커, 너도 마찬가지야. 우린 다 친구라고, 기억나?"

"너나 잘해. 친구를 거미 밥으로 주는 게 무슨 친구야?" 루카스가 말했다.

"저들은 그를 *먹지* 않을 거야. 우린 너희한테 식량 자원으로서는 관심이 전혀 없어. 너희들의 단백질은 소화가 안 되거든." 스피커가 말했다.

"그러셔? 그건 또 어떻게 알아냈데?" 루카스가 물었다.

"2년 전에 날 분해했기 때문에 알고 있지." 내가 대답했다. "식스를 데려가서 어떻게 움직이는 건지 분해를 해 봤어."

"그럼 저것들도 나한테 그런 짓을 하겠네? 날 분해하는 거지?" 제이미가 물었다.

"거의 그렇다고 봐야지, 맞아. 너희들은 이 세계에서 새로운 존재들이야. 그것만으로도 연구할 가치가 있어. 게다가 위험한 존재라는 걸 증명했잖아. 너희들 내부가 어떻게 작동하는지 자세히 살펴봐야겠다는 느낌이 들 만도 하지, 안 그래?" 스피커가 대답했다.

"난 *네* 내면이 어떻게 작동하는지 자세히 살펴보고 싶은 강한 충동이 들고 있어, 꿈틀아." 루카스가 으르렁거리며 말했다.

내가 외쳤다. "이봐! 그만하라고 했잖아, 루카스! 좀 잠자코 있으란 말이야, 알겠어? *이러는 거 아니야.* 지금 우리가 서로 죽이려는 게 아니잖아. 밖에 있는 저것들만으로도 골칫거리는 충분해. 스피커, 사실대로 말해. 저것들이 로버를 분해하면 금속을 일부 가져가기로 동의한 거야?"

"맞아. 동의했어." 스피커가 대답했다.

숨 막히는 침묵을 뚫고 나샤가 말했다. "이러어어어언 젠장."

나는 중립적인 어조를 유지하려고 애쓰며 물었다. "스피커? 우리를 팔아넘긴 거야?"

"아니, 내가 그 용어를 제대로 이해한 게 맞는다면, 나는 너희를 팔아넘기지 않았어. 내가 할 수 있는 한 우리 모두에게 최선의 협상을 이루어 낸 거야. 부디 이해해 줘. 로버를 가져가겠다는 저들의 의지는 확고했어. 로버를 통째로 가져가면 자기들 같은 개체 수백 개를 더 만들 수 있을 테니까. 어떤 측면에서 보면 그들은 이미 우리 둥지보다도 강해. 어쩌면 이 일로 그들은 우리 프라임을 압도해 쫓아내기 충분한 양의 부속물들을 추가로 만들게 될 수도 있어. 그거야말로 그들의 목표란 걸 이미 내가 말했잖아."

"그래서 우리도 말했잖아. 그건 너희 문제라고." 캣이 말했다.

"제발, 생각해 봐. 우리는 너희 동맹이야. 우리가 쫓겨나면 우리 친구들이 너희를 파괴할 능력을 가졌다는 걸 믿지 않는다 해도 너희 입장은 난처해질 거야. 우리가 이 기계의 금속 일부를 가져가면 우리 둥지를 지킬 가능성이 더 커지지. 결국 너희와 우리 모두에게 이로운 거야, 안 그래?"

루카스가 말했다. "더는 못 참아. 미키, 이 소리 들었어? 이걸 듣고도 협상을 이행할 생각을 하는 건 아니겠지. 당장 이 녀석을 죽이지는 않겠어. 얘가 있어야 그 폭탄을 찾을 수 있으니까. 우리가 살려면 그 폭탄이 필요하지. 하지만 지금부터 얘는 적으로 간주해야 해. 저 밖에 있는 것들에 대해서 얘가 하는 빌어먹을 말을 믿어선 안 된다고. 나도 크리퍼들이 전투복을 뚫을 수 있고 메인 해치의 바닥도 뚫을 수 있다는 건 알아. 하지만 이 로버는 군사 규격에 맞게 만들어졌어. 1000미터 거리의 핵융합 폭발도 견디게끔 설계를 했다고. 저들이 뚫고 들어올 수 있다면 망한 거지만, 저 해치 밖에 있는 놈들 한가운데로 자진해서 걸어 나가면 놈들이 우릴 무사히 놓아줄 일은 절대 없어."

나는 제이미를 바라보았다. 그는 나와 눈을 마주치지 않았다. 캣은 루카스를 올려다보며 고개를 끄덕였다. 나는 나샤를 쳐다보았다. 그녀가 어깨를 으쓱했다. "틀린 말은 아니야, 미키."

그때 로버 천장에서 톡 톡 톡 하고 두드리는 발톱 소리가 났다.

"어느 쪽을 택하든, 당장 선택해. 우리 친구들이 노크를 하러 온 모양이야." 스피커가 말했다.

고백할 시간이다. 나는 빠른 결정을 내리는 데 영 젬병이다. 미드가르드에 살던 어린 시절에, 한번은 아이스크림 가게에서 어떤 맛을 고를지를 두고 너무 오랫동안 이랬다저랬다 하는 바람에 아이스크림도 못 사고 울면서 엄마에게 끌려 나온 적이 있다. 학교 졸업 무도회 때는 세 명의 여자애 중 누구한테 거절당하는 게 나을지 결정을 못 해서 결국 아무에게도 파트너 신청을 안 했다. 이 황량한 행성에 온 것도 다리우스 블랭크에게 벗어나기 위해 자살하는 것보다 나은지 혹은 못한지를 결정할 수 없었기 때문이었다.

사실 나는 이 임무의 책임자로서 이상적인 사람은 전혀 아니었을지도 모른다.

"제이미! 조종석으로 돌아가. 우린 시작할 거야." 나샤가 외쳤다.

"안 돼. 제발, 다시 생각해 봐. 이 로버가 움직이면 싸우기로 결정하는 셈이야. 더 이상 협상도 할 수 없고 지체도 할 수 없어. 탈출할 수 있다고 생각하겠지만 너희는 성공하지 못할 거야. 시도를 했다가는 저들이 우리 모두를 몰살할 거라고." 스피커가 말했다.

"그러면 너희 종족은 전리품을 못 챙기게 되겠네. 그렇지, 꿈틀아?" 이미 장비를 갖추고 준비를 끝낸 루카스가 말했다. "해치 열어, 제이미. 시작할 시간이야."

제이미가 나를 올려다보았다. "미키? 아직도 네가 이 쇼를 책임지고 있는 거 맞지? 네가 결정해야 돼."

나는 입을 벌렸다가 다물었다. 그리고 다시 입을 벌렸다. 5초 간 나는 싸움과 항복 사이에서 결정하지 못하고 열다섯 번이나 이랬다저랬다 했다. 나샤가 나를 지켜보고 있었다. 그녀는 알 수 없는 표정을 지었다.

빌어먹을 뭘 하든 멋대로 하라고 말하려는 찰나, 내 오큘러가 번쩍였다.

[RedHawk]: 미키? 너희들 아직 거기 있어?

[Mickey7]: 베르토?

[RedHawk]: 놈들이 너희를 완전히 뒤덮고 있어, 친구.

[Mickey7]: 알아, 안다고. 넌 어디야?

[RedHawk]: 꽉 잡아, 미키. 이제 곧 흔들릴 거야.

"엎드려! 뭐든 꽉 잡아!" 나는 바닥에 엎드리며 말했다.

아무도 꿈쩍하지 않았다. 나샤가 눈을 굴렸고 루카스는 비꼬는 말을 하려고 입을 열었다. 순간 귀가 먹먹할 정도의 충격이 로버의 옆구리를 강타했다. 옆으로 쓰러질 듯 튕겨 오르던 로버가 가까스로 균형을 되찾았다. 나샤는 비틀거리다가 멀리 있는 격벽에 두개골을 부딪히면서 중심을 잃고 쓰러졌다. 루카스와 캣은 해치에 몸을 붙여 가까스로 버텼고 제이미는 내 옆 바닥에 엎어졌다. 스피커만이 아무렇지 않게 통로 한가운데에 쭈그려 있었다. 로버는 바퀴로 착지하는가 싶었으나 반대쪽 옆구리를 또 한 번 강타당하며 튕겨 올랐다.

루카스가 외쳤다. "미키? 도대체 어떻게 된 일이야?"

나도 소리쳤다. "베르토야! 제이미, 어서 움직여야 해!"

세 번째 폭발이 일어났다. 이번에는 좀 멀리서 터졌기 때문에 모두가 움직이는 데에 크게 영향이 없었다. 제이미가 재빨리 조종석으로 들어갔다. 몇 초 후 우리는 달리기 시작했다. 루카스가 주먹으로 해치 버튼을 때렸다. 해치가 열리자 다리 두 개가 위쪽에 생긴 공간으로 비집고 들어오려고 했다. 캣이 쏘자 거미가 분해됐다. 뒤이어 캣과 루카스가 재빨리 해치 밖으로 나갔다. 나샤는 쓰러진 채 움직이지 않았다. 나는 망설였지만 지금은 그녀를 도와줄 틈이 없다. 나샤의 가속기를 집어 든 나는 호흡기를 쓴 다음 캣과 루카스를 따라 지붕으로 올라갔다.

바깥은 혼란 그 자체였다. 육중한 리프터가 머리 위를 날면서 미사일 튜브를 비워 내고 있을 줄 알았는데 내 눈에 들어온 건 빌어먹을 글라이더를 탄 베르토뿐이었다. 우리 뒤에는 세 개의 거대한 구덩이가 파여 있었다. 몸을 지붕으로 끌어 올리던 차에 오른쪽으로 약 50미터 떨어진 곳에서 또다시 폭발이 일어났다. 폭발파 때문에 하마터면 로버에서 떨어질 뻔했다. 뜨겁게 달아오른 버너 포탑이 정면에서 20도 각도로 이리저리 빔을 쏘고 있었다. 캣과 루카스가 포탑 양옆에 쭈그리고 앉아 끊임없이 사격하며 측면을 정리하는 중이었다. 거미들은 사방에서 몰려왔다. 나는 배를 대고 엎드려서 가속기를 움켜쥐었다. 그리고 목표물을 하나씩 골라 쏘기 시작했다. 20초가 흘렀고 그사이에 한 번의 폭발이 더 일어났다. 내 사격장에는 더는 움직이는 목표물이 남지 않게 되었다. 내 뒤에서 두 발의 총성이 들렸다. 그러고 나서 몇 초가 더 흘렀다. 일정한 속도로 암석을 밟고 가는 타이어 소리 외에는 아무 소리도 들리지 않았다.

"이상 없어. 생존자들은 땅속으로 숨어 버린 것 같아." 통신으로 베르토의 목소리가 들렸다.

나샤.

나는 가속기를 들고 안으로 뛰어들었다.

15장

해치를 타고 내려가자 제일 먼저 스피커가 눈에 들어왔다. 나샤 위로 쪼그리고 앉은 스피커는 아래턱을 분주하게 움직이며 먹이 앞발로 그녀의 얼굴을 쓰다듬고 있었다.

내가 소리쳤다. "이봐! 나샤한테서 떨어져!"

스피커가 몸을 일으키고 나를 돌아보았다. "미키. 유일한 나샤는 다쳤어."

"비켜, 빌어먹을 비키라고." 나는 나샤의 가속기 총신을 들었다.

그가 내 쪽으로 1미터 정도 물러서자 피가 보였다.

아주, 아주 많은 양의 피였다.

그녀의 머리 주변을 적시고 바닥을 가로질러 흘러가고 있었다.

나는 무기를 내려놓고 스피커를 빠르게 지나쳐 나샤 옆에 무릎을 꿇고 앉았다. 그녀는 양옆에 붙은 벤치 사이에 누워 있었다. 고개를 옆으로 돌린 상태에서 한쪽 팔은 옆으로, 다른쪽 팔은 가슴을 가로질러 뻗고 있었다. 나는 그녀의 목에 손가락을 댔다. 빠르고 약하지만 맥박이 잡혔다. 의학 훈련 받았던 걸 기억해 보려고 했지만 보이는 건 피뿐이었고 머릿속이 멍했다.

뒤에서 캣의 목소리가 들렸다. "미키? 나샤는 괜찮은 거야?"

"모르겠어. 나도 몰라. 피를 너무 많이 흘려서……."

"내가 좀 볼게."

캣이 부드럽게 나를 옆으로 밀어냈다. 나샤의 목 양쪽에 두 손을 대 보더니 나샤의 척추를 따라 조심스럽게 손가락을 쓸어 올려 목을 중립 자세로 놓았다. 캣의 손가락이 계속해서 나샤의 헤어라인까지 몇 센티미터를 더 쓸고 올라가더니 멈췄다.

"여기에서 출혈이 생기고 있어. 그렇게 심각한 부상은 아니야. 거의 외상만 입은 것 같아. 머리에 상처가 나면 피를 많이 흘리거든. 하지만 제법 빠르게 응고되는 편이지."

"이제 곧 산등성이를 벗어나려고 해. 어디로 가야 할지 아는 사람 있어?" 조종석에서 제이미의 말이 들렸다.

"남쪽이야." 스피커가 말했다.

"그렇군. 고맙다. 굉장히 빌어먹게 도움이 되네." 제이미가 말했다.

루카스가 나를 스쳐 지나갔다. 손에는 어느새 개봉한 응급 키트가 들려 있었다. 그가 캣 옆에 쪼그려 앉아 거즈, 가위, 살균용 젤이 든 튜브를 건넸다. 캣은 신속하게 상처를 드레싱 했다. 그러고 나서 나샤의 눈꺼풀을 차례로 들어 올려 눈을 들여다보았다.

"그럼? 나샤는 괜찮은 거야?" 내가 물었다.

캣은 고개도 돌리지 않고 대답했다. "아니, 하지만 죽진 않았어. 확실히 목이 부러진 것도 아닌 것 같고. 그건 대단한 일이야."

루카스가 말했다. "뇌진탕이지. 경막하 혈종일 수도 있고. 뇌출혈일지도 몰라. 어떤 경우라고 해도 우리가 여기서 할 수 있는 건 아무것도 없어. 깨어나거나 못 깨어나거나 둘 중 하나지."

[Mickey7]: 베르토, 그 글라이더로 누굴 좀 데려올 수 있어?

[RedHawk]: 뭐라고? 안 돼. 이건 내 무게도 간신히 띄우고 있다고. 왜 그러는데?

나는 눈을 깜빡여 대화창을 닫았다. "그 응급 키트가 정말로 여기에 있는 유일한 의료 장비야? 진짜 의료 기구는 아무것도 없어?"

루카스가 고개를 저었다. "우린 수술실이 없어, 혹시 네가 찾는 게 그거라면 말이야. 나샤가 뇌출혈이라면 그게 유일한 방법이겠지. 얼른 수술을 해야 할 거야. 뇌출혈이 아니라면 정신이 돌아올 때까지 기다려야 해. 어차피 돔에 있었어도 그렇게 밖에는 못 해."

눈앞이 흐려지면서 과호흡이 일어나고 있다는 생각이 들었다. 루카스가 자리에서 일어나 내 팔을 붙잡고 벤치로 데려가 앉혔다.

"정신 똑바로 차려. 네가 정신을 잃으면 어떤 식으로든 나샤한테 도움 될 게 없어."

나는 반박하고 싶었다.

하지만 사실, 루카스의 말이 옳았다.

나는 고개를 숙이고 두 손으로 머리를 감싼 뒤 천천히 심호흡을 했다. 1분쯤 지났을까, 가장자리부터 흐릿했던 시야가 걷히며 다시 머리가 돌아가기 시작했다. 고개를 들었다. 캣이 나샤의 목에 쿠션을 둘러 안정시키고 있었다. 객실은 산등성이를 내려오느라 앞으로 약 20도 정도 기울어져 있었다.

"스피커."

내 목소리에서 떨림을 감지한 나는 정신을 가다듬기 위해 심호흡을 한 뒤 말을 이었다.

"스피커. 넌 그 거미들이 얼마나 파괴되든 상관없이 로버를 포기하지 않을 거라고 말했지. 그런데 저렇게 포기했잖아. 네가 우리를 오도한 거야. 해명해 봐."

"난 너희를 오도하지 않았어. 너희가 오해한 거지." 스피커가 대답했다.

"내 말이 맞잖아. 얘랑 이야기해 봤자 시간 낭비야, 미키. 얘는 우리 편이 아니라니까." 루카스가 말했다.

"나는 너희 편이야. 하지만 너희 때문에 내 입장을 정당화하기 점점 힘들어지고 있다는 말은 꼭 해야겠어. 내가 제공할 수 있는 최선의 조언을 한 거야. 우리의 상황에 대해서 네게 해준 말은 어느 하나 거짓이 없어." 스피커가 말했다.

루카스는 침이라도 뱉을 것 같은 표정을 지었다. "헛소리. 놈들이 물러서지 않을 거라고 했잖아, 기억나? 우리가 항복한 이유도 그 때문이었어. 이 로버를 넘겨줘야 했던 것도 그 때문이었단 말이지. 네가 일부 받기로 했던 이 로버 말이야. 하지만 우린 그렇게 하지 않았어, 안 그래? 우리는 싸웠지. 그리고 놈들이 물러갔어. 나샤가 예상했던 그대로. 네가 거짓말을 한 거야, 꿈틀아. 우리가 포기하게 만들려고 거짓말을 했어. 제이미를 저 거미들에게 넘겨주게 만들려고 거짓말을 한 거지. 그건 좋은 조언이 아니야, 친구."

스피커가 몸을 비틀어 루카스를 정면으로 바라보았다. "다시 말하지만, *친구*. 난 거짓말을 하지 않았어."

루카스가 대꾸를 하려고 했지만 내가 한 손을 들어 그를 막았다.

"이건 의미론이야, 루카스. 넌 재가 거짓말했다고 말하고 재는 자기가 거미들을 오판했다고 말하잖아. 어느 쪽도 자기 주장을 증명 못 해. 그러니 논쟁해 봐야 소용이 없지."

"아니야, 너희는 내 말을 듣지 않고 있어. 난 거짓말을 한 적도 오판을 한 적도 없어. 난 거미들이 (너희가 부르는 대로 말하자면) 이 로버를 붙잡을 기회를 포기하지 않을 거라고 말했지. 또한 나는 그들이 사상자 때문에 로버를 단념하지는 않을 거라고 말했어. 이건 둘 다 참인 진술이야."

"스피커." 내가 말했다. "그렇지 않아. 그들은 사상자 때문에 단념했고, 로버를 포기했어."

"아니, 그건 사실이 아니야. 네가 웬 새로운 무기를 그들에게 사용했잖아. 난 그런 가능성을 전혀 알지 못했어. 내게 그런 정보를 알려 줬더라면 더 나은 조언을 해 줄 수 있었겠지. 거미들도 나와 마찬가지로 그 무기에 대비하지 못했으니까 생각을 해 보려고 후퇴한 것 같아. 하지만 내가 장담하는데, 그들은 포기한 게 아니야."

"그럼 그들이 다시 올 거란 말이야?"

"맞아. 거의 확실히 돌아올 거야. 그리고 그때는 협상이란 없어. 이번에 돌아오면 어떻게든 로버의 벽을 뚫으려고 하겠지. 만약 성공하게 되면 우리를 모두 죽이고 우리 둥지에는 전리품을 일절 넘기지 않을 거야. 그러면 남쪽의 우리 친구들은 우리를 쫓아낼 만큼 막강해진 다음 너희 돔으로 가서 거기 있는 금속을 뽑아 가려고 돔을 해체하겠지. 너희가 바라던 결과가 이거야?"

침묵이 이어졌다. 아주, 아주 오랫동안.

해가 저문 직후, 우리는 편평하고 탁 트인 암석 지대의 두 산등성이 틈에서 베르토와 재회했다. 이미 글라이더를 분해해 배낭을 싼 그의 옆으로 로버가 잠시 멈춰 섰다. 제이미가 해치를 열자 나는 그를 맞으러 걸어 나갔다.

"어이. 나샤는 어때?" 베르토가 물었다.

나는 고개를 저었다. "좋지 않아. 살아 있지만 반응이 없어. 진짜 의료실이 필요해."

베르토의 표정이 어두워졌다. "어쩌지, 미키. 돌아가고 싶어?"

나는 두 눈을 감고 길게 숨을 들이마시고, 내쉬었다. 다시 눈을 떠 보니 베르토의 표정은 안타까움 반 걱정 반이었다. "맞아. 난 돌아가고 싶어. 당연히 돌아가고 싶지. 하지만 우린 돌아갈 수 없어. 그 폭탄을 찾아오지 못하면 어차피 모두 끝장날 테니까. 나샤도 마찬가지고. 그러니까 돌아가는 대신 최대한 정신을 차려 우리 할 일을 하는 게 내 계획이야. 그런 다음에 나샤가 깨어나기 전까지 완전히 정신을 놓으려고."

"완벽한 계획인 것 같네. 그렇게 할 수 있을 것 같아?" 베르토가 말했다.

한숨이 나왔다. "모르겠어. 완전히 달라진 처지가 익숙하지 않아서, 알잖아? 보통은 내가 피를 흘리고 있어야 한단 말이지, 나샤가 아니라. 네 생각에는…… 나샤도 이랬을까? 네 생각에는 내가 죽을 때마다 나샤도 이런 기분이었을 것 같아?"

"생각할 필요도 없지. 내가 직접 봤으니까."

나는 그 대답에 더 할 말이 없었다. 우리는 잠시 말없이 서 있었다. 마침내 베르토가 배낭을 짊어지고 로버를 향해 걸었다. 경사로에 이르러 그가 멈춰서 나를 돌아봤다.

"이봐, 미안해, 미키. 첫 번째 폭탄을 너희한테 그렇게 가까이 떨어뜨릴 생각은 아니었는데. 너한테 더 자세히 경고를 해 줬어야 했어. 난 그냥…… 상황이 너무 급박해 보이는 거야, 알잖아? 나는……."

베르토는 해치 바로 옆 장갑판에 뚫린 3센티미터 깊이의 구멍을 손으로 어루만졌다.

"그래, 나도 알아. 넌 영웅이야, 베르토. 너는 위기를 해결하고 싶었겠지."

입 밖으로 내뱉고 나서야 그 말이 얼마나 씁쓸하게 들리는지를 깨달았다. 베르토가 한 대 얻어맞은 사람 같은 표정을 지었다.

"네가 해냈어." 나는 재빨리 덧붙여 말했다. "때맞춰 나타나서 우리를 구했다고. 5분만 늦게 왔어도, 아니, 아마 30초만 늦었어도 지금쯤 우린 모두 죽었을 거야. 그 이상 뭘 더 할 겨를이 없었잖아. 나샤한테 일어난 일이 네 탓이라고 생각 안 해."

베르토는 한 손을 해치 입구에 얹고 나를 내려다보았다. "고맙다, 미키."

그러고는 몸을 숙여 객실로 들어갔다. 그는 들어가면서 내가 미처 알아듣지 못한 말을 중얼거렸다. 그를 따라 들어간 뒤

해치가 등 뒤에서 덮이고 나서야 나는 그게 무슨 말이었는지 깨달았다.

"정말로."

"그럼, 저 밖에서 무슨 일이 있었던 거야, 베르토? 나는 네가 리프터를 가지고 돌아올 줄 알았거든, 아니면 아예 안 오거나." 내가 말했다.

"그래, 그게, 그러려고 했지." 베르토가 대답했다.

캣과 루카스는 지붕에 올라가 있기 때문에 객실 칸 안에는 스피커와 나샤를 제외하면 우리 둘뿐이었다. 나샤는 담요를 씌우고 내가 앉아 있는 벤치에 눕혀 굴러떨어지지 않도록 묶어 놓았다. 스피커는 중앙 통로의 절반을 차지하며 납작하게 뻗어 있었다. 그는 로버가 다시 달리기 시작했을 때부터 말도 안 하고 움직이지도 않았다. 베르토는 나의 맞은편에 앉아 양 팔꿈치를 무릎에 대고 상체를 앞으로 기대었다.

내가 물었다. "어떻게 한 거야? 그러니까, 구동 장치들은 충전에 한계가 있다고 네가 말했잖아, 안 그래?"

"뭐, 돔의 경계에 들어서자마자 제일 먼저 통신으로 마샬에게 연락했어. 리프터를 달라고 설득했지. 그는 모든 리프터의 중력 그리드를 제거하고 뽑아냈다는 점을 강조했어. 나에게 한 대를 가져가도록 승인하고 싶어도 (마샬은 그럴 마음이 없었지만) 재충전하고 다시 설치하는 데만 최소 여섯 시간이 걸린다고 말이야. 그래서 될 일이 아니었지. 내 구동 장치를 재충전하는 데에도 그만한 시간이 들 테니까. 그래서 드론 몇 개를 더 분해해서 구동 장치를 교체했어. 약 45분이 걸렸어. 끝내고 나서 보니 무기를 좀 챙겨서 다시 비행할 일만 남았더라고."

"맞아. 얘기가 나와서 말인데, 대체, 정확히, 뭘 떨어뜨린 거야? 글라이더에는 미사일 발사기를 싣고 올 수 없었을 텐데."

베르토가 박장대소했다. "그럼, 그렇게 못 하지. 하지만 정답에 가까워." 그는 배낭 옆 주머니에 손을 넣어 빛나는 은색의 타원형 물건을 하나 꺼냈다. 크기가 주먹 두 개만 했다.

"그래, 그게 뭐야?"

베르토가 활짝 미소를 지으며 말했다. "이건, 공대지 미사일 부품이야. 쾅 하는 소리를 내. 무기고에서 몇 개 해방시켜 줬지."

그는 다른 주머니에서 또 하나를 꺼내며 말했다. "아직 두 개는 남겨 뒀어, 만약을 대비해서."

나는 손을 내밀었다. 베르토가 그 탄두 중 하나를 건넸다. 감촉이 따뜻하고 보기보다 무거웠다. "맙소사, 어떻게 작동하는 거야?"

"어떻게 쾅 하고 소리가 나냐고?"

나는 눈을 굴렸다. "그래, 베르토. 어떻게 쾅 하고 소리가 나는 건데?"

"그게 말이야, 지금은 충돌 시 폭발하도록 설정되어 있거든. 40제곱미터를 초과하는 감속이 일어나면 작동해. 그런데 설정은 변경할 수 있어. 내 오큘러에 보안 연결이 되어 있으니 타이머를 설정하거나, 특정 고도에서 작동하게 만들거나, 내가 원하는 때에 바로 작동하도록 만들지. 아주 유연한 시스템이야. 미사일을 타고 전투 상황이 발생하면 비행 중에도 재설정이 가능해. 생각해 보니까 이 시스템을 이용해서 수류탄처럼 쓰면 되겠더라고."

"그럼 뭐야. 그냥 우리한테 떨어뜨린 거였단 말이야?"

베르토가 어깨를 으쓱했다. "응, 그런 셈이지. 그게, 떨어뜨렸다기보단 던졌다고 해야겠지만 효과는 똑같아. 사실, 내가 겨냥한 곳을 정확히 타격해야 하는 최적화가 까다로운 문제였어. 정확성을 위해서는 고도를 낮춰야 하는데 너무 낮으면 폭발에 휩쓸려 죽을 수도 있었거든."

"맙소사. 뭐, 잘 해결해서 다행이야."

"응, 나도 그렇게 생각해. 내가 만든 불덩어리 속에서 타 죽는 건 내가 계획했던 방식이 아니었으니까."

그는 격벽에 등을 기대고 하품을 하고는 물었다.

"그래서 앞으로 계획은 뭐야?"

"이전과 똑같은 것 같아. 스피커의 친구들을 찾는다. 어떻게든 폭탄을 되찾아 온다. 죽지 않고 살아서 돔까지 가져간다. 개척지를 구한다."

"그건 목표잖아, 미키. 우린 구체적인 계획이 있어야 해."

"알아. 구상 중이야."

나는 두 눈을 감고 두 손으로 마른세수를 했다.

재미있는 얘기 하나 해 줄까. 나는 의사 결정을 끝내주게 못할 뿐만 아니라 효과적인 계획을 짜는 비상한 솜씨도 없다. 예를 들어, 어째서 나는 지금까지도 반쯤 굶주려 가고, 각종 치명적 질병에 고의로 감염되고, 크리퍼들에게 최소 한 번(아마도 두 번)은 해부를 당한 이 니플하임에 있는 걸까? 차라리 키루나의 형편 없긴 해도 치명적인 위협과는 거리가 먼 내 아파트에서 잘 먹고 안전하게 있는 편이 낫지 않을까? 그 질문에는 여러 가지 답이 있지만 결국은 모두 이 한마디로 요약할 수 있다. 내가 엄청나게 부실한 계획을 세웠기 때문이다. 나는 확률이나 판돈을 제대로 이해하지도 못하는 상태에서 여러 번 도박을 했고 모든 시도가 차례차례 수포로 돌아갔을 때도 1보 후퇴는 생각조차 하지 않았다. 내가 서명을 하게 된 동기는 다리우스 블랭크와 그의 고문 기계였지만 근본적인 원인은 바로 나의 멍청한 두뇌였다.

그렇긴 해도, 우리를 이 상황에서 벗어나게 해 줄 하찮은 아이디어 부스러기들이 내 머릿속에 차곡차곡 쌓이고 있었다. 극도로 위험한 범죄자에게 돈을 따서 부자가 되겠다는 계획보다 나은 아이디어일까? 확실하지 않다. 하지만 한 가지는 분명하다. 모든 것이 나샤가 깨어나기에 달렸다.

“우린 어딘가에 숨어야 해. 밤새도록 운전할 수는 없어.” 조종석의 제이미가 말했다.

맞는 말이다. 직선거리로 보면 돔에서 80킬로미터밖에 오지 않았지만 실제로는 여기까지 열네 시간이 걸렸다. 게다가 제이미는 조종석에서 나왔을 때조차 크리퍼에게 해체당하기를 기다렸으니, 내 경험에 비추어 볼 때 스트레스도 제법 쌓였을 것이다. 캣과 루카스는 지난 몇 시간 동안 지붕에 올라가 있었다. 이따금 멀리 보이는 그림자들을 무차별 사격했지만 대부분 웅크리고 앉아 지평선을 바라보고 있었으니 그들도 아마 거의 체력이 바닥났을 것이다.

“네 말이 맞아. 방어에 유리한 곳이 있는지 찾아봐, 알겠지? 지대 높고, 경계하기 좋고, 근처에 터널 입구 없는 곳.” 내가 말했다.

“그러지. 노력은 해 볼게.” 제이미가 말했다.

“캣과 루카스도 불러야 해. 네가 이렇게 앉아 있어서 나샤한테 도움 될 게 없어. 자는 나샤를 지켜보는 일 정도는 걔들도 너만큼 할 수 있다고.” 베르토의 시선이 나샤를 향했다.

맞는 말이다. 나는 한숨을 쉬고 일어나 호흡기를 썼다.

“해치 열어. 지붕에 올라갈 거야.” 베르토가 말했다.

우리는 객실 뒤로 향했다. 뒤에서 공기 트랩이 닫히는 소리가 나자 해치가 활짝 열렸다.

지붕으로 기어오르며 베르토가 물었다. “스피커는 죽었어?

내가 돌아온 뒤로 털끝 하나 움직이는 걸 못 봤네."

"아니, 아무튼 죽은 건 아니야. 우리한테 화가 났나 봐." 내가 대답했다.

캣과 루카스는 포탑 옆에 등을 맞대고 앉아 무릎에 각자 무기를 걸쳐 놓고 있었다.

"어이, 두 사람 좀 쉬고 싶어?" 베르토가 물었다.

캣이 우리를 보더니 천천히 원을 그리며 목을 돌렸다. 그러고 나서 스트레칭을 한 다음 자리에서 일어났다.

"고마워." 캣이 대답하기 무섭게 루카스도 자리에서 일어나며 말했다. "오줌 마려워 죽는 줄 알았네."

"별말을." 베르토가 말했다. 캣이 옆으로 스쳐 가며 그에게 무기를 건넸다. 루카스도 자기 것을 나에게 주었다.

"나샤 잘 지켜봐. 무슨 변화라도 있으면 알려 주고." 내가 말했다.

"그럴게." 루카스가 대답하며 객실로 들어가고 해치가 닫혔다.

베르토가 포탑에 기대어 자리를 잡았다. 나는 포탑 반대쪽에 앉았다.

5분쯤 지났을까, 베르토가 물었다. "그럼, 넌 그것들이 진짜 돌아올 거라고 생각하는 거야?"

나는 어깨를 으쓱했다. "스피커는 아주 확신하는 것 같았어."

"그렇지. 스피커는 정말 확신하는 게 아주 많은 것 같아. 넌 정말 걔를 믿어?"

좋은 질문이다. 내가 스피커를 믿나?

마침내 내가 대답했다. "신뢰의 문제가 아니야. 걔는 정보원이잖아. 거미들이 어떤 행동을 할지 알고 있는 유일한 정보원이지. 우리가 가야 할 곳, 가서 무슨 일이 일어날지에 대해서 알고 있는 유일한 정보원이라고. 걔와 견줄 수 있는 다른 정보원이 있다면 이야기가 달라지겠지. 하지만 그렇지가 않잖아. 그러니까 걔가 하는 말을 걸러서 듣되 아예 무시할 수 없는 것 같아. 왜냐하면 우리한테는 달리 의지할 만한 게 없으니까."

"우리도 나름 관찰한 바가 있잖아. 스피커는 그것들이 달아나지 않을 거라고 말했어. 하지만 놈들은 달아났지. 이젠 그것들이 다시 돌아올 거라고 말하는데, 이번에는 걔 말이 맞을 거라는 근거가 있어?"

"근데, 타당한 지적이긴 했어, 안 그래? 달아날 거라고 말했을 때는 네가 날아와서 다이빙하는 폭탄을 떨어뜨려 놈들을 깜짝 놀라게 할 거라는 아이디어를 고려하지 않았으니까. 내가 정확하게 이해한 거라면 공중 공격은 이 행성에서 전혀 새로운 전술이었을 거야. 놈들이 그 후에 다시 생각할 시간을 갖는 것도 어느 정도 그럴 만하다 싶어."

베르토가 어깨를 들었다 놓았다. "그럴지도. 다른 한편으로는, 내가 그들을 공격하는 걸 보고 괜히 우리한테 덤비느니 건드리지 않는 편이 훨씬 낫다는 결론을 내릴지도 모르지. 에덴에서는 '이름을 불러선 안 되는 그 행성'에 개척지를 건설하고 싶은 마음이 간절했잖아, 안 그래? 뭔진 모르겠지만 그 행성의 생명체가 '마법의 우주선 지우개'를 가지고 있다는 걸 알고 나서는 거길 그냥 내버려 두는 편이 제일 이롭다는 결정을 내렸지."

"정확히 말하면 그렇지 않아. 알다시피 아카디아도 시도를 했고 그들의 우주선이 사라지자 *총알 작전*을 쓰길 원했잖아. 우리는 네가 믿고 있는 만큼 똑똑하지 않다고."

"그렇지, 뭐. 나샤는 크리퍼가 우리보다 똑똑하다고 아주 확신하던데, 안 그래? 크리퍼들이라면 아마 그 행성이 보낸 메시지를 우리보다는 더 빨리 알아들었겠지."

나는 박장대소했다. "그럴지도. 스피커가 말한 대로 금속에 대한 그들의 욕구가 사실이라면 기꺼이 한 번 더 우리를 찾아올 거라고 충분히 예상해 볼 수 있지. 자세한 이야기는 듣지 못했지만 거미들과 스피커의 둥지 사이에 오랫동안 냉전이 있었다는 인상을 받았어. 양쪽 모두 우리를 국면을 타개시켜 줄 무언가로 여기고 있는 것 같아."

베르토가 고개를 한쪽으로 기울였다. "냉전?"

"응, 옛 지구의 일이야. 디아스포라가 일어나기 200년 전에 그 행성을 거의 지배하다시피 했던 두 개의 민족-국가가 있었어. 둘 다 핵융합 폭탄과 탄도 미사일 발사 시스템을 보유하고 있었기에 직접적인 전투는 피차 자살행위나 다름없었지. 하지만 그들에겐 대리인 네트워크가 있었거든, 이들은 비교적 작은 나라들로……."

베르토가 고개를 뒤로 젖히며 길고 크게 코 고는 소리를 냈다. 나는 한숨을 쉬었다.

"알았어, 이 무식쟁이야. 안 할게. 중요한 건, 스피커의 둥지와 남쪽에 있는 친구들은 확실히 서로를 좋아하지 않고, 게임의 판도를 뒤집을지 모르는 자원이 우리에게 있다는 점이야. 아마 그런 동기 때문에, 어떻게 보면 정신 나간 짓처럼 보일 만큼, 기꺼이 위험을 감수하는 거겠지."

"그럴지도 모르겠네. 아니면 루카스 말이 맞을 수도 있어. 스피커가 우리를 조종하려고 하는지도 모르잖아."

"좋아. 만약 그게 사실이라면 우린 앞으로 뭘 다르게 할 수 있을까?"

오랜 침묵이 흐른 뒤 베르토가 대답했다. "그래. 그거 좋은 논점이다."

어쨌든 나름 괜찮은 밤이었다. 우리는 미드가르드였다면 고산 초원이라고 불렀을 곳을 지나 탁 트인 평원으로 가는 마지막 관문임이 분명한 산등성이를 오르는 중이었다. 1미터 높이로 자란 양치류가 타이어를 스쳤다. 공기는 시원하고 건조하면서 상쾌했다. 칠흑 같은 하늘에 선명하고 밝은 점처럼 별들이 떠 있었다.

베르토가 말했다. "있잖아, 이런 밤에는, 우리가 여기 오기로 한 건 잘한 결정이라는 확신이 들려고 해."

뭐라고 대답을 하려는데 시야 가장자리에 유령 같은 형체 하나가 깜빡였다. 나는 그쪽으로 몸을 돌려 왼쪽 눈을 감고 오큘러가 보여 주는 것에 집중했다. 증강된 가시광선 스펙트럼에서 적외선 스펙트럼으로 빠르게 바뀌었다가 다시 돌아오더니 두 스펙트럼이 겹쳐지며 데이터에 따라 색이 매겨진 이미지가 떴다. 나는 포탑에 몸을 기대고 가속기를 쥐었다.

"좋은 소식이야. 여기서 보니까 스피커가 한 말이 결국 사실이었던 것 같아." 내가 말했다.

16장

"잠깐, 이건 총알 낭비야." 베르토가 말했다.

나는 가속기를 거두고 깊게 숨을 들이쉬고, 참았다가, 천천히 내쉬었다. 베르토 말이 맞는다. 거미들은 (거미들이 맞는다면) 처음 우리를 발견했을 때처럼 1000미터나 떨어진 곳에서 우리와 보조를 맞추고 있었다. 지금 우리가 들고 있는 무기로 따지면 유효 사거리 밖이었다.

"첸이 자기 유도 탄환을 챙긴 것 같던데. 그거면 놈들을 쏠 수 있을 거야. 처치할 수 있을 만큼 충분히 타격을 줄지는 모르겠어. 표준 전투복을 관통할 화력은 아니잖아." 베르토가 말했다.

"그게 중요하진 않을걸. 스피커 말이 맞아. 우리를 추적하고 있는 거네. 언젠가는 우리를 덮치려고 하겠지. 당장 한둘 없앤다고 해서 딱히 큰 차이는 없지 않나 싶어."

베르토가 어깨를 으쓱했다. "아닐 수도 있지. 그게 나쁠 건 또 뭐겠어." 그러고는 눈을 깜박여 대화창을 보는지 눈에 초점을 잃었다.

1분쯤 지나자 해치가 벌컥 열리며 캣이 지붕으로 올라왔다. 그녀가 다가와 우리 옆에 섰다. 균형을 잡느라 한 손을 포탑에 기댄 채 한쪽 눈을 감더니 다시 가늘게 뜨며 먼 곳을 응시했다.

몇 초 후, 그녀가 말했다. "이런, 그래. 나도 저기 놈들이 보여."

캣은 베르토에게서 자신의 무기를 뺏더니 한쪽 무릎을 꿇고 앉았다. 탄창을 뽑아 허리에 차고 있던 파우치에서 꺼낸 더 두툼한 탄창으로 교체했다. 그녀가 자세를 잡고 가속기를 들어 올렸다.

"빌어먹을 1분 만이라도 덜컹거리는 걸 멈출 수 있으면 좋을 텐데."

투덜대며 끙 소리를 내던 캣이 방아쇠를 당겼다.

"명중한 것 같아." 베르토가 말했다.

"명중이지. 쓰러뜨렸어. 그런데 다시 일어난 게 분명해." 캣이 말했다.

"그럴지도 모르지. 다른 녀석이 그 자리를 채운 것일 수도 있고." 베르토가 말했다.

나는 오큘러를 최대 해상도로 자외선 모드에 두었다. 탄환이 날아가는 불꽃은 봤지만 표적에 맞았을 때 어떤 일이 일어났는지는 볼 수 없었다. 오큘러를 증강된 가시광선 스펙트럼으로 전환했다. 그랬더니 거미들 하나하나를 알아볼 만큼 해상도가 좋아졌다. 캣이 한 번 더 쏘자, 그 즉시 한 놈이 쓰러졌다.

하지만 캣의 말이 맞았다. 잠시 후, 쓰러졌던 놈이 다시 일어나서 계속 달려왔다.

"시간 낭비, 탄약 낭비라고." 캣이 말했다.

베르토가 말했다. "아마도. 아닐 수도 있고. 어쨌든, 좀 더 멀리 후퇴하고 있는 것 같아. 놈들을 죽이는 건 아니더라도 저 총알이 기분 좋을 리가 없지."

"유도탄은 탄창을 두 개밖에 못 챙겼어. 모두 다 하면 40발이야. 저놈들 좀 거슬리게 하자고 탄창을 다 비워 버릴 생각은 없어." 캣이 말했다.

"정말이야? 이럴 게 아니면 어디에 쓸 계획인데? 혹시 우리가 해부를 당하기라도 하면 군수품 좀 절약했다고 너한테 훈장 줄 사람은 아무도 없어." 베르토가 말했다.

캣은 일어나서 베르토를 마주 봤다. "저것들이 500미터 이내로 접근하면 기꺼이 내가 가진 폭발성 탄환과 운동 에너지 탄환을 놈들에게 퍼붓도록 할게. 하지만 당분간은 너만 괜찮다면 이걸 계속 보관할 거야. 나도 해부당할 계획은 없지만 어쨌든 굉장히 멀리까지 타격할 수 있는 능력이 언제 유용하게 쓰일지는 아무도 모르는 일이니까."

베르토는 말다툼할 것 같은 표정이었지만 이내 마음을 고쳐먹고 어깨를 으쓱했다. "알았어. 네 말이 맞을지도 모르지. 놈들이 우리와 보조를 맞추어 따라오도록 내버려 두자니 그냥 싫어서 그래. 하지만 저것들이 계속 거리를 둔다면 실제로 우리가 어떻게 할 수 없는 것 같네."

"그나마 우리가 탁 트인 지대에 있잖아. 만약 지금 계곡에 있었으면 놈들이 말 그대로 우리를 덮치는 건 순식간이었을 거야." 캣이 말했다.

매사 감사하라. 만약 우리가 내 계획대로 할 거라면 당장 해야 한다. 놈들이 올가미를 닫을 때까지 기다렸다가는 모두 끝장이다.

"어서. 안으로 들어가야 해. 몇 가지 결정해야 할 게 있어." 내가 말했다.

객실로 들어가자 앉아 있는 나샤가 보였다. 양 팔꿈치를 무릎 위에 세우고 상체를 앞으로 숙인 채 머리를 두 손으로 감싸고 있었다. 안도감이 몸을 타고 흐르며 거의 눈앞이 아찔해질 지경이었다. 혹시라도 깨어나지 못했더라면…….

그런 생각은 안 하는 게 최선이다.

루카스가 물었다. "어이, 위에서 무슨 일이 벌어진 거야?"

"놈들이 우리를 따라오고 있어. 지금은 거리를 유지하는 중이야." 캣이 대답했다.

내가 말했다. "지금은. 하지만 계속 그러지는 않을 거야. 나샤, 기분은 어때?"

나샤가 천천히 고개를 들었다. 눈을 찌푸리고 있었다. "뭐라고? 지금 빌어먹을 장난하는 거야?"

"미안. 알지. 알아. 기분이 엿 같을 거야. 내 말은, 제대로 움직일 수 있냐는 거야. 일어설 수 있겠어? 걷는 건 가능해?"

나샤는 내 말에 한숨을 쉬더니 벤치 등받이에 한 손을 의지하며 자리에서 일어섰다. 일단 서게 되자 벤치에서 손을 뗐다. 약간 비틀거리긴 했지만 안정적이었다.

"뭐, 설 수 있네."

그녀가 말과 함께 첫발을 뗐다. 그리고 한 발을 더 옮겼다.

"걷는 것도 가능한 것 같아. 뛰어 보고 싶지는 않은데, 왜?"

"뛸 필요는 없어. 아마 뛸 필요까지는 없을 거야, 어쨌든. 네가 움직일 수 있기만 하면 돼. 우린 로버를 버릴 거거든."

내 말에 5초간 침묵이 흘렀다.

"뭐라고?" 루카스가 마침내 물었다.

"로버를 버릴 거라고. 스피커가 아주 분명히 말했잖아. 놈들이 정말로 원하는 건 이 차의 금속이라고 말이야. 우리 중 하나도 달라고 요구하긴 했지만 그들의 우선순위로 따지면 많이 부족한 2위일 거야. 무방비 상태의 로버를 남겨 놓으면 둘 중에 선택하겠지. 어떠한 위험도 감수하지 않고 자기들이 원하는 것의 95퍼센트를 획득하느냐, 아니면 원하는 것의 5퍼센트를 얻기 위해 부속물들을 절반이나 잃느냐. 스피커는 그들한테 지능이 있다고 했어. 그 말대로면 놈들이 올바른 결정을 내릴 거라고 생각해."

"만약 그러지 않으면? 오늘만 해도 이미 놈들을 많이 죽였잖아. 내가 그들이었으면 난 꽤 열 받을 것 같거든. 우릴 추격해서 일단 죽여 놓고 로버로 되돌아갈 수도 있겠지." 캣이 말했다.

"그럴 수도 있어. 하지만 그러지 않을 거야. 우리가 부속물들을 죽였잖아. 스피커의 말이 사실이라면 놈들은 통상적으로 우리들이 동료 절반을 잃었을 때처럼 반응하진 않을 거야. 그들은 복수를 생각하지 않아. 전리품을 생각하겠지. 로버를 우선시할 거야. 로버를 분해하는 데에는 어느 정도 시간이 걸릴 테니까 끝나고 나면 이미 우리는 추적이 무의미할 정도로 멀리 가 버린 후겠지." 내가 말했다.

객실에 있는 이들의 얼굴은 미심쩍은 표정부터 적의에 찬 표정까지 다양했다. 루카스가 군화로 스피커를 쿡 찔렀다. "어떻게 생각해, 꿈틀아? 미키 말이 맞아?"

스피커는 처음엔 아무런 반응도 하지 않았다. 하지만 루카스가 또 한 번 재촉하니까 느릿느릿 우리의 눈높이까지 몸을 일으켜 그를 쳐다보며 말했다. "저들이 로버에 집중할 거라는 미키의 생각은 거의 확실히 맞아. 문제는 지금 남아 있는 부속물들의 수가 얼마나 많은가 하는 점이지. 일부를 시켜서 너희를 추격할지 모르니까. 물론 그러지 않을 수도 있지. 예상하기 어려워."

"넌 어쩌고? *우릴* 추격한다는 뜻 아니야?" 루카스가 물었다.

"아니, 나는 *우리*를 의미한 게 아니었어. 나는 너희와 동행하지 않아." 스피커가 대답했다.

예상하지 못했던 대답이었다. 나는 입을 벌렸다가 무슨 말을 할지 몰라서 다시 다물고 말았다. 나샤를 보니 얼굴을 찌푸리고 있었다. 하지만 스피커 탓인지 내 탓인지 확실하지 않았다.

베르토가 마침내 말했다. "아니긴. 너도 우리랑 같이 가야지, 스피커. 너도 분명히 가는 거야."

"나는 가지 않아. 어려운 상황에서 너희를 떠나는 점은 미안하게 생각해. 하지만 내가 이 기계를 두고 가면 저들이 이걸 모조리 가질 거야. 우리 둥지는 전혀 받을 게 없게 되지. 이건 용납할 수 없어. 너희가 로버를 버리고 떠난 뒤에 여기 남아 있으면 전리품의 일정 부분에 대해 내 권리를 요구해서 받아 낼 가능성이 조금이나마 생기겠지."

나는 입을 떡 벌린 채로 스피커를 쳐다봤다. "넌 아직도 네가 동의한 협상이 유효하다고 생각해? 그사이에 우리가 빌어먹게 많은 거미를 죽였잖아, 기억 안 나? 복수할 생각은 없을 수 있지만 이전에 이뤄진 협상에 대해서는 더 생각할 것도 없이 무효로 간주할걸."

"네 말이 맞을지도 모르지. 내가 너희들과 함께 달아나지 않으면 그들이 나를 로버와 마찬가지로 분해해 버릴 가능성이 농후해. 그럼에도 나는 협상을 이행하도록 그들을 설득할 의무가 있어. 이미 말했지만, 로버에 있는 모든 재료를 그들이 사용하게 된다면 우리 둥지를 축출할 만큼 막강해질 테니까. 우리 쌍방을 위해서라도 그런 일은 용납할 수 없어."

나는 고개를 저었다. "미안하지만 스피커, 이건 절충할 수 있는 문제가 아니야. 우리는 네가 필요해. 네가 없으면 남쪽의 너희 친구들과 대화하기는커녕 찾을 수조차 없다고. 넌 우리와 같이 가야만 해."

"네 입장은 이해하겠어. 부디 너도 내 입장을 이해해 줘. 네 부탁은 너희 둥지를 지키기 위해 정작 우리 둥지를 엄청난 위험에 빠뜨리라는 말이나 마찬가지야. 우리 입장이 바뀐다면 너는 그렇게 하겠어?"

베르토가 끼어들었다. "짚고 넘어가야 할 것 같은데, 사실 우린 부탁하고 있는 게 아니야. 너한테 통보하는 거야. 우리가 로버를 버리면 너도 우리와 함께 가는 거라고 말이지."

"날 협박하는 거야?"

베르토가 가속기를 들어 올렸다. 딱히 스피커를 겨냥하지는 않았지만 그렇다고 아예 스피커 쪽을 겨냥하지 않은 것도 아니었다.

"협박이 아니야. 단지 사실을 말하고 있잖아. 우린 널 두고 가지 않을 거라니까. 어쨌든 멀쩡하게 두고 갈 순 없지."

스피커가 몸을 일으켜 베르토와 정면으로 맞섰다. 아래턱이 활짝 벌어졌다. "당하고만 있을 내가 아니야."

"그렇지. 그래도 넌 수적으로 열세고 총도 없어. 우리가 널 쏘기 전에 우리 중 하나 정도는 어떻게 해 볼 수 있겠지. 하지만 둘까지는 확실히 안 될 거야."

너무 늦었지만 내가 끼어들었다. "이봐, 물러서, 베르토. 아무도, 누구에게도 총을 쏘는 일은 없어. 스피커, 우리는 네가 필요해. 죄수가 아니라 동맹으로서 네가 필요하지. 네 자발적인 도움이 필요한 거야. 베르토 말처럼 우리는 널 두고 갈 수가 없어. 하지만 여기에서 일어나는 일이 너희 종족에게 미칠 영향을 염려하는 네 마음도 이해해. 우리도 너 못지않게 너희 둥지가 저들에게 축출당하는 건 원치 않아. 그러니까……."

나는 객실을 돌아보았다. 모두가 나를 쳐다보고 있었다. 어쩌면 이게 끔찍한 실수투성이인 내 인생 최악의 실수가 될지도 모르지만 이 시점에서 달리 어떻게 할 도리가 없다.

"그러니까, 내가 지금 약속할게. 우리가 폭탄을 되찾는 데 성공하고 살아서 돌아가게 되면 너희 둥지가 축출당하는 일은 용납하지 않을 거야. 우리가 가진 무기들 봤잖아. 돔에는 훨씬 더 많은 무기가 있어. 거기 있는 무기들에 비하면 이건 장난감 수준이야. 우리가 폭탄을 되찾고 무사히 집에 돌아가면 너희가 공격을 받을 경우 너희 종족을 지켜 준다고 약속할게. 동맹이 하는 일이 그거잖아, 안 그래?"

스피커의 아래턱이 닫혔다. 그는 몸을 서서히 바닥 쪽으로 편히 기댔다.

"이런 약속을 할 권한이 너한테 있어?"

아니, 전혀 없지.

"그래, 있어. 내가 우리 쪽 사람들에게 이런 합의를 했다고 말하면 분명히 그대로 이행할 거라고 장담해."

"이건 사소한 문제가 아니야, 미키. 우리가 합의를 얼마나 중요하게 여기는지 이미 말했잖아."

"그랬지. 나도 그걸 이해하고 있어. 우리도 합의를 진지하게 생각해. 그럼, 이걸로 협상이 된 거야?"

팽팽한 긴장감 속에 한참이나 침묵이 흐른 뒤, 몸을 완전히 바닥에 내려놓은 스피커가 말했다.

"그래. 좋아. 이런 조건에 따라 협상을 맺기로 하자. 솔직히 말하자면 나 혼자 거미들에게 맞서지 않아도 된다니 안심이야. 하지만 이건 알아 두도록 해. 만약 너희 종족이 네가 말한 것처럼 이행하지 않으면 심각한 대가가 따를 거야. 우리가 공격을 받았는데도 도우러 오지 않는다면 이전의 모든 이해관계는 무효로 돌아가. 어떻게든 우리가 방어를 해내면 복구에 필요한 금속들을 너희 돔에서 (자의든 타의든) 충당하게 되겠지. 혹시 우리 둥지가 넘어가게 되면 너희 둥지도 머지않아 분명 그렇게 될 거라고 장담해."

베르토가 나를 매섭게 노려보았지만 당장은 6개월은 고사

하고 여섯 시간 후에 일어날 일도 걱정할 상황이 아니다. 현재로서는 이거면 충분하다.

"고마워, 스피커."

나는 객실을 둘러보았다. 캣과 루카스는 해치 근처 뒤쪽에 있었다. 누구도 나와 눈을 마주치지 않았다. 나샤는 다시 머리를 손으로 감싸며 자리에 앉았다. 베르토가 한쪽 눈썹을 치켜세웠다. 나는 고개를 끄덕였다.

"다른 사람들은 모두 짐 챙겨. 배낭은 가볍게. 우린 곧 여길 뜬다. 아마 앞으로 오랫동안 걸어야 할 거야."

우리는 차례차례 움직이는 로버 뒤로 뛰어내렸다. 마지막은 나샤였다. 그녀는 머뭇거리더니 살짝 반동을 주면서 뛰어내렸지만 비틀거리다 두 손과 양 무릎으로 땅을 짚으며 쓰러졌다. 그 외의 우리들은 이미 바닥에 엎드려 있었다. 짙고 검은 하늘에 대비되는 우리의 윤곽을 거미들에게 보이지 않기 위해서였다. 로버가 좁은 능선의 봉우리를 따라 달리며 덜컹거리자 해치가 닫혔다. 그러고 나서 방향을 서쪽으로 틀어 내려가기 시작했다. 제이미는 로버가 대략 비탈 아래까지 1킬로미터 정도 달린 후 정지하도록 설정해 놓았다.

"어때? 놈들이 우릴 쫓아오고 있어?" 베르토가 물었다.

루카스는 무릎을 꿇고 상체를 일으키더니 한쪽 눈을 감았다.

"그렇지는 않은 것 같아." 잠시 후 그가 대답했다. "아직도 로버를 추격하고 있는 모양이야. 우리도 이제 움직여야지?"

"아니, 저들이 완전히 사라질 때까지 여기서 기다릴 거야. 우리가 떠난 걸 눈치 못 채도록. 혹시 이미 알아챈 게 아니라면 말이지."

나는 이렇게 말하고 나샤가 있는 쪽으로 기어갔다. 그녀는 아직도 고개를 숙이고 바닥에 엎드려 있었다. 길게 땋은 머리카락이 땅에 쓸렸다.

내가 조용히 물었다. "어이, 괜찮아?"

나샤가 고개를 들었다. 고통으로 일그러진 표정이 드러났다. "살아 있긴 해. 그게 대단한 거지, 안 그래?"

그녀는 두 다리를 모아 세우고 두 팔로 감싸며 자리에 앉았다. 그러고 나서 무릎 위에 이마를 기댔다. "미안해." 잠시 후 그녀가 말했다. "내가 이걸 해낼 수 있을지 모르겠어, 미키. 서는 것도 겨우 하는데. 앞으로 몇 킬로미터를 더 걸어야 하는 거야?"

나는 그녀의 어깨를 어루만졌다. 하지만 아픈 듯 움찔하는 걸 보고 도로 손을 거두었다.

"상관없어. 아무리 멀어도 넌 갈 수 있어. 너는 내가 만나 본 사람 중에서 제일 강하거든. 넌 필요하다면 미드가르드까지도 걸어서 갈 사람이야."

그녀는 고개도 들지 않고 말했다. "모르겠어, 미키. 한 번도 이렇게 심하게 다친 적이 없었던 것 같아. 널 두고 갈 생각은 없어. 어떤 일이 닥치든 할 수 있는 데까지 할게. 하지만 내가 해내지 못하게 되면 넌 나를 내버려 두고 가는 거야. 알아들었지, 응?"

나는 입을 벌리고 망설이다가 다시 다물었다.

"진심이야. 그런 일은 생각하고 싶지 않다는 거 나도 알아. 사랑하는 사람이 죽는 걸 지켜보는 게 어떤지는 누구보다 잘 알지, 그렇잖아? 하지만 이 행성에 있는 모든 사람들의 목숨이 이 임무에 달렸어. 나 때문에 지체할 순 없다고."

나는 두 손을 그녀의 손에 포개고 몸을 기댔다. "아니. 그런 소리 듣고 싶지 않아, 나샤. 이 행성에 있는 모든 사람들은 다 어떻게 되든 상관없어. 그 사람들 모두를 너와 맞바꿀 수도 있어."

나샤가 무릎에 파묻고 있던 얼굴을 들었다. 더 이상 고통스러운 표정이 아니었다. 그건 분노였다. "바보같이 굴지 마, 미키. 내가 우리 목적지까지 따라갔다가 어찌어찌 돔으로 돌아간다 쳐도 나는 이미 죽은 목숨이야. 만약 네가 얘들한테 꺼지라고 하고 나랑 남는다고 쳐. 우리 둘이 여기서 얼마나 오래 버틸 수 있을 거라고 생각해? 저것들이 다시 돌아오지 않는다고 가정해서 말이야."

나는 고개를 가로저었다. "상관없어. 네가 어딜 가든 나도 같이 갈 거야. 정말로 개척지를 구하는 임무가 그렇게 염려된다면 정신 똑바로 차리고 걷기 시작해야 하지 않겠어?"

나샤가 나를 바라본다.

나도 그녀를 바라본다.

"누워." 내가 말했다.

그녀가 인상을 찌푸렸다. "뭐라고?"

나는 재차 속삭였다. "누우라고. 제발. 누워. 그리고 내가 일어나라고 할 때까지 일어나지 마."

"이게……"

"부탁이야. 제발, 그냥 날 믿어." 내가 말했다.

루카스가 말했다. "어이, 로버가 멈추고 있어."

나는 나샤에게서 몸을 돌려 지형이 아래로 깎아지르기 시작하는 지점까지 20미터쯤 기어갔다. 오큘러로 최대한 확대해서 보니 계곡으로 굴러가던 로버가 멈추고 있었다.

"우리도 가야지. 놈들이 저걸 해체하는 데 얼마나 걸릴지 모르잖아. 끝날 무렵에는 아주 멀리 거리를 벌려야 해." 루카스가 말했다.

나는 나샤를 슬쩍 돌아봤다. 그녀는 한쪽 팔로 반쯤 얼굴을 가리고, 다른 팔은 배에 얹은 채로 반듯이 누워 있었다.

"아니, 아직 멀었어. 이제 놈들이 어떻게 하는지 봐야겠어." 내가 말했다.

"그렇단 말이지. 지금 네가 지체하고 있는 건 아자야가 다시 쓰러졌다는 사실과는 전혀 상관없는 거겠지, 맞지?" 루카스가 내게 물었다.

나는 그를 돌아봤다. 그도 나를 마주 보았다. 그러더니 고개를 절레절레 흔들었다.

"안됐지만, 미키, 우린 움직여야 해. 놈들과 우리 사이에 거리를 벌려야 해. 그것도 빨리. 나샤가 지금 못 움직이겠다면 나중에 일어나는 대로 우릴 따라잡으면 되잖아."

루카스는 일어서서 주위를 둘러보았다. 그 외에는 아무도 움직이지 않았다.

오랫동안 어색한 공기가 흐른 뒤, 베르토가 말했다. "엎드려. 넌 멍청한 짓을 잘도 하는구나, 루카스."

루카스가 캣을 쳐다봤다.

"고메즈 말이 맞아. 닥치고 엎드려." 그녀가 말했다.

루카스는 머뭇거리며 무슨 말을 하려다가 끙 소리를 내더니 한쪽 무릎을 세우고 쪼그려 앉았다.

내가 말했다. "걱정하지 마. 늦지 않게 갈 수 있을 거야."

계곡 아래에서는 거미들이 모여들고 있었다. 놈들은 10분여 만에 지름 200미터 정도의 포위망을 만들면서 로버를 에워쌌다. 그로부터 몇 분 뒤, 그들 중 하나가 로버로 접근했다. 주위를 원을 그리며 두 번 돌더니 로버 위로 기어오르기 시작했다. 놈은 한 발 혹은 두 발씩 옮길 때마다 멈춰서 발로 금속을 두드리며 천천히 움직였다. 마침내 버너 포탑에 다다르자 포탑을 깔끔하게 물어뜯어 완전히 분리했다.

내 어깨까지 다가온 베르토가 말했다. "뭐, 우리 전투복을 뚫을 수 있을까 하는 질문의 답이 나온 것 같네."

"그래, 그런 것 같아." 내가 말했다.

루카스가 말했다. "됐네. 이젠 저것들이 뭘 하는지 알았잖아, 그렇지? 그만 가도 될까?"

"진정해, 루카스. 곧 이동할 거야." 베르토는 뒤도 돌아보지 않고 말했다.

"진정하라고? 우린 당장……."

"너 당장 입 좀 닥쳐." 베르토가 발끈했다. "정말이지, 루카스. 일이 벌어지고 있는 중이잖아."

스피커가 끼어들었다. "방해하려는 건 아니지만, 루카스 말이 맞아. 지금은 우리에게 관심이 없지만 우리를 잊어버리진 않았어. 로버 해체가 끝나는 대로 와서 수색을 할 거야. 걸어가는 우리보다도 훨씬 더 빨리 이동할 수 있겠지."

"알아들었어. 이제 곧 출발할 거야, 약속해." 내가 말했다.

우리 아래쪽 계곡에서는 거미들이 만든 원이 로버에게 가까워지며 빈틈없이 로버를 둘러쌌다. 차체가 조각조각 떨어져 나오기 시작했다. 스무 마리 정도가 차체 위와 주변으로 기어오르더니 장갑판을 벗겨 내어 옆으로 던졌다. 나머지 서른 마리 이상의 거미는 서서히 분해되고 있는 로버 프레임 주변에 가까이 밀집해서 한 무리를 이룬 채 다른 개체들이 떼어 낸 조각들을 모으고 종류별로 쌓아 올렸다.

"어떻게 생각해? 저게 놈들 전부일까?"

“확실하지 않지. 그래도 거의 전부겠지. 원래는 100여 마리였던 것 같은데 네가 폭격을 해 준 데다 캣과 루카스의 저격 덕에 최소 절반은 죽인 게 분명해.” 내가 말했다.

“그게 맞는 것 같네. 그런데, 지원군을 데려오지 않을까?” 베르토가 말했다.

나는 어깨를 으쓱했다. “그거야 모르지.”

“사실 그게 별로 중요하진 않겠어. 얼마든지 오라지. 시간 됐어?”

“그래. 시간 됐어.”

나는 두 눈을 감았다. 꼭 감은 눈꺼풀 사이로 들어오는 빛에 눈이 반쯤 멀 지경이었다. 이어서 열기가 퍼졌다. 대비하고 있었던 것보다 훨씬 더 강렬한 열기가 손과 이마의 피부를 그을리며 뿜어져 나왔다. 다음에 밀려온 건 압력파였다. 나는 거인의 주먹에 강타당한 것처럼 등부터 바닥에 나동그라졌다. 마침내 소리가 나를 덮쳤다. 웅웅 귀청이 터질 듯한 굉음이었다. 세상의 종말 같았다.

17장

1분쯤 지났을까, 나는 나샤에게 기어가 그녀가 괜찮은지 확인했다. 그런 다음에도 귓전을 울리던 소리가 사라지고 나서야 다시 목소리를 들을 수 있었다. 가장 먼저 들은 건 캣의 목소리였다.

"세상에 깜짝이야. 대체 저게 뭐였어?"

엎드려 있던 루카스는 가까스로 몸을 일으켜 세우고 고개를 절레절레 흔들었다. "모르지. 대체 뭐야, 미키? 이건 미리 경고해 줄 수 있었잖아?"

나는 호흡기를 덮은 얼굴에 활짝 미소를 지었다. "내가 엎드리라고 말했잖아."

"엎드리라고? 그렇게 말하면 충분하다고 생각했어?"

"잰 아무 말도 할 수 없었어." 캣이 말했다.

루카스가 그녀를 쳐다봤다. "할 수 없다니?"

캣이 스피커를 향해 눈을 깜빡이고는 루카스를 바라봤다. "할 수 없었지. 뻔하잖아. 그냥 넘어가, 루카스."

루카스는 개운하지 않은 표정이었지만 잠시 생각을 해 보더니 마음을 고쳐먹었다.

캣이 말했다. "어쨌든, 뭐였어? 설마 플라즈마 챔버도 자를 수 있는 종류는 아니겠지? 맞아? 내 말은, 만약 로버에 그런 전력이 있었다면 좀 더 빨리 달렸어야지, 안 그래? 휴대용 원자 폭탄을 챙겨 온 걸 나한테 까먹고 말 안 한 사람 있어?"

나는 고개를 저었다. "폭발 크기는 맞혔지만 그건 아니야. 내 생각엔 아무래도 아닌 것 같아. 베르토? 방금 일어난 일이 어떻게 된 건지 알겠어?"

"정확하진 않아. 핵융합 장치도 안 가져왔고, 반물질도 안 가져왔으니까 저 폭발은 아마 내 탓이 아닐 거야. 그러니까, 내 탄두가 분명 기폭제이긴 해. 너도 어젯밤에 내가 가져온 것들을 봐서 알겠지만 저 폭발은 그중 어떤 것으로도 설명이 안 될 만큼 끝내주게 큰 규모였단 말이지. 추측을 해 보자면 내가 터뜨린 최초의 폭발이 구동 장치의 플라즈마 챔버에 구멍을 냈을 것 같아. 거기에 객실 내부가 폭발을 증폭시키는 공명 챔버 역할을 했겠지."

베르토는 뒤통수에 한 손을 갖다 대더니 손가락에 묻은 피를 보고 얼굴을 찡그리며 셔츠에 닦았다. "생각해 보니까, 그렇게 된 일이라면 사실 약간의 핵융합 반응이 일어났을 거야, 아주 잠깐이라도 말이지. 아무래도 집에 돌아가게 되면 우리 모두 방사능 프로토콜을 거쳐야 할 것 같아."

"그거 잘됐네." 제이미가 비아냥댔다. "이번 여정은 갈수록 마음에 들어."

나는 비틀대며 힘겹게 몸을 일으켰다. "사실 정말 갈수록 나아지는 것 같아. 어쨌든 넌 기뻐해야겠네, 스피커. 거미들이 티타늄 증기로 새로운 부속물들을 만들 수 있으면 몰라도, 너희 둥지는 전보다 안전해질 테니까. 정말이지, 우리가 방금 로버는 물론 거미들 50~60마리 정도를 증발시켰으니까. 이제 우린 같이 임무를 수행할 수 있잖아, 그렇지?"

스피커는 천천히 몸을 일으켜 계곡을 내려다보았다. 폭발로 생긴 버섯구름이 사라지기 시작하면서 지름이 최소 100미터 되는 검게 그을린 구덩이가 모습을 드러냈다.

"이렇게…… 너희 폭탄이 이렇게 만들 수 있다고?"

"아니, 아니. 그건 아니야. 우리가 찾는 폭탄에 비하면 저건 폭죽이지. 그 폭탄이 터지면 1500미터 떨어진 곳에 있어도 저 거미들처럼 죽을걸."

베르토의 대답에 스피커가 고개를 돌려 그를 쳐다보았다. "너희는 어째서 그런 걸 만들었지?"

베르토가 어깨를 으쓱했다. “왜냐고? 그거 좋은 질문이야. 만들 수 있으니까 만들었겠지. 어쨌든 너도 이제 우리가 그걸 찾아오려는 이유를 알겠지.”

“너희는 그걸로 뭘 할 거야?”

“뭐라고?”

“그 폭탄 말이야. 만약 남쪽에 있는 우리 친구들에게서 되찾으면, 그걸 가지고 뭘 할 거냐고?”

내가 말했다. “해체해야지. 우리가 폭탄을 찾으면 돔으로 가져가서 무해하게 만들 거야. 우리도 이런 파괴력을 가진 물건이 이 세상에 돌아다니는 건 원치 않아.”

“이건 약속하는 거지?” 스피커가 물었다.

“그래, 약속해.” 내가 대답했다.

“아주 잘 알았어.” 그 말을 끝으로 스피커는 다시 바닥에 몸을 내려놓았다. “우리 친구들은 이제 그리 멀지 않아. 우린 출발해야 해.”

나는 자리에서 일어나 나샤를 일으켜 주기 위해 돌아섰다. 내가 손을 놓자 약간 휘청거렸지만 그녀는 이내 안정을 찾았다.

“괜찮아?”

나샤는 턱을 가슴께로 당겼다가 눈을 꼭 감고 두 손으로 뒷목을 감싼 채로 머리를 뒤로 젖혔다.

“이만하면, 뭐. 어쨌든 걸을 수는 있겠네.”

나는 주위를 둘러보았다. 모두가 나를 지켜보고 있었다.

"좋아. 출발하자. 스피커? 앞장서."

스피커가 몸을 일으키더니 나를 한참 동안 바라보았다. 이윽고 다시 몸을 땅에 내려놓고 남쪽으로 이어진 산등성이를 따라 종종걸음을 쳤다. 우리는 한 사람씩 그 뒤를 따랐다.

옛날에 미드가르드에서, 내가 그냥 미키 반스였을 때는 기껏해야 보조금 받는 날짜가 돌아오기 전에 잔고가 바닥나면 어쩌나 하는 것이 최악의 걱정거리였다. 나는 배낭여행을 좋아했다. 키루나 바로 남쪽의 울르산에는 산마루를 따라 거의 500킬로미터 되는 길이 있다. 5년 동안 혼자서 그 거리를 네 번이나 걸었다. 그 고독을 사랑했다. 완전히 자립적인 내 삶이라는 느낌이 너무 좋았고, 30킬로미터를 걸은 날에 느껴지는 근육통이 너무 좋았다. 어느 전망 좋은 절벽에 뿌리를 박은 듯 앉아 있는 걸 아주 좋아했다. 혹시라도 미끄러져서 떨어지면 아무도 내 시체를 찾지 못할 거라는 걸 알면서도 말이다.

지금 우리가 하는 일은, 좋을 게 없다.

호흡기부터가 그렇다. 어떤 객관적인 기준으로 보든 끝내주는 기술이긴 하다. 이것만 있으면 보호 장비 없이 5분 이내로 죽는 대기 속에서도 거의 영원히 살아남을 수 있다. 하지만 이건 대기의 구성 요소 중에 우리가 원치 않는 것을 걸러내고 우리가 원하는 것을 모으는 역할을 한다. 그 결과 우리의 폐는 실제로 숨을 쉬려면 마스크를 통해 끊임없이 두 배의 가스를 들이마셔야 한다. 즉, 호흡기를 쓰고 등산을 한다는 건 입 냄새가 나는 빨대를 통해 숨을 쉬며 물속에서 등산하는 것과 마찬가지라는 뜻이다. 거기에 스무 시간 전부터 내내 깨어 있었다는 사실을 추가하고, 마무리로 우리가 어쩌면 사냥당하고 있을지 모르며, 혹시 우리가 쓰러진다면 그건 이 행성의 모든 인간의 죽음을 뜻한다는 압박감까지 더해 보라.

그래, 좋을 리 없지.

나는 한동안 크로노미터도 확인해 보지 않았다. 너무 피곤해서 귀찮기도 했지만 주된 이유는 슬퍼지기 때문이었다. 지금은 분명 동틀 무렵이 다 되었을 것이다. 지난 몇 시간 동안 우리는 마지막 능선을 내려와 편평한 지형으로 들어섰다. 내내 우리는 조금만 더 가면 된다고, 조금만 더 가라고 계속해서 반복하는 스피커의 말을 들어야 했다. 무릎 높이의 양치류가 끝없이 펼쳐져 있는 들판을 통과해 멀리 보이는 산악 지대로 향하던 중, 제이미가 내 옆으로 다가왔다.

"우리는 휴식이 필요해. 너희는 어제 로버를 타면서 밀린 잠을 좀 보충했지만 나는 지금까지 거의 하루를 깨어 있는 셈이야."

제이미가 뒤를 슬쩍 돌아보더니 아까보다 목소리를 낮춰서 다시 말을 이었다. "더 중요한 건, 나샤가 거의 쓰러질 지경이라는 거지. 본인은 인정하지 않을 테니까 그냥 나 때문에 쉬는 걸로 해, 알았지? 멈추라고 하라고."

나는 나샤를 돌아보았다. 그녀는 행렬의 끝에 있었다. 앞에 있는 캣보다 10미터 이상 뒤처져 반쯤 눈을 감은 모습이었다. 내가 지켜보니 그녀는 제풀에 발이 걸려 넘어지려다가 가까스로 몸을 가누고 있었다.

제이미가 그걸 눈치채서는 안 되는 거였다.

"스피커, 얼마나 더 남았어?" 내가 물었다.

"머지않았어. 내일도 반나절. 어쩌면 더 가야겠지. 전혀 멀지 않아." 스피커는 속도를 늦추지도 않고 말했다.

'멀지 않다'는 말의 의미에 대해서 스피커와 이야기를 좀 해봐야 할 것 같다.

나는 멈춰 섰다. "알았어. 우린 여기서 멈출 거야. 여섯 시간 동안 쉬고 요기도 한 다음 마저 걷도록 해. 그러면 해 지기 전에는 도착하겠지. 맞지, 스피커?"

"현명하지 않아. 여기서 멈추는 건 현명하지 않아. 우린 노출되어 있잖아. 거미들이 아직 우리를 추격하고 있을지도 몰라."

"미안. 쓰러질 때까지 계속 걷는 것도 현명하지는 않지. 여기서 멈췄다 가야겠어." 내가 말했다.

"두 번씩 말하지 않아도 돼." 루카스가 말끝에 배낭을 벗어 놓고 양치류를 밟아 원형으로 땅을 다져 평평하게 만들었다.

"너무 편하게 있지는 마. 네가 맨 먼저 보초를 설 거니까." 내가 말했다.

루카스는 얼굴을 찡그렸지만 불평은 하지 않았다. 나도 배낭을 내려놓고 나샤를 보러 갔다. 내가 다가가자 그녀는 나를 노려보며 말했다. "혹시 나 때문에 이러는 거면……"

"아니야. 이건 모두를 위해서야. 정작 도착했을 때 몸이 제 기능을 발휘하지 못한다면 거기 가 봤자 무슨 소용이 있겠어. 제이미가 돔에서 나올 때부터 잠을 한숨도 못 잤고 우리들도 다 상태가 아주 좋지는 않아."

"알았어."

나샤가 걸어와 두 팔로 내 어깨를 감싸더니 그대로 몸을 축 늘어뜨렸다. 그리고 속삭일 때보다 더 가늘어진 목소리로 말했다.

"난 죽어 가고 있어, 미키. 머릿속에 쥐가 들어 있는 기분이야. 내 두개골을 안쪽에서 갉아 먹으면서 빠져나오려고 해. 시야도 때때로 흐려지고 헛것이 보이기 시작했어. 방금은 거의 쓰러질 뻔했는데, 바로 앞 발밑에서 크리퍼가 나오는 줄로 잠시 착각했던 거지. 목적지에 도착할 순 있을지 몰라도 절대 걸어서 돔까지 되돌아가지는 못할 거야."

"한 번에 한 발짝씩만 가면 돼. 이제 쉬어. 다시 움직일 힘이 생기면 기분이 나아질 거야."

"그럴지도 모르지." 나샤가 말했다.

나는 그녀가 무릎을 꿇은 다음 편하게 앉을 수 있도록 팔을 잡아 주었다.

"그대로 앉아 있어." 나는 배낭이 있는 곳에서 비상 담요와 갈아입을 옷이 든 자루를 챙겨서 나샤에게 되돌아갔다. 담요를 그녀의 어깨에 두르고 자루를 부풀려 베개처럼 만들었다. 그리고 그녀를 옆으로 살살 눕혔다. 이곳 흙은 굵고 검고 부드럽다. 양치류는 그녀의 주위에서 그늘을 만들어 주었다. "잠을 좀 청해 봐, 응?"

그녀가 눈을 감았다. "어떻게든 해 볼게. 혹시 시간이 다 됐는데도 내가 깨어나지 않으면 그냥 내버려 둬."

나는 쪼그려 앉아 그녀의 이마에 키스했다. "알았어. 분부대로 할게, 대장."

나샤는 내 손을 붙잡아 한 번 세게 움켜쥐었다 놓았다. 나는 자리에서 일어섰다. 다들 아까 서 있던 자리에 그대로 앉은 모양이었다. 루카스는 배낭 위에 앉아 가속기를 무릎에 가로질러 얹고 있었다. 캣은 무릎을 꿇고 앉아 단백질 바의 포장지를 이로 물어뜯는 중이었다. 베르토와 제이미는 어깨에 배낭을 멘 채 상체를 반쯤 일으킨 자세로 둘 다 이미 곯아떨어진 듯 보였다.

스피커가 종종걸음으로 다가와 옆에 쭈그려 앉았다. "미키, 다시 말하지만, 우린 여기 머물러선 안 돼."

"알아들었어. 하지만 아까 말했듯이 선택의 여지가 없잖아. 네 신진대사가 어떻게 작동하는지는 모르겠지만 우리 몸은 쉬지 않고 끝없이 기능할 수 없어. 만약 스파이더가 여기서 우리를 발견하면 그때는 싸울 거야. 이게 우리로선 최선이라고."

내가 배낭을 가지러 돌아가자 그는 내 옆에 붙어 따라왔다.

잠시 고민한 끝에 나는 허기보다 피로를 먼저 해결하기로 하고 무릎을 꿇은 다음 배낭에 등을 기대고 앉아 눈을 감았다.

스피커가 말했다. "우리가 여기에서 붙잡히면, 그들이 우리를 분해할 거야."

"물론 그들은 할 수만 있다면 우리 모두를 분해하겠지. 우리가 그들을 아주 많이 확실하게 분해했으니까."

"나는 분해되고 싶지 않아."

"그래, 나도 마찬가지야."

"거미들만 문제가 아니야. 이 흙 보이지? 부드럽고 축축해. 디거들에게 적합하지. 무슨 말인지 알겠어?" 스피커가 앞다리 하나를 바닥에 대고 눌렀다.

나는 무슨 말인지도 잘 모르겠고, 신경 쓸 필요가 없을 것 같았다. "디거들이라. 알았어. 그것들도 조심하도록 할게."

그는 계속 말을 이어 갔지만 내겐 더 이상 들리지 않았다. 턱이 가슴에 닿으면서 호흡이 느려졌다. 내가 마지막으로 들은 건 면도날처럼 날카로운 발톱이 리듬감 있게 뼈를 긁는 것 같은 소리였다.

나는 환하게 쏟아지는 햇빛과 비명 소리에 잠이 깼다.

미처 정신을 차릴 겨를도 없이 자리에서 벌떡 일어났지만 내가 본 광경이 무엇인지를 파악하기까지 오랜 시간이 걸렸다. 첫 번째로, 비명 소리. 그건 루카스의 비명이었다. 그는 배낭 옆에 무릎을 꿇고 앉아 눈을 부릅뜬 채 두 손을 비틀어 등에 대고 있었다. 가속기를 손에 든 캣이 그 뒤에 서서 천천히 뒷걸음질을 쳤다. 제이미와 베르토는 잠에서 깨어나 두려움에 떨었다. 나샤는 기척이 없었다.

루카스가 주춤거리며 일어나 캣을 향해 몸을 비틀었다. 그의 손은 등 한가운데에서 튀어나온 하얀, 마치 털 없는 꼬리처럼 생긴 무언가를 감아쥐고 있었다. 그는 그걸 빼내려고 잡아당겼지만 정체를 알 수 없는 그것은 그의 몸속으로 더 깊이 파고들어 유유히 사라지려 했다. 어째서인지 루카스는 더 크게 비명을 질렀고 그가 손을 놓치는 순간 그것이 완전히 그의 몸으로 들어갔다. 루카스는 재차 무릎을 꿇고 주저앉았고 비명이 한 옥타브 높아졌다.

그제야 그의 허벅지 뒤로 피투성이 구멍이 보였다. 그때, 오른쪽 신장 바로 위에서 꿈틀거리는 하얀 꼬리가 또 하나 솟아났다.

"디거들이야! 봤지? 디거들이야! 여기서 멈춰선 안 되는 거였다고!"

스피커의 목소리가 뒤에서 들렸다. 돌아보니 스피커가 마치 모든 다리가 동시에 땅에 닿지 않게 하려는 듯 춤을 추고 있었다.

캣의 가속기가 울렸다. 그 즉시 루카스가 조용히 쓰러졌다.

"무슨 짓이야, 캣? 네가 죽였어! 빌어먹을 네가 루카스를 죽였다고!" 제이미가 벌떡 일어나 뒷걸음질을 치며 외쳤다.

"제길 그래, 내가 죽였다. 루카스도 나를 위해 똑같이 해 줬을 거야." 캣이 말했다.

베르토가 그녀의 어깨를 붙잡아 돌려세웠다. "정신 똑바로 차려. 우린 가야 해."

나샤도 어느새 균형을 잡느라 한 손을 땅에 짚은 채 무릎을 꿇고 앉아 태양을 향해 눈을 게슴츠레 뜨고 있었다.

"미키? 무슨 일이야?"

나는 배낭을 집어 들고 하얀 꼬리가 매달려 있지 않은지 서둘러 확인했다. 그러고 나서 가방을 메고 나샤에게 달려가 그녀를 일으켜 세웠다. 베르토는 루카스의 가속기를 주우려고 그의 짐 가까이 접근했다가 하얀 대가리가 또 하나 땅속에서 솟아나는 걸 발견하고 재빨리 달아났다. 베르토의 군화에서 1미터도 채 안 되는 거리였다.

스피커가 외쳤다. "가! 떠나야 해! 세 개가 나왔으면 100개는 있다는 뜻이야! 어서! 빨리!"

사실상 스피커는 너무나 겁에 질려서 거의 방향 감각을 잃을 정도였다. 나는 그가 공포라는 걸 느낄 수 있는지조차 몰랐다. 나샤가 내 손을 움켜쥐었다. 스피커는 이미 허둥지둥 달아나고 있었지만 나는 루카스에서 눈을 뗄 수 없었다. 루카스는 이제 등을 바닥에 대고 누워 있었다. 가슴 한가운데 캣이 쏘아 만든 커다란 구멍이 뚫린 채로. 길쭉한 하얀 대가리가 튀어

나와 내 쪽으로 방향을 돌렸다. 칠성장어의 주둥이처럼 새하얀 이빨로 둘러싸인 둥근 구멍이 달렸다.

"어서." 나샤가 내 팔을 잡아당겼다. 디거가 다시 루카스의 몸통으로 뛰어들었다. 나샤가 나를 두 발짝 뒷걸음칠 만큼 잡아당겼다.

"미키, 어서 *가*. 우린 가야 해." 나샤의 손이 내 뺨을 감싸며 고개를 억지로 돌렸다.

나는 뒤를 돌아보았다. 이제는 루카스를 둘러싼 토양이 꿈틀거렸다. 나샤는 내 손을 놓고 스피커를 따라 뛰었다. 그 후에도 잠시 머뭇거리던 나는 그녀를 뒤따랐다.

일단 우리는 공황 상태에서 1킬로미터를 갔다. 행진이라기엔 빠르고 달리기치곤 느렸다. 마침내 속도를 늦추라고 한 사람은 나샤가 뒤처진 걸 보게 된 제이미였다.

"우린 안전해. 그렇지, 스피커? 우린 안전한 거지?"

"그래, 아마도 그럴 거야. 여기는 지면이 단단해. 당분간은 안전할 거야." 스피커가 말했다.

캣이 숨을 고르며 말했다. "두 번째야. 이게 두 번째라고. 넌 저런 게 있는 줄 분명 알고 있었을 텐데 우리가 기습을 당하다니. 다음번에는 우리한테 경고를 좀 해, 스피커. 안 그러면 내가 맹세코……."

그녀는 기침을 하더니 호흡기를 들어 올려 뭔가를 뱉어 냈다.

"맹세코 널 끝장내겠어."

스피커가 앞다리들을 빠르게 움직이며 춤이라도 추는 것처럼 흥분해 날뛰었다. "경고를 하라고? 난 경고를 했어. 거기서 멈추는 건 현명하지 못하다고 몇 번이나 말했다고. 땅이 디거에게 적합하다고 미키한테 말했어. 너희가 듣지 않으면 경고를 해 봐야 소용이 없어."

캣이 나를 쳐다봤다. "미키? 얘가 너한테 저것들에 대해 말했어?"

내가 대답했다. "아니, 그게, 아마도. 디거들에 대해서 뭔가 말을 하긴 했어. 하지만 그게 무슨 의미야? 디거가 뭔지, 혹은 뭘 하는 것들인지 말하지 않았거든. 디거들이 땅속에서 나와 내장을 찢는 놈들이라고 말했으면 우린 계속해서 걸었을 거야."

스피커가 소리쳤다. "난 경고를 했어! 경고를 했단 말이야! 디거들이 무해하다면 내가 경고를 했을까? 내가 양치류에 대해 경고해야 할까? 아니! 내가 바위에 대해 경고해야 할까? 아니지! 너희는 여기서 이방인이야. 경고를 하면 들으라고!"

나는 무슨 말을 하려고 입을 벌렸다, 하지만…….

하지만 그의 말은 틀리지 않았다.

캣이 물었다. "다른 게 또 뭐가 있지? 여기서 어딘지도 모르는 빌어먹을 목적지까지 가는 동안 우리가 알아야 할 다른 게 더 있어?"

스피커가 반문했다. "다른 거? 그걸 누가 말할 수 있을 것 같아? 세상은 넓어. 그 안에는 많은 종족들이 있고 너희 종족은 말랑하고 연약하지. 여기선 뭐든지 너희를 죽일 수 있어."

"말랑하고 연약해?" 캣의 목소리가 단조롭게 변했다.

스피커는 몸을 일으키는가 싶더니, 주춤거리다가 다시 땅바닥으로 내려왔다. 정말로 분위기 파악하는 방법을 배운 걸까?

"아니야. 아니야. 사과할게. 그것 때문은 아니니까. 디거는 말랑하다고 해서 죽이지는 않아. 디거는 우리도 죽이지. 디거는 거의 모든 걸 죽여. 그래서 나는 멈추기를 원치 않았던 거야."

캣이 말했다. "알았어. 사과는 받아들여야겠지. 그래서 다른 게 또 뭐가 있어? 우리가 알아야 하는 건 뭐야?"

"말하기 쉽지 않아. 하지만 경고한다고 약속할게. 나쁜 일이 생기면 내가 디거들에 대해 경고했던 것처럼 경고하겠어. 대신 그때보다 더 크게 말이야." 스피커가 대답했다.

"고마워. 다음에는 우리 모두에게 경고해 줘, 응? 네가 어떻게 생각하든, 사실 미키는 우리 프라임이 아니니까." 캣이 말했다.

우리는 계속해서 걸었다. 몇 분을 더 걷고 나자 캣이 내 옆으로 다가왔다.

"루카스는 내 친구였어. 내 친구였는데, 내가 죽였지. 걔를 쐈을 때 그 표정을 나는 평생 잊지 못할 거야. 내 남은 평생이 얼마나 긴 시간일지는 모르겠지만. 그건 네 책임이지, 미키?" 그녀의 목소리는 다른 사람이 들을 수 없을 만큼 낮았다.

"난……."

나는 주위를 둘러보았다. 누구도 주의를 기울이지 않았다. 심지어 나샤도 멀리서 시선을 바로 앞의 땅에만 고정한 채 발을 끌며 걷고 있었다.

"난 모르겠어, 캣. 어쩌면 그럴지도. 만약 그렇다면, 내가 미안해."

"그래, 분명 그렇겠지."

나는 무슨 말을 덧붙이려고 했지만 캣은 더는 대화를 하고 싶지 않은 것이 분명했다. 한숨이 났다. 나는 고개를 푹 숙이고 계속 걸었다.

우리는 걸었다.

태양이 하늘에 떠 있고 저 멀리 있는 산은 도저히 가까워질 기미를 보이지 않았다.

정오가 지난 시각, 나는 나샤에게 내게 남은 마지막 물을 주었다. 그녀는 쉬지도 않고 물을 마셨다. 눈이 반쯤 감긴 그녀의 얼굴에 고통으로 일그러진 미소가 비쳤다.

캣과 베르토는 우리에게 남은 두 개의 가속기를 등에 대각선으로 걸쳐 멨고, 나는 나샤의 버너 중 하나를 들었다. 나머지 하나는 제이미가 들었다. 모두가 한 발을 다른 발 앞에 두는 것에만 집중할 뿐이었다. 거미들이 당장 우리를 발견한다면 우리는 아마 한 발 쏘아 보지도 못하고 죽을 거라는 생각이 들었다.

"얼마나 더 가야 해?" 제이미가 물었다. 이제 스무 번째다.

스피커가 대답했다. "멀지 않아. 거의 다 왔지. 거의 다 왔어. 우리가 좀 더 빨리 움직이면……."

"우린 못 해. 빨리 움직이란 소리 좀 그만해." 내가 대답했다.

나샤가 내 손을 잡았다. 공기는 쌀쌀한데 그녀의 손바닥이 땀으로 미끄러웠다.

"우린 여기서 죽을 거야. 너도 알잖아, 그렇지?"

나는 한숨을 쉬었다. "그럴지도."

나샤가 휘청거렸다. 내 팔을 이용해 균형을 잡을 정도였다. "우린 물도 떨어지고 지쳤어. 음식은 얼마나 남았지? 단백질 바 몇 개하고 혼탁액 약간? 돔까지는 100킬로미터인데 그나마도 한 발 디딜 때마다 더 멀어지고 있잖아. '그럴지도'가 아니야."

"크리퍼들도 분명히 물이 필요할 거야." 말은 그렇게 했지만 스피커는 아직 그 증거를 보여 준 적이 없다. "어쩌면 남쪽의 우리 친구들이 몇 병 가득 채워 줄지도 몰라."

나샤는 짧고도 날카로운 웃음을 터뜨렸다.

"퍽이나. 남쪽의 우리 친구들이 그 자리에서 우릴 해부하지 않는 것만으로도 운이 좋은 거겠지."

나는 이번에는 조금 더 크게 한숨을 쉬었다.

"보이지? 거의 다 왔어. 이제 아주 조금만 더 가면 돼." 스피커가 말했다.

나는 발만 보며 걸은 지 몇 시간 만에 처음으로 고개를 들었다. 태양은 반쯤 내려와 높고 얇은 분홍색 구름 사이로 희미하게 보였다. 내내 멀게 보이던 산이 갑자기 우리 위로 모습을 드러냈다.

"저기. 보여?" 스피커가 물었다.

내 눈에 평원 위에 거의 수직으로 솟아 있는 화강암 절벽이 보였다. 세상의 끝이라는 표식이기라도 한 듯 우리가 가는 길을 가로질러 뻗어 있었다. 너무 높아서 목을 쭉 내밀고 올려다봐야만 평범한 산비탈로 이어진 곳이 보일 정도였다.

"제발. 저길 올라가야 하는 건 아니겠지." 내가 대답했다.

"올라간다고? 아니. 올라가지 않아. 이게 우리의 목표야. 보이지? 우린 더 이상의 사망 없이 여기까지 도착했어."

나는 재빨리 주위를 둘러보았다. 스피커의 말은 마치 파멸이 머리 위로 쏟아져 내리기 직전에 할 법한 말처럼 들렸다. 하지만 거미도 없고 디거도 없었다. 오직 반죽음이 된 다섯 명의 인간과 과하게 명랑한 크리퍼뿐, 어떠한 괴물도 눈에 띄지 않았다.

"확실하게 해 뒀으면 하는데, 우리가 가는 곳이 저 절벽이야?" 뒤에 있던 캣이 물었다.

"절벽 내부지. 절벽 안쪽이 입구야." 스피커가 대답했다.

우리는 계속 걸었다. 10분쯤 지난 뒤, 스피커가 말했다. "이제 바로 금방이야. 거의 다 왔어."

우리는 계속 걸었다. 이제 태양을 가릴 정도로 높이 솟아오른 절벽은 거의 우리에게로 다가오는 것처럼 보였다. 이쪽에는 양치류가 없었다. 아마 빛이 닿지 않아서겠지. 바닥에는 흙과 조약돌이 채워져 있었다.

"저기야. 보이지?" 스피커가 말했다.

놀라운 광경이 보였다. 약 200미터 멀리 절벽 밑바닥에 까만 구멍이 입을 벌리고 있었다.

"잘됐군. 또 미로가 있네." 나샤가 말했다.

나는 어깨를 으쓱했다. "달리 뭘 기대했어?"

우리는 가까이 다가갈수록 발걸음이 느려졌다. 그리고 마침내 암묵적인 상호 합의에 따라 입구까지 20미터 정도를 남겨두고 멈추어 섰다.

오랜 침묵 끝에 캣이 말했다. "이제 어쩌지? 그냥 걸어 들어가면 되나?"

"아니. 안 되지. 그건 권하지 않겠어. 현명하지 않은 행동일 수 있어."

"그럼 그냥 기다리자고?"

"그래. 기다리자."

스피커의 대답이 떨어지기가 무섭게 길이 1미터의 크리퍼들이 입구에서 쏟아져 나왔다. 우리는 뒤로 물러나고 캣과 베르토는 앞다투어 무기를 찾은 반면, 스피커는 춤을 추며 제자리를 지키고 있었다. 크리퍼들은 우리를 무시하고 스피커에게 달려들더니 아래턱으로 스피커의 다리를 붙잡아 절벽으로 끌고 갔다. 처음에는 계속해서 춤을 추려던 스피커도 그들이 다리를 물어뜯자 저항하기 시작했다.

"친구들! 제발! 날 지켜 줘!" 스피커가 외쳤다.

내 손에는 나샤의 버너가 쥐어져 있었다. 나는 겨냥을 하고 스피커의 제일 뒤쪽 마디를 힘껏 잡아당기는 크리퍼의 몸통에 빔을 쏘았다. 놈은 2~3초간 나를 무시하더니 물고 있던 스피커를 놓고 내 쪽으로 방향을 틀었다. 하지만 베르토의 가속기가 요란한 윙윙 소리와 함께 발사되자 크리퍼는 산산이 부서져 떨어졌다. 놈의 앞쪽 두 마디는 이제 부서져 너덜거리는 잔해만 남았다. 캣이 스피커의 몸통 근처에 있던 다른 놈을 쏘았다. 하지만 두 사람 모두 폭발성 탄약을 쓰고 있었기 때문에 스피커를 붙잡고 있는 놈들을 쏘려면 스피커를 맞히지 않을 수가 없었다. 스피커는 이제 몸통을 위아래로 들썩이며 몸부림을 쳤다. 그러자 한 놈이 스피커의 등으로 기어올라 아래턱을 첫 번째 마디 바로 아래에 꽂았다.

스피커가 힘없이 쓰러졌다.

놈들이 그를 덮쳐서 구멍으로 끌고 갔다.

"미키? 어떻게 하지?" 베르토가 물었다.

나는 입을 벌렸지만 아무 말도 나오지 않았다. 사실, 아무 생각도 나지 않았다.

내가 입을 도로 다물었을 때는 이미 상황이 종료되고 스피커는 사라진 뒤였다.

18장

꼬박 2분이 경과하도록 모두가 꼼짝없이 침묵만 지키고 있었다. 마침내 베르토가 죽은 크리퍼 중 한 놈에게 걸어가더니 남은 사체를 군화 코끝을 이용해 뒤집어 보았다.

그러고는 쪼그려 앉아 산산조각이 난 껍데기 조각을 자세히 살폈다. "봐. 어디까지가 생물이고 어디부터가 기계인지 확실히 알 수 있어."

나샤가 무릎을 꿇고 앉더니 등을 대고 털썩 누웠다. 한쪽 팔은 눈두덩이에 걸쳐 놓았다.

"나샤? 너 괜찮아?" 제이미가 물었다.

"어, 그래. 난 좋아." 나샤는 꿈쩍 않고 대답했다.

캣이 나를 쳐다봤다. "이제 무슨 일이 일어나는 거야, 미키? 넌 아직 이 총체적 난국의 책임자잖아, 그렇지?"

"난……." 나는 말을 하려고 했지만 솔직히 어떤 합당한 대답도 할 수 없었다.

베르토가 길고 고통스러운 침묵을 깼다. "무슨 일이 일어나느냐고 묻지 마. 미키는 여기서 의사 결정을 담당하는 거지 오라클이 아니라고. 얘한테 선택지를 줘."

"좋아. 선택지 1번. 들어가서 쏜다." 캣이 말했다.

"선택지 2번. 죽을 때까지 여기 누워 있는다." 나샤가 말했다.

"선택지 3번. 돔까지 걸어서 돌아가 지금까지 있었던 이 터무니없는 일들을 다 잊는다." 제이미가 말했다.

"좋아. 다 멍청한 선택지인걸. 미키?" 베르토가 말했다.

나는 고개를 들었다. "저 꼭대기에 올라갈 수 있겠어?"

베르토가 나의 시선이 멎은 곳을 바라봤다. "뭐? 절벽?"

"그래. 배낭을 지고 꼭대기까지 올라갈 수 있을까?"

베르토는 몇 발짝 뒤로 물러서더니 턱을 긁적였다. 그의 눈이 얼굴을 가로질러 움직이는 걸 보니 이미 맨 먼저 떠오른 경로를 그려 보는 모양이었다. "흠, 아마도? 한번 걸어서 둘러보고 싶어. 여기서 안 보이는 곳에 더 오르기 좋은 경로가 있을지 알아봐야 하니까. 하지만 없다고 해도 가능할 것 같아. 왜? 무슨 생각을 하는 거야?"

"거미 때 했던 생각과 똑같은 생각. 만약 우리가 여기로 내려갈 거면 누가 돔으로 돌아가서 사태를 알려야 해."

"알았어. 그러니까 나더러 500미터 높이의 화강암 절벽을 15킬로미터 배낭을 지고 자유 등반으로 올라가 빈둥거리고 있다가 너희가 잡아먹히는지 지켜보라는 말이야?"

"그래, 그런 셈이지. 네가 지상에서 바로 하늘로 떠오를 만큼 빨리 달릴 수 있다고 생각하면 또 모르겠지만?"

베르토는 정말로 그걸 고려할 시간이 필요했다.

마침내 그가 말했다. "안 돼. 어제도 겨우 날았잖아. 로버가 속도를 붙여 주고 지상 3미터 높이에서 뛰어내렸어. 평평한 땅에서 날아오르려고 하다간 글라이더도 망가지고 몸도 다치게 될 게 거의 확실해."

"알겠어. 혹시 누구 물 남은 사람 없어?" 내가 말했다.

캣이 배낭 옆 주머니에서 물병 하나를 꺼냈다. "4분의 1리터 정도?"

"베르토에게 줘."

그녀는 따지고 싶은 표정을 지었지만 잠시 생각해 보더니 병을 건넸다.

"고마워." 내가 말했다. "제이미?"

제이미는 고개를 저었다. 나샤는 소지품이 아무것도 없었고 나는 벌써 몇 시간 전에 물을 다 마셔 버렸으니 그게 전부인 것 같았다.

나는 베르토를 돌아보았다. "좋아. 그럼 등반하면 되겠어. 행운을 빌어. 가능하면 여기에서 일어나는 일을 계속 알려 줄게."

베르토는 뭔가 할 말이 있는 사람처럼 턱을 우물쭈물하다가 끝내 그냥 돌아서서 걸어갔다.

"베르토는 죽을 거야. 미끄러져서 떨어지겠지. 썩은 토마토처럼 우리 코앞에 철퍽거리며 떨어지는 걸 지켜보게 될 거야. 너도 알잖아, 안 그래?" 캣이 말했다.

우리는 절벽 밑바닥에 어깨를 서로 맞대고 서서 베르토가 기어오르는 모습을 지켜보느라 고개를 뒤로 젖히고 있었다. 나샤는 정말로 잠이 들었는지 잠든 척을 하는지 눈을 가린 채 등을 대고 누워있다. 제이미는 땅바닥에 양반다리를 하고 앉아 나샤의 버너 하나를 허벅지에 걸쳐 놓고 크리퍼의 미로 입구를 응시하고 있었다.

"아마도." 내가 대답했다. "우린 모두 언젠간 죽게 마련이잖아, 그렇지?"

"맞아. 하지만, 베르토는 언젠가 죽는 게 아니지. 베르토는 곧 죽을 거야. 그러니까, 앞으로 10분 이내에." 캣이 말했다.

한숨이 나왔다. "지금까지의 일들을 볼 때 우리가 마찬가지로 10분 이내에 죽어도 놀랍지 않아, 캣. 다만 중요한 건, 정작 베르토야말로 오늘 죽을 확률이 가장 적다는 거야. 우리는 언제든 크리퍼가 돌아오기로 마음먹으면 끝장이니까. 베르토는 우리를 해체하는 크리퍼들을 지켜보다가 손수 만든 플리터를 타고 날아올라 두어 시간 후면 돔으로 되돌아가겠지. 언제나 그랬듯 만사가 베르토에게 유리하게 풀리는 거야."

캣이 고개를 저었다. "그런 일은 없을 거야. 베르토는 절대 정상까지 못 가."

나는 고개를 돌려 그녀를 바라보았다. "그걸로 내기할래?"

그녀가 소리 내어 웃었다. "친구가 살지 죽을지를 놓고 도박을 하자고? 물론이지. 안 될 거 뭐 있어? 이제 우리가 이 지경이 됐네. 판돈은 얼마야?"

나는 잠시 생각을 해 봤다.

"돔에 돌아가면 저녁 내기 어때? 감자랑 혼탁액은 안 돼. 최소한 토끼 뒷다리 하나하고 토마토 두 개가 들어가는 식사만 유효한 거야. 지는 사람이 사야지."

캣은 눈을 가늘게 뜨고 나를 쳐다봤다. "꽤 위험 부담이 적은 베팅이네. 우리가 돔으로 돌아갈 확률은 모르긴 해도 베르토가 절벽 정상에 오를 확률보다 훨씬 낮을 테니 말이야."

내가 어깨를 으쓱했다. "싫으면 그만두든지."

캣은 시선을 돌려 베르토가 수직으로 갈라진 틈 사이에 군화를 끼워 놓고 디딘 후에 다음 붙잡을 곳을 향해 손을 뻗는 모습을 지켜보았다. "의심스러우리만큼 자신 있어 보이네. 왜 그런 거야?"

나는 미소를 지었지만 호흡기 때문에 캣에게는 보이지 않았다. "내가 애초에 어떻게 이 임무에 합류했는지 너한테 말해 준 적 있어?"

그녀는 머리를 갸우뚱했다. "없는 것 같아. 그런 얘기를 하긴 했잖아, 안 그래? 그날 밤에 체력 단련실에서 말이야, 맞지? 네가 나한테 말했어. 넌 죄수가 아니라서 징집으로 온 게 아니라고. 난 그 말을 안 믿었지만."

나는 크게 소리를 내어 웃었다. "뭐, 그건 사실이야. 나는 죄수가 아니고, 징집된 것도 아니야. 사실 이 일을 자원해서 왔어. 그래도 순전히 자발적으로 지원하지 않았지. 엄청난 곤경에 빠져 있었거든. 엄청난 곤경에 빠진 건 내가 멍청이라는 사실 탓만이 아니었어. 어떤 인간도 할 수 없으리라 생각한 일을 베르토 또한 해내지 못할 거라고 베팅했기 때문이었지. 그러고 나서 베르토가 그걸 해내는 모습을 멀거니 지켜본 거야. 그때 나는 그런 실수를 다시는 저지르지 않겠다고 다짐했어."

우리는 그 후로 한동안 말없이 지켜보기만 했다. 베르토는 약 3분의 1 지점을 오른 참이었다. 그는 마치 거미처럼, 서두름 없이, 한 지점에서 다른 지점으로 손을 옮겨 갔고 발가락으로는 거의 보이지도 않는 암석 표면의 요철을 더듬어 찾고 있었다.

"뭘 알고 하는 사람처럼 보이긴 하네. 미드가르드에 있을 때 전문 등반가나 뭐 그런 일을 했어?"

나는 고개를 저었다. "아니. 내가 아는 한은 어쨌든 아니야. 자기가 잘하는 일이 더 있었다면 분명 내가 알게끔 했을 거야."

"그렇구나. 그럼 굉장히 열심인 아마추어인가?"

"아닐 거야."

"애호가?"

"그러지도 않아."

"그럼 네가 아는 한 베르토는 어떤 종류든 본격적인 암벽 등반 경험이 없다는 말이네."

나는 어깨를 으쓱했다. "응, 그런 셈이지."

"그런데도 베르토가 이걸 해낼 능력이 된다고 생각했던 이유는……?"

"두 가지가 있지. 첫째, 베르토는 신체적으로 특출나. 너도 알겠지만 미드가르드에서 최상위 포그볼 선수였잖아, 그렇지?"

"난 몰랐어. 그게 대단한 거야? 난 스포츠에 별로 관심이 없어서."

"응, 대단한 거지. 걔는 평생을 스포츠에 몸 바친 선수들과 차례차례로 싸워 별로 애쓰지도 않고 이겼거든. 기본적으로 문외한인데 그런 업적을 이룬 거야. 베르토를 두고 사람들은 행성 사상 최고로 뛰어난 천부적인 재능이라고 했어. 그런데 베르토는 지겨워졌다고 3년 만에 그만뒀지."

"그렇구나. 그리고?"

나는 그녀를 쳐다봤다. "뭐?"

캣이 눈을 굴렸다. "두 가지 이유가 있다고 네가 말했잖아. 하나밖에 말 안 했어."

나는 다시 위를 올려다봤다. 베르토는 2센티미터 정도 튀어나온 암석에 발가락을 디뎌 균형을 잡고 있었다. 한 손은 위로 뻗어 자그마한 돌기를 움켜쥐고 다른 손은 평평하게 펴서 옆에 있는 암석을 밀어 지지했다.

"저것 봐. 지금 있는 곳 보여?" 내가 물었다.

"응. 떨어지겠어."

"사람들은 저 위에 매달렸다는 생각만 해도 가슴이 조마조마하잖아, 안 그래?"

캣이 어깨를 으쓱했다. "그럴지도."

"그렇지. 그게 또 다른 이유야. 베르토는 지금 이 순간에도 분당 60회로 심장이 일정하게 뛰고 있을 게 분명하거든. 사실 우리 대부분은 겁에 질려 어쩔 줄 모르는 상태로 만드는 뇌 부분이 있잖아. 예를 들면, 보통 사람들은 깎아지른 절벽의 들쭉날쭉한 돌기를 맨발로 밟고 200미터만 올라가도 깨닫게 되지. 까딱하면 순식간에 고통스러운 죽음을 맞을 수 있다는 걸 말이야. 베르토한테는 그 부분이 없어. 2년 전에 재가 플리터를 가지고 묘기했던 거 기억하지, 그렇지?"

"그래, 기억나. 내가 100킬로칼로리를 걸었는데 베르토가 우리 걸 다 따 갔잖아."

"저녁밥 두 끼 때문에 그런 짓을 하는 녀석이니 암벽타기 정도는 눈 하나 깜짝하지 않지."

"그럴지도. 하지만 봐. 더 못 가고 있어."

나는 오큘러를 이용해 최대로 확대해 봤다. 캣의 말이 맞았다. 지금으로선 이전에 있던 곳보다 몇 미터 더 높은 곳에 두 발을 딛고 오른손으로 울퉁불퉁하게 튀어나온 화강암을 붙잡고 있어서 괜찮은 위치다. 하지만 다음으로 붙잡을 지점은 베르토의 왼손보다 50센티미터 정도 더 먼 곳에 있었다. 내가 지켜보는 가운데 그는 팔을 뻗고 몸을 기울였다. 그러고 나니 오른손이 쥐고 있는 암석을 거의 놓칠 지경이었다. 팔이 늘어나지 않는 한 전진할 수 없었다.

내가 말했다. "네 말이 맞아. 그래도 상관없어. 그냥 물러나서 다른 길을 찾으려고 할……."

베르토가 점프를 했다.

깎아지른 화강암 절벽 200미터 위에서 아무런 안전장치도 없이 15킬로그램이 나가는 배낭을 등에 멘 베르토 고메즈가 심호흡 한 번 하더니 점프를 했다.

캣이 헉하고 숨을 들이켜고 살짝 뒤로 물러났다.

말할 필요도 없이 베르토는 다음 암석을 붙잡았다.

새로 붙잡은 암석은 수평으로 깊게 갈라진 틈이 있었다. 베르토는 두 손을 모두 그 틈새에 넣고 살짝 반동을 주더니 오른발로 디딜 곳을 찾아 균형을 잡고 올라섰다.

"어이구 세상에." 캣이 감탄했다.

"그렇지. 이제 내 말 뜻 알겠어?"

두 손에 난 땀을 번갈아 가며 닦느라 잠깐 지체한 후, 베르토는 계속해서 암벽을 올랐다.

[RedHawk]: 이거 재미있는데. 다시 해 봐도 돼?

[Mickey7]: 이 젠장맞을 놈.

[RedHawk]: 점프하는 거 봤어?

[Mickey7]: 그래, 베르토. 우리도 봤어.

[RedHawk]: 제법 멋있었지, 응?

[Mickey7]: 젠장. 맞게. 멋. 있었지.

[RedHawk]: 어쨌든, 여기 좋은데. 경치가 끝내줘. 저 멀리 산등성이까지 다 보여.

[Mickey7]: 잘됐네. 우리 쪽으로 몰래 접근하는 게 있으면 알려 줘, 알았지?

[RedHawk]: 그럴게. 올라와서 보니까 무기를 챙겨 왔으면 좋았을걸 싶네. 여기서 내가 잡히거나 하면 거의 무방비 상태잖아.

[Mickey7]: 그렇지, 뭐. 지금으로선 다들 운에 맡기고 있는 셈인걸.

[RedHawk]: 맞는 말이야. 그건 그렇고 그 밑에서는 어떻게 할 계획이야?

[Mickey7]: 솔직히 말하면? 계획이랄 게 없어. 당장은 사건이 흘러가는 대로 두는 거지. 부디 스피커가 돌아오면 좋겠어. 아니면 여기 사는 크리퍼들이 내게 프라임을 보내서 말을 걸어 주거나.

[RedHawk]: 만약 그중에 어느 사건도 벌어지지 않으면 어쩔 거야?

[Mickey7]: 모르겠어, 친구야. 아마 무엇이든 나와서 우릴 죽일 때까지

여기 앉아 기다리거나 우리 모두 목말라 죽게 되겠지. 어쨌든 어떤 조언이든 들을 의향이 있어.

[RedHawk]: 뭐든 떠오르는 게 있으면 말해 줄게.

[Mickey7]: 난데없지만, 진작에 물어봤어야 했던 거라서 그러는데, 추진기는 여기서 돔까지 갈 수 있을 만큼 전력이 충분한 거야?

[RedHawk]: 훌륭한 질문이야.

[Mickey7]: 고마워, 훌륭한 대답을 해 줄 수 있을까?

[RedHawk]: 충분하지 않아.

[Mickey7]: 그러면 어쩌려고?

[RedHawk]: 추진기 없이도 글라이더처럼 작동하잖아. 상승 온난 기류를 타는 법을 알아내야지.

[Mickey7]: 그게 아니면 걸어서 집에 갈 방법이라도 알아내.

[RedHawk]: 맞아. 그래야지.

해 질 녘, 나샤가 앓는 소리를 내며 옆으로 눕더니 몸을 일으켜 앉았다. 나는 그녀 옆에 무릎을 꿇고 앉아 어깨에 손을 얹었다.

"어이. 기분이 어때?"

나샤는 눈을 깜빡이며 두 손으로 얼굴을 문질렀다. 그러고 나서 고개를 천천히 돌리며 느릿느릿 원을 그렸다. "솔직히 말해서? 좀 나아진 것 같아."

나는 나도 모르게 참았던 숨을 내쉬었다. "휴, 세상에. 그거 굉장한데. 너 때문에 얼마나 걱정했는지 몰라."

나샤가 눈살을 찌푸렸다. "무슨 소리를 하는 거야, 미키? 우린 어차피 다 여기서 죽을 거라고. 뇌출혈로 죽으나 크리퍼에게 죽으나, 아니면 그냥 모두 바싹 말라 바람에 날려 가나 무슨 상관이 있겠어?"

"아니, 난 우리가 여기서 죽을 거라고 생각하지 않아. 사실은 날이 갈수록 잘될 거라는 느낌이 들어. 만약 크리퍼들이 우리를 죽일 계획이라면 지금쯤은 죽였어야지, 안 그래?"

나샤가 고개를 저었다. "난 모르겠어, 자기야. 이것들이 무슨 생각을 하고 있는지 알아내 보려는 시도는 진작 포기했어. 어쨌거나 놈들이 우릴 안 죽인다고 해도 여전히 목말라 죽게 생겼으니까."

"그 문제는 나한테 계획이 있어. 베르토가 내일 긴급 보급품을 가지러 돔에 다녀올 거야."

"그렇단 말이지. 그러면 우리한테, 뭐, 4~5리터 정도 생기려나? 다음 날까지는 충분하겠네?"

나는 어깨를 으쓱했다. "그러면 베르토를 다시 보낼게."

나샤가 소리 내어 웃었다. "그럼 이 문제는 완전히 해결한 거네, 그렇지?"

"물론이지. 거대한 계획의 일부에 불과해."

잠시 침묵이 흐른 뒤, 나샤가 말했다. "크리퍼들이 정말로 우리를 여기 이렇게 가만히 내버려 두지만은 않을 것 같아."

"우리가 원하는 건 우릴 그냥 내버려 두는 게 아니잖아. 우리한테 폭탄을 내주길 원하는 거지, 기억나?"

"물론이지. 그건 도전적 목표잖아. 그때까지는 그들이 우릴 잡아먹지 않기만 해도 기쁠 거야. 지금까지 있었던 일을 감안하면 솔직히 그럴 거라는 확신이 들지 않아. 내 말은, 스피커한테 한 짓을 보라고. 그들이 스피커를 죽인 거잖아, 맞지?"

나는 어깨를 들었다 놓았다. "그랬나? 그냥 스피커를 끌고 가기만 한 것 아니었어?"

"스피커의 목덜미를 물었잖아."

"그랬지. 그건 사실이야. 하지만 넌 무엇이 크리퍼를 죽이는가 하는 점에 대해서 수없이 억측만 하는 것 같아, 안 그래? 가령, 스피커에게 부러뜨릴 척추가 있기나 해? 걔는 뇌가 어디에 있어? 의외로 꼬리에 있을지도 모르잖아."

나샤가 한숨을 쉬었다. "스피커가 완전히 몸을 늘어뜨렸어, 미키. 내가 볼 때는 끔찍하게도 완전히 죽은 것 같았다고."

나는 반박하고 싶었지만 그녀 말도 일리는 있었다.

내가 말했다. "네가 맞을지도 몰라. 하지만 중요한 건 놈들이 *우리*를 죽이지 않았다는 점이지. 죽일 수도 있었는데 안 그랬어. 분명 이유가 있을 거야."

"그렇지. 하지만 무슨 소용이 있겠어. 스피커가 없으면 그들과 대화를 못하잖아. 그들과 말이 안 통하면 폭탄을 돌려받지 못해. 그들이 우리를 죽이든 말든, 겨울이 오면 모두 죽은 목숨인 거지."

"아니야. 그런 일은 없을 거야. 지켜보기나 해. 저절로 만사가 잘 해결될 테니까."

"계획이라도 있어?"

나는 이를 드러내며 미소를 지었다. 그리고 한 손으로 그녀의 뺨을 감쌌다. "계획은 필요 없어, 친구. 네가 있으니까."

나샤는 내가 등을 대고 쓰러질 정도로 세게 주먹질을 했다. "이 바보 같으니. 그건 알고 있지, 그렇지?"

나는 나샤에게 가까이 다가가 허리를 숙여 내 이마를 그녀의 이마에 맞댔다. "그럴지도. 하지만 이 바보는 너의 바보잖아."

나샤가 우리의 호흡기를 들어 올리고 내게 키스를 했다.

"나의 바보지." 그녀가 말했다. "정말 완전 나의 바보야."

제이미는 첫 보초를 서겠다고 자원했다. 하루 종일 한자리에 앉아서 미로 입구만 쳐다보고 있었으니 그로선 별로 달라질 게 없었다. 나샤는 아직 피곤하지 않았기 때문에 나는 그녀의 허벅지를 베고 자리를 잡았다. 막 졸기 시작하려는데 오큘러에 메시지가 왔다.

[RedHawk]: 너 자는 중이야?

[Mickey7]: 아직은 아니지만 자려던 차였지.

[RedHawk]: 솔직히 말할게, 미키. 난 지금 너무 행복하지 않아.

배고프고 목도 마른 데다가 불안하기까지 해. 내가 잠들면 뭔가가 날 잡아먹을 것 같다고.

[Mickey7]: 그거 이상하네. 우린 여기서 아주 좋은 시간을 보내는 중인데 말이야.

[Mickey7]: 있지, 그 글라이더로 실을 수 있는 무게가 얼마 정도 돼?

[RedHawk]: 말하기 어려워. 많이 실으면 실을수록 추진기가 날 띄우느라 더 열심히 돌아가야 하잖아. 그러니까 내가 얼마나 멀리 가려고 하는가에 따라 다르겠지.

[Mickey7]: 혹시 네가 돔으로 돌아가 우리 보급품을 챙겨서 죽지 않고 돌아올 확률이 얼마나 될까? 물 없이 하루 정도는 버티겠지만 그 이상은 힘들 것 같아서 그래.

[RedHawk]: 이런. 물은 무겁잖아. 몇 리터는 가능하겠지만 그 이상은 어렵겠어. 물론 애초에 돔까지 갈 만큼 전력이 충분한지가 관건이고.

[Mickey7]: 그렇지. 그건 다시 얘기해 보자. 내일 오후에도 살아 있게 되면 한번 시도해 봐야 할 테니까.

[RedHawk]: 넌 내가 그사이에 잡아먹히지 않을 거라고 생각하는 거네.

[Mickey7]: 그렇지, 뭐. 혹시 누가 잡아먹으려고 하면 알려 줘. 나도 다른 계획을 생각해야 하니까.

[RedHawk]: 고마워, 미키. 네가 진짜 친구다.

[Mickey7]: 별말씀을, 친구. 잘 자.

나는 눈을 깜빡여 대화창을 닫았다.

"베르토한테 메시지 보내고 있었구나, 그렇지? 잘 있대?" 나샤가 물었다.

"우리들이랑 마찬가지지, 뭐. 배고프고, 목마르고, 무섭대."

02:00. 제이미가 나를 깨웠다. 내게 가속기를 건네더니 나샤와 캣 사이에 누워 한쪽 팔을 머리 밑에 받치고 몸을 웅크렸다.

"괜찮아?" 나샤가 물었다.

"어. 좀 자도록 해, 응?"

나는 자리에서 일어섰다. 아직은 다소 추웠지만 공기가 부드럽고 고요했다. 하늘에 별들이 가득해서 굳이 오큘러로 볼 필요가 없었다. 하품하고 스트레칭을 한 다음 가속기를 등에 대각선으로 메고 미로의 입구를 향해 거닐었다. 나는 이 시점에 무엇으로부터 보초를 서야 하는 건지 확실히 알 수 없었다. 가속기가 필요할 정도로 본격적으로 맞붙을 가능성이 있는 존재라면 뭐가 있을까. 만약 거미들이 여기로 우리를 추격해 온다면? 몇 마리를 쓰러뜨리는 건 가능하겠지. 하지만 우리를 죽이지 못하게 막을 방법은 없을 것이다. 그건 크리퍼들도 마찬가지다.

만약 디거 같은 게 나타난다면? 캣이 루카스를 위해 했던 것처럼 나샤를 위해 용기를 낼 수 있을까 고민하면서 불편한 몇 분이 흘렀다. 그런 문제를 결정하기에 앞서, 어떤 것들은 생각하지 않는 편이 최선이다.

내가 실제로 유용한 뭔가를 꼭 해야 하는 건 아닌 것 같았다. 그래도 기본은 해야 할 것 같아서 좋은 군인이라도 된 것처럼 굴며, 이후 세 시간 동안 자는 친구들 주위를 천천히 원을 그리며 걸었다. 그리고 다음 날을 위한 계획 같은 걸 짜내보려고 두뇌를 채찍질했다. 우리가 이곳에 도착할 때부터 가벼운 탈수성 두통이 왔다. 아침이 되면 더 심해질 것이다. 그리고 내일 저녁에는 몸이 제대로 기능하지 못할 것 같다. 다들 아마 정도만 다를 뿐 똑같은 처지가 아닐까 싶다.

우리의 유일한 정찰 플랫폼을 포기하는 결정은 최대한 미루고 싶다. 하지만 당장 무슨 사건이 벌어지지 않을 거라면 베르토를 보내 볼 것이다. 그가 돔까지 갔다가 돌아오지 못하면 나샤의 말대로다. 우리는 모두 여기서 죽게 되겠지.

밤은 점점 더 추워졌다. 별들이 하늘을 가로질러 움직이고 있었다.

05:00. 나는 캣을 깨워 내 무기를 건넨 뒤 나샤를 감싸 안으며 몸을 웅크렸다. 나샤가 알아들을 수 없는 말을 웅얼거리더니 한쪽 팔을 내 어깨에 걸쳤다. 놀랍게도 나는 잠이 들었다.

"미키? 일어나, 대장."

눈을 뜨자 새벽의 단조로운 회색빛과 캣이 보였다. 캣은 무릎에 가속기를 얹고 쪼그려 앉은 자세로 나를 내려다보고 있었다. 나는 눈을 깜박여 크로노미터를 열었다. 06:10. 나샤가 앓는 소리를 내며 내게서 멀어졌다. 나는 일어나 앉았다.

"캣? 무슨 일이야?"

대답 대신 그녀는 미로의 입구 쪽을 가리켰다.

스피커가 우리를 바라보며 몸을 웅크리고 있었다.

"너랑 얘기를 하고 싶대." 캣이 말했다.

내 속에서 희망이 격렬하게 솟구쳤다. 돔을 떠나 최초로, 마침내 진정 우리의 바람대로 뭔가가 이루어지는 걸까? 나는 재빨리 일어나 잰걸음으로 그에게 다가갔다.

"스피커! 다시 보게 되어 정말 기뻐. 우린 혹시……."

"당신이 미키인가?"

나는 그 자리에 우뚝 섰다. 베르토의 목소리가 아니다. 마치 문자-음성 변환기처럼 단조롭고 정감이 없다.

이건 스피커가 아니다.

"맞아. 너는 누구지?"

그, 아니, 그것이 말했다. "중요하지 않다. 이 개체는 당신들을 이곳으로 데려오지 말았어야 했다. 이것은 재목적화 되어 이제 집단을 대변할 것이다."

19장

나는 우선 베르토에게 메시지부터 보냈다.

[RedHawk]: 미키? 아직 해도 뜨지 않았어.

[Mickey7]: 집중해, 베르토. 여긴 지금 일이 벌어지고 있다고.

나는 눈을 깜빡여 대화창을 닫았다.

어느덧 제이미, 나샤, 그리고 캣이 내 뒤에 반원 대형으로 둘러섰다. 제이미와 캣은 가속기를 거의 대기 상태로 들고 나샤는 양손에 버너를 쥐었다.

그 모습이 마치 모험 영화의 최후 저항 장면 같아서 보고 있기가 불편했다.

“집단? 어제 스피커를 데려간 것들의 이름이야?” 내가 물었다.

“우리가 이 개체에서 추출한 너희 언어의 분량 중에는 우리의 이름을 의미 있게 전달할 수 있는 단어가 없었다. 집단은 우리가 찾을 수 있었던 가장 비슷한 용어다. 이 용어가 대체어로 쓰일 것이다.”

“스피커는 죽은 건가?” 캣이 물었다.

그것이 몸을 일으켜 세워 캣에게 주목하더니 다시 나에게 주의를 돌렸다. “너희들 중 누가 프라임인가?”

세상에. 이런 논쟁은 애초에 싹을 잘라 버려야 한다.

“우리 모두. 우리는 모두 프라임이야.” 내가 말했다.

그것은 머뭇거리더니 앞다리를 디디며 몸을 내려놓았다. “이건 불가능한 일인 것 같다.”

나는 가슴에 팔짱을 꼈다. “그렇겠지.”

“우리는 너희 중 하나와 프라임으로서 대화하겠다.”

나는 눈을 굴렸다. “좋아. 나한테 말해. 하지만 우리는 각자 독립된 지각 있는 개체라는 걸 부디 이해해 줘. 우리 중 누구도 부속물이 아니야. 알아들었지?”

그것이 다리를 이리저리 움직였다. “너는 부속물들을 교환하는 과정에서 너의 가치를 올리려고 하고 있다. 나는 여기에서 너의 위치가 그만큼 강하지 않다는 걸 경고할 수밖에 없다.”

“아니. 내 말을 안 듣고 있는 것 같은데, 부속물 교환은 없을 거야. 우리 종족은 부속물이 없으니까. 네가 강제 교환을 시도한다면 폭력 사태가 벌어지겠지."

"너희는 머릿수가 너무 적어서 우리에겐 폭력으로 위협이 될 수 없다."

캣이 총알을 장전하고 절벽을 조준한 뒤 발사했다. 폭발은 거대한 구멍을 암벽에 남기며 뜨겁고 날카로운 자갈 조각을 20미터 너비의 공간에 비처럼 흩뿌렸다.

"얼마나 위협적인지 알면 깜짝 놀랄걸." 내가 말했다.

스피커였던 그것은 아래턱을 달그락거리면서 허둥지둥 뒷걸음질 쳤다.

[RedHawk]: 방금 그거 폭발이었어? 밑에서 뭘 하는지 안 보여.

[Mickey7]: 시연을 한 거야. 아직 아무도 안 죽었어. 근데 네 글라이더 출발시킬 준비 좀 해야겠다.

[RedHawk]: 바로 할게.

그것은 이제 나와 얼굴을 마주 보도록 몸을 일으켰다. 아래턱이 넓게 벌어졌다. "왜 이곳에 왔는가?"

둘러서 말할 필요도 없을 것 같았다.

"너희가 우리 소유의 물건을 가지고 있어. 그걸 돌려받으려고 왔지."

그것은 머뭇거리더니 앞쪽 두 개의 마디를 코브라의 머리처럼 앞뒤로 흔들었다.

마침내 그것이 말했다. “우리는 생각을 해야만 한다. 여기서 기다려라.”

그러고는 몸을 내려놓더니 미로 속으로 종종걸음을 쳤다.

“제기랄. 이 짓을 또 해야 해?” 나샤가 투덜댔다.

크리퍼는 한 시간도 되지 않아 돌아왔다. 나는 물을 가지러 베르토를 보내야겠다고 생각하던 중이었다. 이제 태양이 지평선 위로 떠 있었고 반쯤 굶주린 상태에서도 더 이상 몸이 떨리지 않을 정도로 공기가 따뜻했다. 그것이 우리 쪽으로 다가오자 나는 자리에서 일어났다.

그것이 말했다. “우리는 생각을 해 보았다. 우리는 너희가 원하는 것이 무엇인지 안다. 우리는 그것을 너희에게 돌려주길 바라지 않는다.”

“이봐…….” 나샤가 나섰지만 내가 눈짓을 보내 저지했다.

“그 물건은,” 내가 말했다. “호의적으로 보인다는 건 알아. 하지만 그렇지 않아. 위험하지. 네가 상상하는 것보다 훨씬 많이. 만약 그걸 우리에게 돌려주지 않으면 너희가 실수로 너희 스스로를 죽이는 결과를 초래할 가능성이 커.”

“흥미롭다. 너희는 우리의 안녕을 염려해 여기에 온 것인가?”

“아니, 분명히 아니야.”

“분명히 그렇군.” 그것이 말했다. “이 점에 대해서 우리를 오도하지 않으려고 한 점에 감사하겠다."

"하지만 너희가 우리 물건을 돌려주기를 거부하면 그것이 결국 너희를 죽이게 될 거라는 사실은 변하지 않아."

크리퍼가 첫 번째 마디를 들어 올리더니 앞뒤로 흔들었다. 사람이 고개를 젓는 동작을 흉내 내면서도 소름끼치는 면이 있었다.

"우리는 너희 말을 믿지 않는다. 너희는 협상에서 너희 위치를 향상시킬 목적으로 그 장치가 위험하다는 말로 우리를 설득하려 하는 것이다. 우리는 이 장치를 연구했다. 그 안에 들어 있는 것은 이해할 수 없지만 위험한 건 아니라고 믿는다."

말이 끝나자 그것이 먹이 앞발을 드러내며 거품을 내뿜었다.

우리는 한참 후에야 그 말에 반응할 수 있었다. 자기 단극 버블을 본 건 처음이었기 때문이다. 유니언의 살아 있는 사람 중에는 그걸 목격한 이가 한 명도 없을 것이다. 바로 이것이 우리를 거의 멸종에 이를 지경으로 만들었기 때문이다. 눈앞에 있는 것이 무엇인지 깨달았을 때 느낀 그 본능적인 공포는 어떤 방법으로도 표현할 수가 없다. 감정적인 반응을 배제하더라도 그것을 바라보는 것 자체가 힘들었으니까. 아무리 노력해도 나의 눈이 초점을 맞추지 못하는 것 같았다. 보인다고 생각한 순간마다 미끄러져 멀어졌다. 내가 말할 수 있는 건, 검게 빛나는 자그마한 꼬인 매듭이 마치 명암이 뒤바뀐 도깨비불처럼 크리퍼에게서 떠올랐다는 것뿐이다.

"빌어먹을 맙소사. 폭발하려는 건가?" 나샤가 속삭이며 자기도 모르게 한 발짝 뒤로 물러났다.

"폭발할 리가 없어. 폭발할까, 미키?" 캣이 말했다.

나는 처음엔 대답을 하지 않았다. 나의 뇌는 11년 전 힘멜 스테이션에서 반물질 연료 성분들에 대한 20분짜리 훈련을 받았던 기억에 몰두하고 있었다. 자기 단극 버블은 엄밀히 말해서 불안정하지만 기본 에너지 상태일 때는 붕괴까지 걸리는 시간의 중앙값이 약 5억 년이다. 그 말은 지금 내 앞에 떠다니는 저 거품은 언제든지 터질 수 있지만 아마 곧 터지지는 않을 거라는 뜻이다. 기폭 장치는 고에너지 광자를 이용하여 거품의 에너지 상태를 끌어올리고 그 과정을 약간 가속화한다.

만약 이게 이미 기폭 처리된 거품이라면 우리는 벌써 모두 죽고 말았을 것이다.

"내 생각엔……."

나는 대답을 하려다 갑자기 바싹 말라 버린 입을 적시기 위해 잠시 말을 멈췄다.

"내 생각엔 폭발하진 않을 것 같아. 내 말은, 그럴 수가 없거든. 기폭 장치가 팩에 들어 있는 모든 버블을 폭발 준비 상태로 만들었다면 퓨즈가 1~2분 이상으로 설정되지는 않을 거야."

거품은 더 높이 떠올라 미풍을 타고 절벽을 따라 올라갔다. 30초가 지났다. 그러고 나서 거품이 사라졌다.

"내가 보기에 당신들은 겁을 먹은 것 같다. 이게 바로 당신들이 찾으러 온 것이 분명하다, 그런가?" 크리퍼가 물었다.

"저건," 내가 말했다. "그 장치에서 저런 걸 더 많이 제거해 놓았어?"

"아니다. 우리는 단 하나만 추출하기 위해 굉장히 신경을 썼다. 우리는 당신들의 반응이 아주 궁금했다. 이제 반응을 보았으니, 우리는 생각을 해야만 한다."

그것이 뒤돌아 가려는데 제이미가 말했다. "이봐. 우린 물이 필요해."

세상에. 그걸 생각할 정신이 있었다니 정말 놀라웠다. 크리퍼가 멈춰 섰다.

"물?"

"그래, 네가 돌아왔을 때도 우리가 여전히 여기에 있기를 원한다면 우리한테 물을 줘야 해."

머뭇거리던 그것의 몸을 따라 파문이 일었다. "수용하겠다."

그것은 다시 미로 안으로 사라졌다.

크리퍼는 약속을 어기지 않았다. 제이미의 요청이 있은 지 30분쯤 후, 미로 입구에 작은 크리퍼들이 한 무리 나타났다. 제각기 먹이 앞발로 돌로 만든 반구 하나씩을 들고 있었는데, 속이 빈 반구마다 물이 가득 담겨 있었다. 미로 입구 바깥쪽 땅바닥에 그것들을 나란히 내려놓고는 크리퍼들은 다시 어둠 속으로 자취를 감췄다.

[RedHawk]: 이봐.

[RedHawk]: 마실 것 좀 올려 줄래?

[RedHawk]: 난 여기서 죽을 지경이야.

[RedHawk]: 말 그대로 여기서 죽어 가고 있다고.

[RedHawk]: 미키?

[RedHawk]: 여보세요?

"폭탄을 가지고 오지 않았어." 다시 나타난 크리퍼를 보고 나샤가 말했다. "일이 되어 가는 모양새가 영 께름칙해."

그녀는 우리가 기대어 쉬고 있던 장비 더미에서 버너 두 개를 꺼내 둘 다 장전 상태를 확인하고 나에게 하나를 건넸다. 만약 이 일로 싸우게 되면 우리는 절대 이곳을 떠나지 못하리라는 것만은 확실했다. 아무튼 나는 그것도 받아들일 작정이다. 아마도 아무 준비 안 된 상태에서 미지의 존재와 마주하는 건 우리 본성에 없는 행동인 모양이다.

그것이 가까이 다가오자 우리는 자리에서 일어났다. 이제 정오를 지났고 공기는 서서히 식어 가고 있었다. 앞서 그들이 갖다준 물은 거의 바닥이 났다. 각자 마실 1리터씩을 배낭에 숨겨 두었겠지만 말이다. 나는 그것이 이번에는 최종적인 발언을 해 주길 바랐다. 이렇게 트인 곳에서 또 하룻밤을 보낼 일이 전혀 기대도 되지 않거니와 물 없이는 베르토가 저 위에서 더 오래 버티지 못할 것이기 때문이었다. 크리퍼들과 일이 어떻게 되든 곧 베르토를 집으로 보내야만 했다.

크리퍼가 나에게로 느릿느릿 걸어오더니 아래턱이 내 머리와 마주하도록 몸을 일으켰다. "우리는 당신을 이 그룹의 프라임으로 정했다."

내가 반박했다. "아니야. 이 얘긴 벌써 끝냈잖아. 우리 종족은 부속물이 없어. 우린 모두가 프라임이라고."

"당신은 그렇게 말했다. 우리는 당신을 믿지 않는다. 하지만 지금 당장은 그것과 상관이 없다. 이 협상의 목적에 부합하기 위해서 당신이 이 그룹의 프라임이 될 것이다."

나는 나샤를 슬쩍 쳐다봤다. 그녀는 어깨를 으쓱했다. 캣과 제이미도 어느덧 자리에서 일어나 바로 내 뒤에 말없이 서 있었다. 그렇게 하는 수밖에 없을 것 같았다.

"좋아. 이 협상의 목적에 부합하기 위해서 나는 너희가 나를 프라임이라고 믿는 것을 용인하겠어. 그럼? 이제 어떻게 되는 거지?"

"이제, 당신은 나와 함께 간다."

나샤가 내 팔을 붙잡았다. "안 돼. 그는 안 가."

크리퍼가 나샤 쪽으로 시선을 돌렸다. "당신은 그 유일한 나샤다. 이 개체의 메모리에 따르면 당신은 당신 종족 중에서 가장 위험하다. 우리는 그걸 믿기 어렵다고 생각한다."

"나는 나샤 아자야야. 너의 메모리가 옳아. 그리고 너는 미키를 데려가지 못해."

그것이 나샤를 마주 보기 위해 몸을 일으켰다. "우리는 동의하지 않는다. 우리의 프라임이 당신들의 프라임과 직접 의사소통하기를 바란다. 당신들의 장치를 돌려받길 바란다면 필요한 절차다."

나샤가 대답하려고 했지만 그 전에 내가 나섰다. "좋아. 내가 갈게."

"받아들이겠다." 크리퍼는 그렇게 말하고 돌아서서 입구를 향했다.

"미키."

나는 나샤가 하려는 말을 듣지 않고 고개를 저은 뒤 크리퍼를 뒤따르기 시작했다.

내가 어깨 너머로 말했다. "우릴 죽일 작정이라면 나를 속여서 미로로 데려갈 필요가 없겠지. 그냥 여기서 하면 되니까."

그 말에 대한 대답은 없었다. 세 사람은 크리퍼를 따라 내려가는 나를 묵묵히 지켜보았다.

이 미로는 스피커의 미로와는 많이 다르다. 터널 벽은 모두 깨끗하게 잘려 있고 건조하다. 스피커의 터널이 천천히 흐르는 강처럼 구불거리는 반면 여기 터널들은 곧장 산으로 연결되어 있다. 우리가 내려가는 동안 약 100미터마다 교차로가 나타나 주 터널을 항상 직각으로 가로지른다. 세 번째 교차로마다 좁은 공기 통로가 천장에서부터 지표면까지 나 있다. 심지어 희미한 회색빛이 어디에선가 스며들어 온다.

이 미로는 거의 사람이 지었을 법한 곳이다.

10분을 걸은 끝에 터널이 평평해진다. 그러더니 잠시 후에 오르막이 이어진다. 벽과 바닥이 만나는 가장 낮은 지점에 좁은 수직 통로들이 아래로 나 있다. 물이 어디로 흘러가는지는 모르겠지만 배수 시스템이 분명하다.

문득 여기까지 오는 동안 크리퍼를 하나도 보지 못했다는 걸 깨달았다.

10분이 더 흐른 뒤, 터널은 다시 평평해졌다. 우리는 이제 산 속으로 깊이 들어온 것이다. 내 머리 위로 얼마나 많은 화강암이 솟아 있을까? 500미터? 1000미터? 어쨌든 천장이 내려앉으면 내 시체는 절대 찾을 수 없을 것이다. 터널의 벽과 천장이 무너져 내리면 어쩌나 걱정하다 보니 어느덧 스피커를 처음 만났던 곳보다 훨씬 큰 방으로 걸어 들어가고 있었다.

스피커였던 것은 멈추지 않고 계속 걸었지만 나는 잠시 서서 방을 훑어보았다. 나는 지름이 분명 100킬로미터는 되는 반구형 공간의 가장자리에 있었다. 벽은 터널처럼 매끈하게 깎여 있고 공간은 띠 같은 것들로 가득 차 있었다. 처음에는 거미들 생각이 나서 움찔했다. 하지만 얼마 지나지 않아 그게 아니라는 걸 알 수 있었다. 그건 거미줄이 아니었다. 내가 언젠가 봤던 토끼 뇌의 뉴런 네트워크에 가깝게 생겼다. 벽과 바닥, 그리고 천장 곳곳에 솟아난 내 손목 굵기의 회색 섬유 다발이 아무렇게나 서로 얽혀 마구잡이로 꼬여 있었다. 나는 그것을 바라보며 어떤 규칙성을 찾아보려고 했다. 서너 다발이 만나는 곳에는 기형적인 덩어리들이 1~2미터 너비로 생겨나며 혹처럼 부풀었다.

그 모든 것의 한가운데, 바닥으로부터 2~3미터 위에 회색 다발에 얽혀 간신히 형태를 알아볼 수 있는 거대 크리퍼 하나가 매달려 있었다. 지켜보니 그것이 발작적으로 움찔할 때마다 네트워크 전체가 요동쳤다.

나는 입구에서 두 발짝 들어간 곳에 멈춰 기다렸다. 하지만 스피커였던 그것은 계속해서 걸었다. 이윽고 한 가닥이 혹에서 떨어져 나와 버둥대고 뒤틀리며 스피커였던 그것을 향해 다가가더니 첫 번째 마디 바로 뒤쪽을 강타했다.

가닥이 몸통에 달라붙자 스피커였던 것은 그 자리에 얼어붙은 듯 꼼짝하지 않았다.

두 번째 가닥이 떨어져 나오고, 또 세 번째 가닥이 떨어져 나왔다. 둘 다 그것의 첫 번째 마디, 아래턱 양옆에 가서 붙었다.

스피커였던 것이 뒤돌아 나를 바라보았다.

"집단에 온 걸 환영한다. 우리는 당신을 만나게 되어 기쁘다." 그것이 다소 억양 있는 목소리로 말했다.

내가 뭐라고 대답하려는데 위쪽에서 찐한 키스 소리 같은 것이 들렸다. 고개를 들어 보니 덩굴손이 하나 떨어져 나와 내게로 다가오고 있었다.

순식간에 벌어진 일이었다.

나는 깜짝 놀라 손으로 나샤의 버너를 찾으며 다시 터널로 향했다. 버너를 총집에서 꺼내려는 찰나에 발이 걸려 넘어지면서 무기를 놓쳤고 오른쪽 엉덩이와 어깨를 돌바닥에 찧었다. 덩굴손은 몇 미터 떨어진 거리의 돌바닥에 부딪히더니 내 쪽을 향해 탐색해 왔다. 나는 반쯤 몸을 굴린 다음 버너를 다시 집어 들어 발사했다. 크리퍼들의 보호막은 휴대용 버너로 관통이 거의 불가능하다. 하지만 이건…… 대체 뭔지는 모르겠지만 관통할 수 있을 것처럼 보였다. 내 빔을 맞은 부분이 검게 변하며 오그라들었다. 1~2초 후, 전체 네트워크가 크게 요동치더니 덩굴손이 물러갔다. 나는 서둘러 일어나 앉았다. 그리고 등을 벽에 댄 채 두 손으로 버너를 쥐고 앞쪽으로 내밀었다.

나는 떨리는 목소리를 내지 않으려고 애쓰며 소리쳤다. "물러서! 그 빌어먹을 것 저리 치우라고!"

스피커였던 것이 말했다. "부디 당신 무기를 내려놓길 바란다. 우리가 당신에게 접속하도록 허락해 주면 일이 더 간단해질 것이다. 의사소통이 더 효율적으로 이루어질 것이다."

"접속이라고?"

또 다른 덩굴손이 내 위에서 떨어져 나왔다. 그것은 몇 미터를 내려오더니 부들부들 떨면서 그 자리에 멈췄다.

스피커였던 것이 말했다. "접속. 그것은 고통스럽지 않을 것이다. 그리고 당신이 우리 집단에 합류하는 것이 가능해진다.

당신은 그걸 허락하겠는가?"

나는 버너를 들어 올려 그 덩굴손을 겨냥했다. "조금이라도 더 가까이 오면 너희를 파괴해 버리겠어."

"우리는 그럴 수 없을 거라 생각한다. 우리는 당신에겐 우리를 파괴할 능력이 없다고 믿는다."

옳은 지적이다.

나는 잠시 망설인 끝에 말했다. "그럴지도 모르지. 하지만 내 종족은 할 수 있어. 나는 이야기를 하러 여기에 왔다. 나를 공격하면 그들이 이곳을 폐허로 만들 거야."

"다시 말하겠다. 당신에게 그럴 능력이 있는지 우리는 의구심이 든다."

"우리에겐 우주선이 있어. 너희는 우리가 어떤 능력을 가졌는지 상상도 못 할 거야."

파문이 네트워크 전체를 타고 퍼졌다. 나는 버너를 쥔 손에 좀 더 힘을 주었다.

"우주선. 그건 별과 별 사이를 여행하는 이동 수단인가?" 스피커였던 것이 말했다.

"맞아."

"우리는 의문이 든다. 성간 여행은 당신들 같은 생명체에게 불가능하기 때문이다."

"꽤 확신하는 것처럼 말하는군."

"우리는 아주 깊이 생각을 해 보았다. 합당한 속도를 유지했을 때, 가장 가까운 별까지 이동한다고 해도 엄청나게 많은 시간이 필요하다. 게다가 그런 여행이 실제로 이루어지기 위해서는 불가능하리만큼 많은 양의 에너지가 가속에 쓰여야 한다."

"좋아. 그럼 너희는 우리가 어디에서 왔다고 생각하는 거지?"

"미상이다."

"우리는 분명히 이 세계의 원주민은 아니잖아."

파문이 스피커였던 것의 몸을 타고 퍼졌다. "확실하지 않다. 이 세계는 크다. 우리가 아는 건 작은 일부뿐이다."

그 말에 나는 잠시 멈칫했다.

"성간 거리는 안다면서 자기 행성의 반대편에 뭐가 있는지는 모른다는 말이야?"

"우리는 집단으로 데려온 생명체들을 통해 수집한 정보를 아는 것이다."

그제야 내가 저 거대 크리퍼와 이야기하는 게 아니라는 점이 분명해졌다.

나는 거대 크리퍼를 거미줄에 걸린 파리처럼 포획하고 있는 것과 대화를 나누고 있었던 것이다.

등골이 서늘해졌지만 달아나려는 강력한 충동을 이겨 내야 했다.

내가 입을 열자 목소리가 떨려 나왔다. "그건 됐고. 너희는 버너가 어떤 능력을 가졌는지 방금 봤잖아. 어제 캣의 가속기가 암벽을 어떻게 만들었는지도 봤고. 이것들은 휴대용 무기야. 우리 돔에는 훨씬 크고 훨씬 강력한 무기들이 있어. 믿든 안 믿든 우리가 원한다면 얼마든지 이 산을 무너뜨릴 수 있다고 말하는 거야."

"그게 사실이라면, 당신들은 장치를 돌려달라고 부탁을 하느라 여기에 오지 않았을 것이다. 간단하게 우리에게서 빼앗아 갔을 것이다."

"이봐."

내가 말을 하려는데 망 한가운데에 매달린 크리퍼가 서서히 몸부림을 치기 시작했다.

"나는 메시지를 전달하려고 여기에 왔어. 그래서 전달을 한 것뿐이니, 내 말을 모두 믿든 말든 상관없이 우리가 잠재적으로 위험한 적이라는 건 인정해야겠지. 우리가 그 정도는 보여줬으니까. 너희들이 우리를 공격했을 때도 우리는 너희 종복들을 파괴했어. 그것도 물론 스피커의 메모리를 통해 봤겠지. 그들을 증발시킨 폭발은 우리의 능력에 비하면 사소한 수준이야. 게다가 믿든 안 믿든 우리 장치를 가지고 있다간 너희가 결국 그걸로 인해 죽게 된다는 것도 사실이야. 정말이지 너희에겐 전혀 가치가 없다는 것도 사실이지. 그걸 돌려주기를 거부하는 것이야말로 아무런 이득이 없거니와 너희에게 심각한 위협이 되겠지. 내 요청을 거절하다니 논리적으로 맞지 않아."

일련의 파문이 이제는 네트워크 전체를 오락가락하며 퍼졌다. 망 한가운데에 매달린 거대한 크리퍼가 몸을 뒤틀었고, 스피커였던 것은 아래턱을 부딪치며 소리를 냈다.

"우리는 너희 논리에 동의하지 않겠다. 이 장치가 너희에게 매우 중요하다는 것을 우리는 확실히 안다. 어째서 그런지는 이해할 필요가 없다. 너희가 그걸 필요로 한다는 자체가 가치를 부여한다. 그로 인해서 너희에게 우리의 힘을 행사할 수 있기 때문이다."

이제 알아들었군.

"좋아. 거래를 원하는 것 같은데, 우리에게 바라는 게 뭐지?"

네트워크가 진동했다. 마치 내게로 밀려들 것처럼 보였다. 나는 달아나고 싶은 충동을 꾹 눌렀다.

"흥미로운 질문이다. 우리에게 무엇을 제안하겠는가?"

"우리는 금속을 구할 수 있어. 그것들이 너희에게 가치 있다는 걸 알아. 그 장치와 어느 정도의 금속을 교환하면 되겠지."

"가능하다. 하지만 금속은 우리도 구할 수 있다. 이 장치를 소유하는 것이 우리에겐 훨씬 고유한 기회다. 우리는 스스로 구할 가능성이 있는 물건과 너희 장치를 맞바꾸지 않겠다."

"유감스럽지만, 그것 말곤 우리가 가진 것 중에 너희가 원하는 건 없을 텐데."

그것은 머뭇거리더니 다소 신중한 어조로 다시 말을 이었다.

"이 무기들. 당신은 이런 것이 많이 있다고 말했다."

일이 잘못되어 가는 것 같았다.

"무기와는 교환하지 않겠어."

"아니다, 그건 우리가 당신들에게 바라는 바가 아니다."

"그럼 뭘……."

"우리는 무기를 교환하자고 요청하는 것이 아니다. 우리는 서비스를 교환하기를 요청한다."

나는 고개를 가로저었다. "이해를 못 하겠는데."

"우리가 명료화를 하겠다. 우리는 당신에게 이 개체를 제공한 프라임과 오랜 갈등을 겪고 있다. 거듭된 시도에도 불구하고, 집단으로 데려오려는 우리의 온갖 노력이 저항을 받았다. 이 갈등은 우리로 하여금 많은 대가를 치르게 했고 이미 여러 번의 겨울을 거치며 지루하게 이어지고 있다. 당신들이 오게 되면서 우리는 이 갈등을 유리한 조건으로 끝낼 기회가 생겼다."

나는 이 전개가 *정말로* 마음에 들지 않았다.

"우리더러 너희를 위해 싸워 달라고 하는 거야?"

"당신은 장치를 돌려받는 대가로 우리 요구가 무엇인지를 물었다. 이것이 우리의 대답이다. 일이 끝나는 대로 우리는 당신에게 장치를 돌려주겠다."

20장

미로에서 나오자 날은 완전히 어두웠다. 나샤가 입구 바로 앞에서 나를 기다리고 있었다.

"돌아왔어."

그녀는 어깨 너머로 말하고서 나를 향해 고개를 돌렸다.

"미키? 아직 너 맞지?"

"그래, 어쨌든 그런 것 같아." 내가 말했다.

그녀는 내가 다가갈 때까지 기다렸다가 50센티미터를 남기고 나에게 달려왔다. 나샤가 두 팔로 나를 꽉 껴안더니 내 귀에 입을 갖다 댔다.

"고마워. 죽지 않아서 고마워." 그녀가 속삭였다.

나는 눈을 꼭 감고 나샤의 팔이 느슨해질 때까지 그녀를 안아 주었다. 나샤가 내 품에서 빠져나왔다. 캣과 제이미도 이제 자리에서 일어나 있었다.

"폭탄은, 받아 냈어?" 캣이 물었다.

"아직. 하지만 곧 받을 거야." 내가 말했다.

나는 눈을 깜박여 대화창을 열었다.

[Mickey7]: 베르토? 너 아직 그 위에 살아 있어?

[RedHawk]: 간신히. 어쨌든, 그래. 움직이기는 해.

[Mickey7]: 야간에 비행할 수 있겠어?

[RedHawk]: 여기서 벗어날 수 있다면야, 두말하면 입 아프지.

[Mickey7]: 돔으로 돌아가서 리프터 한 대를 가지고 와. 마샬한테 폭탄을 되찾을 거래를 했다고 전해. 하지만 우선 우리를 집에 데리고 가야 한다고 말이야.

[RedHawk]: 알았어, 대장. 5분 후에 바로 비행할게.

"미키? 그들에게 뭘 준 거야?" 제이미가 물었다.

나는 몸을 돌려 제이미를 쳐다봤다. 그의 놀란 표정을 보니 대체 어디까지 예상하는 걸까 궁금해졌다.

"아무것도. 어쨌든, 아직 아무것도 안 줬어." 내가 대답했다.

착륙해서 보니 마샬이 격납고에서 우리를 기다리고 있었다.

내가 아직 리프터 해치에서 나오지도 았았는데 그가 물었다. "그래서? 장치는 어디에 있나?"

"우리한테는 없습니다. 그걸 돌려받기로 거래를 했지만 지금으로서는 아직 그들이 가지고 있지요." 내가 대답했다.

마샬의 턱이 굳으며 낯빛이 어두워졌다. "고메즈한테 듣기로는 자네가 장치를 받았다고 하던데. 그렇게 말하지 않았으면 리프터를 승인하지 않았을 거야. 자넨 여기 들어 있는 중력 그리드가 얼마나 많은 에너지를 소모하는지 알고나 있나?"

"글쎄요, 리프터를 승인해 주지 않으셨으면 저희는 아마 거기서 죽었을 거고 사령관님께서는 절대 폭탄을 되찾으실 수 없었을 겁니다. 다행으로 여기셔야 할 것 같은데요."

"반스, 장치는 어디에 있지?" 낮고 단조로운 어조로 마샬이 물었다.

"설명하기 복잡합니다." 내가 말하는데 리프터에서 내린 나샤가 내 옆에 와 섰다. "많은 일이 벌어지고 있지만 당장은 말씀드리지 않겠습니다. 무례하게 굴려는 게 아닙니다만, 사령관님, 나샤는 치료가 필요합니다. 저희 모두 뭘 좀 먹고 잠을 자야 하고요. 그러고 나면 제가 모든 걸 설명드리겠습니다."

마샬이 스쳐 지나가는 내 팔을 붙잡으려 했지만 나는 가볍게 무시하고 걸음을 재촉했다.

"당장 돌아오지 못하겠나." 마샬이 내 등에 대고 외쳤다. 그는 계속 뭐라고 떠들었지만 내가 중앙 복도로 들어서자 뒤에서 문이 미끄러지며 닫히는 바람에 말소리가 끊기고 말았다.

"방금 용감했어. 예로니모 마샬은 무시당하는 걸 좋아하지 않잖아." 나샤가 말했다.

나는 어깨를 으쓱했다. "지금은 마샬이 어떻게 생각하든 별로 상관 안 해. 난 후폭풍을 걱정할 만큼 오래 살 것 같지도 않거든."

여기 도덕적 딜레마를 하나 준비했다. 살아 있는 적과의 약속일까, 아니면 죽은 친구와의 약속일까? 이 중 어느 것을 우선시해야 할까?

"그래서? 마샬한테는 언제 말할 생각이야?" 캣이 물었다.

나는 토끼 뒷다리에서 시선을 떼고 고개를 들었다. 음식에 정신이 팔려서 하마터면 그녀가 여기 있다는 것도 잊을 뻔했다. 지금은 카페테리아에 우리밖에 없으니 이야기를 해도 괜찮을 것 같았다.

"뭘 말해? 내가 우리 모두를 전쟁터 한복판에 밀어 넣었다는 거?" 나는 그렇게 말하고 한 입을 더 베어 물었다.

"그래, 그것도 말해야겠지. 내 말은, 폭탄을 되찾으려고 한 거래 때문에 우리가 지난 2년간 마샬이 못 하도록 말렸던 일을 해야 하게 생겼다는 거야. 그가 크리퍼들을 군사적으로 해결하려고 했다면 벌써 오래전에 해치웠을 거라고."

"군사적 해결책은 없었어. 지금도 마찬가지고. 적어도 우리가 단독으로 행동하는 한은 말이지. 스피커와 스피커였던 것에게 들은 대로라면 두 둥지 사이는 아주 오랫동안 힘의 균형이 불안정했던 것 같아. 집단이 원하는 건 우리가 자체적으로 미로를 처리하는 게 아니야. 단지 자기들 쪽으로 저울이 기울도록 살짝 도와주길 바라는 거라고."

캣은 포크 끄트머리로 감자를 쿡 찍었다. "너도 동의한 거네, 맞지?"

나는 쥐고 있던 뼈에 붙은 마지막 고기를 발라 먹고 한숨을 쉬었다. 그리고 뼈를 쟁반 위로 떨궜다.

"솔직하게 말하면, 내가 무엇에 동의했는지 모르겠어. 그게 말이야, 우리 도움이 필요하다고만 했지 정확히 어떻게 해 달라고 특정하지는 않았거든. 우리가 무기를 들고 미로로 쳐들어가길 바라는 걸 수도 있겠지만, 글쎄…… 우리한테 그만한 인원이 없다는 건 차치하고, 정말 스피커 쪽 '사람들'과 전쟁을 하는 게 내키지 않아."

캣이 한쪽 눈썹을 치켜세웠다. "'사람들'? 정말 그렇게 말한 거야?"

나는 상체를 바로 세우고 두 눈을 감은 다음 두 손으로 얼굴을 문질렀다. 배가 절반 정도 차고 나니 내 몸은 한시라도 빨리 의식을 잃고 싶어 했다.

"아니야? 그럼 이 시점에서 넌 그들을 뭐라고 부를 건데?"

그녀가 어깨를 으쓱했다. "벌레들? 괴물들? 그들을 사람들이라고 생각하면 우리가 하려는 일이 더 힘들어지잖아, 알지?"

나는 한 번 더 한숨을 쉬었다. "그래, 캣. 나도 알아."

캣 뒤쪽에서 문이 열리고 베르토가 걸어 들어왔다. 카운터로 가서 스캐너에 자신의 오큘러를 보여 준 다음 음식을 받아 내 옆자리로 와서 앉았다.

그가 말했다. "어이, 토끼가 다 웬일이야, 미키? 마샬이 널 크리퍼의 왕으로 추대하고 배급량이라도 늘려 줬어?"

"그런 게 아니야. 어제 절벽에서 보여 준 네 스턴트 덕에 부자들 음식을 먹는 거지." 캣이 대신 대답했다.

캣을 보던 베르토가 나를 쳐다봤다. 그러고 나서 다시 캣을 돌아보았다. "뭐?"

"네 성공 여부를 놓고 서로 의견이 달랐거든." 내가 말했다.

캣이 고개를 끄덕였다. "네가 죽을 거라는 데에 걸고 저녁 내기를 했어."

베르토가 이를 드러내며 웃었다. "드디어 나한테 제대로 베팅 하는 법을 배웠나 보네, 응, 미키?"

"그렇지, 늦더라도 안 하는 것보단 낫잖아, 안 그래?"

베르토는 가득 쌓인 얌과 튀긴 귀뚜라미를 먹기 시작했다. "마샬한테 우리 거래 내용은 아직 말 안 했어?"

"아직. 최후의 만찬부터 먹어야겠단 생각이 들어서. 그리고 낮잠도 좀 잘까 싶어."

베르토는 음식에 집중하며 고개를 들지도 않고 끄덕였다. "좋은 생각이야. 또 누가 알아? 날이 밝기 전에 마샬이 뇌졸중에 걸려 죽을 수도 있거든, 그렇지?"

베르토는 한시도 입 안이 완전히 비지 않도록 빠른 속도로 연달아 여섯 번이나 포크질을 했다.

"나샤는 어때?"

"의료국에서 뇌 스캔을 받고 있어. 두 시간은 걸릴 거라고 하더라고."

"정말? 과한 것 같은데, 안 그래? 리프터에서 볼 때는 거의 괜찮았다고." 베르토가 말했다.

"그럴지도. 버크의 태도가 너무 완강했어. 머리 부상은 만만하게 보면 안 되는 것 같더라고."

"만만하게 보면 안 되지."

베르토는 이제 말을 멈추고 오로지 먹는 데에만 집중했다. 내 쟁반에는 뼈밖에 남은 것이 없었지만 캣은 조심스럽게 남아 있는 감자 부스러기를 깨작거리고 있었다.

그녀는 베르토가 쟁반을 비우는 모습을 몇 분 동안 지켜보더니 입을 열었다. "그럼, 다시 본론으로 돌아가서. 내일 마샬한테 뭐라고 말할 생각이야?"

대답할 말을 고르는 차에 내 오큘러로 메시지가 왔다.

[Med1:Burke]: 아쟈야의 검사를 끝냈어. 여기 좀 내려와 봐.

갑자기 입이 마르면서, 작업자가 놓친 착암용 드릴처럼 심장이 요동쳤다.

[Mickey7]: 어떻게 됐어요, 버크? 뭐가 잘못됐어요?

[Med1:Burke]: 나샤는 안 죽었어, 됐지? 그래도 이리 내려와, 미키. 지금 당장.

"저거 보이지?" 버크가 말했다.

우리는 3차원 그래픽으로 만든 반투명한 나샤의 머리를 보고 있었다. 버크는 손가락으로 그녀의 왼쪽 귀 바로 뒤에 보이는 어두운 공간에 아주 작게 별처럼 생긴 것을 가리켰다.

"오래전 이동 중에 나샤의 왼쪽 측두엽에서 양성 종양을 하나를 떼어 낸 적이 있잖아. 그 일 기억하나?"

나는 무표정하고 멍한 표정으로 그를 쳐다보았다. *아뇨, 버크. 제가 완전히 잊고 있었지 뭐예요. 내가 이럴 줄 알았나, 이 재수없는 양반아?*

"어쨌든, 지금 보고 있는 저 지점은 수술한 자리에 남은 미세한 출혈이야. 저 부위에 혈관들이 많은데 아마도 제대로 아물지 않았던 모양이네. 머리를 부딪히면서 일부 혈관이 느슨해졌겠지."

"그렇군요. 그래서 그걸 고치셨어요?"

그는 방금 자신이 예상했던 내 지능지수를 20점 정도 깎았다는 표정으로 나를 보았다.

"아니, 나는 그걸 고치지 않았어. 자네를 여기까지 부른 것도 바로 그 이유에서야. 내가 어떻게 해 주기를 원하는지 물어보려고 말이지."

나는 머리를 가로저었다. "저한테요? 아니에요. 나샤한테 어떻게 했으면 좋겠는지 물어보세요."

그는 한숨을 쉬었다. "나샤는 지금 인위적인 혼수상태에 있다네, 미키. 스캐너에 들어가 있는 동안 그녀의 정신 상태가 악화되기 시작했어. 스캐너 속 자기장과 내가 두 배로 투여한 철 조영제의 복합적인 영향으로 나온 반응일 가능성이 있지. 그런 거라면 미안하게 되었어. 사태가 벌어진 걸 알고 나서 그녀를 혼수상태에 빠뜨린 거야. 어떻게 할지 결정하기 전에 체온을 낮춰서 안정을 시키려고 말일세. 나샤의 인사 기록에 자네가 의료 대리인으로 등재되어 있었어. 그러니 자네 결정에 달렸지."

"하지만……." 나는 입을 벌리려다 다시 다물었다. "아니에요. 나샤는 괜찮았어요. 낫고 있었다고요. 나아진 것 같다고 말했거든요."

버크는 어깨를 으쓱했다. "가끔 그런 증상을 보이는 경우가 있어. 예전에는 '토크 앤 다이 증후군'이라고 불렀지. 머리를 부딪혔는데 아프지만 그냥 대수롭지 않게 넘겨 버린 거야. 몇 시간이나 심지어는 며칠 후에 뭔가 잘못되면서 뇌졸중으로 쓰러져. 경막하 출혈이 생겼을 때는 아주 간단해. 출혈 부위의 피를 빼내고 회복하기를 기다리면 돼. 하지만 뇌 깊숙한 곳에서 생긴 출혈이라면 더 까다롭지. 나샤가 곧바로 왔더라면, 아마 부상 후 24시간 이내에 왔더라도, 제법 간단했을 거야. 그런데 지금 상황에서는 체액이 너무 많이 고여 있고 세포 사이 압력이 위험할 정도로 높다네. 게다가 부상 부위가 안타깝게도 생명 유지와 관련된 부위에 너무 가까워."

버크는 다시 한번 손가락으로 화면을 가리켰다. "여기 질량효과 보이나? 상당한 압박이 작용하고 있는 여기 이……."

그는 내 표정을 보고 머뭇거리다 고개를 젓더니 말을 이었다. "어쨌든, 몇 가지 선택지가 있어. 이 상태로 두고 저절로 낫기를 바라는 거지. 그게 가장 안전한 접근법이야. 하지만 오래 걸릴 수 있고, 시간이 많이 걸리면 아울러 신체 기능을 잃을 가능성도 커지지. 나샤의 체온을 올리고 응고제를 투여하는 방법도 있어. 그러면 회복 속도가 빨라지겠지만 허혈성 뇌졸중의 위험을 감수해야 해. 나라면 그 방법은 추천하지 않을 거야. 혹은 미세 수술을 하는 방법도 있다네. 확실히 그게 가장 공격적인 접근이지. 완전히 회복하거나 사망하거나 둘 중 하나야. 위험이 크면 보상도 큰 법이니까, 안 그래?"

그는 한 손으로 머리카락을 쓸어 넘기며 물었다. "그럼? 자네는 어떤 걸 원하나?"

이건 쉬운 문제다. 나는 내가 원하는 게 뭔지 안다. 내가 원하는 건 나샤가 살아 있는 것이다. 나는 벌써 보수적인 방법을 시도해 달라는 말을 하려고 입을 벌리고 있었다. 그 순간 두 번째 질문이 머릿속에 떠올랐다.

나샤는 뭘 원할까?

당연히 나는 이 문제의 답도 알고 있다. 나샤라면 *공격적인*이라는 말을 듣자마자 곧장 대답해 버렸을 것이다.

나샤는 예전과 똑같은 자신으로 돌아가고 싶어 할 것이다.

그럴 수 없다면, 나샤는 그 무엇도 되고 싶지 않을 것이다.

나는 두 눈을 감았다. 길게 숨을 들이마시고 내뱉었다.

"수술이요. 수술을 해 주세요."

놀란 버크의 눈썹이 이마 끝까지 올라갔다. "진심인가? 난 당연히 자네가 1번 선택지를 고를 거라는 데에 일주일 치 배급을 걸었을 거야."

"네, 진심이에요."

"알겠네."

그는 태블릿 화면의 무언가를 두드렸다.

"우리는 나샤의 체온을 다시 회복시키고 수술 전에 혈압을 낮추기 위해서 약을 좀 투여할 걸세. 적어도 내일 이 시간까지는 준비해서 바로 수술에 들어가도록 하지. 그러고 나면 수술만 최소 두 시간이 걸릴 거야. 다음 날 아침 9시나 10시쯤 되면 그녀가 어떻게 반응하는지 경과를 알 수 있을 걸세. 그럼 그때 다시 확인해 보겠나?"

"그러죠. 고마워요, 버크."

"천만에. 그리고 저기, 미키? 자네 좀 쉬게, 응? 솔직히 말해서, 지금 자네 꼴이 나샤보다 더 엉망이야."

자네 좀 쉬게. 대단한 조언이셔, 이 양반 입에 발린 소리는 잘도 하지.

쉬려고 해 봤다. 하늘에 맹세코, 애썼다. 캄캄한 내 방으로 돌아가 침대에 누워 천장을 올려다보며 나샤가 수술 중에 죽으면 어떻게 할지 생각했다. 내가 자살을 하면 마샬이 나를 되살려 낼까?

그런다고 해도 상관이 있나?

상관없다. 나샤는 죽지 않을 테니까. 이건 전 우주가 내게 갚아야 할 빚인 셈이다.

내가 우리를 대신해 이미 충분히 죽었으니까, 안 그래?

나는 오큘러에 뜬 메시지 소리에 잠이 깼다. 결국 잠이 들긴 했던 모양이다.

[Command1]: 즉시 사령관 집무실로 보고 바랍니다.

[Command1]: 08시 30분까지 이행하지 않을 시 항명으로 간주합니다.

좋은 아침이에요, 마샬.

08:18. 그때부터 화학 샤워를 하고 깨끗한 옷으로 갈아입은 다음 마샬의 집무실 문을 통과했다. 08:29.

그가 책상 건너편에 앉아 말했다. “반스, 앉아.”

나는 시키는 대로 했다.

그가 나를 쳐다보았다.

나도 그를 쳐다보았다.

그가 양 팔꿈치를 책상에 대고 상체를 앞으로 내밀었다. “그래서?”

“이번 임무는 온전히 우리가 바라던 대로만 전개되지 않았습니다.”

“그래, 고메즈가 우리 무기고에서 여섯 개의 미사일 탄두를 훔쳐 갈 수밖에 없었다는 사실, 자네가 하루 뒤에 우리 잔여 경비대원의 8퍼센트와 로버 100퍼센트를 잃은 채로 돌아왔다는 사실을 통해서 나도 미루어 짐작했다네.”

나는 한숨을 쉬었다. “네, 간단히 말하면 그렇게 되겠군요. 저희는 한 번도 본 적이 없는 토착 생명체에게 루카스를 잃었습니다. 피할 수 있는 방법이 있었는지는 모르겠지만 제 책임이라고 봅니다. 로버에 대해서는, 사실 돔으로 도로 가져올 생각은 하지 않았고 목표물을 찾으면 물물교환에 사용하려고 했습니다. 하지만 불행하게도 다른 라이벌 그룹의 수중에 들어가는 것을 막기 위해서 파괴할 수밖에 없었습니다.”

마샬의 턱이 굳어지고 눈썹이 콧등 쪽으로 서로 가까워졌다. "알겠네. 그래서 유일한 이동 수단을 파괴한 후에 어떻게 이 라이벌 그룹으로부터 탈출할 수 있었지?"

"저희는 로버와 함께 모두 다 파괴했습니다, 사령관님. 베르토의 탄도 두 개로 로버의 플라즈마 챔버를 터뜨렸어요. 그로 인한 폭발은 인상적이었습니다."

"지금 이게……" 마샬이 발끈하려다 말을 이었다. "뭐, 알겠네. 그랬을 테지. 차량을 잃은 것은 유감이지만 창의성에는 점수를 주겠네."

"어쨌든, 저희가 목적지에 도착했을 때는 거래를 할 만한 물건이 아무것도 남지 않았습니다."

"그런데 어제 자네와 고메즈 둘 다 분명 폭탄을 되찾을 거래를 성사했다고 내게 말했지."

"그렇습니다. 그렇게 말씀드렸죠."

"거짓말을 했나, 반스? 솔직히 내가 태연하게 받아들이지 못할 것 같아서 하는 말일세."

"아닙니다, 사령관님. 거짓말을 한 게 아닙니다. 저희는 거래를 성사했습니다."

"말해 봐, 반스."

그래서, 나는 명령에 따랐다.

나는 마샬의 집무실을 나와 곧장 카페테리아로 갔다. 빈속으로 전쟁에 나간다는 건 절대 있을 수 없거니와 더 이상 배급을 아껴 두는 건 무의미하다는 확신이 들었기 때문이다. 자리는 절반쯤 차 있었고 나는 음식을 받아 들고 빈 식탁을 찾아 앉았다. 별로 수다를 떨고 싶은 기분이 아니었다. 4분의 1 토끼를 먹어 치우고 익힌 토마토 더미를 반쯤 먹었을 무렵, 베르토가 건너편에 와서 앉았다.

"어이, 오늘 아침에도 배포 크게 살고 있네, 어?"

나는 고개를 들지도 않고 어깨만 으쓱했다.

"오늘 다시 못 올 것 같아서." 그러고 나서 얌을 포크 한가득 떠서 씹고 삼켰다. "솔직히 말하면 다시는 돌아올 수 없을 것 같아."

"야, 으스스하다. 나샤는 어때?" 베르토가 말했다.

나는 고개를 들었다가 도로 쟁반에 코를 박았다. "혼수상태야. 오늘 뇌 수술 준비 중이야."

베르토는 자기 쟁반에 있는 감자와 귀뚜라미를 이리저리 뒤적이면서도 입에 넣지는 않았다. "이런, 그거 이상하네, 그렇지? 여기 도착했을 때만 해도 괜찮아 보였는데."

"그렇지. 이상해."

이후로 우리는 조용히 먹기만 했다. 마침내 베르토가 쟁반을 비우고 나는 내 쟁반에 남은 얌을 긁어모았다.

베르토가 말했다. "나는 리프터를 띄우러 갈 거야. 해가 지면 말이야. 언제가 될지는 모르겠지만. 너도 같이 가야 해."

나는 고개를 들었다. "뭐라고? 왜?"

"아까 경비대 준비실에 갔는데, 거기 대원들은 네가 같이 터널에 들어가는 걸 탐탁지 않아 할 거라서. 아문센도 아직 잊지 않고 있어. 2년 전에 캣이랑 같이 포화를 받고 네가 기절했잖아."

나는 손을 내려다보던 눈을 들어 그를 쳐다보았다. "난 기절했던 게 아니야. 오큘러에 결함이 있었다고."

베르토가 어깨를 으쓱했다. "난 신경 안 써. 아문센이 그걸 신경 쓰는 건지 몰라도 널 신뢰하지 않거든. 그래서 네가 자기네 사람들이랑 함께 있는 걸 원치 않는 거야. 사실 드레이크가 네 복제본 여섯을 탱크에서 뽑아 경비대 인원을 늘리자고 제안했는데, 아문센은 마샬이 그런 아이디어를 허락한다 해도 차라리 토마토 돌보미 손에 가속기를 쥐여 주는 편을 택하겠다고 했다더라고. 어차피 절대 허락할 일도 없겠지만."

"이런."

사실 내가 터널에 들어가게 될 거라고 생각하고 있었다. 그건 자살 임무니까 말이다. 보통은 그런 게 내 일이니까.

베르토가 말했다. "있잖아, 아문센은 신경 쓰지 마. 그 자식은 괴물이야, 알았지? 어쨌든 너도 공중에 있는 편이 훨씬 낫고. 나랑 같이 있게 되면 무슨 일이 벌어지고 있는지도 알 수 있잖아. 혹시 일이 틀어지거나 하면 상황을 통제하게 될지도 모르고 말이야. 아직 크리퍼와 대화할 수 있잖아, 그렇지?"

"그렇지. 아무튼, 할 수 있을 것 같아."

"그럼, 됐어. 어쩌면 네가 이 사태를 학살로 번지지 않게 막아 줄 수 있겠지. 알잖아, 항복을 하거나 다른 걸로 협상하면 되겠지?"

나는 한숨을 쉬었다. 누가 알겠어? 정말로 내가 그렇게 할 수 있을지도 모르는 일이다. "물론이지, 베르토. 내가 같이 갈게. 그런데 대체 넌 거기 가서 뭘 하는 거래? 터널에서 전투가 벌어지면 리프터는 별로 쓸모가 없잖아."

"그렇지. 나도 잘 알고 있어. 그런데 이건 우리가 보유하고 있는 제일 큰 무기 시스템이잖아. 내 생각에는 다른 이유가 없다면 그냥 마샬이 병력을 과시하려고 동원하는 것 같아. 새로운 크리퍼들이 장악하고 나면, 그들이 감히 우리까지 밀어낼 생각 따위 못 하게 확실히 보여 줘야 하니까 말이지."

"정확히 스피커가 예상했던 대로잖아, 그렇지?"

베르토는 잠시 혼란스러운 표정을 지었다. "뭐라고?"

"우리가 로버를 버리자고 얘기했을 때 말이야. 걔가 그랬지. 그들이 자기네를 밀어내고 나면 다음에는 우리를 쫓아내려고 할 거라고. 돔에는 엄청나게 많은 금속이 있으니 도저히 지나치기 힘들 거라고 말이야, 안 그래?"

"그렇지. 그렇게 말했던 것 같네. 하지만 걔는 우리가 그들과 동맹을 맺을 줄은 생각도 안 했잖아."

"안 했지. 아마 안 했을 거야. 우리는 이미 자기와 동맹이라고 생각했으니까."

베르토는 알 수 없는 표정으로 대꾸가 없었다. 뭐라고 말을 덧붙여야겠다고 생각하고 있는데 오큘러에 메시지가 떴다.

[DDrake0813]: 반스?

[Mickey7]: 드레이크? 무슨 일이야?

[DDrake0813]: 난 보안 경계선에서 보초 중이야. 메인 도크에서 100미터 밖이지. 여기 크리퍼가 하나 있는데, 덩치가 커.

[Mickey7]: 알았어. 내가 어떻게 하면 좋겠어?

[DDrake0813]: 난 너한테 아무 볼일 없어, 반스. 크리퍼가 있지. 크리퍼가 너하고 얘기하고 싶대.

21장

메인 로크로 내려가 장비를 챙기고 보안 경계선에 나가기까지는 대략 20분이 걸린다. 내가 도착했을 때, 드레이크는 완전 무장 전투복을 입고 뜨거운 철탑을 등진 채로 스피커였던 것을 향해 가속기를 겨눈 상태였다. 그것은 30미터 정도 떨어진 둥글넓적한 바위 위에 웅크리고 있었다.

"와 줘서 고마워. 빌어먹을, 더 천천히 오지 그랬어, 어?" 드레이크는 크리퍼에게서 눈도 떼지 않고 말했다.

"최대한 빨리 온 거야. 물러서, 드레이크. 이건 여기 싸우려고 온 게 아니야." 내 목소리에서 피곤함이 묻어났다.

드레이크는 끙 소리를 내면서도 좀처럼 무기를 거두지 않왔다.

나는 한숨을 쉬고 그의 앞을 가로질러 스피커였던 것을 만나기 위해 걸어갔다. 그것은 반응을 하지 않았다. 나는 두 발자국 정도 거리를 둔 지점에서 멈췄다. 그리고 가슴에 팔짱을 끼고 서서 말했다.

"나랑 할 얘기가 있다고?"

그것이 말했다. "당신이 미키인가? 당신은 프라임이다."

"그래, 그렇다고 들었어. 원하는 게 뭐지?"

"당신은 합의를 했다. 당신은 프라임이다. 당신의 말은 당신의 둥지에 귀속된다."

"그래, 나도 기억하고 있어."

"때가 되었다. 때가…… 때가 되었…… 때……."

"너희는 장치를 돌려주겠다고 합의했잖아. 그건 어디 있는 거야?"

크리퍼의 아래턱이 달각거리더니 떨림이 그것의 몸을 따라 퍼졌다.

"그 장치는…… 당신은 합의를 했……."

[DDrake0813]: 반스? 거기 무슨 일이야?

[Mickey7]: 잘 모르겠어. 결함인 것 같아.

"당신은 합의를 했다. 너희가 지켜 주기로 약속했…… 기로……."

지켜 주기로?

"스피커? 그 안에 너야?" 내가 물었다.

그것은 또 한 번 몸을 떨었다. 이번에는 더한층 격렬했다.

[DDrake0813]: 옆으로 비켜, 반스. 쏠 수가 없잖아.

나는 스피커였지만 스피커가 아닌 것에게서 눈을 떼지 않고 드레이크 쪽으로 무기를 내려놓으라는 손짓을 했다.

"때가 됐다. 이제…… 집단이 오고 있어. 전부를 데리고. 부속물 전부를. 와서…… 너희 장치…… 너희 약속을 이행해. 오늘, 미키. 곧. 너희 약속을 이행해."

그것은 한 번 더 몸을 떨더니 원래대로 웅크린 다음 종종걸음을 치며 멀어졌다.

나는 그것이 사라질 때까지 지켜보다가 드레이크가 꼼짝 않고 서 있는 곳으로 돌아왔다. 무기는 여전히 그의 손에 쥐어진 채 총구가 내려와 있었다.

"대체 저건 뭐였어?"

"좋은 질문이야. 그런데 우선 아침 좀 챙겨 먹는 게 좋을 거야. 우린 아무래도 길고 유쾌하지 않은 하루를 보내게 될 것 같으니까." 내가 말했다.

"준비됐어?"

나는 길게 숨을 들이쉬고 천천히 내쉬었다. 이윽고 고개를 끄덕였다. 베르토가 제어반을 두드렸다. 우리 머리 위에서 격납고 문이 미끄러지듯 열렸다. 그가 오른손으로 중력 생성기를 켜자 우리는 떠올랐다.

니플하임의 인간 군대는 그리 인상적일 게 없었다. 우리가 돔 위로 날아오르는 동안 그들은 메인 로크에서 빠져나오고 있었다. 제일 먼저 열한 명 남은 우리 경비대원 중 아홉 명이 완전무장을 한 채 나타났다. 행렬 속에서 캣을 찾아보려고 했지만 솔직히 위에서는 모두가 똑같아 보였다. 원래 농업부와 물리부, 그리고 엔지니어링에서 일하지만 11년 전 힘멜 스테이션에서 무기와 전술 교차 훈련을 받았던 열두 명이 예비군으로서 그들 뒤를 따랐다. 전투복도 없이 대부분 가속기가 아닌 버너를 들고 있었다. 개척지 임무를 위해 출발한 이래로 저들이 무기를 만져 봤을 확률이 0에 가까울 것을 고려하면 아마 그게 최선일 것이다. 아문센에게 어떤 명령을 받았는지 모르겠지만 걸리적거리지 말고 다치지 않게 조심하라는 말 외에 다른 명령을 들었다면 누군가는 그에게 형사 책임을 물어도 무방할 것이다.

그게 전부다. 보병이 스물한 명인데 절반은 반쯤 어리바리하고, 나와 베르토는 일단 터널 안에 진입하고 나면 무용지물이 될 완전무장 한 리프터를 날리고 있다.

베르토는 1000미터까지 솟아오르더니 선회를 하기 위해 속도를 낮추며 내게 물었다. "이게 네가 그들에게 약속한 거야? 토마토 돌보미한테 무기를 쥐여 줬네? 솔직히 우리 쪽 사람들도 땅으로 내려가면 총알받이가 되겠지만 그건 총알받이에 대한 모욕이겠지."

나는 어깨를 으쓱했다. 출발 전 아문센 경비대의 브리핑을 캣과 같이 앉아서 들었다. 그의 조언은 터널을 따라 진입할 때 대오를 형성해서 가고, 가속기의 느린 반복 속도를 보완하기 위해 번갈아 사격하고, 한 번에 여러 방향에서 공격을 받지 않도록 하라는 것이었다. 기본적으로 고대 스파르타인들이 테르모필레에서 싸우던 방식이다.

퍽이나 잘 먹힌 전술이지?

비난은 접어 두고 말해 보자면, 아마 탄약이 동나지 않고 트인 공간에 정체되지 않는 한, 이 정도면 목숨은 부지할 수 있을 것 같다.

저들에게는 각각 400발의 운동 에너지 탄환이 주어졌다. 에잇이 죽기 직전에 나에게 보내 준 크리퍼 유치원 사진이 기억난다. 저들이 가진 탄약으로는 버텨 내기 힘들다.

유일하게 실제적인 질문은 저들이 쓰러지기 전까지 집단이 만족할 만큼 충분히 많은 크리퍼를 죽일 수 있는가가 아닐까 싶다.

일단 전원이 로크에서 빠져나온 뒤로는 일렬로 서서 언덕으로 향했다. 나샤와 내가 들어갔던 입구로 향하고 있었다. 2년 전 스피커의 프라임이 미로에 떨어진 나를 풀어 줄 때 사용했던 입구이기도 하다.

그 일은 이제 생각하지 않는 것이 좋겠다.

"내가 앞서서 정찰할게." 베르토가 공용 통신 채널을 통해 말했다.

"그렇게 해. 총알이 날아다니기 전에 저것들하고 조정 같은 걸 하게 될 것 같은데, 맞지?" 캣이 대답했다.

"그건 미키가 할 일이잖아. 안 그래, 친구?"

"그래, 맞아. 할 수 있는 데까지 해 볼게." 내가 대답했다.

베르토가 추진기를 작동했다. 그리고 우리는 앞으로 나아갔다. 터널 입구를 지나 산등성이 너머까지 날았다.

베르토가 말했다. "이런, 저기들 오네."

산등성이 너머로 이어지는 경사면에 크리퍼들이 융단처럼 깔려 있었다.

베르토는 500미터 상공으로 하강하여 크리퍼들 위를 느리고 넓게 한번 돌아보았다. 적어도 200미터는 되는 너비로 정돈된 대열을 이루며 전진 중이었다. 첫 번째 대열은 작은 개체들로 너무 빽빽하게 들어차서 바닥이 거의 보이지 않을 정도였다. 그들 뒤로는 스피커 덩치만 한 개체 최소 1000마리가 앞선 대열보다는 드문드문하게, 줄마다 1~2미터씩 간격을 두고 분포해 있었다. 대형의 양쪽 끝에는 30~40마리의 거미들이 보였다.

"아무래도 전부 다 온 건 아닌 것 같지, 응?"

"응, 아닌 것 같아." 내가 말했다.

우리는 대형 뒤쪽을 한 바퀴 돌고 나서 다시 능선 위로 올라갔다.

"그러니까, 내 예상엔 우리 군대를 먼저 들여보내서 힘을 좀 빼게 만들려는 계획인 것 같아, 그렇지? 그러고 나서 우리 탄약이 떨어지고 갈가리 찢기면 드론을 진입시켜 진짜 전투를 할 거야. 덩치 큰 것들이 마지막 난장판을 정리하고 말이야. 그게 맞는 것 같지 않아?" 베르토가 말했다.

나는 통신 연결 상태를 확인했다. 베르토는 공용 채널을 통해 말하고 있었다. 그가 말하는 걸 우리 쪽 사람들 모두가 듣고 있었다는 뜻이다. 베르토는 거의 나와 동시에 그 사실을 깨달았다.

"캣……."

그가 수습하려고 입을 열었지만 캣이 말을 끊었다.

"닥쳐, 베르토. 우린 바보가 아니야. 네가 하는 말은 우리도 다 알고 있는 거라고."

베르토가 눈을 질끈 감았다. 그리고 조종간을 꽉 쥐었다.

"그렇지." 가까스로 그가 입을 열었다. "미안."

베르토가 우리 쪽 통신을 음소거 상태로 두었다. 우리는 수백 미터 정도를 더 내려가서 또 한 번 언덕 위를 밀물처럼 오르는 크리퍼들 위를 한 바퀴 돌았다.

"다 하면 적어도 2500마리는 되겠어. 세상에, 미키. 대체 우리가 왜 필요한 거래?"

나는 다시 유치원을 떠올렸다.

"스피커 쪽 사람 중에는 큰 개체들이 아주 많진 않은 것 같아. 대신 작은 개체들이 어마어마하게 많으니까 터널에서 싸울 때 아주 유리할 거야. 스피커한테 듣기론 집단은 독자적으로 그들을 축출할 만큼 강하지 않대. 그러니 네가 말했던 것과 거의 비슷하겠지. 우리가 스피커 쪽 사람들을 일정 수준으로 소모시키길 기다렸다가 나중에 들어와서 제압하려는 거야. 우리 쪽 사람들이 최대한 많이 피해를 주게 내버려 둔 다음에 결국 우리가 괴멸되면 슬쩍 들어와 생존자들을 도살하는 수순이지. 옛날 지구의 인간 군대도 항상 식민지 군대를 똑같은 전술로 이용했어."

"그렇군. 그럼 우리는 단순한 총알받이가 아니네. 그보다는 기습 부대에 가깝나? 아니면 광전사? 어쨌든 우리 쪽 사람들은 분명 이 싸움이 끝나기 전에 죽게 돼."

베르토는 잠시 말을 멈추고 조종간을 만졌다. 우리는 방향을 돌려 크리퍼 대형 앞쪽을 한 번 더 가로질렀다.

그가 손을 내려다보며 중얼거렸다. "이 전쟁이 그만한 가치가 있어야 할 거야."

우리는 능선 꼭대기의 몇백 미터 상공을 선회하며 조용히 크리퍼들의 전진을 지켜보고 있었다. 반대편에서는 우리 쪽 사람들이 드문드문 무리를 이루며 터널 입구 아래 100미터 정도 지점에 모여 있었다.

캣이 통신으로 말했다. "우린 도착했어. 때가 되면 진입하라고 말해 줄 거지?"

나는 음소거를 해제하고 말했다.

"가만히 앉아 있어. 이제 아마도……."

"이런…… 제길."

첫 번째 대열이 방금 능선의 정상을 넘었다.

"미키?"

"그래, 캣."

"언덕 너머에서 100만 마리는 되는 빌어먹을 크리퍼들이 우리 쪽으로 오고 있어."

"내가 보기엔 2500마리인데. 넉넉히 잡아도 3000마리지." 베르토가 말했다.

"그렇게나 많은데 우리 도움이 왜 필요하다는 거야? 저 터널 밑에 얼마나 많이 있길래 그러는 거냐고, 미키?"

"모르겠어, 캣. 적어도 여기 밖에 있는 수만큼은 될 거야. 어쩌면 더 많을 수도 있어. 아마 훨씬 더 많을지도 몰라."

한참 침묵이 흐른 뒤에 캣이 물었다. "이건 정말로 자살 임무구나, 그렇지? 우리더러 죽으라고 저 밑으로 보내는 거잖아."

"아니야, 캣. 그게 아니라…… 그러니까…… 내가 너희를 보내는 게 아니잖아."

"그래, 잘하는 짓이네. 고맙다, 미키. 넌 진정한 친구야."

나는 아래를 내려다보았다. 경비대원들이 밀집 대형을 만들고 있었다. 예비군들은 그들 뒤에 무리를 지어 서성거렸다.

오큘러에 메시지가 왔다.

[UNKNOWN]: 우리는 동맹이야?

캣이 다시 말했다. "미키? 우리 여기서 뭐 하고 있는 거야?"

베르토가 끼어들었다. "미키는 멍한 상태야. 아마 지금 그들과 연락을 하고 있나 봐."

[UNKNOWN]: 우리는 동맹이야?

베르토가 한 손으로 나를 슬쩍 건드렸다. "미키? 이제 신호를 줘야 해."

[Mickey7]: 그래. 우린 동맹이야.

"언덕 꼭대기에 있는 크리퍼들. 쏴 버려, 베르토. 있는 대로 전부 다." 내가 말했다.

베르토가 몸을 돌려 나를 쳐다보았다. "뭐라고?"

"쏘라고. 쏴, 당장. 캣, 대오 갖추고 사격 준비해. 터널로 들어

가지 않을 거야. 언덕을 넘어오는 크리퍼들과 싸우는 거라고. 우리가 가능한 한 많이 처리하겠지만 아마 전부 다 해치우진 못해."

"튜브 안에는 집속탄 여덟 개밖에 없어. 대체 이게 무슨 목적을 완수하려는 거야, 미키? 저 크리퍼들을 우리가 돕기로 한 거 아냐?"

크리퍼들의 대형을 이끄는 선두가 이제 캣이 있는 곳에서 약 200미터 떨어진 지점을 내려가고 있었다.

"어서, 베르토. 우리 쪽 사람들한테 너무 가까이 가기 전에. 쏘라고!"

"미키?" 캣의 목소리가 들린 순간, 베르토가 하강하여 방향을 돌리더니 크리퍼들의 전열을 폭격하려고 속도를 내며 저공비행했다. "대체 뭐 하는 짓이야?"

먼저 베르토가 미사일 두 발을 쏘았다. 즉시 타격과 함께 첫 번째 폭발이 두 개의 쌍둥이 불덩이로 변하여 50미터 간격을 두고 타오르는가 싶더니 이어서 수백 개의 두 번째 폭발이 일어났다. 선두 크리퍼들로부터 50~60미터 후방이었다. 반응은 혼돈 그 자체였다. 첫 번째 대열은 아무 일 없었다는 듯 계속 전진했다. 폭발에 근접한 크리퍼들은 훈련된 군인이라기보다 당황한 동물처럼 화염의 중심에서 멀어지려고 사방으로 뛰어다니며 서로를 밟았다. 우리는 다시 속도를 높이고 재빠르게 방향을 돌렸다. 또 한 번 50미터를 하강했다. 두 번째로 쏠 때는 훨씬 뒤쪽, 거대 크리퍼들 앞머리 근처에 떨어졌다. 그것들은 우리가 타격하기도 전에 위험을 알아차린 것처럼 보였는데, 뿔뿔이 흩어지려고 했지만 탈출할 시간이나 공간이 없었다. 미사일이 강타하자 주변 대기는 불현듯 연기와 파편과 키틴 조각으로 자욱했다. 첫 번째 타격에서 놓친 크리퍼들은 이제 우리 쪽 사람들에게 가까이 다가가고 있었다. 하지만 경비대 친구들이 사격을 개시했고 나는 가속기 탄환에 맞은 크리퍼들 하나하나가 산산이 부서지는 광경을 볼 수 있었다.

"빌어먹을, 놈들이 너무 많아."

베르토는 세 번째 발사를 위해서 방향을 돌리며 외쳤다. 커다란 크리퍼들이 모여 있는 제일 큰 대열을 노리고 있었지만, 이쯤 되자 크리퍼들의 무리가 걷어찬 개미집처럼 보일 정도였다. 크리퍼들이 최대한 빨리 달아나 순식간에 퍼지고 있었기 때문에 대량으로 죽이기는 더 힘들었다. 폭발로 인해 바위와 흙이 다시 튀어올라, 크리퍼를 얼마나 많이 죽였는지는 알아보기 어려웠다. 우리는 마지막으로 한 번 더 방향을 돌렸다. 베르토가 마지막 남은 두 개의 탄두를 선두 대형 바로 뒤에 떨어뜨렸다. 우리 쪽 사람들에게 너무 가까이 터지는 바람에 캣이 통신으로 욕을 퍼부었다.

"미안. 난 숨 쉴 틈을 주려고 그랬던 거야." 베르토가 말했다.

연기 사이로 다시 들판이 드러날 무렵에는 크리퍼들이 최소 300미터에 걸쳐 언덕에 흩어져 있었다. 크리퍼들을 지켜보자니, 처음에는 발작적이고도 혼란스럽게 움직였지만, 남아 있던 덩치 큰 무리들이 대열을 이룬 뒤쪽에서부터 차차 파도가 일듯이 질서를 되찾기 시작했다. 살아남은 부속물들은 돌아다니기를 멈추고 줄을 맞추어 어느 정도 함께 전진했다.

이제 그들은 터널에 주목하고 있지 않았다. 우리 쪽 사람들에게 전적으로 주목하고 있었다.

"우리가 타격을 좀 입혔어. 재장전까지 얼마나 걸려?"

베르토가 고개를 저었다. "최소 한 시간. 의미가 없어, 있나?"

그의 말이 맞았다. 마지막 두 개의 탄두가 캣 쪽 사람들에게 시간과 공간을 벌어 주었지만 나머지 크리퍼들이 폭발로 생긴 구덩이들 사이로 밀려들며 초라한 인간 무리를 향해 모여들고 있었다.

"뛰어. 달아나야 해." 베르토가 중얼거렸다.

저 아래에 있는 누군가도 같은 결론을 내린 모양이었다. 경비대 사람 한 명이 반쯤 뒤를 돌아보더니 예비군을 향해서 손을 흔들었다. 그들이 하는 말은 들리지 않았지만 반응을 보니 유추할 수 있을 것 같았다. 전투복을 입지 않은 사람들은 모두 돌아서서 사력을 다해 돔 쪽으로 달려갔다.

하지만 캣과 그녀 쪽 사람들은 아니었다. 그들 아홉 명은 후퇴하는 이들을 엄호하기 위해서 자리를 지키고 있었다.

초당 아홉 발이다. 남은 크리퍼들이 몇이나 되지?

적어도 1000마리. 아마 더 될 것이다.

40미터.

30.

20.

10.

작은 크리퍼 중 하나가 무기를 든 인간 방어벽을 뚫었다. 우리 쪽 사람들이 튕겨 나갔다. 놈은 아래턱으로 전투복 입은 다리 하나를 관통시키고 나서야 폭발했다.

"드레이크였어." 베르토가 말했다.

부상자는 한쪽 무릎을 꿇고 쓰러지고도 계속해서 총질을 했다.

"미키? 너한테 빌어먹을 계획이라도 있길 바라. 우린 지금 죽기 10초 전이니까." 캣이 말했다.

베르토가 나를 바라보았다. 나는 입을 벌렸다가 다물었다. 그러고 나서 다시 벌렸다. 하지만 아무 말도 나오지 않았다. 내 생각에는…….

내 생각은 중요하지 않다. 나는 친구들을 죽였다.

아니, 그 이상이다. 나는 개척지를 죽였다.

캣의 사람들은 이제 후퇴를 하려고 했다. 드레이크를 질질 끌면서. 하지만 가망이 없었다. 그걸 알아야 할 텐데.

베르토가 내 어깨를 흔들었다. "미키? 미키!"

나는 생각했다. *뛰어. 드레이크를 두고 도망쳐.*

나는 그 말을 하려고 입을 벌렸다. 하지만 미처 말을 꺼내기도 전에 우리 밑에서 땅이 열두 군데나 솟아오르며 크리퍼들이 우글우글 쏟아져 나왔다. 그리고 순식간에 집단 쪽 크리퍼들과 새로 나타난 크리퍼들이 서로를 찢어발기기 시작했다. 어느새 우리 쪽은 잊힌 모양새였다.

"캣! 뛰어!" 내가 외쳤다.

굳이 그녀에게 말할 필요가 없었다. 경비대원 두 명이 벌써 양쪽에서 드레이크를 부축하고 느리게 도주할 동안, 다른 사람들은 계속 사격을 이어 나갔다. 세 사람이 50~60미터 정도 멀어지자 세 명이 더 달아났다. 5초도 지나지 않아 마지막 세 명이 무기를 던지고 달렸다.

베르토와 나는 조용히 남은 전투를 지켜보았다. 집단의 전사들은 대부분 몸집이 더 컸지만 스피커 쪽 크리퍼들이 수적으로 훨씬 우세했다. 그래도 솔직히 말하면 더 많은 아군이 필요한 것처럼 보였다. 거미 한 마리나 스피커만 한 몸집의 크리퍼 하나를 처치하는 데 10~12마리의 작은 크리퍼들이 필요했다. 그리고 그 와중에 너무 많은 개체들을 잃었다. 그럼에도 전투는 30분 만에 200미터 산비탈에서 펼쳐진 근접전에서 시작하여 10여 곳의 산발적인 전투로 이어지다 마침내 사망자를 수습하고 부상자를 처형하는 단계로 접어들었다.

"젠장, 세상에. 방금 대체 무슨 일이 벌어진 거야?" 베르토가 말했다.

내 오큘러에 메시지가 왔다.

[UNKNOWN]: 고마워. 우린 잊지 않을게.

"잘 모르겠어. 하지만 우리가 이긴 것 같아."

베르토가 나를 바라보았다. "이긴 거야? 폭탄은 어디에 있는데, 미키?"

나는 두 눈을 감고 숨을 들이쉬고, 내쉬었다.

"어디 있는지 알고 있잖아. 그러니까 가지러 가자."

"정말 괜찮을 거라고 확신해?"

"응, 확신해." 내가 말했다.

우리는 집단의 터널로 가는 입구 위 100미터 상공을 선회하고 있었다. 크리퍼들이 언제든 산에서 쏟아져 나오지 않을까 반신반의했지만 저 아래는 기척 없이 고요하고 적막했다.

"만약 저것들이 장거리 통신 같은 시스템을 가지고 있다면 넌 분명 여기서 환영받지 못할 사람이야, 미키. 그리고 아까 거미들이 함께 있는 걸로 미루어 짐작하건대 여기에도 아마 거미들이 있겠지. 그들이 합의를 어떻게 생각하는지 스피커한테 들었잖아. 이 아래에 크리퍼들이 어느 정도 있다면 넌 제 발로 아주 나쁜 상황 속으로 걸어 들어가는 거라고."

"그렇지. 그런 건 내겐 익숙해." 내가 말했다.

"돌아가서 지원군을 좀 모아서 다시 올 수 있잖아. 캣도 분명 오려고 할 거야. 우리가 부탁하면 한두 사람 더 올지도 모르고."

나는 고개를 흔들었다. "총 몇 자루 더 있다고 해서 어떤 식으로든 상황이 달라지지는 않아. 스피커는 집단이 모든 부속물을 전쟁에 데려갔다고 했어. 혹시 그 말이 틀려서 이 근거지에 누구든 남아 있다면 우린 끝장이겠지. 그런 경우라면 나는 누구도 함께 데려가고 싶지 않아. 어차피 누굴 데려가든 마찬가지니까."

"맞는 말이야. 그럼 만약 네가 돌아오지 않을 땐 난 뭘 해야 하지?" 베르토가 말했다.

나는 어깨를 으쓱했다. "하고 싶은 대로 해. 그때쯤이면 나는 책임에서 벗어났을 테니까, 안 그래?"

베르토는 그 점에 대해서 딱히 할 말이 없는 것 같았다. 그가 중력 생성기를 느슨하게 풀자 몇 초 후 리프터가 절벽 기단부 바닥에 가볍게 부딪히며 내려앉았다. 나는 안전 멜빵을 풀고 호흡기를 썼다. 그리고 조종석 뒤쪽에 있는 받침대에서 가속기를 꺼내 챙겼다. 베르토가 공기 트랩을 쳤다. 나는 뒤쪽 화물칸 문 옆으로 가서 기다렸다.

"왜 그런 말을 했나 모르겠어. 네가 돌아오지 않을 거라는 말. 넌 저기서 나올 거야. 항상 그랬잖아. 그렇지? 나올 때까지 여기서 기다리고 있을게." 베르토가 말했다.

"50미터 정도 상공에서 기다리는 게 좋을 거야. 혹시 모르니까."

"고맙다. 쓸 만한 조언을 해 줘서." 베르토가 말했다.

트랩 위의 불빛이 초록색으로 깜빡이며 문이 활짝 열렸다.

"행운을 빌어." 베르토가 말했다.

"고마워."

나는 문을 빠져나와 터널 입구에서 30미터 떨어진 단단하게 다져진 흙에 발을 디뎠다. 부드러운 바람이 앞머리를 쓸어 넘겼지만 그 외에는 아무것도 움직이지 않았다.

가는 수밖에 없다. 중력 생성기가 뒤에서 작동하고 있었다. 나는 출발했다.

터널 입구를 지나 20미터를 들어가자 어둠 속에서 스피커만 한 크기의 크리퍼가 걸어 나오더니 나에게 다가왔다. 아래턱이 넓게 벌어졌다. 나는 어깨에 가속기를 걸치고 신중하게 조준한 뒤 발사했다. 크리퍼의 앞쪽 마디 두 개가 폭발했다. 나는 계속 걸었다.

첫 번째 교차 터널을 지나가기 전에 망설였다. 만약 이들이 나를 기습공격 한다면 이곳이 논리적으로 숨기 좋은 곳이었다. 1분 정도 고민을 했지만 아무 생각이 떠오르지 않았다. 가속기를 쥐고서 반 바퀴 돌리면서 교차로를 빠르게 달려 통과했다. 내게 달려드는 것은 아무것도 없었다. 나는 건너편에 서서 맥박이 정상 리듬으로 돌아올 때까지 숨을 헐떡였다. 그리고 돌아서서 몸을 곧게 펴고 계속해서 걸었다.

터널이 경사를 이루며 위쪽으로 향하는 지점에 이르러서야 나는 스피커인지 스피커였던 것인지 모를 크리퍼가 진실을 말했을 거라는 생각이 들기 시작했다. 집단은 모든 부속물을 전투에 데리고 간다는 진실 말이다. 이곳은 정말이지 버려진 듯 보였다.

당연하게도 한 가지 의문이 생겼다. 목적지에 도착하면 정확히, 뭘, 할 계획인가? 폭탄이 퍼즐 게임을 마무리하면 나오는 상품처럼 그냥 거기 있지는 않을 것이다. 게다가 스피커가 없으니 그 네트워크와 의사소통을 할 방법도 전혀 없다.

어쩌면 그것이 내 목 뒤에 촉수를 붙이도록 내버려 두면 되겠지.

더 나은 아이디어가 있다. 그냥 혹들을 하나씩 총으로 쏘면서 좋은 일이 생기기를 기다리는 것이다.

결과적으로 나는 그 질문에 답을 할 필요가 없었다. 스피커 몸집의 절반 정도 되는 크리퍼 하나가 방으로 통하는 입구 바깥에서 나를 기다리고 있었다. 여기서 보니 그것은 일반적인 크리퍼의 주둥이 대신 스피커의 입 부속이 달려 있었다. 나는 가속기를 준비하고 10미터쯤 거리를 둔 채 멈춰 섰다. 그것이 몸을 일으키고 떨더니 다시 바닥으로 내려앉았다.

그것이 말했다. "우리는 합의를 했다." 밋밋하고 단조로운 어조였다.

"나는 너희와 합의를 했지. 나는 스피커와도 합의를 했어. 둘 다 지키는 방법은 없었어."

"우리는 당신의 장치를 가지고 있다. 그들이 당신을 위협한, 그 장치보다 더 큰 가치를 갖는 물건은 무엇인가?"

"아무것도 없었어. 그들은 우리를 위협할 것이 아무것도 없었다고."

오랜 침묵 끝에 그것이 말했다. "우리는 이해를 할 수 없다."

나는 어깨를 으쓱했다. "이해 못 할 거라고 생각했어."

그것은 앉은 채로 말없이 비활성 상태가 되었다. 2~3분이 지나자 움직이더니 말을 했다. "우리는 당신의 장치를 돌려주지 않을 것이다."

"돌려주게 될 거야. 어떻게든."

"우리는 그것을 파괴할 것이다."

나는…… 그런 가능성은 생각해 보지 않았다.

"만약 파괴하려고 하면, 그건 폭발하게 돼. 그 장치는 이 산을 기화시키기에 충분한 에너지가 담겨 있어."

"우리는 그게 의심스럽다. 하지만 우리는 상관하지 않는다. 당신이 우리를 죽였다. 최후의 타격이 당신의 장치에서 터지든 다른 데서 터지든 아무런 차이가 없다."

"내 눈엔 네가 충분히 살아 있는 것처럼 보이는데."

그것이 다시 몸을 떨었다. 그러고 나서 1미터 정도 천천히 앞으로 전진했다. 나는 우리 사이의 거리를 유지하기 위해서 뒤로 물러섰다.

"우리는 부속물이 채 한 쌍도 남지 않았다. 이제 그들이 올

것이다. 그리고 이곳을 우리에게서 빼앗을 것이다. 그들은 집단을 파괴할 것이다. 우리는 그걸 막을 수 없지만 당신이 그로 인해 이익을 얻지 못하도록 할 수는 있다."

"만약 우리가 그들이 오는 것을 막을 수 있다면 어때? 만약 우리가 그들로부터 너희를 지켜 줄 수 있다면?"

그것은 꽤 오랫동안 가만히 있었다. 그리고 마침내 앞쪽 세 개의 마디를 세우고 앞뒤로 흔들었다. "당신은 우리를 지킬 수 없다. 당신은 힘이 부족하다."

"우린 할 수 있어. 우린 그들에게 말할 수 있어. 너희가 더 이상 위협이 되지 않는다고 말할 수 있지. 그들이 듣지 않으면 너희에게 했던 대로 그들에게 할 거야."

그것이 다시 침묵에 빠졌다. 이번에는 아주 오래 지속되었기 때문에 나는 그것이 저절로 꺼진 게 아닌가 의구심이 들기 시작했다. 이제 어떻게 해야 할까 고민을 시작하던 찰나에 그것이 말했다.

"우리는 합의를 했다. 당신은 우리를 배신했다. 이젠 우리와 또 다른 합의를 하고 그들과 맺은 뭔지 모를 합의를 배신하려고 한다. 통상적인 합의 방식이 아니다. 결코 전례 없는 일이다."

"정말? 우리 종족은 빌어먹게도 허구한 날 이런 짓을 해."

그것이 몸을 떨었다. "당신 종족은 괴물들이다."

"아마도. 어쨌든 그런 결론을 내린 건 너희가 처음이 아니니까. 그렇긴 해도 이건 너희가 받을 수 있는 가장 좋은 제안이야. 장치를 주면 우리가 정말로 너희를 보호하겠다고 말할게. 이건 너희가 살아남을 유일한 기회야."

크리퍼는 앞발로 리듬을 타며 바닥을 두들겼다.

"우리는 당신을 믿을 수 없다. 어떻게 우리가 당신을 믿을 수 있겠는가?"

"나는 그 질문에 대해 줄 수 있는 답이 없어. 사실, 우리는 필요하다면 거짓말을 하는 나쁜 놈들이니까. 그리고 내 약속을 받아들이지 않는다고 해서 너를 비난하지 않을 거야. 하지만 안타깝게도 내가 너에게 줄 수 있는 건 그게 전부야. 내가 보기에는 네게 다른 선택지가 없어 보여서 하는 말이야."

크리퍼는 가만히 있다가 몸을 떨더니 다시 몸을 원래대로 말고 방으로 들어가 사라졌다.

다시 돌아왔을 때는 먹이 앞발로 폭탄을 안고 있었다.

그것이 나에게 천천히 다가왔다. 그리고 폭탄을 내 발치에 조심스럽게 내려놓더니 물러섰다.

"그것을 받아서 가길 바란다. 당신 종족은 결코 이곳에 와서는 안 된다."

"내 생각도 같아." 나는 폭탄을 어깨에 짊어졌다.

"당신의 약속을 기억하도록." 그것이 내 뒤통수에 대고 말했다.

"그럴게." 나는 돌아보지도 않고 말했다. "이번에는, 어쨌든. 기억할게."

22장

우리가 돔으로 돌아왔을 때 영웅이 귀환했다며 환영해 줄 거라는 기대는 하지 않았다. 마찬가지로 마샬이 아문센과 함께 격납고에 서 있을 줄도 몰랐다. 두 사람은 누가 먼저 나를 죽일까를 두고 싸우던 사람들처럼 보였다.

화물칸 문이 열리기도 전에 마샬이 으르렁거리는 소리를 내며 말했다.

"반스, 대체 자네가 거기서 무슨 짓을 할 생각이었는지 모르겠지만……."

그는 내가 폭탄을 들고 있는 걸 보고 갑자기 말을 멈췄다.

"자네…… 자네가 받았나?"

"받았습니다." 나는 대답을 하고 격납고 바닥으로 걸음을 옮겼다. 아문센이 앞으로 걸어 나와 내게서 폭탄을 받아 갔다.

"멀쩡한가?"

"열어서 확인해 보지는 않았습니다." 내가 대답했다.

"그리고 크리퍼들이 최소한 연료 성분 한 개를 제거하는 바람에 손실된 걸로 압니다. 하지만 부피는 제가 기억하는 그대로입니다. 그러니 아마도 거의 모든 것이 아직 남아 있을 것 같습니다."

"장치를 링에게 보내. 필요한 게 다 있는지 없는지는 링이 결정할 걸세." 마샬이 말했다.

아문센은 고개를 끄덕이고 몸을 돌려 문으로 향했다. 하지만 문에 다다르기 전에 나를 향해 돌아섰다.

"이봐, 반스…… 오늘 자네가 전술적으로 뛰어났던 덕인지, 단순히 운이 좋았던 건지 모르겠군. 만약 오늘 아침 그 광경이 사전에 계획된 게 아니라면 미리 보고하지 않은 죄로 빌어먹을 네놈을 죽여 버릴 수 있지. 하지만…… 뭐, 결국 내 부하들을 희생시키지 않고 우릴 위기에서 구했으니. 고마운 일이야."

아문센은 어떤 대답을 기다렸다. 하지만 솔직히 뭐라고 할 말이 없었다. 어색한 침묵이 5초간 흐른 뒤에 그는 또 한 번 고개를 끄덕이고 가 버렸다. 그가 나가고 문이 닫히자 마샬이 내 어깨에 한 손을 얹었다.

"내 집무실로 오게. 할 이야기가 있네."

나는 뒤로 물러섰다. 그의 손이 내 어깨에서 떨어졌다. "저도 정말 그러고 싶습니다, 사령관님. 하지만 안타깝게도 꼭 해야 하는 긴급 용무가 있어서요."

나를 빤히 쳐다보는 마샬의 턱이 살짝 벌어졌다. 나는 리프터에 다시 올라타 문의 빗장을 걸었다. 격납고 문이 다시 미끄러지며 열렸고, 마샬은 그때까지도 그 자리에 서 있었다. 베르토가 중력 생성기를 작동시키자 우리는 날아올랐다.

우리는 전투가 벌어졌던 산등성이 위를 돌아보는 것부터 시작했다. 베르토의 폭격으로 생긴 구덩이가 아직 남아 있지 않았더라면 이곳에서 무슨 일이 있었는지 전혀 짐작할 수 없었을 것이다. 어디에도 크리퍼들의 흔적은 보이지 않았다. 살아 있는 개체도, 상처 입은 개체도, 죽은 사체도 없었다. 그 후, 우리는 남쪽으로 향했다. 집단이 있는 곳까지 이어지는 직선 경로를 물결처럼 구불구불 가로지르는 수색 패턴으로 날아 15킬로미터를 갔다.

산간 지대를 지나 평원에 접어들자 베르토가 말했다. "몇 시간밖에 안 됐잖아, 미키. 역습을 한다고 해도 벌써 여기까지 오지는 못했을 거야."

"그래, 맞는 말인 것 같네. 그것들이 지하로 이동하는 건 아닐까?"

베르토가 나를 쳐다보았다. "거기서 여기까지 장장 100킬로미터가 넘는 암반을 뚫어 터널을 만들었을 거라고 생각해?"

그렇게 말하니 확실히 멍청한 소리처럼 들렸다.

베르토는 방향을 돌려 다시 전쟁터로 향했다. 우리는 미로 입구에서 위쪽으로 200미터 떨어진 산등성이에 착륙했다. 나는 호흡기를 쓰고 뒤쪽으로 향했다.

"가속기는 안 가져가고?" 베르토가 물었다.

나는 고개를 가로저었다. "이 상황에서 만약 저들이 날 죽이려고 한다면 할 수 있겠지. 그럼 어쩔 수 없고."

공기 트랩이 닫혔다. 30초 뒤, 화물칸 문이 미끄러지며 열리자 나는 출발했다.

믿기지 않았지만 아직도 오후 중반밖에 되지 않은 시각이었다. 태양은 희미한 분홍색 하늘에 반쯤 내려와 있었고 부드럽고도 따뜻한 미풍이 남쪽에서 불어오고 있었다. 이걸로 1000번째 말하는 것 같지만, 나는 이런 날씨가 얼마나 오래갈까 생각해 본다. 또한 이 날씨가 끝나고 나면, 다가올 겨울을 우리는 얼마나 오래 버텨 내야 할지도.

상관없지 않나 싶다. 그건 내 문제가 아닐 테니까.

나는 꺾이고 흐트러진 양치류로 덮여 있는 비탈진 초원으로 내려갔다. 줄기에서 흘러내린 옅은 노란색 액체의 진한 내음이 호흡기를 뚫고 들어왔다. 느글거릴 정도로 달콤하고 역겨운 향에 육류 썩은 냄새가 약간 섞여 있었다. 여과된 공기를 마실 수 있다는 사실에 오랜만에 감사를 느꼈다.

터널 입구에 다다르자 스피커가 나를 기다리고 있는 것이 보였다.

"어서 와. 너를 보게 되다니 반가워." 그가 베르토의 목소리를 완벽히 흉내 내며 말했다.

"나도 마찬가지야. 우린 네가 죽은 줄 알았어."

"난…… 함락되어 있었어. 존재하고 인식도 하지만 행동을 할 수 없는 상태였지. 극도로 불쾌했어."

"하지만 이겨 냈잖아. 오늘 아침에 돔으로 찾아왔고. 그건 너였어, 맞지?"

"이겨 내려고 애썼지. 그쪽 프라임에게서 멀어졌더니 나에 대한 집단의 통제력이 상당히 약해졌어. 우리 프라임의 유일한 희망은 너에게 약속을 상기시키는 방법뿐이라는 게 분명했거든. 성공할 거라고 생각하지는 않았지만."

"성공했잖아. 네가 잘 해냈지."

"그래, 너도 마찬가지야."

나는 1분 이상을 망설이다가 불쾌함을 더 미루어 봤자 의미가 없다는 결심이 섰다.

"집단에게서 폭탄을 돌려받았어." 내가 말했다.

"그건 잘된 일이야. 네 일이 잘되어서 나도 기뻐. 그것을 해체하겠다는 약속을 기억하길 바라."

"기억하고 있어. 그렇게 할 거야. 그런데 할 말이 있어. 그 폭탄을 되찾기 위해서 그들에게 약속을 하나 했거든."

"그렇군." 스피커가 말했다. "나에겐 놀랍지 않은 소식이야."

"내가 그들에게 약속한 것은 보호야."

나는 스피커의 반응을 기다렸다. 하지만 그는 무덤덤하게 돌처럼 그 자리에 앉아 있었다.

나는 계속 말했다. "너희들로부터의 보호 말이지. 너희가 그들을 파괴하지 못하도록 막겠다고 약속했어."

"그럼, 그건 더할 나위 없이 지키기 쉬운 약속이겠네. 우리는 그들을 파괴할 의도가 전혀 없으니까."

나는 대꾸하려고 입을 벌렸다가 망설이고는, 다시 입을 다물었다.

"하지만……."

"너도 이제는 집단 심장부에 있는 그것이 우리 종족이 아니라는 걸 확실히 알고 있잖아, 그렇지?"

나는 어깨를 으쓱했다. "그걸 보게 되자 나도 어느 정도 짐작은 했어. 네가 거미들에 대해 말해 준 뒤에도 완전히 확신하지는 않고 있었거든."

"우리 종족이 아니란 건 확실해. 사실 어떤 종류의 동물도 아니고 식물도 아니야. 제3의 종류라 할 수 있는 생명체지. 그걸 적절하게 표현할 너희 단어를 모르겠어."

"곰팡이?"

파문이 그의 몸을 타고 퍼졌다. "아마도. 우린 그 종류가 어떤 건지는 알고 있어. 기생충처럼 생물을 감염시켜서 신경계를 장악해. 특히 양치류 틈에서 사냥하며 사는, 작고 기어다니는 것들에게 유독 전염성을 띠는 생명체야. 우리는 그것이 더 큰 생명체를 장악한 것을 결코 본 적은 없었어."

"그런데 그게 너희 프라임 중 하나를 장악했구나."

"맞아. 그랬어. 그럼으로써 어떤 형태의 지각을 얻게 된 것 같아. 우리는 도저히 생각지도 못한 일이었지. 이젠 그걸 연구해서 우연히 일어난 일인지, 아니면 우리에게 진정한 위협이 될 새로운 종류의 발생인지 판단해야 해. 따라서 우리는 집단을 파괴하지 않을 거야. 다만 그들의 미로 입구를 봉쇄할 거야. 봉쇄된 채로 남도록 감시할 생각이지."

"그들을 산 채로 묻어 버리려고?"

"우리가 보기에는 가장 안전한 선택지인 것 같아. 우리는 연구를 위해서 그들을 보존해야 하지만 더 이상 오염이 확산되는 위험을 감수할 수는 없어. 우리가 알아낼 수 있는 것을 알아내고 나면 우리 중 누구든 집단과 직접 접촉한 자들은 모두 분해하고 살균할 거야."

"엇. 하지만 너……."

"맞아. 네가 제대로 보고 있어. 나도 집단과 직접 접촉했어. 확실히 감염된 거지. 그래서 나를 격리하고 관찰할 거야. 일단 감염이 뿌리를 내리고 발현하면 나는 파괴될 거야. 어렵지만 필요한 조치야. 너희는 이해하지 못하겠지."

나는 그를 바라보았다.

그도 나를 바라보았다.

어쩔 수 없었다. 나는 박장대소를 터뜨리고 말았다.

마침내 웃음이 잦아들자 내가 말했다. "미안. 정말 미안해." 나는 그의 앞에 쪼그리고 앉았다. 스피커의 아래턱이 거의 내 얼굴에 스칠 만큼 가까워졌다. 잠시 후, 먹이 앞발 하나가 나를 향해 다가왔다. 끝에 발톱이 달린 촉수들이 펼쳐졌다. 나는 오른손을 들어 손바닥을 마주 갖다 댔다.

"난 이해해, 친구야. 내가 얼마나 잘 이해하는지 알면 아마 놀랄걸."

우리는 한참을 그렇게 있었다. 그리고 마침내 스피커가 팔을 거두었다. 그는 50센티미터 정도 뒤로 물러섰고, 나는 자리에서 일어났다. 그가 내 얼굴 높이까지 몸을 일으켰다.

"잘 가, 미키. 널 만나서 반가웠어."

눈앞이 흐려지고 목이 메었다. 긴 5초가 지난 후, 스피커가 첫 번째 마디를 내 쪽을 향해 까딱거리더니 돌아서서 미로 속으로 사라졌다.

격납고에 돌아와 보니 마샬은 이미 자리를 뜨고 없었다.

"그래서? 이제 어쩔 거야?" 베르토가 리프터의 전원을 끄면서 내게 물었다.

나는 그를 쳐다보았다. "이제? 어서 마무리를 해야지."

베르토는 내가 안전 멜빵을 풀고 일어설 때까지 말없이 앉아 있었다. 화물칸 문에 가까이 다가가자 그가 물었다. "확신이 있어서 이러는 거야, 미키?"

나는 큰 소리로 웃었다. "확신? 아니. 아니야. 난 빌어먹을 확신 따위 없어. 그래서 이렇게 하려는 거라고. 그런 걸 생각할 시간을 갖고 싶지 않으니까 말이야."

"그는 너한테 강요 못 해. 마샬 말이야. 오늘 그런 일도 있었는데……."

"마샬이 강요하는 게 아니야, 베르토."

베르토는 고개를 저었다. "난 이해를 못 하겠다."

"봐, 그 연료를 원자로에 도로 집어넣어야 하는데 드론을 쓰려고 하면 위험 부담을 지게 되잖아. 너도 그건 알잖아. 그럼 어떻게 해야겠어? 대체 저들에게 무슨 선택지가 남아 있겠냐고?"

베르토가 어깨를 으쓱했다. "자원할 사람을 구하면?"

내 표정이 일그러지는 게 느껴졌다. "자원할 사람이라. 좋아. 넌 누가 *자원*할지 알고 있잖아, 베르토."

베르토가 발밑을 쳐다보더니 내게로 다시 고개를 돌렸다. "그래서? 걔가 하게 놔둬."

"아니. 그건 부당해, 베르토. 걔한테도 억울한 일이고, *나한테도* 억울한 일이야."

"너 다시 테세우스 어쩌고 하는 걸 믿게 된 거구나, 응?"

나는 눈을 감고 두 손으로 얼굴을 문질렀다. "모르겠어, 베르토. 난 그냥 지쳤어. 그리고 이걸 끝내고 싶어."

베르토가 가슴에 팔짱을 꼈다. “그럼 이게 끝이야? 이걸로 작별인 거야?”

나는 눈을 굴렸다. “네가 이렇게 감상적으로 받아들이다니, 베르토. 날 구멍 속에서 죽게 내버려 두고 갔던 녀석이, 기억나?”

“이건 달라. 지난 2년은, 달랐던 것 같아…….”

“걱정 마. 그들이 탱크에서 뽑아낼 다음 사람이 완벽하게 내 역할을 해낼 테니까.”

문이 열렸다. 격납고 바닥에 내려서자 베르토의 목소리가 들렸다. “나샤는 어쩌고? 나샤 말도 들어 봐야지?”

치사하긴. 나는 고개를 젓고 걸음을 재촉했다.

버크는 다음 날 아침에 나샤의 반응을 확인하겠다고 했다. 지금쯤이면 수술이 끝났을 것이다. 의료국에 내려가면 수술이 어떻게 됐는지 이야기를 들을 수 있겠지. 하지만 나는 그러지 않았다. 만약 나샤의 상태가 괜찮다면 이 일을 끝까지 못할 것 같았기 때문이다.

혹시 나샤의 상태가 좋지 않다면, 그 사실은 절대 알고 싶지 않다.

[Mickey7]: 이봐.

[MightyQuinn]: 반스? 뭐 때문에 그래?

[Mickey7]: 실험실에서 좀 만나.

[MightyQuinn]: 응?

[Mickey7]: 실험실. 에서. 좀. 만나.

[MightyQuinn]: 또 다운로드 받게 해 달라고 하는 건 아니겠지? 내가 말했다시피 안 할 거야. 우린 정당한 이유 없이 사람 뇌를 튀기지 않겠다고 맹세한 거 너도 알잖아.

[Mickey7]: 아니야, 퀸. 이번에는 다운로드가 아니야. 가짜 엄지 손가락도 없고. 정신 나간 짓 안 해. 그냥 업로드를 하려는 거야.

[MightyQuinn]: 업로드? 은퇴는 어쩌고?

[Mickey7]: 알고 보니 내가 포그볼을 싫어하더라고.

[MightyQuinn]: 하! 그럼 뭐, 지금은 내가 카페테리아에 있거든. 20분 뒤에 실험실에서 봐.

[Mickey7]: 20분, 그래. 고마워, 퀸. 넌 좋은 녀석이야.

[MightyQuinn]: 어…… 그래. 나중에 봐.

[Mickey7]: 그래. 그때 보자.

의료 실험실에 도착했을 때, 퀸은 아직 안에 없었다. 몇 분 정도 시간이 남았고 복도를 따라가면 바로 나샤가 있는 곳이다. 어쩌면 내가…….

아니다. 그렇게 한다고 해서 일이 더 수월해질 리가 없다.

나는 벽에 기대었다. 그대로 미끄러져 내려가 무릎을 세워 가슴께에 붙이고 앉았다. 나는 너무나…… 빌어먹게…… 지쳤다. 눈이 감겼다. 그대로 정신이 희미해지는데 뭔가가 내 군화 코를 툭 건드렸다.

고개를 들었다. 퀸이 나를 내려다보고 있었다.

"이봐. 지금 업로드 하고 싶은 거 맞아? 너 몰골이 엉망진창이야, 미키. 다음번에 탱크에서 꺼내는 복제본은 지금 네가 느끼는 걸 고스란히 느끼게 될 거라고. 알잖아."

나는 짧고 날카로운 웃음을 터뜨렸다. "그래. 걔한테 엿 먹으라고 해. 어쨌든, 난 나중에라도 지금보다 상태가 나아지진 않을 거니까, 그냥 하자."

퀸이 내게 손을 내밀었다. 나는 그의 손을 잡았다. 그가 나를 일으켜 세웠다.

그는 손바닥을 대서 실험실 문을 열었다. "이제 2년 만이잖아. 그래서 피상적인 업데이트가 아닌 거야. 최초 업데이트만큼은 아니더라도 평소에 하던 것보다는 좀 더 깊게 파고들겠지. 시간도 제법 걸릴지 몰라. 정말로 내일 아침까지 쉬었다가 하지 않아도 괜찮겠어?"

나는 그를 따라 안으로 들어갔다. "됐어. 난 얼른 이걸 해 버리고 싶어. 시간은 얼마든지 걸려도 돼. 오늘 밤에 딱히 거창한 계획이 있는 것도 아니고."

업로드를 준비하는 과정이 묘하게도 위로가 되었다. 나는 의자에 앉았다. 퀸이 헬멧을 내 머리에 씌웠다. 그가 나를 묶자 나는 지금이 내 인생 최후의 진실된 순간임을 깨달았다. 나중에 깨어나서 내가 최후로 기억하는 것은 바로 이 순간이겠지.

어쩌면 저승으로 메시지를 보낼 수 있을지도 모르겠다.

머릿속으로 생각했다. *이봐, 나인, 아니면 일레븐, 그들이 너에게 무슨 번호를 붙여 줬는지 모르지만, 난 세븐이야. 무덤 너머에서 너희를 찾아왔어. 웩! 미안, 장난 안 할게……. 나는 너희들이 알아줬으면 좋겠어……. 누구도 내게 이렇게 하라고 강요하지 않았다는 걸 알아줘. 누군가는 연료를 원자로에 도로 집어넣어야 해. 하지만 그게 반드시 나일 필요는 없었어. 나는 그냥 내가 좋을 대로 하고 그들이 너희를 탱크에서 꺼내 곧장 원자로에 집어넣어 그게 너희 인생의 전부가 되게 내버려 둘 수도 있었거든. 매기 링에게 10분의 브리핑을 듣고 나서 2분간 상대론적 속도로 튕겨 다니는 중성자에게 몸을 관통당하는 인생 말이야. 그러고 나서 혹시 운이 좋다면, 아주 빠르지만 엄청나게 고통스러운 죽음을 맞는 인생. 나는 그렇게 둘 수가 없었어……. 그게 부당해 보였거든. 투에게도 억울한 일이었고, 포나 파이브, 나인과 텐조차도 억울할 것 같아.*

나한테도 그런 일이 생긴다는 건 아주 좋은 일이 아니긴 마찬가지야. 하지만 스리, 그리고 어쩌면 원본 미키 반스를 제외하면 나는 우리들 중에서도 최고의 삶을 살았어. 아마도 이제는 내 차례가 된 것 같아.

어쨌든, 나도 이젠 시간이 없어. 나샤를 잘 돌봐 줘, 응?

"됐다. 이제 연결은 다 됐으니까, 준비됐어?" 퀸이 말했다.

그동안 잘 달려왔다. 익스펜더블치고는, 굉장히 잘 달려온 거지. 2년이 넘게 살아남았으니까. 나는 새로운 세계도 탐험했다. 모험도 했다. 외계 지능과 교감도 했다.

인생의 거의 매일 밤을 나사에게 안겨서 보냈다.

솔직히 뭘 더 바랄 수 있을까?

"그래, 준비됐어."

23장

업로드 후 찾아오는 공황 상태에서 벗어나려면 시간이 좀 걸린다. 마침내 다시 정신을 차렸을 때 나는 의자에 구부정하게 앉아 있었다. 헬멧은 벗겨져 있었지만 손목과 발목은 아직 묶인 상태였다. 퀸은 실험실 건너편 사무용 의자에 앉아 눈을 반쯤 감은 채로 한 손에 머리를 괴고 졸고 있었다.

"어이, 정신이 들었네." 퀸이 자세를 바로잡고 앉았다.

나는 눈을 깜빡여 크로노미터를 열었다. "다섯 시간?"

"그래, 내가 말했잖아, 이번 업로드는 보통 때보다 힘들 거라고."

그는 자리에서 일어나 스트레칭을 하더니 내 결박을 풀어주러 다가왔다.

"어땠어? 뭐 기억나는 거 있어?"

잠시 생각해 보았다. 2년 이상의 메모리가 내 머리에서 갓 빨려 나간 것이다.

기억나는 것은 나샤의 얼굴뿐이었다.

퀸이 마지막 버클을 풀었다. 나는 일어났지만 이내 휘청거리며 의자 등받이를 붙잡았다. 눈앞이 뿌옇게 흐려졌다.

"조심해. 백업을 했든 안 했든 기립성 저혈압으로 죽으면 바보 같잖아."

나는 머리를 흔들며 어지러움을 떨쳐냈다. "고마워. 좋은 조언이야."

"그런데, 2년 만에 처음 하는 업로드를 왜 오늘 밤에 하게 됐는지 이유를 말해 줄 수 있겠어?"

나는 퀸을 바라보았다.

그도 나를 바라보았다.

마침내 내가 대답했다. "아니. 못할 것 같아."

오래전 힘멜 스테이션에서 젬마 아베라가 무엇보다 제일 먼저 내 뇌리에 박히도록 말해 준 것이 테세우스의 배 이야기였다. 테세우스는 나무로 만들어진 배를 부분 부분 교체해 가면서 세계를 항해했다. 수년이 흐르고 집으로 돌아갈 무렵, 그 배는 모든 판자와 밧줄을 교체한 셈이 되었다. 그렇다면 그건 변함없이 처음과 같은 배일까?

의료국을 나서면서 나는 문득 테세우스가 버린 배의 조각들을 고려해 본 적이 없다는 생각이 들었다. 내가 바로 그 신세겠지. 그렇지 않을까? 나의 다음 복제본이 탱크에서 나오면 이 순간의 나라는 사람은 더 이상 그의 서사의 일부가 될 수 없다. 미키 반스는 여전히 살아 있겠지. 하지만 나는?

나는 이미 유령이다.

의료국에서 매기 링의 방까지는 조금만 걸으면 된다. 아직 오전 4시라서 그녀는 분명히 깨어 있지 않을 것이다. 그러나 이 시점에서 나는 얼른 이 일을 끝내고 싶었고 그녀의 수면 주기는 별로 신경 쓰지 않았다.

시스템 엔지니어링 부장으로서 매기는 마샬에 이어 사령부에서는 두 번째로 직급이 높은 사람이다. 실제로 그녀의 방에는 철제문이 달려 있다. 나는 그 문을 마주하고 한참을 서 있었다.

여길 들어가면 이젠 돌이킬 수 없어, 그렇지?

나는 눈을 감고 숨을 들이쉬고, 내쉬었다.

문을 두드리려고 손을 들어 올렸다.

놀랍게도 미처 두드리기도 전에 문이 열렸다. 밖으로 나오던 매기는 하마터면 나와 부딪힐 뻔하고는 놀라서 뒤로 폴짝 뛰었다.

"반스? 여기서 뭐 해?"

"어, 죄송해요. 전 그러려던 게…… 그러니까, 전 그냥……

음…… 방금 막 업로드가 끝나서, 그래서 제 생각엔…… 준비가 됐어요. 엄밀하게 말해서 꼭두새벽인 건 알지만, 제가 너무 지쳐서 이걸 어서 끝내고 싶어요. 어서 하죠."

그녀는 이해가 안 된다는 듯 눈썹을 찡그리며 나를 쳐다보았다. "정확히, 뭘 말이지?"

"어…… 폭탄이요, 링 박사님. 그게 지금 제가 하고 있어야 할 일 아닌가요? 연료 성분을 원자로에 도로 집어넣어야죠? 개척지를 구해야 하잖아요?"

그녀가 고개를 저었다. "다시 자러 가, 미키. 그건 벌써 끝났어."

"그게…… 네? 어떻게 그게…… 드론을 쓰셨어요?"

"아니, 안타깝게도 드론은 쓰지 않았어. 나도 그 방법을 제안했지만 받아들여지지 않았지. 지난번의 실패는 우연이었고 좀 더 중무장을 한 드론을 투입하면 성공 확률이 좋을 것이라고 주장했지만 마샬 사령관님은 위험 부담이 너무 크다는 이유로 완강했어."

내 표정이 굳어지는 것이 느껴졌다. "그럼 새로운 복제본을 탱크에서 뽑아냈나요?"

"이봐, 사실 내가 오늘 새벽부터 좀 힘들어서 말이지, 자네 심리 치료사 역할까지 해 줄 틈이 없어. 메시지를 확인해 봐. 그러고 나서도 의문이 생기면 약속을 잡아서 이야기하지."

그녀는 방에서 나와 문을 닫더니 나를 스쳐 걸어 나갔다.

메시지를 확인해 보라고.

눈을 깜빡여 대화창을 열었다. 메시지가 있었다. 읽지 않은 메시지 문자열이 하나 나왔다. 업로드 중일 때 받은 것이 분명했다.

마샬이 보낸 것이었다.

스레드를 열었다.

[Command1]: 반스.

[Command1]: 수신 확인, 부탁하네.

[Command1]: 잘 알았네. 자네와 만나서 직접 이 일을 논의하려고 했지. 하지만 내게는 시간도 없고 자네의 수면이 끝나기를 기다릴 의향도 없어. 그럼.

[Command1]: 첫째, 사과. 나는 지난 11년간 자네에게 잘 대해 주지 못했어. 그간 나는 임무의 성공과 우리 개척지의 생존을 위해 필요하다고 생각한 일을 해 왔네. 하지만 이 과정에서 자네를 함부로 이용했어. 내겐 그 생각이 점차 명료해지고 있지. 부디 이해해 주게. 다시 그때로 돌아간다고 하더라도 무엇 하나 다르지 않게 똑같이 하겠지만, 꼭 그럴 필요가 있었는가에 대해서는 분명 후회가 있네.

[Command1]: 둘째, 설명. 자네는 아마 오늘 밤 잠을 청하면서도 언제든 원자로 코어로 불려갈 거라 생각했을 것이야. 어째서 아직도 그런 일이 일어나지 않는가 의아했겠지. 자네에게 폭탄 회수 임무를 주어 보내면서 나는 성공을 전제로 그러한 의무를 면제해 주겠다고 말한 바 있네. 하지만 그간 우리가 함께했던 역사를 미루어 볼 때,

내 말을 거짓말이라 추측했다 해도 자네를 탓하진 않겠어.

[Command1]: 그건 거짓말이 아니었네.

[Command1]: 언젠가 자네가 말했지. 모든 증거에도 불구하고 나를 드라마의 악당 같은 존재로 생각하지는 않는다고 말일세. 나 또한 스스로를 빌런이라 생각하지 않는다는 걸 알면 자넨 놀랄지도 모르겠군. 사실, 나는 스스로를 명예 있고 강직한 사람으로 여긴다네. 항상 내가 맡은 사람들을 보호하기 위해 필요한 일을 해낸 사람.

[Command1]: 오늘 밤에 내가 하려는 일도 바로 그것이야.

[Command1]: 다시 말하지만, 나는 자네에게 원자로로 들어가라는 명령을 하지 않겠다고 약속했네. 하지만 개척지가 생존하려면 저 연료 성분들을 반드시 교체해야 해. 링 박사는 다른 드론을 쓰자고 주장했지. 이번에는 실패 확률이 5퍼센트 미만이라고 말일세.

[Command1]: 나는 이 행성에 있는 모든 사람들의 목숨을 20분의 1 확률의 위험에 빠뜨릴 수는 없네.

[Command1]: 링의 두 번째 제안은 자원자를 구하는 것이었지.

[Command1]: 아마 자네는 이 사실을 몰랐을 걸세, 반스. 이 행성 주민들 연령의 중앙값은 36표준년이지. 가장 어린 나이가 32표준년이고. 자네는 사실 나이 많은 축에 속해. 속했을 것이라고 말하는 게 맞겠지. 어쨌든, 자네가 그렇게 많이 재생되지 않았다면 말이야. 40대는 자네 말고도 박사 네 명이 있네. 링, 버크, 베리건, 그리고 라우슈.

[Command1]: 이 행성에서 50표준년보다 더 나이 든 사람은 단 한

명일세. 그게 누군지 알겠나?

[Command1]: 난 이제 가야겠네, 반스. 만약 코어 내부의 환경 상태가 링 박사가 말한 대로라면, 앞으로 10분 후에 이 개척지의 지휘권이 링 박사에게 넘어갈 걸세. 이제 자네는 박사의 골칫거리야.

[Command1]: 행운을 비네. 자네한텐 그게 필요할 거야.

자물쇠가 풀리는 소리에 잠이 깼다. 나는 수술 회복실 문 옆 벽에 등을 기댄 채 세우고 앉은 무릎에 이마를 대고 잠을 자고 있었다. 고개를 들어 보니 버크가 나를 내려다보고 있었다.

"일어나게. 이제 들어와도 돼."

나는 자리에서 일어나 그를 따라 들어갔다. 회복실의 90퍼센트를 차지하는 침대에 나샤가 누워 있었다. 그녀는 눈을 감고 있었지만 가슴이 올라갔다가 내려오는 것이 보였다.

"나샤는……."

"모르지. 같이 알아보자고." 버크가 말했다.

그는 태블릿을 꺼내 자신의 오큘러에 갖다 댔다. 그러고 나서 화면을 두드렸다. 녹색 물질이 관을 통해 나샤의 손등 정맥으로 흘러들고 있었다.

나샤의 눈꺼풀이 떨렸다.

"아자야? 내 말 들리나?" 버크가 말했다.

나샤의 눈이 버크에게, 그리고 나에게 집중했다. 혀끝이 윗입술에 닿았다. 나는 침대 모퉁이로 다가가 그녀의 손을 잡았다.

"미키? 빌어먹을 이게 뭐야?" 그녀가 속삭였다.

"나샤는 괜찮아요. 맞죠, 버크?" 내가 물었다.

그는 슬쩍 태블릿을 보더니 나샤에게 다가갔다. "발가락 움직일 수 있겠어?"

나샤는 한 손으로 내 뒤통수를 붙잡아 상체를 약간 들어 올리더니 나를 잡아당겨 키스를 했다.

"맞네. 괜찮은 것 같아." 버크가 말했다.

"그럼, 마샬이, 진짜로?" 베르토가 말했다.

"그러게, 그 나쁜 놈이 결국 영웅이 될 줄 누가 생각이나 했겠어?" 캣이 말했다.

나는 얌에서 시선을 떼고 고개를 돌렸다. 지금은 아침 식사와 점심 식사 사이의 애매한 시간대라서 카페테리아에는 한 식탁에 모여 앉은 비번인 농업부 토마토 돌보미들과 우리밖에는 아무도 없었다.

내가 말했다. "마샬은 영웅이 아니야. 순교자지. 자수성가한 순교자. 그보다 최악의 종류는 없어. 똑같은 게 아니야."

베르토가 말했다. "어느 쪽이든 우리가 이 행성에 고등학교라도 짓게 된다면 분명히 마샬의 이름을 붙일걸."

한숨이 절로 나온다. 베르토의 말이 맞는다.

나는 그 후 몇 분간 조용히 먹기만 했다. 그들이 나를 비난하고 있는 것 같은 느낌을 떨쳐 버릴 수가 없었다.

결국 나는 입을 열었다. "내가 하려고 했어. 마샬이 코어로 들어갈 때 나는 업로드를 하고 있었거든. 업로드 중이 아니었으면 마샬한테 하지 말라고 말렸을 거야. 내가 대신 들어갔을 거라고."

캣이 쟁반에서 시선을 떼며 고개를 들었다. "뭐? 어째서?"

베르토도 어느새 나를 쳐다보고 있었다. 당혹감과 짜증이 뒤섞인 표정이었다. "그래, 미키. 대체 무슨 말 같지 않은 소리를 하는 거야?"

나는 두 사람을 번갈아 보았다. "그게…… 어젯밤에 업로드를 했거든. 2년 만에 처음으로. 그러고 나서 곧장 링을 만나러 갔어. 갈 준비가 되었으니까."

베르토가 고개를 가로젓더니 다시 음식을 먹기 시작했다. "말도 안 돼."

"뭐? 내 말 못 믿겠어?"

베르토가 입 안 가득 얌을 담은 채로 말했다. "예로니모 마샬은 지난 11년 동안 너라는 존재에게 불행의 원천이었잖아. 그런데 이제 와서 네가 그자를 구하려고 코어에 몸을 내던질 준비를 했단 말이야? 정신 차려, 친구."

베르토는 또 한 번 고개를 저었다.

나는 캣을 쳐다봤다. 그녀도 고개를 절레절레 흔들었다. "아니, 아니. 나 쳐다보지 마, 미키. 나도 베르토랑 같은 생각이니까."

"퀸한테 물어봐. 링 박사한테 물어보라고. 내가 코어로 가려고 하는데 마샬이 이미 했다고 링 박사한테 듣게 된 거야. 난 이미 안중에도 없었어."

"넌 이미 멍청이야 그만해. 방금 얼굴로 날아오는 10그램짜리 총알을 피해 놓고도 널 밀쳐내고 대신 총알을 맞은 남자를 질투하는 꼴이잖아." 베르토가 말했다.

"베르토가 중요한 지적을 했어. 넌 안 죽었잖아. 나샤도 안 죽었어. 네 삶을 지옥으로 만든 놈이 *죽었지*. 그리고 우리는 다음 겨울을 날 만큼 연료도 충분해. 만사형통이네, 미키. 그렇지? 당분간은 감사하는 법을 익히는 데 집중하는 게 좋겠어." 캣이 말했다.

024

익스펜더블은 보통 은퇴하지 않는다.

뭐랄까, 대개 그들을 영원히 데리고 있지는 않으니까. 어느 지점이 되면 개척지는 자리를 잡거나 소멸한다. 어느 쪽으로 결론이 나든 기분 내키는 대로 죽일 수 있는 존재에 대한 수요는 서서히 사라지는 경향을 보인다. 하지만 기억하시라. 일반적으로 익스펜더블이란 더 이상 필요가 없어진 후에도 반드시 곁에 두고 싶은 존재는 아니다. 유죄 판결을 받은 강도 살인 성범죄자를 데려와 그들이 녹거나 불살라지거나 해서 죽는 걸 지켜보게 되면 양심이 약간 회복될 수도 있겠지. 하지만 그들이 필요하지 않은 때가 오면, 당신은 그들이 갓 디캔팅이 된

자녀와 공원에서 어울려 지내길 진심으로 바라는가를 신중히 고민하게 된다. 익스펜더블이 경력을 끝내는 가장 흔한 방법은 사망이고, 두 번째로 흔한 방법은 재생 거부다.

마샬은 물론 그걸로 나를 자주 위협했다.

매기 링은 다른 아이디어들이 있는 모양이다. 그녀는 공학자이고 드론을 아주 좋아한다. 그녀는 기계만으로도 충분한 이 시점에서는 익스펜더블이 할 일이 없다는 생각을 제법 확고하게 하는 것 같다. 그녀는 실제로 내가 해고되었다고 말한 적도 없고 내 패턴과 마지막 업로드도 아직 서버에 그대로 있다. 하지만 마샬이 죽은 지 1년이 지난 지금까지 그녀는 내게 범용 단순 노동자 이상의 다른 것이 되어 주었으면 한다는 어떠한 암시도 내비치지 않았다.

나로서는 괜찮은 것 그 이상이다. 나샤가 임신을 했기 때문이다. 나는 내 아이를 꼭 만날 수 있게 되기를 바란다.

하지만 인정은 해야지. 나는 가끔씩 또 다른 나를 생각할 때가 있다. 마샬이 죽던 밤 서버에 업로드 된 그 말이다. 내가 은퇴했다는 사실은 그가 존재할 기회를 결코 얻지 못할 거라는 뜻이다. 이성적인 표현이 아니라는 건 나도 안다. 그가 서버 안에 실제로 머물면서 전전긍긍하며 얼른 내가 죽기만을 고대하고 있다는 소리가 아니다. 지금 그는 하나의 관념에 불과하며 서버라는 불확실한 상황에 갇힌 잠재 인간인 것이다.

내가 은퇴 상태에 머물러 있는 한 그가 될 수 있는 건 그게 전부다.

만약 혹시…….

새로운 행성에 상륙해서 개척지 탐험을 위해 떠날 때까지 걸리는 기간의 중앙값은 약 200년이다. 넓은 관점에서 보면 그건 별로 오랜 기간이 아니다. 물리부에서는 이미 우리가 어떻게든 시도할 거라고 가정하여 잠재적인 목적지를 찾아냈다.

만약 그렇다면, 그들도 아마 익스펜더블이 필요할 텐데, 그렇겠지?

〈끝〉

감사의 말

흠…… 이런 걸 또 하나 더 썼네, 허?

『미키7』을 쓰는 과정이 거의 바로 이 작품을 쓰는 과정으로 이어졌기 때문에 나는 그 책의 끝에 쓴 「감사의 말」을 많이 베낄 예정이다. 분명 나의 다음 책이 나올 즈음에는 새 친구들을 많이 사귀느라 옛 친구들에게 손쉽게 버림받겠지만 그동안만이라도.

이 책에 기여한 사람들의 목록은 길다. 아마 몇 명 잊어버릴지 모른다. 혹시 당신이 그중 하나라면 부디 나를 용서해 주길 바란다. 어쩌면 이미 잘 알고 있겠지만 나는 겉보기처럼 그렇게 똑똑하지 못하다.

우선, 당연하게도, 폴 루카스와 잰클로앤드네스빗의 좋은 분들에게 무엇보다도 깊은 감사를 드린다. 여러분의 지도와 격려가 없었다면 이미 오래전에 분명히 이 일을 포기했을 것이다. 또한 레벨리온 퍼블리싱의 마이클 롤리와 세인트마틴 프레스의 마이클 홈러. 두 분은 어느 굉장히 무명인 작가가 쓴 기이한 작은 책의 속편을 흔쾌히 출간해 주었다. 재미있는 사실은, 책을 내면서 집필 전에 인세를 받은 경우는 이번이 처음이었다는 점이다. 나를 믿어 준 두 분의 마이클에게 감사를 드린다. 나는 사실 계약을 이행하지 못해 내 죽음을 가장하고 이 나라를 떠날 필요가 없어졌다는 사실을 알리게 되어 기쁘다.

아울러 다음 분들께도 진심 어린 감사를 드리고 싶다(순서는 무작위다.).

— 키라와 클레어, 이 이야기의 초안에 대한 거칠지만 공정한 비평을 해 줌.
— 헤더, 나에게 무한정 차를 사 주고 내 카드로 계산함.
— 안토니 타보니, 이제 막 생긴 내 팬클럽의 회장이 되어 주기로 함.
— 테레즈, 크레이그, 킴, 애런, 조너선, 개리, 이 원고의 여러 버전을 통독하고도 일찌감치 그만두라는 말을 안 함.
— 캐런 피시, 나에게 작가가 된다는 것이 어떤 의미인지 가르쳐 줌.

— 존, 말 그대로 모든 것에 대해 나에게 자문을 해 줌.
— 미키, 내가 생방송 인터뷰에 나가서 그는 할리우드에 어울리지 않는 얼굴이라고 말했는데도 화를 내지 않음.
— 잭, 가장 필요할 때 내 자존심을 지켜 줌.
— 젠, 이 모든 일을 겪는 내내 계속해서 나를 견뎌 줘서.
— 맥스와 프레야, 인생에서 정말 중요한 것이 무엇인지 절대 잊지 않게 해 줌.

앞서 말했듯이 이건 불완전한 목록이다. 이분들이 없었다면 이 책은 지금의 모습이 아니라 아마 엉망진창이 되었을 것이다. 고맙다 친구들. 이제 다음 이야기로 계속 넘어가 볼까?

옮긴이 | 진서희

좋아하는 일을 제대로 하면서 살고 싶은 번역가. 옮긴 책으로 『듄 그래픽노블1,2』, 『고도에서』, 『나중에』, 『달콤하게 죽다』, 『제인 오스틴이 블로그를 한다면』, 『종말일기Z: 암흑의 날』, 『남겨둘 시간이 없답니다』, 『시녀 이야기—그래픽 노블』, 「개를 데리고 다니는 남자」 등이 있다.

미키7 : 반물질의 블루스

1판 1쇄 펴냄 2023년 11월 24일
1판 5쇄 펴냄 2025년 1월 10일

지은이 | 에드워드 애슈턴
옮긴이 | 진서희
발행인 | 박근섭
편집인 | 김준혁
펴낸곳 | 황금가지

출판등록 | 2009. 10. 8 (제2009-000273호)
주소 | 06027 서울 강남구 도산대로 1길 62 강남출판문화센터 5층
전화 | **영업부** 515-2000 **편집부** 3446-8774 **팩시밀리** 515-2007
홈페이지 | www.goldenbough.co.kr

도서 파본 등의 이유로 반송이 필요할 경우에는 구매처에서 교환하시고
출판사 교환이 필요할 경우에는 아래 주소로 반송 사유를 적어 도서와 함께 보내주세요.
06027 서울 강남구 도산대로 1길 62 강남출판문화센터 6층 민음인 마케팅부

한국어판 © 황금가지, 2023. Printed in Seoul, Korea
ISBN 979-11-7052-337-6 04840
ISBN 979-11-7052-338-3 04840 (set)

㈜민음인은 민음사 출판 그룹의 자회사입니다.
황금가지는 ㈜민음인의 픽션 전문 출간 브랜드입니다.